HEYNE BÜCHER

Von Karen Robards
sind als Heyne-Taschenbücher erschienen:

Feuer der Sehnsucht · Band 04/1
Die Augen der Katze · Band 04/13
Das Mädchen vom Mississippi · Band 04/25
Sklavin der Liebe · Band 04/41
Piraten der Liebe · Band 04/52
Freibeuter des Herzens · Band 04/68
Feuer für die Hexe · Band 04/94
Tropische Nächte · Band 04/82
Zauber des Mondes · Band 04/102

KAREN ROBARDS

SÜSSE ORCHIDEEN

Roman

Deutsche Erstausgabe

WILHELM HEYNE VERLAG
MÜNCHEN

HEYNE ROMANE FÜR ›SIE‹
04/108

Titel der Originalausgabe
WILD ORCHIDS

Aus dem Amerikanischen
von Sepp Leeb

3. Auflage

Printed in France 1994
Umschlagillustration: Franco Accornero, Schlück
Umschlaggestaltung: Atelier Ingrid Schütz, München
Satz: (1549) IBV Satz- und Datentechnik GmbH, Berlin
Druck und Bindung: Brodard & Taupin

ISBN 3-453-06493-3

1

Eben noch war der Mann ein anonymer Fremder an einer mexikanischen Straßenecke; doch im nächsten Augenblick hatte er die Wagentür aufgerissen und glitt neben sie auf den Beifahrersitz.

Lora Hardings Hände krampften sich fester um das Lenkrad des orangen Golf, den sie erst an diesem Morgen an der Rezeption ihres Hotels gemietet hatte. Ihre Kehle fühlte sich plötzlich seltsam trocken an, und ihr Herz begann wild zu schlagen. *Mir* kann so etwas doch nicht passieren, schoß es ihr durch den Kopf. Doch nicht mir! Entsetzt starrte sie die finstere Gestalt an, die sich neben ihr auf dem Beifahrersitz niedergelassen hatte. Im selben Moment funkelte ihr ein kurzes metallisches Blitzen in die Augen. Unter den Falten des Umhangs, der auf dem Schoß des Mannes lag, lugte der matt schimmernde Lauf eines Revolvers hervor. Er war direkt auf sie gerichtet. Entsetzt schoß Loras Blick wieder zum Gesicht des Fremden hoch. Bis auf das stoppelübersäte Kinn und den finster entschlossenen Mund, der fast ganz unter einem buschigen schwarzen Schnurrbart verschwand, war es jedoch durch die breite Krempe seines Sombrero fast völlig verdeckt. Eines war jedoch unübersehbar: der Mann war auffallend groß und kräftig. Beängstigend nahe spürte sie seinen muskulösen Arm an ihrer Seite, überdeutlich stach ihr ein ätzender Schweißgeruch in die Nase. Die breiten Schultern, über die sich ein grellbuntes Hawaiihemd spannte, hätten auch einem Schwergewichtsboxer gut zu Gesicht gestanden. Schwer atmend ließ Lora ihren Blick über seinen mächtigen Brustkorb, die sportlich schlanke Taille und die sehnig muskulösen Beine gleiten, die in einer verwaschenen Jeans steckten. Mit Entsetzen wurde ihr bewußt, daß sie gegen diesen Mann nicht die geringste Chance gehabt hätte, wenn es zum Kampf gekommen wäre. Wenn es zum Kampf gekommen wäre... Allein bei diesem Gedanken durchfuhr sie ein eisiger Schauder. Nein, das durfte einfach nicht wahr sein. Wer überfiel schon eine biedere Lehrerin, die gerade in Mexiko Urlaub machte? Außerdem hatte man ihr im Reisebüro ausdrücklich versichert, daß ein Ferienaufenthalt in Mexiko längst als völlig unbedenklich galt. Und überhaupt: Welches Interesse sollte diese finstere Gestalt haben, ausgerechnet *sie* zu entführen? Das war doch vollkommen absurd.

»Hören Sie, mein Herr – äh, Señor«, begann sie unsicher. Bestimmt handelte es sich nur um ein Mißverständnis. Nach ein paar klärenden Worten würde sich das Ganze vermutlich in Wohlgefallen auflösen...

»Fahren Sie gefälligst weiter!« forderte sie der Fremde jedoch barsch auf. Und um erst gar keine Zweifel aufkommen zu lassen, daß er es ernst meinte, zog er den Stoff seines Umhangs ein Stück zurück, so daß der Revolver deutlich darunter zum Vorschein kam.

Lora gab sich alle Mühe, seiner Aufforderung nachzukommen. Allerdings hatte sie bisher immer nur Wagen mit Automatik gefahren und war deshalb mit der Gangschaltung ihres Leihwagens noch nicht sonderlich vertraut. Das hatte zur Folge, daß sie in ihrer Aufregung viel zu schnell von der Kupplung ging. Wild bockend schoß darauf der Wagen auf die Kreuzung hinaus und blieb dort mit abgewürgtem Motor stehen. Um zu sehen, wie ihr Beifahrer darauf reagierte, warf ihm Lora einen verlegenängstlichen Blick zu. Zwar blieb sein Gesicht noch immer unter der breiten Krempe seines Sombrero verborgen, aber eine um so unmißverständlichere Sprache sprach dafür der Lauf seines Revolvers, der sich plötzlich schmerzhaft in ihre Seite bohrte. Heftig nach Luft schnappend, wich Lora zurück.

»Nein! Bitte nicht...«

»Fahren Sie los, habe ich gesagt!«

Während Lora nun mit unkontrolliert zitternden Händen den Wagen wieder zu starten versuchte, schickte sie insgeheim einen verzweifelten Stoßseufzer zum Himmel empor, daß er ihr diesmal keine Schwierigkeiten machen würde. Diesem Kerl neben ihr war durchaus zuzutrauen, daß er sie in dem Glauben, sie versuchte irgendwelche dummen Tricks, kurzerhand erschoß. Was war es wohl für ein Gefühl, erschossen zu werden? Würde sie ganz schnell sterben oder quälend langsam oder...? Lora erschauderte. Auf diese kaum merkliche Bewegung hin bohrte sich der Revolverlauf jedoch nur noch tiefer in ihre Seite. Loras Handflächen wurden eiskalt, und zugleich bildeten sich auf ihrer Oberlippe kleine Schweißtropfen. Erst nachdem der Wagen endlich angesprungen war und Lora die Kreuzung überquert hatte, zog der Fremde seine Waffe mit einem mürrischen Grunzen wieder zurück. Darin fand Lora jedoch wenig Trost. Denn noch immer stellte sich ihr die beängstigende Frage: Was würde jetzt weiter geschehen?

Versuchen Sie vor allem, den Kontakt mit Ihrem Angreifer herzustellen. Bringen Sie ihn irgendwie dazu, daß er Sie als eine Person, einen Menschen wie sich selbst betrachtet. Seien Sie nett und freundlich zu ihm, aber bewahren Sie vor allem Ruhe... Trotz ihrer Panik fielen Lora plötzlich wieder die Grundverhaltensregeln aus dem Selbstverteidigungskurs für Frauen ein, an dem sie schon vor mehreren Jahren teilgenommen hatte – zusammen mit einer weiteren wichtigen Grundregel, die vor allem dem Zweck diente, daß man erst gar nicht in eine solche Situation geriet. Sie lautete: Achten Sie darauf, daß ständig alle Wagentüren abgeschlossen sind. Diese Erkenntnis kam Lora allerdings leider etwas zu spät.

Sie holte tief Luft und faßte sich ein Herz. »Wohin wollen Sie?« fragte sie den Fremden mit, wie sie hoffte, halbwegs fester Stimme.

»Halten Sie den Mund, und fahren Sie weiter!« Begleitet wurde diese barsche Aufforderung durch einen kurzen Wink mit dem Revolver.

Von wegen Kontakt herstellen, dachte Lora schaudernd. Obwohl die Klimaanlage des Leihwagens, wenn überhaupt, nur sehr sporadisch funktionierte, wurde ihr plötzlich eiskalt. Ihre Lippen fühlten sich trocken und spröde an, und immer wieder versuchte sie vergeblich, sie mit ihrer Zunge zu befeuchten, während sie schweigend durch die Innenstadt von Cancun fuhr. Cancun zählte gerade zu den beliebtesten neuen Ferienzentren in Mexiko. In ihrem Reisebüro hatte man ihr versichert, daß es inzwischen sogar Acapulco den Rang abgelaufen hätte. Und tatsächlich wimmelte es in Cancun sogar Mitte Juli, was für Mexiko absolute Nebensaison war, von Touristen. Sämtliche Hotels an der Strandpromenade waren ausgebucht, und in der Stadt selbst waren nur noch in den miesesten Absteigen Zimmer zu bekommen. Ein entsprechend reges Leben herrschte deshalb fast zu jeder Tages- und Nachtzeit in den Straßen der Stadt. Nur nicht in diesem Moment. Es war nämlich gerade zwei Uhr, Siesta-Zeit, wurde Lora mit wachsender Verzweiflung bewußt. Die Straßen waren wie ausgestorben. Weit und breit war kein Mensch zu sehen. Nur vor dem Eingang eines der unzähligen Souvenirläden saß ein Mann auf einem wackligen Stuhl und hielt dort seinen Mittagsschlaf. Wie der Fremde an ihrer Seite hatte er sich seinen Sombrero gegen die grelle Sonne tief ins Gesicht gezogen. Im Gegensatz zu ihrem Beifahrer, den sein leuchtend blaues, von bunten Papageien und Palmen übersätes Nylonhemd schon von weitem als Touristen abstempelte, trug der Einheimische wegen der brütenden Hitze ein weites kurzärmeliges Baumwollhemd. Denn wie schon die fünf Tage zuvor war in Cancun auch an diesem Tage das Thermometer wieder über die Vierzig-Grad-Marke geklettert. Nicht unbedingt zu Loras großer Begeisterung hatte sich nämlich herausgestellt, daß es an diesem vielgepriesenen Urlaubsort tagsüber drückend heiß war, und nachts machten einem die Moskitos das Leben schwer. Wieder einmal warf Lora einen nervösen Blick zu dem Mann an ihrer Seite. Sein naßgeschwitztes Hemd klebte auf seiner Haut, so daß seine beeindruckenden Muskeln nur um so deutlicher darunter zum Vorschein kamen. Schaudernd wurde Lora bewußt, daß ihr dieser Fleischklumpen sehr wohl zum Verhängnis werden konnte...

Von dem dösenden Ladeninhaber hatte sie jedenfalls keine Hilfe zu erwarten. Wie hätte sie ihm außerdem ihre Notlage verständlich machen sollen, selbst wenn er wach gewesen wäre?

»Biegen Sie an der nächsten Ecke links ab.« Abrupt riß sie das tiefe Knurren aus ihren müßigen Fluchtgedanken. Ein flüchtiger Blick auf ihren Beifahrer verriet ihr, daß er unverwandt nach vorn auf die Straße starrte. Der Revolver lag scheinbar achtlos auf seinem Oberschenkel, aber sein matt schimmernder Lauf deutete direkt auf ihren Unterleib. Lora versuchte noch einmal, einen Blick auf das Gesicht des Mannes zu erhaschen. Ihr ungebetener Beifahrer wirkte seltsam abwesend und schien ihr kaum Beachtung zu schenken... Sollte sie vielleicht versuchen, ihm den Revolver zu entreißen? Lora wog kurz ihre Chancen ab. Wenn sie es geschickt anstellte, konnte sie unauffällig ihre Hand vom Steuer nehmen und ihm dann mit einer raschen und gezielten Bewegung die Waffe entreißen. So jedenfalls hätte es die Heldin ihrer Lieblingskrimiserie gemacht. Aber sie war nicht Laura Holt, und vor allem war das nicht irgendein Fernsehkrimi, sondern rauhe Wirklichkeit. Was wäre außerdem passiert, wenn der Mann ihr Vorhaben durchschaut und kurzerhand abgedrückt hätte? Natürlich war nicht auszuschließen, daß der Revolver gar nicht geladen war und der Mann nur bluffte. Aber das war nicht sehr wahrscheinlich. Außerdem schien sich der Fremde seiner Sache sehr sicher. Und selbst wenn es ihr gelungen wäre, ihm die Waffe zu entreißen: Was hätte sie damit tun sollen? Noch nie in ihrem Leben hatte sie einen Revolver auch nur in der Hand gehalten, und ihr Entführer hätte wohl kaum tatenlos zugesehen, wie sie herauszufinden versuchte, wie man damit umging... »Haben Sie nicht gehört? Sie sollen links abbiegen, habe ich gesagt!«

Unwillkürlich zuckte Lora heftig zusammen. Gütiger Gott, sie war so in ihre Fluchtgedanken vertieft gewesen, daß sie um ein Haar die Kreuzung übersehen hätte. Schmerzhaft bohrte sich der Revolverlauf wieder in ihre Seite, während sie mit zitternden Händen das Steuer so heftig herumriß, daß der Wagen unter lautem Reifenquietschen schleudernd um die Ecke schoß. Das brachte Lora auf eine Idee. Vielleicht konnte sie mit ein paar solcher riskanten Manöver die örtliche *policía* auf sich aufmerksam machen...

»Jetzt hören Sie mal gut zu. Machen Sie so etwas noch mal, dann puste ich Ihnen ein Loch in den Schädel, daß Sie Ihren Wagen darin abstellen können. Von nun an fahren Sie schön brav, wie es sich gehört. Keine Dummheiten mehr, verstanden? Ich brauche Sie zwar zur Tarnung, aber das heißt nicht, daß Sie für mich unersetzlich sind. Und glauben Sie bloß nicht, ich hätte Hemmungen, einer Frau was anzutun. Schreiben Sie sich das also gefälligst hinter die Ohren.« Noch immer preßte sich der Revolverlauf schmerzhaft in ihre Seite, als sich der Mann unvermutet vorbeugte und Lora an der Kehle packte. Wie ein Schraubstock legten sich die Finger seiner harten schwieligen Hand um ihren zarten Hals. Mit weit aufgerissenen Augen starrte sie ihm ins Gesicht. Und was sie darin sah, versetzte sie nur in noch heftigere Panik. Die schroffen, kantigen Züge waren von einer dunklen, wettergegerbten Haut überzogen. Die Augen unter den dichten, buschigen Brauen waren von einem undurchdringlichen Schwarz und blitzten sie bedrohlich an.

»Es tut mir leid, das wollte ich nicht...«, stieß Lora zu ihrer Entschuldigung hastig hervor.

»Dann fahren Sie gefälligst vernünftig, dumme Kuh«, knurrte er und ließ ihren Hals wieder los. Gerade noch rechtzeitig, wie sich herausstellte. Denn vor Schreck wäre Lora um ein Haar von der Straße abgekommen und auf dem Gehsteig gelandet. Dieser brutale Kerl hätte sie sicher bedenkenlos umgebracht, wenn ihr noch so ein Mißgeschick unterlaufen wäre. Erst jetzt wurde ihr die Aussichtslosigkeit ihrer Lage in vollem Umfang bewußt. Wenn sie dieses Abenteuer mit heiler Haut überstehen wollte, mußte sie von nun an alles tun, was dieses finstere Subjekt von ihr wollte – zumindest so lange, bis sich ihr eine Gelegenheit zur Flucht bot.

Und es *mußte* einen Ausweg aus ihrer verzweifelten Lage geben. Sie konnte diesen Kerl doch unmöglich so lange durch die Gegend kutschieren, bis er sie irgendwo anhalten ließ, um ihr eine Kugel durch den Kopf zu jagen und allein weiterzufahren. Sie mußte unbedingt etwas unternehmen. Das wurde ihr um so deutlicher bewußt, je mehr sie sich den Außenbezirken Cancuns näherten. Wenn sie die Initiative ergreifen wollte, dann am besten bald, solange noch andere Menschen in der Nähe waren. Aber wie rief man auf Spanisch um Hilfe? Ob wohl in diesem Fall auch ein schlichter schriller Angstschrei seinen Zweck erfüllt hätte? Aber auch dazu mußte sie erst einmal aus dem Wagen kommen, was ihr nur gelingen würde, wenn dieser Kerl endlich damit aufhörte, ständig mit seinem blöden Revolver auf sie zu zielen. Dann hätte sie abrupt angehalten, wäre aus dem Wagen gesprungen und um ihr Leben gelaufen. Oder sollte sie lieber gleich aus dem fahrenden Wagen springen? In letzterem Fall blieb ihr zwar mehr Zeit, die Flucht zu ergreifen, aber zugleich war das Risiko wesentlich größer, daß sie sich dabei verletzte. Wenn sie dagegen ganz plötzlich und unerwartet anhielt, wurde er durch den heftigen Ruck vielleicht für einen Moment aus dem Konzept gebracht. Alles in allem, gelangte sie schließlich zu der Überzeugung, war es wohl das beste, abrupt zu bremsen und aus dem Wagen zu springen. Aber wann? Und wo? »Könnten Sie bitte Ihren Revolver wegnehmen? Irgendwie macht mich dieses Ding nämlich furchtbar nervös. Ich... ich verspreche Ihnen auch, daß ich alles tun werde, was Sie von mir verlangen.« Lora fand das Zittern ihrer Stimme sehr überzeugend. In der Hoffnung, daß ihr wenigstens dieses eine Mal auch ihr unschuldiges Gesicht zugutekommen würde, warf sie ihrem Entführer außerdem einen flehentlichen Blick zu; schon bei mehr Gelegenheiten, als ihr lieb war, hatte man ihr nämlich versichert, daß ihr Gesicht ausgesprochen ›offen und ehrlich‹ wirkte. Aber der Mann neben ihr würdigte sie keines Blickes. Statt dessen preßte er den Lauf seines Revolvers nur noch fester in ihre Seite.

Inzwischen fuhren sie durch die Slums der Stadt, in die sich sonst kein Tourist verirrte. Die engen, abfallübersäten Straßen waren von baufälligen, heruntergekommenen Häusern gesäumt. Plötzlich schoß eine Schar halbnackter, verwahrloster Kinder hinter einem ärmlichen Mietshaus hervor und rannte laut lachend und lärmend vor ihr über die Straße. Wenige Augenblicke später waren sie hinter einem brüchigen Betonbau bereits wieder verschwunden. Sonst war das einzige Lebewesen weit und breit ein großer, bis aufs Skelett abgemagerter Hund, der im Schatten träge vor sich hin döste. Sollte sie es jetzt riskieren? Ja, es hatte keinen Sinn, noch länger zu warten. Sollte sie...? Doch noch während sie einen ratlosen Blick auf die ihr unvertraute Gangschaltung warf, fuhr sie der Fremde an: »Passen Sie gefälligst auf, wo Sie hinfahren!«

Als Lora darauf erschrocken wieder aufsah, mußte sie feststellen, daß es für ihr Vorhaben nun ohnehin zu spät war. Eben hatten sie die Stadt endgültig hinter sich gelassen und passierten gerade einen Wegweiser mit der Aufschrift ›Chichén Itzá 150 km‹. Das hitzeflimmernde schwarze Band des Highway war plötzlich nur noch von dichter Dschungelvegetation gesäumt. Wie hypnotisiert starrte Lora auf die unter ihr hinwegschießenden Mittelstreifen, während ihr das stete Summen der Reifen auf dem heißen Asphalt zuzuflüstern schien: »Zu spät, zu spät.«

So fuhren sie etwa zwanzig Minuten wortlos weiter. In Loras Kopf überstürzten sich die Gedanken. Fieberhaft sann sie auf einen Ausweg, während ihr Entführer stumm und bedrohlich neben ihr saß. Mit jedem verstohlenen Blick, den sie zu ihm hinüberwarf, nahm ihre Panik noch zu. Ganz unabhängig von seiner beängstigenden Körpergröße strahlte er zugleich etwas zutiefst Animalisches aus. Das Wenige, was sie von seinem Gesicht erkennen konnte, wirkte brutal und zu allem entschlossen, und die lässige Vertrautheit, mit der er den Revolver in seiner Hand hielt, war beredter als tausend Worte. Glauben Sie bloß nicht, ich hätte Hemmungen, einer Frau was anzutun... Klebrig feucht von Schweiß klammerten sich ihre Handflächen um das Steuerrad. Eines stand jedenfalls fest: Sie hatte es hier mit einem gefährlichen Verbrecher zu tun, der vor nichts zurückschrecken würde. Vielleicht hatte er gerade eine Bank überfallen. Hatte er nicht selbst gesagt, daß er sie zur Tarnung brauchte? Natürlich, die Polizei würde bei der Suche nach ihm nach einem einzelnen Mann Ausschau halten, nicht nach einem Paar. Vielleicht waren ihre Überlebenschancen doch nicht so schlecht – zumindest vorläufig. Trotzdem, diesem Mann war alles zuzutrauen. Eine Vergewaltigung ebenso wie ein Mord. Angestrengt versuchte sich Lora wieder auf ihre Gedanken zu konzentrieren. Sie war erst siebenundzwanzig und hatte noch das ganze Leben vor sich. Genaugenommen hatte sie noch gar nicht zu leben begonnen. All die Jahre hatte sie nur für andere gelebt, hatte immer nur das getan, was für ihre Familie am besten war. Ihre ältere Schwester Janice hatte gleich nach der High School geheiratet, wie das die meisten Mädchen in der kleinen

Provinzstadt, aus der sie kam, taten. Vermutlich wäre auch Lora ihrem Beispiel gefolgt, wenn nicht das Schicksal plötzlich eine dramatische Wende genommen hätte.

Als sie siebzehn war, wurden bei einem Verkehrsunfall ihr Vater getötet, ihre Mutter schwer verletzt. Emily Harding sollte sich von den Folgen dieses Unfalls nie ganz erholen; sie blieb erst an den Rollstuhl, dann ans Bett gefesselt und wurde, je mehr ihr Gesundheitszustand sich verschlechterte, zunehmend verhärmter und verbitterter. Als einzige Tochter, die noch zu Hause lebte, übernahm Lora fast notgedrungen die Rolle von Krankenschwester, Haushälterin, Gesellschafterin und Sündenbock in einem. Nicht, daß jemand sie darum gebeten hätte, ihre eigenen Pläne für die Zukunft hintanzustellen und sich um ihre Mutter zu kümmern. Alle, sie selbst keineswegs ausgenommen, waren vielmehr ganz selbstverständlich davon ausgegangen, daß sie diese Aufgabe übernehmen würde. Und das hatte sie auch – zehn lange Jahre, bis ihre Mutter im März an den Folgen einer schweren Lungenentzündung gestorben war.

Lora hatte der Tod ihrer Mutter tief getroffen. Denn sie hatte die verbitterte Frau trotz ihrer wachsenden Unverträglichkeit sehr geliebt. Zugleich mußte sie sich jedoch, nicht ohne heftige Schuldgefühle, eingestehen, daß sie insgeheim über ihren Tod auch eine gewisse Erleichterung verspürte. Bedeutete er doch die lang ersehnte Freiheit für sie. Zum erstenmal seit zehn Jahren stand es ihr frei, zu tun und zu lassen, was *sie* wollte, ohne auch nur einen Gedanken daran verschwenden zu müssen, was die anderen davon halten könnten. Welch eine Erleichterung stellte es für sie bereits dar, abends in dem Wissen zu Bett gehen zu können, daß ihre Mutter sie nicht immer wieder aus dem Schlaf reißen würde, um sich von ihr ein Glas Wasser bringen oder auf die Toilette schaffen zu lassen oder was die unzähligen lästigen kleinen Hilfestellungen sonst noch sein mochten, bei denen sie ganz auf Loras Unterstützung angewiesen war. Oder am Morgen aufzuwachen und zu wissen, daß sie nur für sich allein – und sonst niemanden – würde sorgen müssen. Ein für allemal vorbei waren die Zeiten, in denen sie ihre Mutter hatte waschen, anziehen und füttern müssen, um anschließend auf die Nachbarin zu warten, die sich tagsüber um ihre Mutter kümmerte. Mit einem Mal konnte Lora ohne schlechtes Gewissen nach dem Unterricht noch in der Schule bleiben, wenn ein Schüler zu ihr kam, um sie um Rat zu fragen. Und nicht zuletzt konnte sie jetzt auch übers Wochenende etwas unternehmen oder in den Ferien verreisen... Seit dem tragischen Unfall hatte sie ihre Mutter nicht einmal auch nur einen Tag allein lassen können; sie bestand darauf, von jemandem aus ihrer Familie versorgt zu werden, und Loras ältere Schwester Janice hatte bereits genügend mit ihrem Mann und ihren zwei kleinen Töchtern zu tun, um sich auch noch um ihre Mutter kümmern zu können und Lora wenigstens eine kurze Verschnaufpause zu gönnen. Als Lora eines Tages schließlich doch aus dieser häuslichen Enge auszubrechen versucht hatte und übers Wochenende an einem Fortbildungsseminar in Topeka teilgenommen hatte, war ihre Mutter prompt am ersten Abend aus dem Bett gefallen, um mit gebrochenem Hüftgelenk ins Krankenhaus gebracht werden zu müssen. Und danach hatte Lora sie nie wieder mehr als ein paar Stunden allein gelassen. Aber jetzt war sie frei – vollkommen frei und ungebunden.

Drei Tage nach dem Begräbnis ihrer Mutter hatte sie das größte Reisebüro ihrer Heimatstadt Augusta aufgesucht und sich mit Reiseprospekten eingedeckt. Da ihre Mutter ihren beiden Töchtern eine kleine Erbschaft hinterlassen hatte, verfügte Lora über etwas Geld. Und selbst als sie mit Hilfe ihrer Lebensversicherung und eines umfangreichen Bankkredits den ihrer Schwester zustehenden Anteil am Haus ihrer Eltern abbezahlt hatte, blieben ihr immer noch fast zehntausend Dollar übrig. Den größten Teil davon hatte sie angelegt, aber mit dem Rest hatte sie beschlossen, endlich einmal richtig Urlaub zu machen. Möglichst an irgendeinem exotisch fernen Ort mit viel Sonne, Sand und Meer und ...

So war sie schließlich in Cancun gelandet. Als ihr allerdings gleich beim Verlassen des Flugzeugs zur Begrüßung ein Schwall stickig heißer, feuchtschwüler Tropenluft, durchsetzt von dichten Moskitoschwärmen, entgegenschlug, waren ihr bereits die ersten Bedenken gekommen, daß ihr Traumurlaub vielleicht nicht ganz so verlaufen könnte, wie sie sich das vorgestellt hatte. Und tatsächlich sollten ihre Urlaubsfreuden durch eine sich häufende Reihe von Unannehmlichkeiten empfindlich gestört werden – angefangen bei der defekten Klimaanlage ihres Zimmers, mit deren Reparatur man sie auf *mañana* vertröstete (wie sie allein dieses gräßliche *mañana* hassen gelernt hatte, mit dem man hier ständig abgespeist wurde und das ebensogut nächste Woche, nächsten Monat oder nächstes Jahr bedeuten konnte), bis hin zu dem ungenießbaren Essen, der sengenden Tropensonne, die einem die Haut von den Knochen brannte, und nicht zuletzt den Myriaden von Moskitos, die einen mit Haut und Haaren zu verschlingen drohten, wenn man nach Einbruch der Dunkelheit auch nur einen Fuß ins Freie setzte. Oder der Bus ihrer Reisegruppe, der vier Tage mit Motorschaden liegen blieb, während sein Fahrer in aller Ruhe auf das nötige Ersatzteil wartete, das sicher *mañana* eintreffen würde. Trotzdem hatte Lora ihr Bestes versucht, sich ihren immerhin recht kostspieligen Urlaub durch solche Zwischenfälle nicht vermiesen zu lassen, sondern ihre neue Freiheit in vollen Zügen zu genießen. Und so hatte sie sich auch durch den defekten Bus nicht länger in ihrem Tatendrang bremsen lassen, sondern hatte sich einen Leihwagen genommen, um die Maya-Tempelanlage von Chichén Itzá auf eigene Faust zu besichtigen. Und da saß sie nun, entführt von einem gefährlichen Gewaltverbrecher. So hatte sie sich ihren Traumurlaub wirklich nicht vorgestellt.

»Wie heißen Sie?«

Seine unvermutete Frage ließ Lora aus ihren Gedanken hochschrecken. Und als sie darauf den Kopf zu ihm herumdrehte, sah sie, wie sie der Fremde mit seinen undurchdringlichen schwarzen Augen unter der breiten Krempe seines Sombrero hervor kühl taxierte. Wenn das nicht die Augen eines kaltblütigen Killers waren!

Nachdem ihm Lora mit zitternder Stimme ihren Namen genannt hatte, fragte der Fremde: »Haben Sie Ihre Papiere dabei – Paß, Führerschein und so weiter?«

Lora nickte.

»Wenn wir in eine Polizeikontrolle geraten, zeigen Sie ihnen alle Papiere, die sie sehen wollen. Aber steigen Sie auf keinen Fall aus dem Wagen. Irgendwelche dummen Tricks, und ich mache Sie kalt. Verstanden?«

Lora nickte noch einmal und sah ihn schwer schluckend ängstlich an.

»Sind Sie allein hier?«

Mit Entsetzen wurde Lora bewußt, daß sich ihr Entführer Gedanken zu machen begann, wann man auf ihr Fernbleiben aufmerksam werden würde. Wenn sie jetzt zugab, daß sie allein in Mexiko war und ihr Fehlen erst bemerkt würde, wenn sie in zwei Tagen mit ihrer Gruppe den Rückflug antreten sollte, verringerten sich ihre Chancen, dieses Abenteuer lebend zu überstehen, vermutlich noch mehr.

»Nein, ich bin mit meinem Mann und meinen zwei Kindern hier«, erwiderte sie deshalb.

»Was Sie nicht sagen?« Je länger Lora den Mann sprechen hörte, desto mehr wurde sie in der Überzeugung bestärkt, daß er Amerikaner war. Sie glaubte sogar einen leichten texanischen Akzent aus seiner Stimme heraushören zu können. Eigentlich hätte die Tatsache, daß sie es mit einem Landsmann zu tun hatte, beruhigend auf sie wirken müssen. Aber ein weiterer kurzer Blick in das finstere, schnurrbärtige Gesicht des Mannes neben ihr bestätigte ihr in schmerzlicher Deutlichkeit, daß dazu nicht der geringste Anlaß bestand.

»Wo ist dann Ihr Ehering?« setzte er unbarmherzig nach. Auf diese Frage war Lora nicht vorbereitet. Offensichtlich glaubte ihr der Mann nicht. Aber warum? Weshalb sollte sie nicht verheiratet und Mutter von zwei Kindern sein? Sah sie mit ihren siebenundzwanzig Jahren etwa schon wie eine alte Jungfer aus? Sie hatte eine ganz passable Figur und war wegen ihrer unschuldigen Augen und ihres dunkelblonden Haars schon immer jünger geschätzt worden, als sie tatsächlich war – aber keinesfalls so jung, daß sie nicht die Mutter zweier Kinder hätte sein können, was sie vermutlich auch längst gewesen wäre, wenn nicht dieser schreckliche Autounfall gewesen wäre... »Den Ring habe ich zu Hause gelassen. Man hat mir geraten, lieber keinen Schmuck nach Mexiko mitzunehmen – wegen der hohen Kriminalität.«

»An Ihrem Finger ist aber keine Einkerbung zu sehen – und eine solche müßten Sie eigentlich haben, wenn Sie sonst regelmäßig einen Ring tragen würden.«

»Mein Ring ist sehr weit«, war das Klügste, was ihr darauf einfiel. Eines mußte man ihm jedenfalls lassen: er war nicht auf den Kopf gefallen. Bei dieser Gelegenheit fiel ihr ein, daß sie mal gelesen hatte, daß gerade Gewaltverbrecher häufig außerordentlich intelligent waren... An das, was sie sonst noch über diese Spezies Mensch gelesen hatte, wollte sie jedoch lieber nicht denken. Sie mußte jetzt unbedingt einen klaren Kopf behalten.

Der Mann stieß ein ärgerliches Grunzen aus und bückte sich dann plötzlich, um etwas vom Boden aufzuheben. Ihre Handtasche. Sie wollte bereits energisch protestieren, als er sie ganz ungeniert öffnete und darin zu wühlen begann, aber dann besann sie sich doch eines Besseren. In Anbetracht ihrer Lage durfte sie es auf keinen Fall riskieren, diesen Mann unnötig zu reizen.

»Wie heißen Ihre Kinder?« Inzwischen hatte er ihre Brieftasche herausgeholt. Offensichtlich wollte er sich vergewissern, ob sie die Wahrheit sagte. Über Loras Lippen legte sich ein triumphierendes Grinsen. Sie hatte immer ein Foto ihrer zwei kleinen Nichten bei sich.

»Heather und Becky.« Mittlerweile hatte der Fremde das Foto entdeckt und begutachtete es finster. Es war vor einem Jahr aufgenommen worden. Heather war damals sechs, Becky vier gewesen.

»Und das ist Ihr Mann?« Er studierte ein Foto des Mannes, mit dem sie seit vier Jahren verlobt war. Brian, seines Zeichens Mathematiklehrer an der Augusta High School, war fünfunddreißig und sah vielleicht etwas verschroben, aber durchaus ganz passabel aus. Dessen ungeachtet war er jedoch sehr nett und rücksichtsvoll und würde eines Tages sicher einen guten Mann und Familienvater abgeben. Lora konnte sich ein Leben an seiner Seite sehr gut vorstellen. Und wenn es ihrer Beziehung auch manchmal am gewissen Etwas fehlte, so mußte sie sich damit eben abfinden. Man konnte im Leben nicht alles haben. Viel wichtiger war es, daß sie in vielen Dingen die gleichen Ansichten vertraten und eine Vielzahl von gemeinsamen Interessen hatten. Und in den Punkten, in denen sie doch unterschiedlicher Meinung waren, sollte meistens Brian recht behalten; so war es zum Beispiel mit Sicherheit wesentlich vernünftiger, ihr gemeinsam Erspartes in Hinblick aufs Alter möglichst günstig anzulegen, anstatt es für einen teuren Verlobungsring auszugeben. Außerdem brauchte sie keinen Ring... »Wie heißt Ihr Mann?«

»Brian.«

»Brian Harding.«

»Ja.«

Inzwischen nahm er sich ihren Führerschein und die

Kreditkarten vor. Fieberhaft überlegte Lora, ob sie irgendwelche Daten enthielten, die sie möglicherweise hätten verraten können.

Offensichtlich war das nicht der Fall, denn nach einer Weile wollte er von ihr wissen: »Warum haben Sie eigentlich Ihre Kinder nicht dabei?«

»Ich wollte mir die Ruinen von Chichén Itzá ansehen. Und da Brian keine Lust hatte und den Kleinen beim Autofahren schnell übel wird, ist er mit ihnen im Hotel geblieben. Außerdem wollte ich sowieso in ein paar Stunden wieder zurücksein.« Lora war richtig stolz, wie ruhig sie das sagte. Sie fand auch, daß sie sich sehr überzeugend anhörte. Aber weshalb sah sie dann ihr Entführer noch immer so mißtrauisch an?

»Was wird er tun, wenn Sie nicht rechtzeitig wieder zurückkommen? Ihr Mann, meine ich.«

»Vermutlich wird er die Polizei verständigen – und die amerikanische Botschaft. Mit Sicherheit wird er sich ernste Sorgen um mich machen. Ich bin nämlich sehr zuverlässig.«

»So sehen Sie auch aus«, erwiderte er trocken. Der Blick, mit dem er sie dabei bedachte, erweckte nicht gerade den Eindruck, daß er sie sonderlich attraktiv fand.

Trotz allem fühlte sich Lora dadurch in ihrer weiblichen Ehre gekränkt. Ihr war zwar durchaus bewußt, daß sie keine atemberaubende Schönheit war, aber dennoch fehlte es ihr nicht an einer gewissen Attraktivität. An ihrem himmelblauen Kleid und den flachen weißen Sandalen konnte es jedenfalls nicht liegen. Aber vielleicht gefielen ihm ihre ziemlich ausgeprägten weiblichen Rundungen nicht, obwohl auch daran keine ihrer bisherigen Männerbekanntschaften etwas auszusetzen gehabt hatte, zumal sie eine schmale Taille und lange schlanke Beine hatte. Ihre kurze Pagenfrisur wirkte vielleicht ein wenig streng, und mit ihrem Gesicht war auch nicht gerade groß Staat zu machen. Aber andererseits brauchte sie sich seinetwegen auch keineswegs zu schämen. Sie hatte regelmäßige, vielleicht ein wenig langweilige Züge. Doch das beste an ihrem Gesicht, wie ihr schon von vielen Seiten bestätigt worden war, waren ihre auffallend großen, blauen Augen. Ganz besonders gut kamen sie jedoch erst zur Geltung, wenn sie einen zarten Lidstrich und Wimperntusche aufgetragen hatte. Wegen der Hitze hatte sie sich allerdings für ihren heutigen Ausflug überhaupt nicht geschminkt. Da sie jedoch eine sehr glatte, fast porenlose Haut hatte, konnte sie sich das durchaus leisten.

Trotzdem war das alles offensichtlich Grund genug, daß sie für diesen Mann ziemlich blaß und fade wirkte. Ein richtiges Mauerblümchen – was sie ja vielleicht auch tatsächlich war. Solange sie das freilich in den Augen ihres Entführers war, sollte ihr das nur recht sein. Zumindest bestand dann weniger Gefahr, daß er sie zu vergewaltigen versuchte... Andererseits war natürlich nicht auszuschließen, daß er sich, ihres Aussehens ganz ungeachtet, an ihr vergriff. In dem Selbstverteidigungskurs hatte sie unter anderem auch gelernt, daß der Hauptantrieb für eine Vergewaltigung weniger in übersteigerten sexuellen Bedürfnissen zu suchen war als vielmehr in einer sehr stark ausgeprägten Aggressivität gegenüber Frauen. Und aggressiv war dieser Kerl. Das stand völlig außer Zweifel. Wie hatte er doch gesagt? Glauben Sie bloß nicht, ich würde davor zurückschrecken, einer Frau was anzutun... Jedenfalls war ihm ohne weiteres zuzutrauen, daß er versuchen würde, sie zu vergewaltigen. Was sollte sie nur tun?

»Was machen Sie denn da?« entfuhr es ihr, als er ihr Geld und ihre Reiseschecks aus ihrer Brieftasche nahm.

»Na, was glauben Sie wohl?« Seelenruhig stopfte er sich das Geld und die Schecks in die Hosentasche.

In dem Bewußtsein, daß sie ihm wehrlos ausgeliefert war, fuhr Lora schweigend weiter, ohne weiter dagegen zu protestieren. Von der unerträglichen Hitze war längst ihr ganzer Körper von Schweiß überströmt. Ihr Rücken klebte an der Lehne ihres Sitzes. Ein Fenster nach unten zu kurbeln, hätte kaum Kühlung gebracht – falls ihr Beifahrer es überhaupt zugelassen hätte. Auch er schwitzte ausgiebig...

Sobald sie sich Chichén Itzá näherten, würde sie einen Fluchtversuch starten. Notfalls würde sie den Wagen zu diesem Zweck sogar gegen eine Hauswand fahren. Aber sie würde auf jeden Fall zu fliehen versuchen – oder sterben. Lieber mit fliegenden Fahnen untergehen, als darauf zu warten, daß er... »Halten Sie an!«

Diese Aufforderung kam so unerwartet, daß ihn Lora nur fassungslos anstarrte.

»Anhalten, habe ich gesagt!«

Sie waren noch ein gutes Stück von Chichén Itzá entfernt. Die Straße war wie ausgestorben. Weit und breit war kein Mensch zu sehen. Auf beiden Seiten reichte die üppige Dschungelvegetation bis dicht an den Straßenrand heran. Die Verlassenheit dieses Orts ließ nur einen Schluß zu: Er wollte sie umbringen oder mit ihr anstellen, was er sonst noch mit ihr vorhatte, bevor sie wieder eine menschliche Ansiedlung erreichten, wo sie möglicherweise hätte fliehen können. In dieser verlassenen Wildnis, ganz allein mit ihm, war sie ihm wehrlos ausgeliefert.

Wenn sie etwas unternehmen wollte, dann mußte sie jetzt sofort handeln.

Sie trat so heftig auf die Bremse, daß der Wagen unter lautem Reifenquietschen gefährlich ins Schleudern geriet. Ihr Entführer wurde ruckartig nach vorn geschleudert – übrigens genau wie sie; allerdings war sie darauf vorbereitet, so daß sie sich noch rechtzeitig mit den Händen abstützen konnte, während er mit einem dumpfen Knall gegen die Windschutzscheibe krachte. Er stieß einen lauten Fluch aus. Ohne ihm irgendwelche Beachtung zu schenken, riß Lora die Tür auf. Im selben Augenblick wurde sie auch schon aus dem heftig schlingernden Wagen geschleudert. Die Landung verlief nicht ganz glimpflich. Sie spürte einen heftigen brennenden Schmerz in ihren Knien und Handflächen, als sie nach dem Aufprall über den glühend heißen Asphalt schlitterte. Aber sich darüber länger Gedanken zu machen, war jetzt keine Zeit. Mit einem kurzen Blick auf den Wagen, der auf das dichte Gestrüpp am Straßenrand zuschoß, richtete sich Lora auf und rannte los.

Vielleicht ging es für sie jetzt tatsächlich um Leben und Tod. Denn im selben Moment hörte sie bereits, wie ihr Wagen mit einem lauten Krachen gegen einen Baum prallte.

2

Er kam hinter ihr her. Lora spürte es, bevor sie ihn sah, bevor sie seine raschen Schritte auf dem Asphalt, das laute Keuchen seines schweren Atems hörte. Es war, als stürzte sich ein Ungeheuer aus einem schrecklichen Alptraum auf sie. Sie rannte um ihr Leben. Vor Anstrengung drohte ihr Herz jeden Augenblick zu zerbersten, ihre Lungen zu platzen. Und doch wußte sie schon jetzt, daß alles umsonst war. Gleich hatte er sie eingeholt...

Und tatsächlich! Eine Hand bekam ihr Haar zu fassen und riß sie schmerzhaft herum. Mit einem verzweifelten Aufschrei versuchte sie, blindlings um sich schlagend, sich zur Wehr zu setzen. Doch unnachgiebig wurde sie von starken Armen gegen den sehnigen, schweißüberströmten Männerkörper gepreßt; wie ein Schraubstock legte sich ein muskelbepackter Arm um ihren Hals und drückte zu. Gleichzeitig wurde ihr Kopf nach hinten gebogen, so daß sie in sein Gesicht aufschaute. Den Sombrero hatte er abgenommen. Grell stach ihr die Sonne in die Augen, als sie blinzelnd in sein wutverzerrtes Gesicht aufschaute. Wie glühende Kohlen leuchteten ihr seine pechschwarzen Augen aus ihren finsteren Höhlen entgegen. Von panischer Angst gepackt, stieß Lora einen gellenden Schrei aus. Noch lange schien das durchdringende Geräusch in der hitzeflimmernden Stille nachzuhallen, ehe es abrupt verstummte. Wie eine stählerne Klaue hatte sich plötzlich seine derbe Hand über ihren Mund gelegt.

»Halten Sie Ihr verdammtes Maul!« zischte er sie an.

Unnachsichtig würgte ihr seine mächtige Pranke den Atem ab. Sie bekam keine Luft mehr! Verzweifelt versuchte sie sich seinem Zugriff zu entwinden. Aber er schien über übermenschliche Kräfte zu verfügen. Scheinbar mühelos drückte er sie nur fester an sich, so daß ihre Rippen gefährlich zu knacken begannen. Dabei starrte er sie aus haßerfüllten Augen unverwandt an. Und als sich die Lippen unter dem dichten Schnurrbart zu einem wölfischen Grinsen verzerrten, kamen darunter zwei Reihen auffallend ebenmäßiger weißer Zähne zum Vorschein. Es machte ihm richtig Spaß, ihr wehzutun... Tief grub sie in ihrer Verzweiflung ihre Nägel in seinen Handrücken, worauf er jedoch nur einen wilden Fluch ausstieß und seinen Arm noch enger um ihren Hals drückte, so daß sie jeden Augenblick das Bewußtsein zu verlieren fürchtete. O Gott! Sie bekam keine Luft mehr, sie bekam... Mit dem Mut der Verzweiflung krallte sie sich in seinen Unterarm. Und diesmal nahm er tatsächlich seine Hand von ihrem Mund, um ihre Hand von seinem Unterarm wegzureißen. Aber im selben Augenblick legte sich erneut sein starker Arm unnachsichtig um ihren Hals...

Den Tod vor Augen, nahm Lora plötzlich alles, was mit ihr geschah, überdeutlich wahr – das wilde Pochen des Blutes in ihren Adern, der salzige Schweißgeschmack seiner Handfläche an ihren Lippen, die Luft um sie herum, von der sie freilich nichts in ihre brennenden Lungen bekam... Immer stärker begannen ihre Augen aus den Höhlen zu treten. Das letzte, was sie auf dieser Erde noch zu sehen bekommen würde, war wohl diese fiese Visage mit den buschigen schwarzen Augenbrauen und den böse blitzenden Augen, der leicht gekrümmten Hakennase und dem grinsenden Mund unter dem dichten Schnurrbart... Gütiger Gott, seine Nase! Die Nase!

Wie von selbst kehrten plötzlich wieder die Erinnerungen an all das zurück, was sie in dem Selbstverteidigungskurs gelernt hatte. Ohne zu überlegen, hatte Lora zu einem kräftigen Tritt ausgeholt und mit ihrer Ferse seine rechte Kniescheibe getroffen. Er stieß einen lauten Schrei aus und ließ sie gerade so lange los, daß sie sich in seinen Armen herumdrehen konnte. Im selben Augenblick rammte sie ihm auch schon, wie sie es gelernt hatte, ihre Handfläche von unten gegen die Nase. Volltreffer! Mit einem wilden Schmerzensschrei zuckten seine Hände zu seiner Nase hoch. Taumelnd wich Lora vor ihm zurück. Am liebsten hätte sie sich erschöpft zu Boden sinken lassen, um dort heftig nach Atem ringend liegen zu bleiben. Aber dazu war jetzt keine Zeit. Sie mußte die Gelegenheit nutzen, um zu fliehen...

Aus seinen Nasenlöchern strömte ein heftiger Blutschwall über Schnurrbart und Kinn. Mit einer wütenden Handbewegung wischte er sich das Blut aus dem Gesicht und starrte für einen Moment finster auf seinen rot verschmierten Handrücken. Erst dann wandte er sich ihr wieder zu. Der haßerfüllte Ausdruck seiner blitzenden schwarzen Augen hatte sich noch verstärkt. Er ballte die Fäuste und stieß einen Schwall unflätiger Flüche hervor, so daß sich Lora fast wünschte, er hätte kein Englisch gesprochen. Dann hätte sie wenigstens die gräßlichen Beschimpfungen nicht verstanden, die er ihr an den Kopf warf.

Die Mordgier, die ihr aus seinen pechschwarzen Augen entgegenflackerte, ließ ihr trotz der glühenden Hitze das Blut in den Adern erstarren. Und im selben Augenblick stürzte er sich auch schon auf sie. Mit einem entsetzten Aufschrei wirbelte Lora herum und rannte los – ganz gleich, wie sinnlos es auch erscheinen mochte. Aber er hatte sie bereits an der Schulter zu fassen bekommen und riß sie brutal herum. Erneut wurde sie gegen seinen mächtigen Brustkasten gepreßt. In ihrer Panik ließ sich Lora nur noch von ihren Instinkten leiten. Diesmal trat sie ihm mit aller Kraft auf den Fuß. Der Effekt hielt sich jedoch in Grenzen. Sein Klammergriff wurde nur noch enger. Und als sie darauf verzweifelt nach seinem Schienbein zu treten begann, hob er sie einfach hoch, so daß sie nur noch hilflos mit den Beinen zappeln konnte.

»Wenn Sie nicht wollen, daß ich Ihnen wirklich weh

tue, dann hören Sie endlich zu schreien auf und halten sich still!« Dabei schnürten sich seine mächtigen Arme so fest um ihren Oberkörper, daß sie ernsthaft um ihre Rippen zu fürchten begann.

Mit Tränen in den Augen mußte sich Lora eingestehen, daß sie keine Chance mehr hatte. Jede weitere Gegenwehr hätte ihn nur noch mehr provoziert... Also ließ sie sich mit einem kläglichen Wimmern gegen seinen mächtigen Brustkorb sinken und wartete, was er als nächstes tun würde. Wenn er beabsichtigte, sie mit brutaler Gewalt so weit einzuschüchtern, daß sie ihm ohne Widerrede gehorchte, war ihm das bereits hervorragend gelungen.

Zitternd vor Angst hing Lora in seinen Armen.

»So ist es schon viel besser«, brummte er nach einer Weile und ließ sie langsam wieder zu Boden gleiten. Kaum hatte Lora jedoch wieder festen Boden unter den Füßen, drehte er ihr den Arm auf den Rücken. Obwohl sie vor Schmerz laut aufschrie, verringerte er den Druck nicht. Statt dessen packte er sie mit der anderen Hand im Genick und stieß sie vor sich her auf den Wagen zu.

»Eigentlich hätte ich Sie auf der Stelle erwürgen sollen! Sehen Sie nur, wie Sie mich zugerichtet haben. Und den Wagen haben Sie auch zu Schrott gefahren.« Der orange Golf war frontal gegen eine Palme gekracht. Die Kühlerhaube sah aus wie eine zerdrückte Coladose, und aus dem Motorraum stiegen an mehreren Stellen unheilvoll zischende Dampfschwaden auf. »Verfluchte Scheiße!« Lora glaubte ihn fast mit den Zähnen knirschen zu hören, als er den Schaden aus nächster Nähe begutachtete.

»Au!« entfuhr es ihr, als sich der Druck auf ihren Arm plötzlich merklich verstärkte. Und dann fügte sie in flehentlichem Ton hinzu: »Bitte!«

»Was bitte?« Zu ihrer Überraschung drehte er sich zu ihr um und sah sie fragend an.

»Bitte!« stieß sie noch einmal hervor. »Lassen Sie meinen Arm los. Ich werde bestimmt nicht weglaufen. Ehrenwort.«

Das gehässige Lachen, das er darauf ausstieß, ging ihr durch Mark und Bein. Offensichtlich machte es ihm richtig Spaß, sie zu quälen.

»Sie werden zweifellos nicht mehr weglaufen. Weil Sie nämlich das nächste Mal nicht mehr ungeschoren davonkommen. Noch ein Versuch abzuhauen, und ich mache Sie kalt. Haben Sie verstanden?«

»J-ja.« Wenn er nur ihren Arm losgelassen hätte, damit endlich dieser schreckliche Schmerz nachgelassen hätte!

»Dann schreiben Sie sich das gefälligst hinter die Ohren.«

Lora stöhnte laut auf, als er ihren Arm noch einmal kurz nach oben drückte, bevor er ihn losließ. Sich ihre schmerzenden Gelenke massierend, drehte sie sich um und schaute zu ihm auf. Seine schwarzen Augen starrten sie aus seinem blutverschmierten Gesicht drohend an.

»Also, von nun an keine Dummheiten mehr«, knurrte er. Lora nickte total eingeschüchtert.

Ohne sie aus den Augen zu lassen, öffnete er darauf die linke Wagentür und stieg ein. Nachdem er im Rückspiegel kurz sein Gesicht begutachtet hatte, griff er nach seinem Umhang und wischte sich damit das Blut von Mund und Kinn. Dann machte er sich daran, den Wagen zu starten.

Nervös beobachtete Lora, wie er mehrmals hintereinander den Zündschlüssel herumdrehte. Der Motor gab jedesmal nur ein trockenes Husten von sich, das von einem mehrmaligen durchdringenden Winseln gefolgt wurde. Lora wurde kreidebleich. Nicht auszudenken, wenn der Wagen nicht mehr ansprang. Was würde dann aus ihr werden? Fest stand nur eines: er würde versuchen, einen anderen Wagen in seinen Besitz zu bringen. Nur was sie selbst betraf, gab es zwei Möglichkeiten: entweder er brachte sie um, oder er ließ sie laufen, wobei letzteres ziemlich unwahrscheinlich war.

Ein unterdrückter Fluch riß Lora aus ihren sorgenvollen Gedanken. Ihr Entführer warf ihr einen vernichtenden Blick zu und stieg wieder aus dem Wagen. Dann ging er nach hinten, öffnete den Kofferraum und wühlte eine Weile darin herum. Diese Gelegenheit beschloß Lora zu einem erneuten Fluchtversuch zu nutzen. Ungeachtet ihrer heftig schmerzenden Knie wirbelte sie herum und stürzte Hals über Kopf davon. Diesmal rannte sie allerdings nicht die Straße hinunter, wo er sie schon nach kurzem wieder eingeholt hätte. Nein, sie lief direkt auf den dichten Dschungel am Straßenrand zu.

Das dichte Laubwerk war undurchdringlich wie eine Wand. Dennoch warf sich Lora mit dem Mut der Verzweiflung heftig dagegen. Tatsächlich gab das Gewirr aus Schlingpflanzen und üppig wuchernder tropischer Vegetation etwas nach, aber auch dahinter befand sich nichts weiter als undurchdringlicher Dschungel.

»Jetzt reicht's aber!« ertönte ihr seine wütende Stimme.

Verzweifelt versuchte Lora sich weiter durch das Dikkicht zu kämpfen, aber sie kam nur sehr mühsam voran. Die üppige tropische Vegetation war einfach zu dicht, und der sumpfige Dschungelboden saugte schmatzend an ihren Füßen, so daß sie bei jedem Schritt bis über die Knöchel versank. Kühles, glitschig nasses Laub streifte über ihre nackten Arme und Beine; scharfe, dornige Zweige zerfetzten ihre Haut. Unter lautem Gekreisch und Geschnatter flogen ringsum aufgeschreckte Vögel auf. Gleichzeitig konnte sie bereits ganz deutlich hören, wie ihr Verfolger im Sturmschritt durch das dichte Unterholz brach. Die Arme schützend vor ihr Gesicht haltend, stürzte Lora blindlings tiefer in den undurchdringlichen Dschungel hinein. Plötzlich wurde sie an den Haaren schmerzhaft zurückgerissen. Er hatte sie eingeholt. In ihrer Verzweiflung stieß sie einen gellenden Schrei aus. Erst dann merkte sie, daß sich in Wirklichkeit ihr Haar an einem tiefhängenden Ast verfangen hatte.

»Sind Sie komplett verrückt geworden!« ertönte jedoch schon im selben Augenblick ganz dicht hinter ihr seine tiefe Stimme. Wie gelähmt vor Schreck sah Lora mit angstgeweiteten Augen zu, wie er durch eine Wand aus dichtem grünen Laub auf sie zugestürzt kam. Offensichtlich wußte er, daß sie in der Falle saß. Denn sobald er sie entdeckt hatte, blieb er erst einen Moment stehen und kam dann ganz gemächlich auf sie zu. Aber seine schwarzen Augen glühten vor Zorn. Über seine linke Gesichtshälfte zog sich eine lange, rote Schramme. Vermutlich hatte er sie sich bei der Verfolgungsjagd durch den Dschungel zugezogen. Das fiese Grinsen, das sich bei ihrem Anblick über seine Lippen legte, ließ Lora das Blut in den Adern erstarren. Im selben Augenblick verschwanden auch schon seine Hände unter dem lose über die Hose fallenden Hemd. Würde er jetzt seinen Revolver aus dem Hosenbund ziehen und sie erschießen? Kläglich wimmernd versuchte Lora vor ihm zurückzuweichen. Aber ihr Haar hatte sich rettungslos verheddert. Sie spürte, wie sich bereits die ersten Strähnen aus ihrer Kopfhaut zu lösen begannen. Aber zum Glück hielt er nicht den Revolver in seiner Hand, als diese wieder unter seinem Hemd zum Vorschein kam. Statt dessen hatte er sich den langen Lederriemen abgenommen, der ihm als Gürtel diente. Er packte sie am Arm und riß sie heftig an sich, um ihr mit dem Riemen die Hände auf den Rücken zu fesseln. Das Leder war weich und geschmeidig. Trotzdem schnitt es tief in die Haut ihrer Handgelenke.

»Bitte nicht, Sie tun mir weh«, klagte Lora. Doch er war inzwischen bereits damit beschäftigt, ihr Haar aus dem dichten Gewirr von Zweigen zu befreien. Da er dabei nicht sonderlich behutsam vorging, zuckte Lora vor Schmerzen mehrmals zusammen.

Wortlos zerrte er sie darauf zu der Stelle zurück, wo der Wagen stand. Wenn sie stolperte oder fiel, riß er sie unsanft wieder hoch.

Erst als sie den Rand des Dschungels erreicht hatten, drehte er sich zum erstenmal zu ihr um.

»Ich habe Sie gewarnt«, zischte er und hob drohend seine Hand.

»Bitte«, flüsterte Lora einer Panik nahe. »Bitte, tun Sie mir nichts. Ich... ich... bitte...«

Nachdem er lange mit einem rätselhaften Blick in ihr tränenüberströmtes Gesicht gestarrt hatte, ließ er plötzlich die Hand sinken. Gleichzeitig begann der Ausdruck wilder Wut in seinen Augen fast so etwas wie tiefer Bestürzung zu weichen. »Hören Sie auf zu weinen. Wenn Sie tun, was ich Ihnen sage, haben Sie nichts von mir zu befürchten. Trotzdem sollte Ihnen eines klar sein: Für mich geht es um Leben und Tod. Und falls ich vor die Entscheidung gestellt werden sollte, Sie oder ich – tja, es dürfte wohl nicht allzu schwer sein, sich auszurechnen, wie sie ausfallen wird. Aber wenn Sie nicht länger versuchen, mir Schwierigkeiten zu machen, haben Sie nichts von mir zu befürchten. Also ab sofort keine Dummheiten mehr, ist das klar?«

Zu ihrer Verwunderung wurde Lora bewußt, daß sie den Mann plötzlich mit etwas anderen Augen sah. Sie hatte zwar noch immer entsetzliche Angst vor ihm, aber zugleich gewann sie mehr und mehr den Eindruck, daß man durchaus vernünftig mit ihm reden konnte. Mit einem Mal erschien er ihr nicht mehr annähernd so unmenschlich und brutal, wie das noch bis vor kurzem der Fall gewesen war.

Und als er sie mit einem eindringlichen Blick fragte: »Kann ich mich darauf verlassen?«, erklärte sich Lora mit einem stummen Nicken einverstanden und folgte ihm widerstandslos zu der Stelle, wo der Wagen stand.

»Setzen Sie sich.« Widerspruchslos kam Lora seiner Aufforderung nach und ließ sich neben einer Palme am Straßenrand zu Boden.

Gleichzeitig kauerte er neben ihr nieder und band ihre

Fesseln los – freilich nur, um sie gleich darauf am Stamm der Palme festzumachen. Allerdings zog er den Riemen diesmal nicht ganz so fest an.

Nachdem er sich wieder aufgerichtet hatte, sah er einen Moment auf sie herab und sagte: »Nur zur Sicherheit – während ich den Wagen repariere.«

Als er sich darauf umdrehte und leicht hinkend zum Wagen ging, ließ sich Lora erleichtert gegen den Stamm der Palme zurücksinken. Insgeheim hatte sie bereits mit ihrem Leben abgeschlossen. Aber allem Anschein nach wollte sie der Fremde gar nicht umbringen. Doch durfte sie ihm wirklich Glauben schenken?

Er hatte inzwischen den Werkzeugkasten aus dem Kofferraum geholt, und nachdem es ihm mit einiger Mühe gelungen war, die verbeulte Kühlerhaube aufzuklappen, machte er sich am Motor zu schaffen. Wegen der glühenden Hitze hatte er sein Hemd ausgezogen, so daß Lora ausgiebig Gelegenheit hatte, seinen nackten Oberkörper in Augenschein zu nehmen.

Nachdem er sich eine Weile, hin und wieder von leisen Flüchen unterbrochen, unter der Motorhaube zu schaffen gemacht hatte, ließ ihn plötzlich ein rasch näherkommendes Motorengeräusch hochzucken. Ein Wagen! Aufgeregt horchte Lora. Ihr Entschluß stand sofort fest. Sobald sich der Wagen auf Hörweite genähert hatte, würde sie aus voller Kehle um Hilfe rufen. Doch dann warf sie einen besorgten Blick auf ihren Entführer. Er rannte um den Wagen herum, riß die Beifahrertür auf, beugte sich kurz ins Wageninnere und hatte die Tür bereits wieder hinter sich zugeworfen, als der andere Wagen um die Kurve bog. Es war ein klappriger alter Lkw, dessen Ladefläche sich eine Schar lachender mexikanischer Kinder mit einem guten Dutzend laut gackernder Hühner teilten.

Ihr Entführer hob sein Hemd vom Boden auf und kam hinkend auf sie zugerannt. Lora überkam erneut panische Angst, als sie den Revolver in seiner Hand bemerkte. Mit einem finsteren Blick, der sicher auch ein tapfereres Gemüt als sie zum Schweigen gebracht hätte, setzte er sich neben sie. Schaudernd ließ Lora geschehen, daß sich sein muskulöser Arm wie in einer liebevollen Umarmung um ihre Taille legte. Ganz deutlich konnte sie durch den dünnen Stoff ihres Kleides die schweißnasse Hand spüren, die sich über seine mächtigen Muskeln spannte. Und dann warf er sein Hemd in ihren Schoß und ließ blitzschnell seine Hand darunter verschwinden. Lora zuckte, als sie spürte, wie sich der kalte Lauf seines Revolvers gegen ihren Bauch preßte.

»Machen Sie jetzt bloß keine Dummheiten!« zischte es an ihrem Ohr. Sie nickte.

Der Lkw verlangsamte seine Fahrt. Offensichtlich war der Fahrer auf sie aufmerksam geworden. Neugierig lehnten sich die Kinder über die Bordwand der Ladefläche. Auf der Beifahrerseite beugte sich eine dicke Mexikanerin, vermutlich die Mutter der Kinder, aus dem offenen Fenster und rief eher teilnahmslos zu ihnen herüber: *»Señor, que pasa?«*

Mit einem flüchtigen Blick auf den eng an sie geschmiegten Fremden überlegte Lora, ob sie es riskieren sollte, um Hilfe zu rufen. Als könnte er ihre Gedanken lesen, drückte ihr Entführer sie noch fester an sich.

»Lächeln!« zischte er ihr leise ins Ohr und rammte ihr den Lauf des Revolvers in den Bauch. Der Frau in dem Lastwagen rief er zu: *»Nada, Señora, gracias! No problema!«*

Verzweifelt versuchte Lora, der Frau mit ihren Blicken zu signalisieren, daß sie dringend Hilfe brauchte. Aber die Mexikanerin zeigte nicht die leiseste Reaktion.

Statt dessen rief sie ihnen nur ein kurzes *Adios* zu, und schon war der klapprige Lkw wieder losgefahren. Lora blieb nichts anderes übrig, als ihm niedergeschlagen hinterherzuschauen, wie er hinter der nächsten Biegung verschwand.

»So ist es brav«, erklärte der Mann an ihrer Seite anerkennend und zog seine Hand mit dem Revolver zurück. Dann stand er auf und machte sich wieder an die Arbeit. Mutlos beobachtete Lora, wie sein Kopf wieder unter der Kühlerhaube verschwand. Dabei fiel ihr zum erstenmal auf, wie gut er eigentlich gebaut war. Ursprünglich hatte sie den Eindruck gehabt, als wäre er etwa genauso breit wie lang. Doch dem war keineswegs so. Obwohl er mächtige, muskelbepackte Schultern hatte, war der Rest seines Oberkörpers eher schmal und sehnig. Seine tiefbraune Haut glänzte vor Schweiß. Es war, als prickelten Loras Arme noch jetzt von der Berührung seiner dicht behaarten Brust. Und obwohl sein Oberkörper inzwischen fast gänzlich unter der verbeulten Kühlerhaube verschwunden war, konnte sie dennoch ganz deutlich erkennen, daß er schmale Hüften und lange, gut proportionierte Beine hatte. Als ihr Blick wieder ein Stück nach oben wanderte, entging ihr auch nicht, daß seine verwaschenen Jeans wie angegossen über seinem knackigen Hintern saßen. Plötzlich richtete er sich auf und sah sie direkt an. Voller Scham wurde Lora bewußt, daß sie ihn schon die ganze Zeit angestarrt hatte. Er hatte doch hoffentlich nichts gemerkt?

»Jetzt müßte die Karre eigentlich wieder laufen.« Er wischte sich an einem Lumpen die Hände ab und kam hinkend auf sie zu.

»Aha.« Sie gab sich alle Mühe, möglichst gleichgültig zu klingen.

Und als sich in diesem Augenblick ein breites Grinsen über seine Lippen legte, traute Lora kaum ihren Augen. Wie doch ein Lächeln ein Gesicht verändern konnte. Er sah fast – ja – schön aus. Nein, angesichts dieses finsteren Gesichts, das noch dazu über und über mit Blut verschmiert war, war das wohl nicht ganz der richtige Ausdruck. Traf attraktiv den Sachverhalt vielleicht besser? Nein, so widerstrebend sich Lora das auch eingestehen mußte – der Begriff, der seine Wirkung auf sie am treffendsten beschrieb, war eindeutig: sexy. Ja, dieser Mann war ungeheuer sexy. Unwillkürlich ließ sie dieser Gedanke erschaudern. Wie kam sie überhaupt darauf, so etwas auch nur zu denken? Und das vor allem unter diesen Umständen?

In diesem Moment bückte er sich, um ihr die Fesseln abzunehmen. Selbst die vollkommen unschuldigen, rein zweckgebundenen Berührungen, die damit notwendigerweise verbunden waren, ließen sie erschauern. Wie glühende Kohlen schienen sich seine Finger in ihre prikkelnde Haut zu sengen… »Kommen Sie.« Er packte sie am Arm, um ihr auf die Beine zu helfen. Lora riß sich jedoch heftig von ihm los und ging vor ihm her auf den Wagen zu. Dabei glaubte sie ganz deutlich spüren zu können, wie sich seine Blicke in ihren Rücken bohrten. Sie war sich jetzt der männlichen Ausstrahlung, die von ihm ausging, sehr genau bewußt und versuchte deshalb, den natürlichen weiblichen Schwung ihrer Hüften möglichst zu unterdrücken. Mit welchem Ergebnis, hätte sie jedoch nicht sagen können. Er blieb so lange neben dem Wagen stehen, bis sie hinter dem Steuer Platz genommen hatte. Erst dann stieg auch er ein. Als er ihr die Schlüssel reichte, vermied sie es ganz bewußt, seine Hand zu berühren. Aber schon allein vom Leuchten seiner schwarzen Augen bekam sie eine Gänsehaut.

»Und jetzt keine Dummheiten mehr«, warnte er, als sie den Wagen startete. In der Sonne matt schimmernd, lag der Revolver wieder in seinem Schoß. »Ich habe bisher schon mehr als ein Auge zugedrückt. Aber ich warne Sie: Treiben Sie's nicht zu weit! Und vergessen Sie vor allem nicht: Sie haben nichts von mir zu befürchten, solange Sie tun, was ich Ihnen sage. Wenn nicht, lassen Sie mir allerdings keine andere Wahl…«

Tief durchatmend legte Lora den ersten Gang ein und fuhr vorsichtig los. Die unerwartete Feststellung, daß dieser brutale Fremde eine ungewöhnlich starke sexuelle Anziehungskraft auf sie aufübte, hatte sie ziemlich aus der

Fassung gebracht. Noch nie in ihrem Leben hatte sie sich von einem Mann körperlich so stark angezogen gefühlt. Ihren Versuch, in den zweiten Gang zu schalten, quittierte das Getriebe mit einem durchdringenden Jaulen. Lora zuckte zusammen. Er verzog das Gesicht.

»Wo haben Sie eigentlich Fahren gelernt?« fragte er, als sie schließlich glücklich im vierten Gang angelangt war.

»Dann fahren Sie doch selbst!« konterte sie gereizt.

»Vielleicht gar keine so schlechte Idee«, erwiderte er grinsend. »Dann wären Sie mehr oder weniger überflüssig. Aber wenn wir zufällig doch von der Polizei angehalten werden sollten, könnte es nicht schaden, wenn Sie mir doch Gesellschaft leisten. Was sollte ich denen außerdem erzählen, wo Sie abgeblieben sind?«

Lora warf einen forschenden Blick zu ihm hinüber. Aber er starrte nur unverwandt auf die Straße, seine Miene so unergründlich wie aus Stein. Obwohl sie sofort wieder wegsah, hatte sich sein markantes Profil unauslöschlich ihrem Gedächtnis eingeprägt. Ganz gleich, wie sexy dieser Kerl auch sein mochte – er würde nicht davor zurückschrecken, sie zu töten, wenn es die Situation erforderte. Das sollte sie sich vielleicht besser hinter die Ohren schreiben.

3

Ohne anzuhalten, fuhren sie bis tief in die Nacht hinein weiter. Die Tatsache, daß ihr Entführer auf keinen ihrer Versuche einging, ein Gespräch anzuknüpfen, beunruhigte Lora zusehends mehr, zumal sie seine innere Unruhe sehr deutlich spüren konnte. Fast ständig rutschte er nervös auf seinem Sitz herum. Wenn er sich nach vorn beugte, um einen forschenden Blick durch die Windschutzscheibe zu werfen, oder wenn er sich nach einem hinter ihnen auftauchenden Fahrzeug umdrehte, konnte sie seine enorme Anspannung geradezu körperlich spüren. War das ein Wunder? Zweifelsohne rechnete er jeden Augenblick mit dem Auftauchen der Polizei. Der Mann war schließlich ein gefährlicher Verbrecher. Die Frage war nur: Was würde geschehen, wenn tatsächlich die Polizei auftauchte? Würde man sie für seine Komplizin halten? Nicht auszudenken, wenn sie, eine vollkommen Unschuldige, im Kugelhagel ihrer Geschosse umkommen würde.

Und wenn ihn die Polizei nicht stellte – was würde dann aus ihr werden? Würde er sie entgegen seinem Versprechen irgendwann doch töten? Oder vergewaltigen?

Gerade mit letzterer Möglichkeit mußte sie auf alle Fälle rechnen. Früher oder später mußten sie eine Rast einlegen, und dann würde sich zeigen, was er mit ihr vorhatte. Nein, das durfte nicht wahr sein. Einfach unvorstellbar. Aber hätte sie sich andererseits überhaupt vorstellen können, von einem gefährlichen Verbrecher entführt zu werden? Trotzdem war genau das eingetroffen.

Was sollte sie tun, falls er ihr gegenüber die ersten Annäherungsversuche startete? Würde er ihr etwas antun, wenn sie sich ihm widersetzte? Allein die Tatsache, daß sie ihn sexy fand – was für ein Wort! Sie verkehrte eindeutig zuviel mit sechzehnjährigen Mädchen –, bedeutete noch lange nicht, daß sie sich ihm freiwillig hingegeben hätte. Das kam überhaupt nicht in Frage! Ganz abgesehen davon, daß sie noch immer schreckliche Angst vor ihm hatte, gehörte sie auch nicht zu der Sorte Frauen, die gleich am ersten Abend mit einem wildfremden Mann ins Bett gingen – auch wenn er noch so attraktiv und anziehend war.

Der springende Punkt war also: Was würde er tun, wenn sie sich zur Wehr setzte? Eines zumindest stand jetzt schon fest: Obwohl sie vor nicht allzu langer Zeit an einem Selbstverteidigungskurs teilgenommen hatte, war sie weit davon entfernt, eine Art weiblicher Bruce Lee zu sein. Und wenn es hart auf hart gegangen wäre, hätte sie gegen dieses Muskelpaket nicht die leiseste Chance gehabt. Während Lora ihren Gedanken nachhing, wurde ihr immer deutlicher bewußt, daß sie dringend auf die Toilette mußte. Hunger und Müdigkeit hätte sie noch ohne weiteres einige Stunden ertragen können. Aber die Bedürfnisse ihrer Blase duldeten keinen Aufschub mehr. Doch wie sollte sie das ihrem Entführer beibringen? Außerdem war nicht auszuschließen, daß ihn das nur auf dumme Gedanken brachte – falls er die nicht sowieso schon hatte. Abgesehen davon hatte sie ganz einfach Angst, anzuhalten. Solange sie fuhr, konnte ihr nicht viel passieren. Aber wer hätte schon sagen können, auf was für dumme Ideen er plötzlich kam, wenn sie anhalten mußten?

So unauffällig wie möglich veränderte Lora ihre Haltung und versuchte an etwas anderes zu denken. Ringsum herrschte undurchdringliches Dunkel. Kein Licht weit und breit, das von einer menschlichen Behausung gezeugt hätte. Das gelegentliche Kreischen eines einsamen nächtlichen Vogels verstärkte nur noch das Gefühl totaler Verlassenheit, das zusehends mehr von Lora Besitz ergriff.

»Was rutschen Sie denn ständig auf Ihrem Sitz herum?« fuhr der Fremde sie plötzlich an.

»Ach nichts«, antwortete sie. »Reine Nervosität.« Dabei vermied sie es bewußt, ihn anzusehen.

»Dann halten Sie endlich still.« Er klang mehr irritiert als verärgert. Trotzdem gab sich Lora alle Mühe, ihn nicht unnötig zu reizen. Das sollte ihr auch ganz gut gelingen, bis plötzlich ein paar dicke Regentropfen gegen die Windschutzscheibe klatschten. Wenige Sekunden später begann es in Strömen zu regnen.

»Gütiger Gott, nein!« Das Geräusch von fließendem Wasser drohte alle ihre Bemühungen mit einem Schlag zunichte zu machen. Verzweifelt preßte Lora ihre Schenkel noch fester zusammen. »Was soll das blöde Gejammere?« Bedrohlich funkelten seine Augen durch das dunkle Wageninnere. Sie konnte deutlich spüren, wie sein Blick ihren Körper hinunterwanderte, um erst nach einer Weile wieder zu ihrem Gesicht zurückzukehren. Unwillkürlich krampften sich ihre Hände noch fester um das Lenkrad. Die Art, wie er sie anstarrte, verhieß nichts Gutes. Natürlich war nicht auszuschließen, daß er nur nach der Ursache ihrer Unruhe Ausschau hielt, aber andererseits nahm er dabei auch ganz unverhohlen ihre weiblichen Rundungen in Augenschein. Inzwischen hatte es so heftig zu regnen begonnen, daß die Scheibenwischer den sintflutartigen Wassermassen nicht mehr Herr wurden. Lora fuhr nur noch im Schrittempo. Gleichzeitig fochten Scham und Angst gegen die Bedürfnisse ihres Körpers einen verzweifelten Kampf, aus dem schließlich letztere als Sieger hervorgingen.

»Ich muß dringend anhalten.«

»Wir halten an, wenn ich das sage«, knurrte er. »So schlimm ist der Regen auch wieder nicht.«

Verzweifelt starrte Lora in den tosenden Wolkenbruch hinaus. Vermutlich hätte er auch einen Hurrikan nur als harmloses Gewitter bezeichnet.

»Ich muß aber trotzdem anhalten«, ließ sie nicht locker.

»Haben Sie denn nicht gehört, was ich gesagt habe?«

»Ich muß dringend auf die Toilette!« entfuhr es ihr verzweifelt. Ihre Wut über dieses peinliche Eingeständnis wurde noch größer, als sie aus dem Augenwinkel sah, wie sich ein amüsiertes Grinsen über seine Lippen legte. Und nach einer Weile sagte er lediglich: »Ach so.«

Als er sich jedoch auch nach mehreren Minuten zu keiner weiteren Äußerung hatte hinreißen lassen, warf sie ihm einen wütenden Blick zu.

»Ist das alles, was Ihnen dazu einfällt?«

»Was soll mir dazu schon groß einfallen? Falls Sie's noch nicht gemerkt haben – draußen gießt es, was das Zeug hält. Unter anderen Umständen könnten Sie natürlich gern anhalten und hinter dem nächsten Busch verschwinden. Aber leider müßte ich Sie bei diesem kleinen Ausflug begleiten. Und ich habe keine Lust, bis auf die Haut durchnäßt zu werden. Wohl oder übel werden Sie sich also noch ein bißchen beherrschen müssen.«

»Beherrschen!« schnaubte Lora entnervt. Was tat sie denn schon die ganze Zeit? Als er darauf erneut einen kurzen Blick zu ihr herüberwarf, huschte wieder dieses süffisante Lächeln über seine Lippen.

»Es wird Ihnen tatsächlich nichts anderes übrigbleiben – es sei denn, Sie haben eine Nachttopf dabei.«

»Einen Nachttopf!« Das wurde ja immer schöner. Innerlich kochend fuhr Lora weiter durch den strömenden Regen und biß die Zähne zusammen. Sie war inzwischen an einem Punkt angelangt, an dem es ihr fast egal gewesen wäre, wenn sie wegen der schlechten Sicht von der Straße abgekommen wäre. Sie mußte dringend!

Der Revolver lag noch immer in seinem Schoß. Seine Hand ruhte nachlässig an seinem Griff. Der Lauf war auf das Armaturenbrett gerichtet. Aber inzwischen wäre es ihr sogar gleichgültig gewesen, wenn er direkt auf sie gezielt hätte.

»Ich halte jetzt an«, erklärte sie bestimmt und tat auch genau das. »Erschießen Sie mich meinetwegen, aber ich muß jetzt einfach!«

Erst starrte er sie nur wortlos an, als sie die Tür öffnete und in den strömenden Regen hinausstieg. Doch dann stülpte er sich mit einem leisen Fluch seinen Sombrero auf den Kopf und folgte ihr nach draußen. Den Revolver auf sie gerichtet, blieb er neben dem Wagen stehen.

Ohne ihm irgendwelche Beachtung zu schenken, ging Lora an den Straßenrand. Sie war längst bis auf die Haut durchnäßt. Der Regen strömte ihr übers Gesicht. Ihr Haar und ihr Kleid waren klatschnaß und klebten tropfend an ihrem Körper. Bei jedem Schritt quoll schmatzend der Schlamm zwischen ihren Zehen hervor.

Nach einer Weile blieb sie stehen und drehte sich um. Ihr Entführer stand noch immer neben dem Wagen und richtete seinen Revolver auf sie. Die Scheinwerfer blendeten sie jedoch so stark, daß sie nur seine Umrisse erkennen konnte. Aber auch seine Silhouette wirkte sehr groß und bedrohlich.

»Drehen Sie sich um!«

Da er sie wegen des Regens beim erstenmal nicht verstand, legte sie die Hände an den Mund und wiederholte ihre Aufforderung. Diesmal wesentlich lauter. Er schien kurz zu überlegen und drehte sich schließlich widerstrebend um. Wenig später kehrte Lora wieder zum Wagen zurück und stieg ein. Obwohl sie bis auf die Haut durchnäßt war, war ihr nun wesentlich wohler.

»Eigentlich sollte ich Sie auf der Stelle über den Haufen knallen. Das habe ich nun von meiner Gutmütigkeit. Ich bin klatschnaß.« Wutschnaubend zwängte er sich neben ihr auf den Beifahrersitz. Aus dem Haar lief das Wasser über sein finsteres Gesicht, und sogar von seinen Schnurrbartenden tröpfelte ein schwaches Rinnsal. Seine mächtigen Muskeln kamen unter dem Hemd, das nun vor Nässe wie angegossen auf seiner Haut klebte, noch beeindrukkender zum Vorschein. Sogar seine dunkle Brustbehaarung zeichnete sich deutlich unter dem nassen Stoff ab. Sie hatte schon immer eine geheime Schwäche für behaarte Männer gehabt... mein Gott, was ihr für Gedanken kamen! Mit herausfordernd gerecktem Kinn wandte sie den Blick wieder von ihm ab, ließ den Motor an und fuhr unter heftigem Rucken und Bocken des Wagens wieder los.

»Sind Sie eigentlich noch zu retten!« Fassungslos stützte er sich mit der einen Hand am Armaturenbrett ab und ließ mit der anderen den Revolver in seinen Schoß plumpsen.

Sie waren noch nicht lange wieder unterwegs, als Lora von Minute zu Minute kälter wurde. Offensichtlich ging es ihm ähnlich. Jedenfalls stellte er irgendwann wutschnaubend die Heizung an. Das einzige, was aus den Lüftungsschlitzen drang, war ein muffig modriger Gestank. Lora wartete eine Weile, aber es wollte und wollte nicht wärmer werden.

»Halten Sie an«, forderte er sie wenig später sichtlich verärgert auf. Lora warf ihm einen kurzen Blick zu. Das finstere Starren, mit dem er sie ansah, übte fast eine beruhigende Wirkung auf sie aus. So schaute er sie eigentlich schon die ganze Zeit an. Wenn er wirklich vorgehabt hätte, sie umzubringen, weil sie ihn in den Regen hinausgejagt hatte, hätte er sie vermutlich etwas anders angestarrt.

Nachdem sie den Wagen zum Stehen gebracht hatte, packte er sie grob am Arm und beugte sich so weit vor, daß sein Gesicht nur noch wenige Zentimeter von ihrem entfernt war. Lora war sich in diesem Moment seiner männlichen Ausstrahlung überdeutlich bewußt, und während sie ihn mit großen Augen anstarrte, fragte sie sich unwillkürlich, wie sich wohl sein stoppeliges Kinn an ihrer Haut anfühlen würde...

»Wenn mich nicht alles täuscht, liegt nicht weit von hier

eine Farm.« Mit einer kurzen Kopfbewegung deutete er einen verschlammten Feldweg hinunter, der an dieser Stelle von der Straße abzweigte. »Mal sehen, ob wir dort vielleicht eine Unterkunft für die Nacht bekommen. Ich bin Brian Harding, und Sie sind meine Frau. Ist das klar?«

Lora starrte ihn einen Moment fassungslos an. Dann nickte sie. Vielleicht konnte sie die veränderte Situation zu ihrem Vorteil nutzen. Sicher würden ihr die Bewohner der Farm zu Hilfe kommen... »Sollten Sie allerdings auch diesmal wieder irgendwelche Dummheiten machen«, fügte er mit einem bedrohlichen Knurren hinzu, »bringe ich nicht nur Sie um, sondern auch alle anderen auf dieser Farm. Haben Sie mich verstanden?«

Es war ihm ernst. Das stand völlig außer Zweifel. Lora interessierte es plötzlich ganz und gar nicht mehr, wie sich sein unrasiertes Kinn anfühlen könnte. Dieser Mensch war ein brutaler Mörder, der vor nichts zurückschrecken würde. Wie hatte sie das nur vergessen können?

»Gut.« Ihr verängstigtes Zurückweichen war ihm offensichtlich Bestätigung genug. Er nickte zufrieden. Dann forderte er sie mit einer kurzen Handbewegung auf, den Wagen wieder zu starten. Das tat sie und bog in den schlammigen Feldweg ein.

Nicht lange, und der Wagen blieb im Schlamm stekken. Verzweifelt trat Lora das Gas bis zum Anschlag durch. Doch das hatte nur zur Folge, daß die Reifen durchdrehten. Sie saßen fest. Nervös leckte sich Lora die Lippen und sah zu ihrem Entführer hinüber.

»Und was machen wir jetzt?« Seine Hand schloß sich fester um den Griff des Revolvers.

»Das habe ich bestimmt nicht mit Absicht getan!« setzte Lora verzweifelt zu einer Rechtfertigung an und wich verängstigt vor ihm zurück.

»Habe ich das etwa behauptet?« Er streckte die Hand

nach ihr aus, worauf sie sich noch verzweifelter gegen die Tür drängte. Aber er zog nur den Zündschlüssel ab und steckte ihn in seine Hosentasche.

»Dann werden wir eben zu Fuß weitergehen.« Im selben Augenblick hatte er auch schon die Tür auf ihrer Seite aufgestoßen und sie aus dem Wagen geschoben. Lora, die gerade noch instinktiv nach ihrer Handtasche hatte greifen können, wäre um ein Haar auf dem schlammigen Untergrund ausgerutscht. Sie hatte sich kaum wieder gefangen, als er bereits auf der anderen Seite ausgestiegen war und um den Wagen herumkam. Er hatte sich den durchweichten Sombrero wieder aufgesetzt und zum Schutz des Revolvers gegen die Nässe den Umhang über den Unterarm geworfen.

»Kommen Sie.« Er packte sie grob am Arm und zog sie durch den strömenden Regen hinter sich her. Nach einer Weile tauchten vor ihnen ein paar ärmliche Häuser auf. Hatte sie dort Hilfe zu erwarten? fragte sich Lora in banger Erwartung, als sie durch den knöcheltiefen Schlamm auf die kleine Ansiedlung zustapften. Würde sie es überhaupt wagen, um Hilfe zu bitten? Zaghaft schaute sie zu dem Hühnen von einem Mann auf, der sie wie einen störrischen Hund hinter sich herzerrte. Und gleichzeitig wurde ihr klar: sie wußte es nicht.

4

Der Hausherr, ein kleiner, ausgemergelter Mexikaner mittleren Alters, war erst sichtlich überrascht über die beiden Gringos, die plötzlich bei Nacht und Regen vor seiner Tür standen. Aber die wortreiche Erklärung, die ihm der große Fremde in fließendem Spanisch gab, schien seine anfänglichen Bedenken rasch auszuräumen, zumal er sich auch, was die Belohnung für seine Dienste betraf, nicht lumpen ließ. In Lora stieg insgeheim verbitterte Wut auf, als sie hilflos mitansehen mußte, wie ihr Entführer mehrere größere Scheine aus ihrer Handtasche fischte und sie ihrem Gastgeber mit einer gönnerhaften Geste zusteckte.

Wenig später hatten sie die ärmliche Behausung betreten. Der Hausherr legte die vorsintflutliche Flinte beiseite, mit der er sie vorsorglich in Empfang genommen hatte, und stellte sich erst einmal bei seinen Gästen vor. Er hieß Carlos Rodriguez. Offensichtlich hatten sie den guten Mann aus dem Bett gejagt, da er nur mit einer weiten, weißen Baumwollhose bekleidet war. Hinter ihm stand eine zierliche junge Frau mit dicken, schwarzen Zöpfen. Sie hatte sich eine bunte Decke über ihr schlichtes Nachthemd geworfen und musterte die nächtlichen Besucher mit neugierigen Blicken. Wenn Lora ein paar Fetzen des raschen spanischen Wortwechsels richtig verstanden hatte, handelte es sich bei ihr um Carlos' Frau Juana. Das Erdgeschoß des ärmlichen Häuschens bestand aus einem einzigen großen Raum, in dessen hinterster Ecke eine altmodische eiserne Bettstatt stand. Darauf saß ein verhutzeltes altes Weiblein, das von Rodriguez und seiner Frau mit Mamacita angesprochen wurde und von drei kleinen Kindern umringt war, die den Fremden unter der Bettdecke hervor halb ängstlich, halb neugierig entgegenstarrten. Einzige Lichtquelle im Raum war eine nackte Glühbirne, die an einem Stück Draht von der Decke baumelte. Die ärmliche Einrichtung wirkte alt und abgenutzt, aber blitzsauber.

»*Veni, señor y señora* Harding.« Juana winkte sie zu einer Leiter an der Rückseite des Raums.

Lora warf einen kurzen verzweifelten Blick um sich, als ihr Entführer zur Seite trat, um ihr den Vortritt zu lassen. Ihr blieb keine andere Wahl. Niedergeschlagen stieg sie die Leiter hinauf. Ganz offensichtlich hatte sie von diesen Leuten keine Hilfe zu erwarten. Zum einen sprach niemand von ihnen Englisch. Zum anderen konnte sie nicht riskieren, auch noch deren Leben aufs Spiel zu setzen. Ihrem Entführer war durchaus zuzutrauen, daß er sie alle, selbst die Kinder, getötet hätte, nur um seiner Festnahme zu entgehen. Aber auch ganz unabhängig davon hätten ihr diese Leute schwerlich helfen können. Carlos Rodriguez war ein einfacher Bauer, kein Kämpfer. Und mit seiner klapprigen Flinte hätte er gegen diesen Mann, der nun hinter ihr die Leiter hinaufkletterte, keine Chance gehabt. Lora zwängte sich durch die offene Luke in der Decke und fand sich auf allen vieren auf einer Art Dachboden wieder. Da die einzige Lichtquelle der Schein der Glühbirne war, der von unten durch die schmale Luke fiel, konnte sie so gut wie nichts erkennen. Vor allem die hinteren Winkel des Raums lagen in undurchdringlichem Dunkel. Vorsichtshalber blieb Lora deshalb direkt neben der Leiter stehen, durch die sich gerade der Kopf und die mächtigen Schultern ihres Entführers schoben. Als Juana ihm von unten etwas zurief, streckte er seine Hand nach unten aus, um von ihr eine qualmende Petroleumlampe entgegenzunehmen. Nachdem auch er sich durch die Luke gezwängt und neben Lora aufgerichtet hatte, leuchtete er den Raum mit der Lampe ab. Der Fußboden bestand aus groben, unbehauenen Planken. Das schilfgedeckte Dach war so niedrig, daß man nur in der Mitte aufrecht stehen konnte. Im hinteren Teil des Raums befand sich eine eiserne Bettstatt ähnlich der in dem Raum unter ihnen. An ihrem Fußende stand ein verbeulter Blecheimer. Aus seinem Innern ertönte ein stetes, regelmäßiges Tropfen. Die modrigstickige Luft in dem engen Raum verursachte Lora ein leichtes Würgen im Hals. Sie fühlte sich hundeelend. Und das nicht nur wegen des Gestanks. Immerhin hatte sie schon fast zwölf Stunden nichts mehr gegessen und getrunken.

Gebückt ging ihr Entführer auf das Bett zu und stellte die Lampe auf den kleinen Tisch daneben. Den Umhang, unter dem er die ganze Zeit den Revolver verborgen hatte, warf er über den einzigen Stuhl. Die Waffe legte er neben die Lampe auf den Tisch.

»Das haben Sie gut gemacht, Mrs. Harding«, wandte er sich dann mit einem amüsierten Grinsen an Lora und drehte den Docht der Lampe so lange höher, bis ihr flakkernder Lichtstrahl auch in die hintersten Winkel des Raums drang. »Nur weiter so, und wir beide werden bestens miteinander auskommen.« Er drehte sich wieder zu ihr um und sah sie an. Lora, die noch immer auf allen vieren neben der Luke kniete, beäugte ihn mißtrauisch. Sie war ihm wehrlos ausgeliefert – und dieses Bett gefiel ihr ganz und gar nicht.

»Haben Sie Hunger?«

Lora nickte. Gleichzeitig überlegte sie fieberhaft, ob er es wohl wagen würde, sie zu vergewaltigen, während unter ihnen die mexikanische Familie schlief. Ein zweiter Blick auf ihren Entführer ließ sie jedoch rasch zu der Überzeugung gelangen, daß ihm das durchaus zuzutrauen war.

»In den Übernachtungskosten ist auch eine Mahlzeit eingeschlossen. Vermutlich ist Señora Rodriguez gerade dabei, Essen zu machen. Deshalb würde ich vorschlagen, Sie ziehen schon mal Ihre nassen Sachen aus und legen sich ins Bett. Wie es scheint, haben uns unsere Gastgeber freundlicherweise ihr kleines Liebesnest zur Verfügung gestellt. Warum also nicht das Beste daraus machen?«

»Ich... es geht auch so«, stotterte Lora. War diese letzte Bemerkung tatsächlich so gemeint, wie sie das befürchtete? Jedenfalls war sie fest entschlossen, ihre nässetriefenden und schlammverschmierten Kleider auf keinen Fall abzulegen, auch wenn sie vor Kälte am ganzen Körper zitterte. Unter keinen Umständen!

»Was soll das heißen: Es geht auch so? Nur Ihrer Blödheit haben wir es zu verdanken, daß wir bis auf die Haut durchnäßt sind. Ich werde mich jedenfalls jetzt ausziehen. Und wenn Sie auch nur einen Funken Verstand im Hirn haben, werden Sie das gleiche tun.« Er wirkte sehr groß und einschüchternd, als er sie unter seinen dichten Augenbrauen hervor finster anstarrte. Lora wich zu der offenen Luke zurück. Wenn wirklich das Schlimmste eintreten sollte, würde sie sich notfalls mit einem schrillen Schrei durch diese Öffnung stürzen.

Währenddessen stand er noch immer neben dem Bett und wartete auf ihre Antwort. Der gespenstisch flakkernde Schein der Petroleumlampe, der von unten über sein Gesicht fiel, ließ seine markanten Züge noch dämonischer und bedrohlicher erscheinen.

»Ziehen Sie sich jetzt aus oder nicht?« Die Art, wie er sie dabei ansah, verhieß nichts Gutes. Gleich würde er auf sie zukommen und sie mit seinen mächtigen Pranken packen. Und sie würde in ihrer Panik einen verzweifelten Aufschrei nicht mehr länger unterdrücken können; Señor Rodriguez würde die Leiter heraufgeklettert kommen, um zu sehen, was hier oben vor sich ging; und dann würden er und seine Familie mit dem Tod dafür bezahlen... »Nein«, stieß sie mit angsterstickter Stimme hervor. Gleich würde er sich auf sie stürzen, um ihr die Kleider vom Leib zu reißen... »Wie Sie wollen«, brummte er und kehrte ihr wieder den Rücken zu. »Wenn Sie sich unbedingt zu Tode frieren wollen, dann ist das Ihr Problem.« Und damit begann er, sein Hemd aufzuknöpfen.

Lora wußte nicht, ob sie darüber erleichtert oder erst recht besorgt sein sollte. Mit einer seltsamen Mischung aus Faszination und Grauen beobachtete sie, wie seine breiten, muskulösen Schultern und der sehnige Rücken unter dem nassen Stoff des Hemdes zum Vorschein kamen. Seine Haut glänzte im warmen Schein der Lampe wie polierte Bronze. Und darunter war das Spiel seiner Muskeln ganz deutlich zu erkennen... Als er darauf den Lederriemen, der ihm als Gürtel diente, zu lösen begann, wurde Lora endgültig klar, daß er tatsächlich nicht davor zurückschrecken würde, sich vor ihr nackt auszuziehen. Unfähig, ihren Blick abzuwenden, beobachtete sie, wie er seine Turnschuhe auszog und sich die nasse Jeans über seine dichtbehaarten, muskulösen Beine streifte. Nur noch mit einer weißen Unterhose bekleidet, unter deren nassem Stoff sich die Konturen seines Körpers überdeutlich abzeichneten, setzte er sich auf das Bett und zog seine ehemals weißen Socken aus.

Fasziniert beobachtete Lora ihn dabei. Die Socken in einer Hand, stand er wieder auf, sammelte die restlichen Kleider vom Boden auf und hängte sie zum Trocknen über das Fußende des Bettgestells. Erst jetzt bemerkte Lora das Geflecht aus silbrig weißen Narben, das sich über sein rechtes Knie zog. Das also war der Grund für sein Hinken. Und nicht der Tritt, den sie ihm gegen die Kniescheibe verpaßt hatte... Wenn Lora eben den Eindruck gewonnen hatte, daß die nasse Unterhose kaum etwas von seiner Rückenansicht verbarg, hätte sie ihn erst von vorne sehen sollen. Geradezu magnetisch wurden ihre Blicke von der sanften Wölbung unter dem verstärkten Stoff seines Hosenschlitzes angezogen. Und so sehr sie sich auch bemühte, konnte sie ihn nicht mehr davon losreißen.

»Señor! Señora!« Die laute Stimme ihrer Gastgeberin riß Lora abrupt aus ihren Gedanken. Im selben Augenblick

stieg ihr auch schon die Schamröte ins Gesicht. Nur gut, daß Señora Rodriguez nach ihnen gerufen hatte, bevor auch er auf das faszinierte Leuchten in ihren Augen aufmerksam geworden wäre. Was war nur mit ihr los? Wie war es möglich, daß dieser Mann eine solche Anziehungskraft auf sie ausübte? Diese Frage sollte sie auch weiterhin sehr nachdrücklich beschäftigen. Sie beugte sich auf ein kurzes Zeichen von ihm durch die offene Luke, um aus Señora Rodriguez' Händen ihr Essen entgegenzunehmen – zwei angeschlagene Steingutschüsseln mit einem dampfenden Mischmasch aus Bohnen und Tortillas, dessen Duft Lora das Wasser im Mund zusammenlaufen ließ. Nachdem sie die Teller neben sich abgestellt hatte, reichte ihr ihre Gastgeberin noch eine Flasche, zwei Gläser und zwei dünne, abgenutzte Handtücher nach oben.

Noch während Lora die Sachen neben sich abstellte, wurde sie sich bewußt, daß das ihre letzte Chance war, wenn sie ihre Gastgeber auf ihre Notlage aufmerksam machen wollte. Vielleicht gelang es Señor Rodriguez, die Polizei zu rufen, während ihr Entführer schlief. Und wenn alles gutging, war sie schon am nächsten Morgen wieder frei. Ein nervöser Blick über die Schulter verriet ihr, daß ihr Entführer gerade damit beschäftigt war, das Bett zu machen. Dabei hatte er ihr den Rücken zugekehrt. Hastig beugte sie sich durch die Öffnung, sah die Frau mit einem flehentlichen Blick an und versuchte verzweifelt die wenigen Brocken Spanisch zusammenzukratzen, die sie je gelernt hatte.

»*Aidez-moi!*« flüsterte sie eindringlich. Zu dumm! Das war doch Französisch. Hätte sie in der Schule statt dessen lieber Spanisch belegt! Aber diese Einsicht kam jetzt zu spät. Señora Rodriguez sah sie stirnrunzelnd an. Offensichtlich hatte sie nicht die leiseste Ahnung, was Lora sagen wollte.

»*Como dice?*« Ihre Frage hörte sich sichtlich verständnislos an.

Darauf machte sich Lora erst gar nicht mehr die Mühe, sich mit ihrem mehr als bruchstückhaften Spanisch verständlich zu machen, sondern beugte sich statt dessen noch weiter durch die Öffnung und flüsterte aufgeregt:

»Helfen Sie mir. Bitte. Rufen Sie...« Sie wollte eben *la policía* sagen, eines der wenigen spanischen Wörter, die sie kannte. Aber bevor sie noch dazu kam, hatte sich bereits eine kräftige Hand um ihren Nacken gelegt.

Sie war nicht mehr fähig, auch nur noch einen Laut hervorzubringen, geschweige denn sich zu bewegen. Und ehe sie sich's versah, hatte er sie durch die enge Dachluke gezerrt, um sich gleich darauf selbst nach unten zu beugen und freundlich lächelnd zu Señora Rodriguez hinunterzuschauen.

»Perdoname, Señor Harding, no entiendo la señora...« setzte diese verlegen zu einer Entschuldigung an.

»No es importa«, winkte er lächelnd ab. Erstaunt stellte Lora fest, wie sympathisch und einschmeichelnd seine Stimme klang, als er darauf noch ein paar kurze Worte mit ihrer Gastgeberin wechselte. Das einzige, was Lora davon allerdings verstand, waren die Worte *mi esposa,* meine Frau. Ganz offensichtlich war damit sie gemeint.

Kurz darauf verabschiedete er sich mit einem freundlichen: *»Buenas noches, señora, y muchas gracias.«* Und falls ihre Gastgeberin auch nur den leisesten Verdacht geschöpft haben sollte, so waren ihre Bedenken inzwischen längst wieder ausgeräumt. Jedenfalls zog sich Señora Rodriguez wieder zurück, ohne sich auch nur ein einziges Mal nach ihnen umzudrehen. Ohne Loras Hals loszulassen, bückte sich der Entführer und klappte den Deckel der Luke zu. Obwohl sie entsetzlich fror, spürte Lora, wie ihr am ganzen Körper der Schweiß ausbrach.

5

»Sie geben wohl gar nicht auf, wie?«

Noch immer kauerte Lora auf allen vieren auf dem Boden. Unnachsichtig hielt er sie mit der Hand im Nacken gepackt und bog ihren Kopf so weit zurück, bis sie ihm direkt ins Gesicht sah. Groß und bedrohlich ragte er über ihr auf. Die gestreifte Decke, die er sich übergeworfen hatte, um mit Señora Rodriguez zu sprechen, war wieder von seinen Schultern geglitten, so daß er nur noch in seiner Unterhose vor ihr stand. Sein mächtiger, dicht behaarter Körper wirkte bedrohlicher denn je, und in seinen schwarzen Augen leuchtete unverhohlene Mordlust auf. Am ganzen Körper zitternd schaute Lora zu ihm auf.

»Langsam reißt mir wirklich die Geduld.« Mit einem heftigen Ruck riß er sie vom Boden hoch und schob sie in Richtung Bett vor sich her. Halb besinnungslos vor Angst ließ ihn Lora widerstandslos gewähren, ohne daß sich der Griff seiner harten schwieligen Finger um ihren Nacken auch nur einen Deut gelockert hätte.

Erst als sie das Fußende des Betts erreicht hatten, ließ er sie los. Lora fiel ein Stein vom Herzen. Sich den Nacken massierend, drehte sie sich zu ihm um. Verzweifelt hielt sie in seiner unergründlichen Miene nach einem Anhaltspunkt Ausschau, was wohl in ihm vorging. Was hatte er vor? Was würde er als nächstes tun?

»Ich ... ich wollte die Frau nur fragen, wo ... wo hier die Toilette ist.«

»Klar«, schnaubte er. »Und ich bin Bugs Bunny.« Seine Züge verhärteten sich. »Los, ziehen Sie sich aus.«

Lora erbleichte. Er stand ganz dicht vor ihr, höchstens einen Meter von ihr entfernt. Sie konnte seine Wut ebenso deutlich spüren wie die enorm männliche Ausstrahlung, die von seinem fast nackten Körper ausging. Unwillkürlich traten Lora die Tränen in die Augen. Nun war genau das passiert, was sie am meisten befürchtet hatte – er würde sie vergewaltigen. Und was das Schlimmste war: aufgrund ihres unüberlegten Verhaltens hatte sie sich das alles nur selbst zuzuschreiben. Mein Gott, was sollte sie nur tun?

Diesmal konnten ihn ihre Tränen nicht erweichen. Seine pechschwarzen Augen blieben weiter mit unnachsichtiger Strenge auf ihr ruhen. »Haben Sie nicht gehört? Sie sollen sich ausziehen.«

Sein grimmiger Ton duldete keinen Aufschub. Zitternd biß sich Lora auf die Unterlippe, und dann begann ihre Hand langsam, ganz langsam nach dem Reißverschluß am Rücken ihres Kleides zu tasten. Er sah ihr ungerührt dabei zu. Ohne den Blick von ihm abzuwenden, zog sie den Reißverschluß nach unten. In wenigen Augenblicken war sie vollkommen nackt und wehrlos... Doch Lora wurde klar, daß sie das nie über sich bringen würde. Auf keinen Fall würde sie eine solche Demütigung widerstandslos über sich ergehen lassen.

Abrupt ließ sie die Hand wieder sinken und starrte ihn mit hochgerecktem Kinn trotzig an.

»Nein!« erklärte sie mit dem Mut der Verzweiflung.

Er sah sie für einen Moment an, als traute er seinen Augen nicht. Dann wurden seine Lippen bedrohlich schmal, und sein Gesicht begann sich unheilvoll zu verdunkeln. Als er auch noch einen Schritt auf sie zukam, wich Lora entsetzt zurück.

»Eine Berührung, und ich schreie, so laut ich kann!« warnte sie ihn mit einem leisen Zischen.

Darauf blieb er tatsächlich stehen und sah sie lange wortlos an. Als er sich schließlich von ihr abwandte, seufzte Lora erleichtert auf.

»Sie werden also schreien?« brummte er finster und drehte sich wieder um. Mit entsetzt aufgerissenen Augen sah Lora, daß er den Revolver in der Hand hielt. »Das wollen wir doch sehen. So! Und jetzt ziehen Sie sich endlich aus!«

Lora war nicht fähig, ihren Blick von dem Revolver loszureißen, der genau auf ihr Herz gerichtet war. Nun hatte sie nur noch eine Wahl: Vergewaltigung oder Tod. Ihre Lippen zitterten. Sie wollte nicht sterben. Unter seinen finsteren Blicken tasteten ihre Hände erneut nach dem Reißverschluß ihres Kleids.

Sie zitterte jedoch so heftig, daß sie kaum den Reißverschluß halten konnte, als sie versuchte, ihn nach unten zu ziehen. Sie streifte sich die schmalen Träger über die Schultern und ließ das Kleid an sich hinabgleiten. Um ihn nicht ansehen zu müssen, starrte sie dabei unverwandt auf einen Punkt an der Rückwand des Raums. Voller Scham stieg sie schließlich aus dem durchnäßten Häufchen blauem Stoff, das zu ihren Füßen auf dem Boden lag, und bückte sich, um es aufzuheben. Nachdem sie es ausgeschüttelt hatte, hängte sie es zu seinen Sachen über das Fußende des Betts. Währenddessen spürte sie ganz deutlich, daß seine Blicke keinen Moment von ihr ließen. Irgendwann hielt sie es einfach nicht mehr länger aus. Ganz kurz nur zuckte ihr Kopf zu ihm herum. Doch was sie in diesem kurzen Augenblick sah, genügte ihr vollauf. Die unverhohlene Gier in seinem Blick war unübersehbar. Sie trug inzwischen nur noch einen weißen trägerlosen BH mit einer unschuldigen kleinen Rosenknospe zwischen den beiden prall gefüllten Körbchen und ein passendes Höschen, dessen schmaler Bund geschmeidig dem sinnlichen Schwung ihrer Hüften folgte. Sie hatte sich die Unterwäsche eigens für diesen Urlaub gekauft, und sie brachte ihre körperlichen Vorzüge außerordentlich geschickt, aber trotzdem dezent zur Geltung. In ihrem durchnäßten Zustand klebten BH und Slip jedoch so dicht auf ihrer Haut, daß sie genausogut nackt hätte sein können. Schaudernd stellte Lora mit einem kurzen Blick an sich hinab fest, daß sich ihre vor Kälte steifen Brustwarzen in aller Deutlichkeit durch das hauchdünne Nylongewebe ihres BHs abzeichneten. Ihr zartes Rosa war unter dem nassen Stoff ebenso deutlich zu erkennen wie die dunklere Färbung der sie umgebenden Höfe. Und ein Stück tiefer zeichnete sich zwischen ihren Schenkeln ganz deutlich ein dunkles Dreieck ab.

»Los, weiter!« drängte er barsch. »Ziehen Sie alles aus!« In einer verzweifelten Geste verschlang Lora ihre Finger ineinander. Ausgeschlossen! Nicht um alles in der Welt würde sie sich vor diesem Unmenschen nackt ausziehen. Das kam überhaupt nicht in Frage...

Zum erstenmal, seit sie sich zu entkleiden begonnen hatte, sah sie ihm direkt in die Augen. Noch immer blitzte ihr aus seiner geballten Faust der schimmernde Stahl seines Revolvers entgegen, und seine Augen ruhten mit derselben unnachsichtigen Kälte auf ihr wie eh und je. Würde er tatsächlich nicht davor zurückschrecken, sie zu erschießen? Und was würde aus der mexikanischen Familie unter ihnen werden? schoß es Lora verzweifelt durch den Kopf. Wenn er sie umbrachte, mußte er auch sie zum Schweigen bringen.

»Haben Sie nicht gehört?« Der ruhige Tonfall, in dem er das sagte, ließ seine Stimme nur um so bedrohlicher klingen. Verzweifelt rang Lora die Hände. Dieser Revolver und der Mann, der ihn auf sie richtete, machten ihr schreckliche Angst. Aber die Vorstellung, völlig nackt vor ihm zu stehen, war nicht weniger entsetzlich. Mit dem Mut der Verzweiflung stieß sie deshalb hervor:

»Sie werden es nicht wagen, mich zu erschießen.«

»Was?« fragte er verständnislos.

Lora schluckte. Vor Angst war ihre Kehle wie zugeschnürt. Ihre Stimme war kaum mehr als ein heiseres Krächzen. Kein Wunder, daß er sie nicht verstanden hatte.

»Sie werden es nicht wagen, mich zu erschießen.« Diesmal klang ihre Stimme schon etwas fester. Er starrte sie an, als wären ihr plötzlich Flügel am Rücken gewachsen.

»Sie sind wohl lebensmüde, wie?« In seinen Augen flackerte ein gefährliches Feuer auf, und seine Hand schloß sich fester um den Griff des Revolvers. »Zum letztenmal: Ziehen Sie sich endlich aus!«

»Wenn Sie mich erschießen, werden Sie auch die Leute da unten erschießen müssen. Und dann wird Sie die Polizei erst recht jagen. Man wird Sie im ganzen Land suchen...«

»Verdammt noch mal!« Und bevor Lora noch begriff, wie ihr geschah, hatte er sie an der Kehle gepackt und rückwärts gegen die Wand gedrängt. Er drückte gerade so fest zu, daß sie nach Luft schnappen mußte. Als sie ihn darauf mit angstgeweiteten Augen anstarrte, grinste er nur.

»Sie haben vollkommen recht: Ich werde Sie tatsächlich nicht erschießen, jedenfalls nicht hier. Aber es gibt nichts, was mich daran hindern könnte, Sie auf der Stelle zu erwürgen.« Je fester er zudrückte, desto weiter traten ihre Augen aus den Höhlen. Erst nach einer Weile lockerte er seinen Griff wieder, so daß sie nach Luft schnappen konnte.

»Noch ein Mucks, und ich werde meine Drohung wahrmachen. Ist das klar?«

Ohne auf ihre Antwort zu warten, drückte er auf einen kleinen roten Knopf an seinem Revolver und warf ihn auf das Bett. Dann tastete er nach dem Verschluß ihres BHs und hakte ihn auf. Am ganzen Körper zitternd, hielt Lora schützend ihre Arme vor ihre Brüste, als er ihr den BH mit einem heftigen Ruck herunterriß. Nachdem er den Büstenhalter neben den Revolver auf das Bett geworfen hatte, streifte er ihr auch noch den Slip über die Beine.

Nun war sie splitternackt. Sie spürte ganz deutlich, wie ihr die Schamröte ins Gesicht schoß. Zugleich wurde ihr mit verstärkter Deutlichkeit bewußt, wie dicht der fast nackte Fremde vor ihr stand. Fast glaubte sie die Hitze spüren zu können, die von seinem kräftigen Körper ausging. Unwillkürlich versuchte Lora noch weiter gegen die Wand zurückzuweichen und schützend ihre Arme vor ihren nackten Körper zu legen. Doch er kam ihr zuvor. Unsanft packte er sie am Nacken und schleuderte sie auf das Bett. Bei der Landung stieß sie mit dem Knie so unglücklich gegen den Revolver, daß sie vor Schmerz heftig zusammenzuckte. Im selben Augenblick war er auch schon über ihr. Auf allen vieren über das Bett kriechend, versuchte sie verzweifelt vor ihm zu fliehen. Aber die Eisenstangen am Kopfende des Betts bereiteten ihrer Flucht ein jähes Ende. Er hatte inzwischen nach dem Revolver gegriffen und wog ihn nun, finster auf sie herabstarrend, nachdenklich in seiner Hand. Entsetzt wanderten Loras Blicke an seinem behaarten Oberkörper hinab, um schließlich wie gebannt auf dem haften zu bleiben, was seine durchnäßte Unterhose kaum verhüllte. Und als sie sah, wie die Wölbung, die sich darunter verbarg, rasch größer wurde, brach ihr am ganzen Körper der Schweiß aus. Er wandte sich kurz von ihr ab, um den Revolver beiseitezulegen. Doch dann ließ er seinen Blick ganz betont langsam über ihren nackten Körper wandern.

»Ein Laut, und ich bringe dich um«, zischte er. Im nächsten Augenblick lag er auch schon neben ihr auf dem Bett und drückte sie mit seinen starken Armen ganz fest an sich. Mit beängstigender Deutlichkeit war sich Lora der sengenden Glut seines dichtbehaarten Körpers bewußt, der sich immer fester gegen ihre nackte Haut preßte. Und dann war er auch schon über ihr. Fast drohte er sie mit dem gewaltigen Gewicht seines muskelbepackten Körpers zu ersticken, so daß sie selbst dann keinen Laut hervorgebracht hätte, wenn ihr nicht seine dichte Körperbehaarung die Luft genommen hätte. Er drohte sie jeden Augenblick unter sich zu zerquetschen. Immer fordernder rieb sich der Stoff seiner Unterhose an ihren weichen

Schenkeln. Und die pochend steife Wölbung darunter ließ keine Zweifel mehr daran, was nun auf sie zukommen würde.

An diesem Punkt setzte mit einem Mal ihr Denken völlig aus. Sie überließ sich ganz ihren Instinkten. Unter einem verzweifelten Aufbäumen ihres Körpers versuchte sie ihn von sich zu stoßen. Und tatsächlich wurde er durch dieses Manöver so überrascht, daß er ein Stück von ihr heruntерglitt. Verzweifelt versuchte Lora, sich unter ihm hervorzuwälzen. Besinnungslos vor Angst krallten sich ihre Finger in den Stoff des Lakens, und blindlings um sich tretend, versuchte sie sich aus der Umklammerung seiner kräftigen Schenkel zu befreien. Sie wollte gerade einen gellenden Schrei ausstoßen, als sich seine Hand über ihre Lippen legte und jeden Laut im Keim erstickte. Gleichzeitig grub sich seine andere Hand schmerzhaft tief in das weiche Fleisch ihres Hinterns und preßte sie unerbittlich an sich.

In ihrer Verzweiflung begann Lora wie wild um sich zu treten. Aber es war, als versuchte sie sich aus den Armen einer Krake zu befreien. Deshalb änderte sie ihre Taktik. Sie versuchte ihm die Augen auszukratzen. Gleichzeitig riß sie das Knie hoch, um es ihm in den Unterleib zu rammen. Aber er konnte ihr gerade noch rechtzeitig ausweichen. Ihr Knie streifte über etwas Hartes, Steifes und prallte dann von seinem Oberschenkel ab. Mit einem wilden Knurren veränderte er darauf seine Haltung und drückte sie mit brutaler Gewalt auf das Bett nieder. Jetzt war sie ihm wehrlos ausgeliefert. Mit einem teuflischen Grinsen starrte er auf sie herab. Loras Körper durchfuhr ein heftiger Schauder. Offensichtlich faßte er dieses Zittern als ein Zeichen auf, daß sie sich in das Unvermeidliche fügte. Ganz langsam nahm er seine Hand von ihrem Mund. Lora holte tief Luft. Ungeachtet all seiner Drohungen war sie fest entschlossen, um Hilfe zu schreien. Doch noch ehe sie dazu kam, spürte sie plötzlich, wie sich ein weiches Knäuel Stoff in ihren Mund schob.

»Du blödes Luder, eigentlich sollte ich dich auf der Stelle umbringen. Ich sollte dir die Gurgel abdrehen. Ich...« Mit wutverzerrtem Gesicht starrte er auf sie herab. Unerbittlich hielten seine mächtigen Pranken ihre Handgelenke umklammert, während sie verzweifelt versuchte, den Knebel auszuspucken, und dabei mit den Beinen blindlings um sich trat. Das hatte jedoch nur zur Folge, daß er den Druck auf ihre Handgelenke so lange verstärkte, bis ihr Widerstand schließlich erlahmte. Erschöpft sank Lora auf die Matratze zurück. Diese Gelegenheit nutzte er, um ihre Handgelenke nur noch mit einer Hand festzuhalten und mit der anderen nach dem schon bekannten Lederriemen zu greifen. Mit ein paar geschickten Handgriffen fesselte er ihr damit binnen kürzester Zeit die Handgelenke und band sie am Kopfende des Bettes fest. Genauso verfuhr er mit Hilfe ihres Slips und seines Hemdes mit ihren Fußgelenken. Lora zitterte vor Angst, Wut und Scham, aber ihr nackter Körper war ihm nun wehrlos ausgeliefert. Zu guter Letzt band er ihr noch den BH um den Mund, damit sie den Knebel nicht mehr ausspucken konnte. Und so lag sie nun unter ihm, gefesselt und geknebelt wie ein Lamm für die Schlachtbank – oder eine Jungfrau für den Opferaltar.

Nachdem er sich noch einmal vom Sitz ihrer Fesseln überzeugt hatte, richtete er sich auf und starrte mit einem zufriedenen Grinsen auf sie herab. Sein nackter Körper glänzte vor Schweiß. Über seinen breiten, tief gebräunten Schultern und Armen lag ein mattgoldener Schimmer. Dicke Schweißtropfen perlten über seinen mächtigen Brustkorb und den flachen, glatten Bauch. Wenn Lora nicht solche Angst gehabt hätte, hätte ihr seine wild-männliche Schönheit fast so etwas wie Bewunderung entlocken können. Unter den gegebenen

Umständen konnte sie jedoch an nichts anderes denken, als daß sie dieser sadistischen Bestie wehrlos ausgeliefert war.

Sie konnte ihn nicht einmal daran hindern, sich nach Lust und Laune am Anblick ihres nackten Körpers zu weiden. In aller Ruhe nahm er sie erst einmal gründlich in Augenschein. Lange verharrten seine Blicke auf den rosigen Knospen ihrer vollen Brüste, bevor sie über ihre schmale Taille zu dem dunklen Lockendreieck zwischen ihren Schenkeln weiter wanderten. Nur mit Mühe konnte Lora gegen das verzweifelte Bedürfnis ankämpfen, sich unter seinen Blicken zu winden. Aber schon die geringste Bewegung hätte ihn möglicherweise nur dazu animiert, zum Äußersten zu gehen. Deshalb versuchte sie sich mühsam zu beherrschen und blieb völlig reglos liegen. Nur ihre Augen suchten seine harten Züge nach irgendeinem Anzeichen dafür ab, was gerade in ihm vorging. Aber seine Miene war undurchdringlich. Nur in seinen Augen flackerte ein lüsternes Leuchten auf, während seine Blicke über ihren nackten Körper wanderten.

Resigniert fügte sich Lora in das Unvermeidliche. Es gab nichts, was sie hätte tun können, wenn er über sie herfallen würde. Er konnte alles mit ihr machen – sie auf jede nur erdenkliche Weise demütigen, sie vergewaltigen, sie töten. Unvermutet nahm er plötzlich ihr Gesicht zwischen seine Hände und beugte sich so tief über sie, daß seine behaarte Brust kitzelnd über ihre empfindlichen Brustwarzen streifte. Loras Herz begann so heftig zu schlagen, daß ihr jeden Moment die Brust zu zerspringen drohte. Jetzt war es soweit... »Mache ich dir angst?« flüsterte er ihr heiser ins Ohr.

Das bestärkte Lora noch mehr in der Überzeugung, daß es ihm offensichtlich Spaß machte, Frauen zu quälen. Dieser Mann war pervers, ein brutaler Sadist... »Jetzt kann ich alles mit dir machen, was ich will«, fuhr er fort, als wöge er bereits genußvoll die verschiedenen Möglichkeiten ab. »Alles.«

Lora erschauderte, als er sich auf seine Arme stützte, um seinen Blick noch einmal genüßlich über ihren nackten Körper wandern zu lassen. Vor Angst hatte sie eine heftige Gänsehaut bekommen. Da er ihr die Arme straff über den Kopf gebunden hatte, traten ihre vollen Brüste ganz besonders deutlich hervor, und ihre Brustwarzen hatten sich vor Kälte schmerzhaft versteift. Sein Blick ruhte lange auf den beiden winzigen rosigen Erhöhungen, bevor er weiter ihren Körper hinabwanderte, zu ihrer Taille, ihren sanft geschwungenen Hüften und den langen, schlanken Beinen. Mit derselben gemächlichen Ruhe kehrte er dann wieder zu dem dunklen Dreieck zwischen ihren Schenkeln zurück. Um ihre Blöße zu bedecken, versuchte Lora die Beine übereinanderzuschlagen. Aber ihre Fesseln hinderten sie daran. Sie war ihm ausgeliefert. Er konnte sich ganz ungehindert am Anblick ihres nackten Körpers weiden, solange er wollte.

Plötzlich spürte sie auf der zarten Haut ihrer Halskuhle eine schwielige Fingerspitze; gemächlich fuhr sie zwischen ihren Brüsten hindurch zu ihrem Nabel hinab.

Lora erstarrte. Am ganzen Körper zitternd, die Augen krampfhaft zusammengekniffen, wartete sie, was er als nächstes tun würde. Wenn er wenigstens nicht ganz so brutal mit ihr umgesprungen wäre...

Sein Finger wanderte den Weg, den er gekommen war, wieder zurück, um schließlich zwischen ihren Brüsten zu verharren und einen kleinen Kreis zu beschreiben. Dann nahm er den Finger plötzlich weg, um sie unsanft am Kinn zu packen.

»Schau mich an.«

Sein bedrohliches Knurren duldete keinen Widerspruch. Gehorsam schlug Lora die Augen auf und sah ihn ängstlich an. Das unheilvolle Funkeln seiner dunklen Augen schien noch bedrohlicher, als er sie finster anstarrte.

»Bist du schon mal vergewaltigt worden?«

In panischer Angst schnürte sich Loras Kehle zusammen. O mein Gott, steh mir bei... »Los, antworte. Bist du schon mal vergewaltigt worden?« Er drückte noch fester zu.

Wegen des Knebels in ihrem Mund brachte Lora nicht einen Ton über ihre Lippen. Deshalb schüttelte sie nur mit heftig wogender Brust ihren Kopf.

»Möchtest du nicht mal ausprobieren, wie das ist?«

Warum mußte er sie auf so brutale Weise quälen? Wenn er schon nicht anders konnte, warum kam er dann nicht einfach zur Sache und brachte es so schnell wie möglich hinter sich? Sie würde noch sterben vor Angst... »Los, antworte!«

Verzweifelt schüttelte Lora noch einmal den Kopf. Wenn der Knebel in ihrem Mund nicht gewesen wäre, hätte sie wie ein kleines Kind losgeheult. Vielleicht hätte ihn das gnädiger gestimmt...

Er ließ sich wieder auf sie herabsinken. Kitzelnd streifte seine dichte Brustbehaarung über ihre Brüste. Sein unrasiertes Gesicht befand sich so dicht über ihrem, daß sie ganz deutlich die kleinen Fältchen in seinen Augenwinkeln erkennen, seinen warmen Atem auf ihrer Haut spüren konnte.

»Wenn du noch einmal auf dumme Gedanken kommen solltest, dann werde ich tatsächlich ernst machen.« Seine Lippen verzerrten sich zu einem fiesen Grinsen. »Du kannst wirklich von Glück reden, daß ich dich so lange verschont habe. Allerdings muß ich gestehen, daß mir das keineswegs leichtgefallen ist. Ich stehe nämlich auf Weiber mit großen Titten.«

Damit richtete er sich unvermutet auf, blieb, die Arme über der Brust verschränkt, über ihr stehen und sah mit einem seltsamen Leuchten in den Augen auf sie herab. Bevor Lora so richtig begriffen hatte, wie ihr geschah, hatte er sich bereits abgewandt, um die Decke zu holen, die neben der Luke auf dem Boden lag. Lora fiel ein Stein vom Herzen, als er sie damit zudeckte.

Mit einem verschlagenen Grinsen ging er dann die beiden Teller mit ihrem Essen holen. Nachdem er einen davon neben Lora auf den Tisch gestellt hatte, machte er sich gierig über den anderen her.

»Mmmmm, das schmeckt«, brummte er genüßlich kauend. »Hast du Hunger?«

Lora nickte. So schlimm, wie sie gedacht hatte, war er also doch nicht. Er hatte sie nicht vergewaltigt, und wenn er ihr auch einen fürchterlichen Schrecken eingejagt hatte, gab er ihr jetzt sogar etwas zu essen... »Zu dumm, daß ich dich festbinden mußte«, fuhr er mit gespieltem Bedauern fort, während er das Essen gierig weiter in sich hineinschlang. »Jetzt kannst du gar nichts essen.« Jetzt wurde Lora bewußt, daß er ihr einen Denkzettel verpassen wollte. Erst hatte er ihr fürchterliche Angst eingejagt, und nun aß er unter ihren gierigen Blicken nicht nur den Inhalt seines Tellers, sondern auch den ihren auf. Dieser gemeine Kerl!

Haßerfüllt sah ihm Lora zu, wie er sich mit einem schadenfrohen Grinsen über ihren Teller hermachte. Als er alles aufgegessen hatte, rülpste er ungeniert und nahm einen kräftigen Schluck aus der Flasche, die ihnen die Frau mit dem Essen heraufgereicht hatte. Wegen des Knebels war Loras Mund längst wie ausgedörrt, und der Durst plagte sie fast noch mehr als der Hunger.

Nach ein paar betont genießerischen Schlucken stellte er die Flasche wieder beiseite und blies die Lampe aus. Wenige Augenblicke später spürte Lora, wie die Decken unter ihrem Rücken weggezogen wurden, so daß sie auf einem derben, handgewebten Laken zu liegen kam. Dann breitete er eine zweite Decke über die, die er bereits über sie geworfen hatte, und ging auf die andere Seite des Betts. Fast im selben Augenblick spürte sie auch schon, wie sich die Matratze unter seinem Gewicht durchbog, so daß sie ein Stück auf seine Seite rollte. Er lag so dicht neben ihr, daß sie ganz deutlich seinen Atem hören, den Geruch seines Körpers riechen konnte. Wenn er sich bewegte, geriet das ganze Bett in Schwingung. Die Matratze bog sich unter seinem Gewicht so tief durch, daß Lora wohl oder übel auf ihn gerollt wäre, wenn sie nicht festgebunden gewesen wäre. Zugleich verstärkte sich dadurch der Zug auf ihre gefesselten Hand- und Fußgelenke.

»Träum was Schönes«, murmelte er ganz dicht an ihrem Ohr. Wütend zerrte Lora an ihren Fesseln, und sie hätte schwören können, daß sie ihn leise in sich hineinlachen hörte. Kochend vor Wut lag sie neben ihm im Dunkeln. Aber das war nicht alles, was sie in diesem Augenblick empfand. Doch dieses andere Gefühl war so beunruhigend, daß sie sich mit allen Mitteln dagegen zur Wehr setzte. Wie heiß sich seine Haut anfühlte, wenn sie hin und wieder flüchtig die ihre streifte. Mit quälender Deutlichkeit war sich Lora der Nähe seines Körpers und ihrer Nacktheit bewußt. Sie verabscheute diesen Mann, und sie hatte entsetzliche Angst vor ihm. Aber trotzdem mußte sie die ganze Zeit immer nur daran denken, wie er vorhin, nur mit seiner Unterhose bekleidet, vor ihr gestanden hatte.

Als er sich wieder einmal herumwälzte, streifte sein behaarter Oberschenkel ihre Hüfte, und das war, als schwärmten von dieser Stelle plötzlich Hunderte von Tausendfüßlern mit glühend heißen Füßen über ihren ganzen Körper aus. Es hatte keinen Sinn, sich noch länger etwas vorzumachen. Die Anziehung, die von diesem Mann auf sie ausging, war einfach zu stark. Deutlich hatte Lora das Spiel der mächtigen Muskeln unter seiner im Lampenlicht golden schimmernden Haut in ihr Gedächtnis eingeprägt – die breiten Schultern, die auffallend schmalen Hüften, die dichte Brustbehaarung, die sich über seinem Nabel zu einem schmalen Streifen verengte, der schließlich unter dem Bund seiner weißen Unterhose verschwand, die mächtigen, muskelbepackten Arme, die sie auf das Bett niedergedrückt hatten, die kräftigen, langgliedrigen Hände... Lora schluckte schwer. Was war nur mit ihr los? Wurde sie nun vollends verrückt? Immerhin hatte sie es hier mit einem sadistischen Verbrecher zu tun, der sie auf grausamste Weise gequält und gedemütigt hatte und vermutlich auch nicht davor zurückgeschreckt wäre, sie zu töten. Wie war es also möglich, daß sie durch seine körperliche Nähe in solche Erregung versetzt wurde? So etwas war ihr bisher noch nie passiert. Nicht einmal nach Brian hatte sie je ein so leidenschaftliches Verlangen verspürt – und dies trotz der Tatsache, daß Brian ein durchaus passabler Liebhaber war. Es konnte jedenfalls nicht daran liegen, daß sie sexuell frustriert gewesen wäre. Wie war es also möglich, daß dieses sadistische Monster eine solche Anziehungskraft auf sie ausübte? Ganz gleich, woran es auch liegen mochte – sie konnte die enorm starke Anziehung, die von ihm ausging, nicht mehr länger verleugnen. Und da war noch eine Frage, die sie brennend beschäftigte. Ging es in diesem Punkt nur ihr so? Oder fühlte auch er sich so unwiderstehlich zu ihr hingezogen?

Letztere Frage sollte freilich schon wenige Augenblicke später durch ein leises, aber dennoch unüberhörbares Schnarchen ganz unmißverständlich beantwortet werden. Dieser widerliche Kerl war doch tatsächlich eingeschlafen! Auf Gegenseitigkeit konnte diese enorme Anziehungskraft also nicht beruhen. Kochend vor Wut begann sich Lora in ihren Fesseln zu winden, um eine halbwegs bequeme Stellung zu finden, in der sie einigermaßen hätte schlafen können. Aber zu ihrer wachsenden Verzweiflung mußte sie feststellen, daß in ihrer augenblicklichen Lage nicht an Schlaf zu denken war.

6

Das Stockholm-Syndrom! Daß sie darauf nicht schon früher gekommen war. Nur daran konnte es liegen. Wie Schrift an der Wand leuchteten ihr diese beiden Worte aus dem Dunkel entgegen, als sie aus unruhigem Schlaf erwachte. Erst vor kurzem hatte sie von einer psychologischen Studie gelesen, derzufolge es keineswegs selten vorkam, daß sich das Opfer einer Entführung im Lauf der Zeit mehr und mehr mit seinem Entführer zu identifizieren begann. Das konnte sogar so weit gehen, daß es sich in ihn verliebte. Dabei handelte es sich um einen psychischen Abwehrmechanismus, der es dem Entführungsopfer ermöglichte, die ansonsten unerträgliche Situation besser verkraften zu können. Jedenfalls war das eine durchaus plausible Erklärung für ihre ansonsten vollkommen unverständliche Reaktion auf die sadistische Bestie, die noch immer friedlich schnarchend neben ihr schlief. In Wirklichkeit fühlte sie sich von diesem Mann gar nicht angezogen; statt dessen handelte es sich dabei lediglich um einen psychischen Abwehrmechanismus, der einzig und allein dem Zweck diente, die Grauenhaftigkeit ihrer Situation besser ertragen zu können.

Obwohl ihr Mund wie ausgedörrt war und ihre Arme und Beine entsetzlich schmerzten, fühlte sich Lora gleich wesentlich besser. Es übte einen enorm beruhigende Wirkung auf sie aus, daß diese unerklärliche Anziehungskraft nichts weiter war als ein gängiger psychischer Abwehrmechanismus. Zumindest lief sie nun keine Gefahr mehr, dem mehr als zweifelhaften Charme ihres Entführers zu erliegen.

»Gut geschlafen?«

Auch er war inzwischen aufgewacht. Sie drehte, so gut

es ihre Fesseln erlaubten, den Kopf herum, um ihn wütend anzustarren. Im schwachen Schein des Dämmerlichts, das durch die Dachsparren fiel, konnte sie sehen, daß er ganz dicht neben ihr lag. Mit seinem schlafzerzausten Haar und dem dunklen Dreitagebart wirkte er sehr männlich und sehr sexy – und sehr gut ausgeruht. Auch dieser grimmige Banditenschnurrbart stand ihm verteufelt gut, mußte sie sich zu ihrer nicht geringen Überraschung eingestehen. Und sie ertappte sich sogar dabei, wie sie allen Ernstes überlegte, ob er sich wohl eher hart und borstig anfühlte oder weich und kitzelig. Im selben Augenblick holte sie sich jedoch bereits mit ihrem neuen Zauberwort Stockholm-Syndrom auf den Boden der Tatsachen zurück. Enorm erleichtert wurde ihr diese Selbsternüchterung außerdem durch den stechenden Schmerz, der durch ihre Hand- und Fußgelenke jagte, als sie ihre Haltung zu verändern versuchte. Jetzt wenigstens sprach wieder die gebotene Entrüstung aus ihren Blicken.

»Du hast wohl deine Zunge verschluckt?« Grinsend löste er den Knoten des BHs, mit dem er den Knebel festgebunden hatte. Unwillkürlich zuckte Lora vor seiner Berührung zurück. Aufgrund ihrer Fesseln war das allerdings nicht sehr weit. Als er dann den Knebel entfernte, begann ihr Mund unerträglich zu schmerzen. Ihr Unterkiefer war steif und taub, ihre Zunge war heftig angeschwollen, und ihre Lippen waren rissig und trocken. Die geringste Berührung war mit schrecklichen Schmerzen verbunden. Trotzdem versuchte sie mit der Zunge ihre Lippen zu befeuchten. Es war, als riebe ein Stück Sandpapier über trockenes Holz. Sie würde nie wieder sprechen können... »Da, trink das.« Er griff nach der Flasche, aus der er am Abend zuvor so genüßlich getrunken hatte, ohne ihr auch nur einen Schluck daraus zu gönnen. Da er sich inzwischen im Bett aufgesetzt hatte, war die Decke auf seine Hüften hinabgerutscht. Mit nacktem Oberkörper hob er leicht ihren Kopf an und hielt ihr die Flasche an die Lippen. Lora trank in gierigen Zügen. Die Flasche enthielt jedoch kein Wasser. Eine brennend scharfe alkoholische Flüssigkeit schoß in ihren ausgedörrten Mund. Obwohl sie sofort heftig zu würgen begann, schüttete er den Schnaps einfach weiter in sie hinein, bis sie verzweifelt den Kopf herumriß. Aber sofort packte er sie wieder energisch im Nacken und zischte:

»Trink. Es wird dir guttun.« Als er darauf die Flasche erneut ansetzte, blieb ihr keine andere Wahl, als seiner Aufforderung nachzukommen. Nach einer Weile nahm er die Flasche von ihren Lippen und stellte sie beiseite.

Vorsichtig tastend fuhr sich Lora mit der Zunge über die Lippen. Obwohl ihr Mund von dem scharfen Schnaps schrecklich brannte, war er zumindest nicht mehr ganz so trocken.

Inzwischen war ihr Entführer aufgestanden. Ungeachtet all dessen, was sie über das Stockholm-Syndrom wußte, mußte sich Lora eingestehen, daß sie ihn noch immer verteufelt gutaussehend fand. Er ging ans Fußende des Betts, um sich zu vergewissern, ob ihre Sachen inzwischen trocken waren. Offensichtlich war das der Fall, denn er griff nach seiner Jeans und schlüpfte hinein. Dann machte er sich daran, Loras Fußgelenke loszubinden. Da sich durch ihre unruhigen Bewegungen die Knoten ihrer Fesseln immer stärker festgezurrt hatten, brauchte er einige Zeit, bis er sie schließlich aufbekam. Lora zog sofort ihre Knie schützend an ihre Brust hoch. Aber er schenkte ihr keinerlei Beachtung, sondern machte sich statt dessen daran, auch ihre Hände loszubinden. Vor Schmerzen laut stöhnend, rieb sich Lora ihre heftig angeschwollenen Handgelenke, sobald er ihr die Fesseln abgenommen hatte. »Sie mieses, dreckiges Schwein«, fuhr sie ihn haßerfüllt an, als langsam das Blut wieder in ihren Adern zu pulsieren begann.

»Wenn du nicht aufpaßt, wirst du mich noch zu Tode beleidigen.« Ungerührt schlüpfte er in sein zerknittertes

Hemd und stopfte es sich in seine Jeans. In ihrer blinden Wut sah sich Lora nach einem Gegenstand um, den sie nach ihm hätte schleudern können. Da jedoch nur das Kopfkissen in Frage gekommen wäre, ließ sie es bleiben. Trotzdem – wenn Blicke töten könnten, wäre er auf der Stelle tot umgefallen.

Zu ihrer Überraschung setzte er sich neben sie auf das Bett und griff nach einem ihrer Füße. Und noch ehe ihn Lora wieder entreißen konnte, hatte er den Fuß bereits in seinen Schoß gelegt und mit behutsamen Bewegungen zu massieren begonnen. Lora bedachte ihn zwar noch immer mit finster-vorwurfsvollen Blicken, aber die Berührung seiner kräftigen, warmen Hände tat ihr trotz allem gut. Und so ließ sie ihn schließlich widerstandslos gewähren, als er nach einer Weile auch nach ihrem anderen Fuß griff, um genauso damit zu verfahren. Er schien dabei ganz auf seine behutsam knetenden Bewegungen konzentriert, und erst nach mehreren Minuten sah er fragend zu ihr auf und sagte:

»Besser so?«

»Nein!« fauchte sie wütend und entriß ihm ihren Fuß. Das entlockte ihm jedoch nur ein amüsiertes Lächeln.

Ganz ruhig fügte er hinzu: »Du kannst wirklich von Glück reden, daß du nach allem, was du dir gestern geleistet hast, noch am Leben bist. Ich habe dir bereits einmal gesagt: Für mich geht es um Leben und Tod. Und wenn ich vor die Wahl gestellt werden sollte, du oder ich, dann solltest du dir lieber klar darüber werden, daß es in diesem Fall nur eine Entscheidung für mich gibt. Solange du mich nicht dazu zwingst, werde ich dir nichts antun. Wenn du mir allerdings keine andere Wahl läßt, werde ich notfalls auch zum Äußersten gehen. Und jetzt steh auf und zieh dich an. Wir haben einen anstrengenden Tag vor uns.«

Die Decke um ihre Brust geschlungen, starrte ihn Lora wütend an. Aber er ließ sich durch ihre vernichtenden Blicke nicht im geringsten beeindrucken, sondern bückte sich, packte den Zipfel der Decke und riß sie ihr mit einem kurzen Ruck vom Leib. Heftig nach Luft schnappend, warf Lora die Hände hoch, um sich, so gut es ging, mit ihnen zu bedecken.

»Aufstehen, habe ich gesagt. Da ich schon alles gesehen habe, was es von dir zu sehen gibt, dürfte deine übertriebene Scham wohl eher überflüssig sein. Und außerdem: Wenn du nicht spätestens in drei Minuten angezogen bist, wirst du wirklich Grund bekommen, dir Sorgen zu machen. Also los jetzt!«

Er packte sie am Arm, riß sie vom Bett hoch und schleuderte ihr die Kleidung entgegen. Lora zog sich rasch an. Als er sah, wie sie sich mit dem Reißverschluß ihres Kleides abmühte, kam er ihr ohne Aufforderung zu Hilfe. Die Berührung seiner Hände jagte ihr einen seltsam wohligen Schauder den Rücken hinunter. Erbost riß sie sich deshalb von ihm los, um sich mit einem wütenden Blick über die Schulter den Reißverschluß selbst hochzuziehen. Darauf setzte er sich achzelzuckend aufs Bett und schlüpfte in seine schmutzverkrusteten Turnschuhe. Auch Loras Sandalen sahen nicht viel besser aus. Mit einem angewiderten Gesicht schnürte sie die spröden Lederriemen fest.

»Hier.« Er war inzwischen aufgestanden und warf ihr die Handtasche zu. Sie konnte sie gerade noch rechtzeitig auffangen. »Du siehst aus, als hätten sie dich gerade aus dem Wasser gezogen. Kämm dich und mach dich ein bißchen zurecht, damit du wieder wie ein halbwegs menschliches Wesen aussiehst. Aber ein bißchen Beeilung, ja? In der Waschschüssel dort drüben ist noch etwas Wasser.« Er deutete in die Ecke des Raums.

Unter der Dachschräge stand ein altmodischer Waschtisch mit einer Schüssel und einem Krug, den Lora am Abend zuvor wegen des schlechten Lichts gar nicht bemerkt hatte. Mit einem argwöhnischen Blick auf ihren Entführer öffnete sie ihre Handtasche und holte ihre Schminktasche heraus. Als sie darauf einen Blick in den kleinen Spiegel über dem Waschtisch warf, zuckte sie unwillkürlich zusammen.

Wenn sie auch keine Schönheit war, bot sie zumindest immer eine gepflegte und attraktive Erscheinung. Von dem verquollenen und zerkratzten Gesicht mit den dunkelgeränderten Augen, das ihr nun aus dem Spiegel entgegenstarrte, hätte man das allerdings schwerlich behaupten können. Auch um ihre Frisur war es kaum besser bestellt. Und um dem Ganzen noch die Krone aufzusetzen, war ihr zerknittertes Kleid über und über mit Schlammspritzern übersät. Sie riß ihren Blick vom Spiegel los und machte sich daran, sich am ganzen Körper zu waschen, so gut ihr das in seiner Anwesenheit möglich war. Erst als sie sich gründlich gereinigt hatte und wieder in den Spiegel sah, wurde ihr bewußt, daß sie einen leichten Sonnenbrand hatte. Vor allem Stirn, Nase und Kinnpartie hatten sich zu einem kräftigen Rosa verfärbt, während die seitlichen Gesichtshälften im Vergleich dazu seltsam blaß wirkten. Dagegen mußte sie unbedingt etwas unternehmen.

Nach kurzem Suchen förderte sie ein Döschen Rouge aus ihrer Handtasche zutage. Zusammen mit einem kleinen Lippenstift und einer winzigen Puderdose gehörte das Ganze zu einer Make-up-Probe, die sie schon vor längerer Zeit in einer Drogerie bekommen hatte und seitdem wegen ihres handlichen Formats in ihrer Handtasche bei sich trug – sozusagen für alle Fälle, obwohl sie sonst eigentlich nie Lippenstift oder Rouge benutzte. Und nun war so ein Fall eingetreten. Vorsichtig verteilte sie etwas Rouge auf ihren blassen Wangen. Zum Glück wirkte es auf der Haut nicht annähernd so grell rot wie in der Dose. Nach kurzem Zögern trug sie sogar noch etwas mehr auf, um schließlich einen Schritt zurückzutreten und das Ergebnis im Spiegel zu begutachten. Gar nicht so übel, dachte sie überrascht. Im Gegenteil, der frische, rosige Gesichtston stand ihr sogar ausgesprochen gut. Vor allem das Blau ihrer Augen wirkte dadurch noch intensiver und strahlender, und auch ihr eher unscheinbares Haar kam wesentlich besser zur Geltung. Ungläubig blinzelnd starrte Lora in den Spiegel. Welch erstaunliche Wirkung doch so ein bißchen Farbe haben konnte. Wirklich kaum zu glauben... »Herrgott noch mal, wie lang soll das denn noch dauern? Komm endlich.«

Das riß Lora wieder in die rauhe Wirklichkeit zurück. Mit einem giftigen Blick auf ihren Entführer fuhr sie sich noch mit dem Kamm durchs Haar und folgte ihm dann zu der Luke. Bevor sie durch die enge Öffnung nach unten kletterten, legte er ihr kurz die Hand auf den Arm, und als sie ihn daraufhin fragend ansah, klopfte er mit der Hand gegen die Wölbung an seiner Hüfte, unter der sich sein Revolver verbarg. Dann zwängte er sich durch die enge Öffnung im Boden und kletterte die Leiter hinunter. Für einen Moment spielte Lora mit dem Gedanken, die Falltür einfach wieder zuzuwerfen und sich daraufzusetzen. Allerdings kannte sie ihn inzwischen gut genug, um zu wissen, daß er sie auf die eine oder andere Weise doch wieder in seine Gewalt gebracht hätte. Und an die Konsequenzen, die das für sie nach sich gezogen hätte, wollte sie lieber erst gar nicht denken, ganz zu schweigen davon, was er ihrem Gastgeber und seiner Familie angetan hätte.

Obwohl es noch früh am Morgen war, waren Señor Rodriguez und seine Frau bereits zur Arbeit auf den Feldern. Nur Mamacita war im Haus zurückgeblieben und hütete die drei kleinen Kinder. Nach einem kurzen Wortwechsel reichte sie ihm seinen Sombrero, den er am Abend zuvor beim Betreten des Hauses abgelegt hatte, und drückte ihm ein kleines, in ein Stück Tuch gewickeltes Bündel in die Hand.

Mit einem knappen *»Gracias«* packte er darauf Lora am Arm und schob sie durch die Tür nach draußen.

Der Weg, der zu ihrem Wagen führte, war noch immer tief verschlammt. Die Bauern auf den Feldern hielten in ihrer Arbeit inne und sahen den beiden Gringos neugierig hinterher. Und es dauerte nicht lange, da hatte sich eine stattliche Kinderschar an ihre Fersen geheftet. Lora konnte sich ein Lächeln nicht verkneifen, als sie nach einer Weile einen Blick über ihre Schulter zurückwarf. Inzwischen folgte ihnen nämlich nicht mehr nur eine Schar kleiner Kinder mit großen, neugierigen Augen, sondern auch mehrere halbverhungerte, flöhestarrende Hunde, ein gutes Dutzend und ein mit geschwollenem Kamm einherstolzierender Gockel. Ihr Entführer, dem ihr Lächeln nicht entgangen war, drehte sich ebenfalls um und scheuchte, als er den Grund für Loras Belustigung sah, ihr groteskes Gefolge mit einer heftigen Handbewegung davon.

»Vamos!« unterstrich er seine Aufforderung mit einem bedrohlichen Knurren, worauf sich die seltsame Prozession unverzüglich in alle Winde verstreute. Nur der Gokkel blieb ihnen unbeirrt weiter auf den Fersen. Weit davon entfernt, ebenfalls das Weite zu suchen, richtete er sich statt dessen unter lautem Krähen und Flügelschlagen zu voller Größe auf, um gleich darauf wutentbrannt auf die Beine von Loras Entführer loszugehen. Der stieß einen lauten Schrei aus und versuchte das wildgewordene Tier heftig um sich tretend zu vertreiben. Als der kampflustige Hahn schließlich mit einem triumphierenden Krähen davonflatterte, konnte sich Lora vor Lachen kaum mehr halten. Ihr Entführer schien es inzwischen allerdings nur eilig zu haben, zu ihrem Wagen zu kommen. Im Gehen warf er immer wieder mißtrauische Blicke hinter sich. Schließlich erreichten sie den im Schlamm festsitzenden Golf. Unwirsch stieß er sie auf den Fahrersitz und warf die Tür hinter ihr zu. »Schalte die Zündung ein, und fahr los«, forderte er sie auf und ging nach hinten, um sich mit aller Kraft gegen die Heckklappe zu stemmen. Einen Moment drehten die Räder heftig durch, aber wenige Augenblicke später war der Wagen bereits frei, und bevor Lora über-

haupt auf die Idee kam, einfach davonzufahren, hatte er sich bereits mit finsterer Miene neben sie auf den Beifahrersitz geschwungen.

»Wirklich sehr komisch«, brummte er, als sie noch immer amüsiert vor sich hinkicherte.

Als er auch noch seine beiden Hosenbeine hochzog, um seine malträtierten Schienbeine zu inspizieren, kannte Lora endgültig kein Halten mehr und brach in schallendes Gelächter aus. Wütend ließ er seine Hosenbeine wieder nach unten rutschen und streckte ihr mit einem vernichtenden Blick das Päckchen entgegen, das ihm Mamacita zum Abschied in die Hand gedrückt hatte.

»Wenn du nicht sofort damit aufhörst, esse ich wieder alles auf«, drohte er finster und schlug das Tuch zurück, so daß darunter ein paar verlockend duftende Tortillas zum Vorschein kamen.

Es kostete Lora einige Mühe, ihr Lachen zu unterdrükken, aber ihr Hunger war stärker. Gierig streckte sie die Hand nach den Tortillas aus. Sie war so hungrig, daß sie glaubte, noch nie etwas so Köstliches gegessen zu haben wie diese schlichten Maisfladen, und nachdem sie zwei davon in sich hineingeschlungen hatte, hätte sie durchaus noch Appetit auf mehr gehabt. Nur hatte inzwischen die beiden anderen Tortillas ihr Begleiter verdrückt.

Als sie schließlich unter jammerndem Protest des Getriebes den ersten Gang einlegte, verzog er nur das Gesicht und stützte sich vorsichtshalber mit beiden Händen am Armaturenbrett ab. Mit einem heftigen Ruck fuhr Lora los. Nachdem sie mit viel Glück den noch immer tief verschlammten Feldweg hinter sich gebracht und die Hauptstraße erreicht hatte, ließ sich ihr Entführer sichtlich erleichtert in seinen Sitz zurücksinken. Sie waren etwa eine Stunde schweigend dahingefahren, als er plötzlich ganz unvermutet fragte: »Was macht eigentlich dein Mann?«

»Was?« Lora war über diese unerwartete Frage so überrascht, daß sie nichts Besseres darauf zu erwidern wußte.

»Ich habe dich gefragt, was dein Mann macht.«

Lora brauchte ein paar Sekunden, um sich die erfundenen Familienverhältnisse, die sie ihm gestern aufgetischt hatte, wieder ins Gedächtnis zurückzurufen.

»Er ist Mathematiklehrer.« Vermutlich war es das beste, sich so weit wie möglich an die Wahrheit zu halten. Auf diese Weise bestand keine so große Gefahr, daß sie sich in irgendwelche widersprüchlichen Aussagen verstrickte und dadurch selbst verriet.

»Dein Mann ist also auch Lehrer? Seit wann verdienen in den Staaten Lehrer so gut? Oder hast du schon mal von einem Lehrerehepaar gehört, das sich mitsamt seinen Kindern einen Urlaub in Cancun leisten kann?«

»So teuer, wie Sie denken, waren das Hotel und der Flug nicht.« Trotzdem hätte sie sich den Aufenthalt in Cancun allein von ihrem Gehalt auf keinen Fall leisten können. »Außerdem habe ich erst kürzlich eine Erbschaft gemacht.«

»Erzähl mir doch keinen Unsinn, Lora«, schnaubte er jedoch nur.

Nervös beobachtete sie ihn aus dem Augenwinkel. Woher wußte er, daß sie ihm etwas vormachte? Oder hatte sie sich durch irgendeine widersprüchliche Angabe selbst verraten?

»Wem gehören die Kinder?«

»Meinst du meine Kinder?«

»Mach mir doch nichts vor. Du hast keine Kinder. Und verheiratet bist du auch nicht.«

»Wie kommen Sie denn darauf?« Diesmal mußte sie ihre Verwunderung nicht einmal spielen. Da sie ihre Geschichte eigentlich ganz überzeugend fand, war sie über seine Frage ehrlich erstaunt.

»Aus zwei Gründen. Da wäre zum einen, wie du auf Männer reagierst.«

»Was soll das heißen?«

»Als ich mich auszuziehen begann, hast du ein Gesicht

gemacht, als würdest du in eine saure Zitrone beißen. Ganz offensichtlich bist du es nicht gewohnt, einen Mann in Unterhose zu sehen – oder gar nackt. Daraus schließe ich, daß du nicht verheiratet bist.«

»Vielleicht bin ich es nur nicht gewohnt, einem anderen Mann als dem meinen beim Ausziehen zuzuschauen«, konterte Lora pikiert.

Er bedachte sie jedoch nur mit einem skeptischen Blick. »Möchtest du auch noch den zweiten Grund hören, weshalb ich nicht glaube, daß du die Mutter von zwei Kindern bist?«

»Nein!«

»Keine Schwangerschaftsstreifen«, verriet er ihr trotzdem.

Das rief ihr noch einmal mit schmerzhafter Deutlichkeit ins Bewußtsein, daß er sie bereits sehr ausgiebig in Augenschein genommen hatte.

»Es gibt genug Frauen, bei denen auch nach mehreren Schwangerschaften keinerlei Spuren zurückbleiben.«

»Aber bei Frauen, die so eine zarte Haut haben wie du, fast immer.«

»Dann gehöre ich eben zu den wenigen Glücklichen, die keine Schwangerschaftsstreifen bekommen.«

»Mir kannst du nichts vormachen. Also, raus mit der Sprache: Wem gehören die beiden Mädchen auf dem Foto?«

»Es sind meine Nichten«, gab Lora schließlich, nicht einmal sonderlich widerwillig, zu. Zum einen haßte sie es, lügen zu müssen. Zum anderen mußte sie sich eingestehen, daß sie im Grunde genommen gar nicht wollte, daß dieser Mann, den sie gegen jede Vernunft so ungemein anziehend fand, sie für die verheiratete Mutter zweier Töchter hielt. Über die Gründe dafür wollte sie allerdings lieber erst gar nicht nachdenken.

»Und dieser Mathematiklehrer? Was ist wirklich mit ihm?«

»Wir sind verlobt.«

»Gehst du mit ihm ins Bett?« Das klang so beiläufig, daß sie eine Weile brauchte, bis ihr die Tragweite dieser Frage voll zu Bewußtsein kam.

»Das geht Sie nichts an!« stieß sie schließlich heftig hervor.

»Angenommen, es geht mich aber doch was an«, entgegnete er mit einem übertrieben lüsternen Grinsen. Wenn dieser unmögliche Kerl ihr nicht gerade schreckliche Angst einjagte, dann legte er wirklich ein ausgesprochenes Talent an den Tag, sie auf die Palme zu bringen...

Sie stand kurz davor, endgültig die Beherrschung zu verlieren – und das, obwohl sie sich sonst immer fest im Griff hatte.

»Paß doch auf! Halt!«

In ihrer Wut hatte Lora ganz vergessen, auf die Straße zu achten. Doch ein Blick nach vorn genügte, und sie stieg, ohne lange zu überlegen, mit voller Kraft auf die Bremse. Keine fünf Meter vor ihnen lag eine Kuh auf der Straße und glotzte ihnen seelenruhig kauend entgegen. Unter heftigem Schleudern und Reifenquietschen kam der Wagen gerade noch im letzten Moment zum Stehen. Die Hände krampfhaft um das Lenkrad geklammert, starrte Lora fassungslos auf das träge wiederkäuende Tier, das sie anstierte, als wäre nichts geschehen. Währenddessen griff ihr Entführer erleichtert aufatmend nach dem Schalthebel und nahm den Gang heraus.

»Bei deinem Fahrstil ist es wirklich ein Wunder, daß wir noch am Leben sind.«

»Ich habe bisher immer nur Wagen mit Automatik gefahren.«

»Das war verdammt knapp.« Mit geschlossenen Augen lehnte er seinen Kopf gegen die Nackenstütze. Doch abrupt setzte er sich wieder auf und sagte: »Drück mal kräftig auf die Hupe, damit wir weiterfahren können.«

Lora gehorchte. Als die Kuh jedoch keine Notiz von

dem lauten Hupen nahm, versuchte sie es ein zweites Mal. Diesmal schlug die Kuh zumindest ihre Ohren nach vorn, und in ihren Augen flackerte ein gewisses Interesse auf. Trotzdem machte sie keinerlei Anstalten, sich von der Stelle zu bewegen.

»Und was jetzt?« fragte Lora.

»Ganz einfach, du steigst aus und verscheuchst das blöde Vieh.«

»Wirklich sehr witzig«, schnaubte Lora.

Aber er grinste nur und sagte: »Du steigst jetzt schön brav aus und jagst diese Kuh von der Straße.«

Lora schüttelte energisch den Kopf. »Warum tun Sie das nicht selbst? Ich habe Angst vor Kühen.«

»Ein Bauernmädchen aus Kansas, das Angst vor Kühen hat? Das kannst du jemand anderem erzählen.«

»Ob Sie's glauben oder nicht: Als kleines Mädchen ist mal eine Kuh auf mich losgegangen. Ich konnte mich nur vor ihr retten, indem ich auf einen Baum geklettert bin. Und ich bin erst wieder runtergestiegen, als mein Großvater kam und die Kuh wegjagte. Ich hasse Kühe.«

»Zu dumm.«

Bevor Lora wußte, wie ihr geschah, hatte er sich über sie gebeugt, die Tür aufgestoßen und sie aus dem Wagen geschoben. Dann schlug er die Tür wieder hinter ihr zu und verriegelte sie. Lora zerrte verzweifelt am Türgriff, aber er grinste sie nur schadenfroh an und sagte: »Das ist die Rache für die Geschichte mit dem Gockel.«

»Das war doch nicht meine Schuld. Außerdem habe ich nur gelacht. Machen Sie endlich die Tür auf. Bitte!«

Ihre Stimme war kurz vorm Überschnappen. Und dann stand die Kuh zu allem Überfluß plötzlich auf und kam neugierig auf Lora zu. Einer Panik nahe, ließ Lora den Türgriff los und flüchtete ans Heck des Wagens. Die Kuh folgte ihr unbeirrt. Inzwischen waren auch die anderen Kühe auf der Weide am Straßenrand auf sie aufmerksam geworden. Wie auf ein geheimes Zeichen kamen sie auf sie zugetrottet. Außer sich vor Angst rannte Lora zur Beifahrertür und begann verzweifelt am Türgriff zu reißen. Zu ihrer unendlichen Erleichterung ließ sich die Tür öffnen. Mit einem mächtigen Satz sprang sie, begleitet von einer Salve schallenden Gelächters, auf den Beifahrersitz. Im selben Augenblick fuhr der Wagen auch schon an – ohne jeden Ruck. Denn nun saß er am Steuer.

»Sie gemeiner Kerl«, fuhr sie ihn mit einem vernichtenden Blick an. Am liebsten hätte sie ihm die Augen ausgekratzt...

»Für ein Mädchen, das Angst vor Kühen hat, hast du deine Sache erstaunlich gut gemacht. Fast wie der Rattenfänger von Hameln...«

»Halten Sie bloß Ihr dämliches Maul.«

Er schüttelte in gespielter Entrüstung den Kopf. »Mit Brian würdest du wohl kaum in dem Ton reden.«

»Sie sind ja auch nicht Brian«, konterte Lora wutentbrannt. Aber schon wenige Augenblicke später begann auch sie zu schmunzeln. Sie mußte tatsächlich verdammt komisch ausgesehen haben, wie sie mit einer ganzen Herde Kühe im Schlepptau um den Wagen gerannt war.

»Wenn du lächelst, siehst du richtig hübsch aus.«

Im ersten Augenblick dachte Lora, sie hätte nicht richtig gehört. Als sie daraufhin halb geschmeichelt, halb argwöhnisch zu ihm hinübersah, starrte er jedoch nur mit leicht zusammengekniffenen Augen unverwandt auf die Straße, als wäre er sich des Kompliments, das er ihr eben gemacht hatte, gar nicht bewußt.

»Danke.« Genauso beiläufig wie sein Kompliment, wenn es überhaupt eines war, war auch ihre Reaktion darauf. Er nickte nur kurz, ohne den Blick von der Straße abzuwenden. Jetzt erst wurde Lora richtig bewußt, daß sie die Plätze getauscht hatten.

»Jetzt fahren ja Sie«, entfuhr es ihr erstaunt.

Er grinste. »Hier besteht kaum Gefahr, daß wir in eine Polizeikontrolle geraten. Außerdem konnte ich nicht mehr länger mit ansehen, wie du den armen Wagen malträtiert hast. Wir – der Wagen und ich – haben weiß Gott eine kleine Verschnaufpause verdient.«

Lora entlockte dieser Seitenhieb auf ihre Fahrkünste zwar ein leichtes Stirnrunzeln, aber insgeheim war sie sogar froh, daß er sie am Steuer abgelöst hatte. Nicht zuletzt dadurch hatten sich ihre Aussichten, noch einmal einen Fluchtversuch starten zu können, wesentlich verbessert.

Nachdem sie eine Weile schweigend weitergefahren waren, wichen die gerodeten Felder zu beiden Seiten der Straße wieder dichter Urwaldvegetation. Aufgrund der starken Regenfälle vom Vortag dampfte der Dschungel vor Feuchtigkeit. Die Luft war erfüllt vom allgegenwärtigen Modergeruch verfaulender Vegetation.

Hinter dem Dorf Caseta führte die Straße am Ufer eines kleinen Sees entlang. Überwältigt von der Schönheit dieses Anblicks, starrte Lora versunken auf das in der Sonne flimmernde Wasser hinaus. Doch ein wilder Fluch ihres Entführers riß sie abrupt wieder in die rauhe Wirklichkeit zurück.

»Rutsch rüber. Los, schnell!«

»Was?«

»Dort vorne ist eine Straßensperre. Wenn ich jetzt wende, werden sie nur mißtrauisch. Rutsch zu mir rüber.«

»Aber...«

»Kein Aber!«

Unter heftigen Verrenkungen tauschten sie darauf im Fahren ihre Plätze. Und nachdem Lora schließlich wieder hinterm Steuer saß und er auf dem Beifahrersitz, zog er seinen Revolver aus dem Hosenbund und nahm seinen Umhang vom Rücksitz, um die Waffe darunter zu verstekken.

»Ich bin dein Mann, Brian Harding, von Beruf Mathematiklehrer. Falls sie meine Papiere sehen wollen, sagst du, ich hätte sie im Hotel zurückgelassen, weil wir dachten, nur du als Fahrerin bräuchtest welche. Und die beiden Kinder gehören uns. Ist das klar?«

Lora nickte und sah ihn kurz ängstlich an. Sie hatte fast vergessen, daß sie es hier eigentlich mit einem gefährlichen und brutalen Verbrecher zu tun hatte, der sie mit vorgehaltener Waffe entführt hatte. Wenn sie ehrlich war, hatte sie sogar angefangen, ihn ganz sympathisch zu finden. Aber jetzt zeigte er plötzlich wieder sein wahres Gesicht. Unsicher schaute sie wieder auf die Straße hinaus.

»Nur, damit du auf keine dummen Gedanken kommst – der Lauf meines Revolvers ist genau auf deinen Bauch gerichtet. Ein falsches Wort, und ich drücke ab.«

Noch während Lora krampfhaft nickte, spürte sie, wie ihr am ganzen Körper der Schweiß ausbrach. Angenommen, die Polizei erkannte ihn anhand eines Fahndungsfotos und eröffnete das Feuer – oder sie sagte in ihrer Aufregung versehentlich ein falsches Wort...

»Ist das klar?«

»J-ja.«

»Gut. Und jetzt reiß dich zusammen.«

Loras Herz begann wie wild zu schlagen, als sie sich in die lange Schlange von Wagen einreihte, die einer nach dem anderen von der Polizei kontrolliert wurden.

7

Bis schließlich sie an die Reihe kamen und ein Polizist sie zu sich heranwinkte, stand Lora vor Aufregung kurz vor einem Herzinfarkt. Obwohl sie die Pistole unter dem Umhang gar nicht sehen konnte, war sie sich ihrer doch sehr deutlich bewußt. Nicht auszudenken, wenn er plötzlich die Nerven verlor und abdrückte.

Und dann hielt sie auch schon zwischen den zwei quer über der Straße stehenden Polizeiautos an und kurbelte lächelnd das Fenster nach unten.

»*Buenos tardes, señora.*« Einer der Polizisten beugte sich zum Fenster herein und nahm Lora und ihren Begleiter flüchtig in Augenschein. Loras Nerven waren zum Zerreißen angespannt. Aber ihr Entführer schien die Ruhe schlechthin. Er grinste den Polizisten an, als könnte ihn kein Wässerchen trüben. Selbst der Umhang in seinem Schoß wirkte vollkommen harmlos.

Der Polizist nickte ihm kurz zu und wandte sich wieder Lora zu. »Was führt Sie in diese Gegend?«

Lora konnte sich gerade noch rechtzeitig auf die Zunge beißen, um nicht die Wahrheit zu sagen. Zugleich stellte sie mit Entsetzen fest, daß ihr Kopf plötzlich wie leergeblasen war. Sie wußte nicht mehr, was sie sagen sollte. Währenddessen sah sie der Polizist erwartungsvoll an.

»Wir sind amerikanische Touristen«, kam ihr ihr Entführer zu Hilfe, »und wollen uns nur die Gegend hier ein bißchen anschauen.« Das hörte sich so überzeugend an, daß ihm sogar Lora fast geglaubt hätte. Sie nickte zustimmend. Aber wieso merkte dieser dämliche Polizist eigentlich nicht, daß diese zwielichtige Gestalt an ihrer Seite gar nicht ihr Mann war?

Ihre Angst und seine Nervosität mußten doch ganz

deutlich zu spüren sein. Der Mann neben ihr hatte eine geladene Pistole auf sie gerichtet – oder inzwischen vielleicht auch auf den Polizisten –, und dieser Idiot schöpfte nicht den leisesten Verdacht, daß hier etwas faul sein könnte.

»Dürfte ich bitte Ihre Papiere sehen, Señora?«

Schluckend wollte Lora ihre Handtasche vom Rücksitz holen. Doch ihr Entführer war ihr bereits zuvorgekommen und drückte sie ihr in die Hand. Lora nahm ihre Brieftasche mit ihrem Paß und dem Führerschein heraus und reichte sie dem Polizisten. Nachdem er die Papiere eine Weile aufmerksam studiert hatte, hob er plötzlich den Kopf und starrte Lora durchdringend an. Unwillkürlich hielt sie die Luft an.

»Haben Sie auch eine Versicherung für Ihren Wagen, Señora?« Lora atmete erleichtert auf.

»Ja, das heißt, ich habe den Wagen im Hotel gemietet. Die Versicherung ist im Mietpreis inbegriffen.«

»Haben Sie eine entsprechende Bestätigung?«

»Ich... ich kann Ihnen die Mietbescheinigung zeigen.«

»Dürfte ich sie bitte sehen?«

Wortlos fischte Lora das Formular aus ihrer Handtasche und reichte es dem Polizisten. Ob er wohl Verdacht schöpfen würde, weil es nur auf sie allein ausgestellt war? Würde er daraus schließen, daß der Mann an ihrer Seite gar nicht ihr Ehemann war?

»Die Papiere sind leider unvollständig.«

Mit weit aufgerissenen Augen starrte Lora in das strenge Gesicht des Polizisten hoch.

»Was soll damit nicht in Ordnung sein?«

»Wie Sie vielleicht wissen, wird für Fahrten ins Landesinnere eine kleine Steuer erhoben, die jedoch im Mietpreis des Wagens nicht inbegriffen ist.«

»Aber... Im Hotel haben sie mir von einer solchen Steuer nichts erzählt. Sicher...«

»Wieviel, Señor?« fiel ihr ihr Begleiter ins Wort.

»Einhundert Pesos, Señor.«

»Einen Augenblick bitte.« Er holte ein paar von Loras Scheinen aus der Tasche und reichte einen davon dem Polizisten.

»Vielen Dank, Sie können jetzt weiterfahren.«

Zu Loras Überraschung händigte ihr der Polizist mit einem freundlichen Lächeln ihre Papiere wieder aus, ließ im Zurücktreten unauffällig den Geldschein in seiner Tasche verschwinden und winkte sie durch die Sperre. Lora starrte ihn für einen Moment fassungslos an. Dabei hatte sie sich ihrer Rettung schon so nahe geglaubt. Und nun ... »Diese ›Kontrolle‹ hat also nur dem Zweck gedient, ein kleines Bestechungsgeld zu kassieren!« zischte sie wütend. Der Polizist hatte sich nicht im geringsten für sie oder ihren Begleiter interessiert. Er hatte ihnen nur ein paar Pesos abknöpfen wollen, um sein Gehalt etwas aufzubessern ...

»Fahr schon endlich!« knurrte ihr Entführer mit einer heftigen Handbewegung.

Resigniert legte Lora den ersten Gang ein. Diesmal bockte der Wagen nicht einmal, als sie losfuhr. Sie wußte selbst nicht, ob sie lachen oder weinen sollte. Ein letzter Blick in den Rückspiegel, und wenige Augenblicke später war die Straßensperre bereits hinter einer Biegung verschwunden. Sie waren wieder allein.

»Du lügst fast genauso beschissen, wie du fährst. Hast du das eigentlich absichtlich gemacht?« Er klang ziemlich verärgert.

»Nein, ich war nur furchtbar ... nervös«, erwiderte Lora, übrigens vollkommen wahrheitsgemäß. Offensichtlich schien er mit dieser Antwort zufrieden. Denn mit einem kurzen mürrischen Brummen verschränkte er die Arme und ließ sich wieder in seinen Sitz sinken.

Schweigend fuhren sie darauf mehrere Stunden weiter. Nur einmal hielten sie an einer Tankstelle am Rand eines kleines Dorfs, um zu tanken. Außerdem kaufte ihr Entführer – mit ihrem Geld – ein paar Dosen Cola und eine Packung Kekse, die sie im Fahren gierig hinunterschlangen. Die Kekse schmeckten nicht mehr gerade frisch, aber Lora hatte schon mehr als vierundzwanzig Stunden nichts Richtiges mehr gegessen und hatte schlichtweg Hunger.

»Könnten Sie mir vielleicht sagen, wohin wir eigentlich fahren? Ich werde es schon niemandem verraten. Und an wen sollte ich mich in dieser gottverlassenen Gegend außerdem um Hilfe wenden?« Mit wachsendem Hunger nahm auch ihre Gereiztheit zu.

Nachdem er sie eine Weile nachdenklich angesehen hatte, schüttelte er den Kopf. »Das geht dich nichts an. Außerdem sage ich dir rechtzeitig Bescheid, wenn du anhalten sollst.«

Diese Antwort überraschte sie nicht sonderlich. Er hatte ihr bisher so wenig über seine Ziele und Absichten verraten, daß es sie eher gewundert hätte, wenn er auf ihre Frage geantwortet hätte. Bei dieser Gelegenheit wurde ihr zum erstenmal bewußt, daß sie nicht einmal seinen Namen wußte. Seltsamerweise erboste sie das fast mehr als alles andere. Und das sagte sie ihm auch.

Darauf dachte er erst einmal eine Weile nach, bevor er schließlich sagte: »Ich heiße Max.«

»Nur Max? Nichts weiter? Ich kenne sogar Hunde, die längere Namen haben.«

Das hatte gesessen. Voller Genugtuung stellte sie fest, daß es ihr zum erstenmal gelungen war, ihn zu kränken. Sie war inzwischen so in Fahrt, daß sie noch eine ganze Weile so hätte weitermachen können, aber angesichts der Tatsache, daß letzten Endes sie den kürzeren ziehen würde, ließ sie es lieber bleiben. »Na gut, belassen wir es also bei Max. Das ist zumindest schon besser, als ›He, Sie‹.«

»Ganz recht«, nickte er knapp. »Und jetzt halt gefälligst den Mund und paß lieber auf den Verkehr auf. Du fährst auch so schon schlecht genug.«

Lora warf ihm einen haßerfüllten Blick zu. »Und Sie sind ein... ein...« Aber ihr fehlten die Worte. Oder genauer: ein paar passende wären ihr schon eingefallen, aber aus Gründen des Anstands hielt sie es doch für besser, sie lieber für sich zu behalten.

Die Straße führte weiterhin durch undurchdringlichen Dschungel. Wegen der unzähligen Schlaglöcher kam Lora nur sehr langsam voran, und als schließlich auch noch der obligatorische nachmittägliche Wolkenbruch einsetzte, war endgültig jedes Weiterkommen unmöglich. Sie fuhr an den Straßenrand und hielt an. Ihr Entführer – sie konnte sich noch immer nicht daran gewöhnen, ihn Max zu nennen – schien davon jedoch nicht sehr viel zu halten. Ein paar wilde Verwünschungen murmelnd, löste er sie am Steuer ab, kam aber zu ihrer stillen Genugtuung auch nur im Schneckentempo voran.

Trotzdem schien er nicht sonderlich besorgt, sie könnte einen neuerlichen Fluchtversuch unternehmen. Der Grund hierfür war nicht schwer zu ersehen. Die Aussicht, bei diesem Regen und noch dazu in dieser gottverlassenen Gegend den schützenden Wagen zu verlassen, war nicht sonderlich verlockend. Außerdem war der dichte Dschungel, der die Straße säumte, so gut wie unbewohnt – zumindest von Menschen. Kurz bevor der Regen eingesetzt hatte, hätte Lora um ein Haar ein seltsam behaartes schwarzes Tier überfahren, das auf den ersten Blick wie ein dunkler Fleck auf der Fahrbahn ausgesehen hatte. Doch dann hatte sich unter dem flachen Körper erst ein, dann immer mehr dünne behaarte Beine zu bewegen begonnen. Max, dem nicht entgangen war, wie sie dem seltsamen Lebewesen neugierig hinterherstarrte, hatte darauf ganz beiläufig erklärt, daß es sich dabei um eine Vogelspinne handelte. Und mit einem gehässigen Grinsen hatte er hinzugefügt, daß diese Tiere in dieser Gegend sehr weit verbreitet wären. Allein das heftige Schaudern, das sie daraufhin befallen hatte, war ihm wohl Versicherung genug, daß sie sich einen weiteren Fluchtversuch sehr genau überlegen würde. Und tatsächlich hätten Lora keine zehn Pferde dazu gebracht, auch nur einen Fuß vor die Wagentür zu setzen. Lieber Max als eine Vogelspinne!

Als sie schließlich ein sehr menschliches Bedürfnis zu plagen begann, brachte Lora Max nach langem Drängen dazu, in einer kleinen Ansiedlung am Straßenrand anzuhalten. Zu ihrer Überraschung zeigte er auch hier keinerlei Bedenken, sie aussteigen zu lassen. Kaum war Lora nach dem Verlassen des Wagens von einer neugierigen Schar von Indiofrauen und -kindern umringt, begriff sie auch, warum. Niemand unter den Dorfbewohnern sprach auch nur ein Wort Englisch. Außerdem war die Siedlung so klein, daß sie sich schwerlich hätte vor ihm verstecken können, wenn sie tatsächlich an Flucht gedacht hätte. Auch der Hoffnungsschimmer, der beim Anblick der halbverrosteten Telefonzelle vor der kleinen Poststation in ihr aufflackerte, sollte rasch wieder zum Erlöschen kommen. Ganz abgesehen davon, daß sie sich mit ihrem mehr als bruchstückhaften Spanisch in der kurzen ihr verbleibenden Zeit schwerlich hätte verständlich machen können, hatte sie auch keinen Cent mehr. Max hatte ihr gesamtes Geld an sich genommen.

Statt also weiter ihren müßigen Fluchtgedanken nachzuhängen, fragte sie radebrechend nach der öffentlichen Toilette. Als sie anschließend wieder zum Wagen zurückkehrte, sah sie, wie ihr Begleiter einer zahnlosen alten Frau ein paar Tortillas abkaufte. Und da er sich auch diesmal wieder selbst ans Steuer setzte, konnte sich Lora in Ruhe sattessen. Sie hatte kaum die letzte Tortilla hinuntergekaut, begannen die ständige nervliche Anspannung und die wenig erholsame letzte Nacht unerbittlich ihren Tribut zu fordern. Erschöpft lehnte Lora ihren Kopf gegen die Nackenstütze und war binnen weniger Minuten eingeschlafen.

Als sie wieder aufwachte, näherten sie sich gerade wieder einem kleinen Dorf. Kurz bevor sie es jedoch erreichten, bog Max in eine schmalen Seitenstraße ein, die sich bald unter unzähligen Kurven in immer bergigeres Gelände hinaufschlängelte. Der Regen hatte inzwischen wieder aufgehört, und der feuchtigkeitsdampfende Dschungel leuchtete in allen nur erdenklichen Grüntönen. Die Luft war erfüllt vom lauten Kreischen bunter Papageien und anderer exotischer Vögel. Die Szenerie hätte kaum malerischer sein können, wenn nur nicht dieser allgegenwärtige Modergeruch gewesen wäre.

Als sie nach etwa einer Stunde Fahrt wieder einmal eine der unzähligen Haarnadelkurven umrundet hatten, bot sich ihnen ein Anblick, der Lora den Atem stocken ließ. Vor ihnen lag eine gigantische Tempelanlage, die in der Nachmittagssonne strahlend weiß aus dem undurchdringlichen Grün des alles überwuchernden Dschungels ragte.

»Palenque«, erklärte Max dazu beiläufig. »Ich dachte, das könnte dich vielleicht interessieren.«

»Mein Gott, was für ein Anblick.« Begeistert schlug Lora die Hände zusammen, während Max durch die kleine Stadt am Rand der grandiosen Tempelanlage fuhr. Doch Lora hatte weder Augen für die kleinen strohgedeckten Hütten mit den Coca-Cola Schildern am Eingang noch für die farbenprächtig gekleideten Einheimischen. Wie gebannt starrte sie auf die herrlichen Bauten vor ihr. »Können wir kurz anhalten?«

Nach kurzem Schweigen lachte er gehässig: »Damit du wieder weglaufen kannst? Du hast wohl ganz vergessen, wo wir hier sind? Nein, so leid es mir tut, aber wir müssen weiter. Du wirst später noch mal hierherkommen müssen – mit deinem Mathematiklehrer.«

In ihrer Enttäuschung schenkte Lora dem beißenden Unterton, mit dem er gerade die letzten Worte gesagt hatte, keine Beachtung. Sie warf einen wehmütigen Blick auf die herrlichen Tempelbauten zurück, die wenig später bereits wieder hinter einer Biegung verschwunden waren. Erst jetzt wurde ihr bewußt, daß sie tatsächlich vergessen hatte, wo sie eigentlich waren. Eben noch war Max ein mehr oder weniger sympathischer Reisebegleiter gewesen, mit dem sie die Schönheit dieser grandiosen Tempelanlage genossen hatte. Um so schmerzhafter empfand sie nun die plötzliche Konfrontation mit der rauhen Wirklichkeit.

Der Dschungel wurde immer dichter und undurchdringlicher. Unter das unablässige Vogelkreischen mischte sich nun auch immer häufiger das wilde Aufheulen eines Jaguars oder eines anderen gefährlichen Raubtiers. Eidechsen, so groß wie Alligatoren, sonnten sich träge auf dem heißen Asphalt und huschten erst im letzten Moment blitzschnell von der Straße. Aus der breiten Krone eines hohen Baums ertönte das ohrenbetäubende Kreischen einer Herde Affen, und unablässig klatschten dicke, mehrere Zentimeter lange Insekten gegen die Windschutzscheibe. Dann begann es zu dämmern. Wie in den Tropen üblich, konnte man fast mitansehen, wie es von Sekunde zu Sekunde dunkler wurde. Lora begann sich ernsthaft Sorgen zu machen. Weit und breit kein Anzeichen, daß sich ein Dorf oder eine Stadt in der Nähe befand. Allein der Gedanke, in dieser Wildnis die Nacht verbringen zu müssen, trieb ihr den Schweiß auf die Stirn.

Etwa eine Stunde nach Einbruch der Nacht schien sich der Dschungel etwas zu lichten, und sie näherten sich einem kleinen Dorf. Am Ortsrand hielt Max an. Lora, die kurz vor dem Einschlafen gewesen war, richtete sich in ihrem Sitz auf und starrte angespannt auf die dunklen Hütten und den noch dunkleren Dschungel hinaus.

»Wo sind wir?« fragte sie.

Ohne ihr zu antworten, nahm Max seinen Umhang vom Rücksitz und sagte: »Ich muß dir jetzt die Augen verbinden.« Gleichzeitig machte er sich daran, den dünnen Stoff des schmutzigen Umhangs sorgfältig in schmale

Streifen zu falten. Und während Lora noch mit einem fassungslosen »He, was soll das?« zu protestieren versuchte, hatte er ihr bereits die Augen damit verbunden. Als sie sich den stinkenden Fetzen Stoff wütend wieder herunterreißen wollte, packte er sie jedoch energisch an den Händen – und zwar gerade fest genug, um ihr noch einmal in aller Deutlichkeit seine körperliche Überlegenheit in Erinnerung zu rufen.

»Besser, du weißt nicht, wohin wir jetzt fahren. Trotzdem wird mein Freund nicht gerade begeistert sein, daß ich dich mitbringe. Leider bleibt mir jedoch keine andere Wahl. Es sei denn, dir wäre lieber, ich bringe dich gleich um.«

»Das würden Sie doch auf keinen Fall tun?« fragte Lora mit zitternder Stimme.

»Zumindest nicht, solange du mich nicht dazu zwingst«, erwiderte er und fuhr wieder los. »Mein Freund ist allerdings nicht annähernd so nett und rücksichtsvoll wie ich. Benimm dich also gefälligst.«

Und das tat Lora auch. Der Wagen war noch nicht lange einen, wie es schien, unbefestigten Weg entlanggeholpert, als sie bereits jede Orientierung verloren hatte. Es kostete sie einige Überwindung, sich die schmutzige, ekelhaft stinkende Augenbinde nicht vom Kopf zu reißen. Aber sie spürte instinktiv, daß es ihm diesmal ernst war. Vor allem machte ihr jedoch sein ›Freund‹ Sorgen. Sicher noch so ein zwielichtiges Subjekt...

Plötzlich fiel in unmittelbarer Nähe ein Schuß. Das ohrenbetäubende Krachen wurde gefolgt vom Geräusch rascher Schritte. Zugleich wurde es plötzlich so hell, daß sie sogar durch ihre dicke Augenbinde einen schwachen Lichtschein erkennen konnte. Sie wollte bereits nach der Binde greifen, als der Wagen abrupt anhielt.

»Laß bloß die Finger weg, wenn dir dein Leben lieb ist«, zischte Max sie bedrohlich an und packte sie an der Hand. Als plötzlich jemand mit etwas Hartem – einem Gewehrkolben? – heftig gegen das Wagenfenster schlug, klammerte sich Lora ängstlich an seinem Arm fest. Max drückte kurz beruhigend ihre Hand und ließ sie wieder los. Dann hörte sie, wie er das Fenster nach unten kurbelte. Gleich darauf entspann sich ein längerer Wortwechsel in raschem, abgehacktem Spanisch, von dem sie nicht eine Silbe verstand. Schließlich trat der Mann, mit dem Max gesprochen hatte, einen Schritt zurück und rief irgend etwas in die Nacht hinaus. Max kurbelte das Fenster wieder hoch und ließ den Motor an. Sich nervös die Lippen lekkend, tastete Lora schutzsuchend nach seinem Arm.

»Es besteht kein Grund zur Aufregung«, beruhigte er sie. »Mein Freund mag es allerdings nicht, wenn er unerwarteten Besuch bekommt. Deshalb hat er immer ein paar Wachen aufgestellt. Übrigens, bis auf weiteres bist du meine Freundin. Man wird dir keine Fragen stellen, aber du bist in jedem Fall sicherer, wenn er nicht weiß, daß du jeden Augenblick abhauen und zur Polizei gehen könntest.«

»Das werde ich bestimmt nicht...«

»Natürlich wirst du es auch diesmal wieder versuchen. Das hast du doch schon zur Genüge bewiesen.« Der bittere Unterton in seiner Stimme gefiel Lora ganz und gar nicht. Aber er hatte natürlich recht; selbstverständlich hätte sie die erste sich bietende Gelegenheit genutzt, um zu fliehen und zur Polizei zu gehen. Trotzdem wäre es ihr lieber gewesen, wenn sie ihn vom Gegenteil hätte überzeugen können. Sonst gelangte er irgendwann doch noch zu dem Schluß, daß es das beste war, sie gleich aus dem Weg zu räumen...

»Ich...« setzte sie zu einem erneuten Versuch an, ihn von seinem keineswegs unberechtigten Verdacht abzubringen.

»Still jetzt. Wir sind gleich da. Wenn du den Mund hältst und immer in meiner Nähe bleibst, hast du nichts zu befürchten. Und hör vor allem endlich auf, mich zu siezen. Das würde ihn nur mißtrauisch machen. Mein Freund gehört nämlich zu der Sorte Leute, die ziemlich unangenehm werden können, wenn sie jemandem nicht trauen.«

»Wer ist dieser ›Freund‹?« fragte Lora mit zitternder Stimme, als der Wagen anhielt. Max gab ihr jedoch keine Antwort. Sie hörte nur, wie er ausstieg und die Tür hinter sich zuwarf. Kurz darauf ging die Tür an ihrer Seite auf. Er packte sie am Arm und half ihr beim Aussteigen. Dann nahm er ihr die Binde ab.

Das grelle Licht blendete sie so stark, daß sie im ersten Moment trotz der Helligkeit nichts sehen konnte. Erst nach einer Weile konnte sie erkennen, daß sie vor einer riesigen, weißgekalkten Hacienda standen. Der auf allen Seiten von hohen Mauern umgebene Vorplatz war von mindestens einem Dutzend starker Scheinwerfer hell erleuchtet. Ein junger Mexikaner stieg in ihren Golf und verschwand damit hinter dem imposanten Hauptgebäude. Sie waren von einer Schar grimmig dreinschauender, bis auf die Zähne bewaffneter Männer umringt, deren über der Brust gekreuzte Patronengurte Lora an einen alten Western erinnerten. Ein paar der Männer waren auf der hohen Einfassungsmauer postiert, ein anderer an dem massiven eisernen Eingangstor, durch das sie eben gefahren waren, und ein weiterer sogar auf dem ziegelgedeckten Dach der Hacienda, deren wuchtiges Eingangsportal ebenfalls von zwei Männern bewacht wurde.

In diesem Moment öffnete sich die schwere Eichentür, und ein kleiner, untersetzter Mann mit indianischen Gesichtszügen erschien. Er trug ein am Hals offenstehendes blaues Hemd und einen sehr teuren Sommeranzug, der ihm jedoch trotzdem nicht so recht zu passen schien. Denn unter seiner halb zugeknöpften Weste wölbte sich ein ausladender Bauch, der den Bund seiner Hose gefährlich weit nach unten hatte rutschen lassen. Als der Mann mit einer für seine Leibesfülle erstaunlichen Behendigkeit die Treppe heruntergelaufen kam, flatterten die Schöße seines Jacketts wie ein Paar Flügel hinter ihm her.

»Max, mein Freund!«

»Ortega!«

Nachdem sich die beiden Männer zur Begrüßung herzlich umarmt hatten, trat Ortega, Max immer noch an den Armen haltend, einen Schritt zurück und sagte: »Mein Gott, ist das lange her, daß wir uns zum letztenmal gesehen haben. Was führt dich nach so langer Zeit wieder zu mir? Hast du Probleme?«

»Das kann man wohl sagen«, versicherte ihm Max mit einem vielsagenden Grinsen. »Aber davon erzähle ich dir später.« Er warf einen vielsagenden Blick auf die ringsum postierten Männer, die darauf betont unauffällig wegsahen.

»Ja, das hat noch Zeit bis später«, nickte Ortega und wandte sich Lora zu. Das kaum merkliche Aufblitzen seiner dunklen Augen ließ sie unwillkürlich ein Stück näher an Max heranrücken.

»Du hast doch nicht etwa geheiratet, *amigo*? Ist das vielleicht der Grund, weshalb du dich so lange nicht hast sehen lassen?«

Als Max darauf nur lachte, hätte ihn Lora am liebsten erwürgt.

»Würdest du mir so etwas allen Ernstes zutrauen, *amigo*? Nein, das ist nur eine Freundin von mir. Sie hat sich allerdings gerade in den vergangenen Tagen der Not als sehr nützlich erwiesen. Auf die Kleine ist hundertprozentig Verlaß. Darauf hast du mein Wort.« Dem fügte er noch kurz etwas in Spanisch hinzu, was Lora zu ihrem Bedauern nicht verstand. Fest stand nur, daß die Augen seines mexikanischen Freundes plötzlich interessiert aufleuchteten.

»*Es muy linda*«, bemerkte er schließlich mit einem Anflug von Bedauern in der Stimme.

»*Si*«, lautete Max' knapper Kommentar dazu. Gleichzeitig packte er Lora am Arm und folgte mit ihr seinem Gastgeber nach drinnen. Trotz ihres bruchstückhaften Spanisch hatte Lora zumindest soviel verstanden, daß Ortega sie als sehr hübsch bezeichnet und Max das bejaht hatte. Das konnte nichts Gutes verheißen.

Das Innere der Hacienda war im typischen spanischen Kolonialstil eingerichtet. Hohe, weißgekalkte Räume mit dunkler Balkendecke und kühlem Fliesenboden. Während Ortega in der gigantischen Eingangshalle nach einem weiblichen Wesen namens Lucia rief, blieb Loras Blick auf dem riesigen Gemälde einer seltsam verzerrt dargestellten einäugigen Frau haften. Nicht ohne eine gewisse Verwunderung nahm Lora zur Kenntnis, daß ein Mann wie Ortega an einem Gemälde im Stil Picassos Geschmack zu finden schien. Das war jedoch nichts im Vergleich zu ihrer Verblüffung, als ihr Blick auf die Signatur des Gemäldes fiel. Kaum zu glauben! Es *war* ein Picasso, oder zumindest eine sehr gekonnte Fälschung. Und das hier, im Haus eines mexikanischen Banditen am Ende der Welt! Mit der Frage, womit sich Ortega diesen aufwendigen Lebensstil leisten konnte, wollte sich Lora lieber erst gar nicht näher beschäftigen.

Nach einer Weile erschien eine ältere Mexikanerin in einem schwarzen Kleid und einer weißen Schürze. Ortega redete kurz in Spanisch auf sie ein. Darauf nickte die Frau kurz mit dem Kopf, und Ortega wandte sich wieder Lora zu.

»Zu meinem Bedauern muß ich Ihren *novio* für eine Weile entführen, Señorita. Wir haben ein paar wichtige Dinge zu besprechen, wie Sie sicher verstehen werden. Ich hoffe, Sie halten mich deswegen nicht für unhöflich.«

»Keineswegs«, erwiderte Lora freundlich. Aber je länger sie in die kleinen, undurchdringlichen schwarzen Augen dieses Mannes starrte, desto mehr erinnerten sie sie an die Augen einer fetten Kröte, die darauf lauerte, ihr Opfer zu verschlingen. »Lucia wird Sie auf Ihr Zimmer bringen«, fuhr Ortega fort. »Und ich verspreche Ihnen, daß Max Sie nicht lange wird warten lassen.« Das wurde begleitet von einem anzüglichen Lächeln, das Lora in ihrer Abneigung gegen ihren Gastgeber nur noch bestärkte.

»Am besten, du nimmst ein Bad, Lora, und gehst schon mal zu Bett«, schaltete sich nun auch Max ein. Und an Ortega gewandt, fuhr er fort: »Hast du vielleicht ein paar frische Kleider für sie? Wir mußten leider etwas überstürzt aufbrechen.«

»Aber gewiß. Lucia wird ihr ein paar Sachen aufs Zimmer bringen.« Ortega redete noch einmal in Spanisch auf die Haushälterin ein und wandte sich dann wieder an Lora: *»Buenas noches, señorita.«*

»Gute Nacht, Mr. Ortega. Gute Nacht, Max. Und laß dich meinetwegen bitte nicht unter Zeitdruck setzen.« Letzteres sagte sie mit einem zuckersüßen Lächeln in Richtung Max. Der entgegnete nur: »Keine Sorge«, faßte sie an den Schultern und drückte ihr einen zärtlichen Kuß auf die Lippen. Einen Augenblick war sie so perplex, daß er ihr einen leichten Stoß versetzen mußte, um sie dazu zu bewegen, Lucia nach oben zu folgen.

Während sie hinter der Haushälterin die Treppe hinaufstieg, hörte sie ihren Gastgeber lachend zu Max sagen: »Noch immer der alte Weiberheld, was, *amigo*?«

Es bedurfte keineswegs Max' schmunzelnden Einverständnisses, um ihr die Schamröte ins Gesicht steigen zu lassen. Sie hatte auf die flüchtige Berührung seiner Lippen wie ein blauäugiges Schulmädchen reagiert, das gerade seinen ersten Kuß bekam. Allein der Gedanke an den Anblick, den sie dabei geboten haben mußte, hätte sie am liebsten vor Wut im Boden versinken lassen.

Und trotzdem mußte Lora ständig an Max denken. Er mußte doch gemerkt haben, welche Wirkung dieser flüchtige Kuß auf sie gehabt hatte. Würde er das Wissen, daß sie eine geheime Schwäche für ihn hatte, nun erst recht zu seinem Vorteil ausnutzen? Natürlich. Er wäre nicht der Mann gewesen, der er war, wenn er das nicht getan hätte.

»Su cuarto de dormir, señorita.« Lucia öffnete eine reich verzierte Tür aus dunklem Holz und trat zurück, um Lora den Vortritt zu lassen.

Zögernd betrat Lora den Raum, um schon im selben Augenblick wie gebannt stehenzubleiben. Während sie noch ungläubig ihren Blick über die luxuriöse Einrichtung gleiten ließ, öffnete Lucia mit einer auffordernden Geste die Tür zum Bad. Es fehlte wirklich an nichts. Wenig später hörte Lora, wie im Bad die Wanne einlief.

»Su baño, señorita.« Lucia erschien wieder in der Tür und gab ihr durch ein paar kurze Handzeichen zu verstehen, daß das Bad bereit war.

»Gracias, Lucia«, bedankte sich Lora mit einem der wenigen Brocken Spanisch, die sie kannte. Lucia überhäufte sie darauf mit einem überschwenglichen Wortschwall, von dem Lora jedoch kein Wort verstand. Schließlich verabschiedete sich Lucia mit einem höflichen Nicken und ließ Lora allein in ihrem Zimmer zurück.

Nach kurzem Zögern ging Lora zur Tür, um sich zu vergewissern, ob sie sich von innen abschließen ließ. Das war leider nicht möglich. Die Vorstellung, Max könnte sie überraschen, während sie in der Wanne saß, hätte ihr fast die Freude auf ein heißes Bad geraubt. Sie würde sich eben beeilen...

Dann blieb sie aber doch länger in der Wanne als geplant. Das herrlich heiße Wasser mit dem teuren Badeöl duftete einfach zu verführerisch. Und wie angenehm sich die dezent parfümierte Seife, mit der sie sich einschäumte, auf ihrer Haut anfühlte. Zu Hause gönnte sie sich solchen Luxus nie. Und hier fehlte es nicht einmal an einem teuren Shampoo und einem Fön! Und das mitten im tiefsten Dschungel!

Als sich Lora schließlich, in ein großes Badetuch gehüllt, mit frisch gefröntem Haar im Spiegel begutachtete, war mehr als eine Stunde vergangen. Sie öffnete die Tür zum Schlafzimmer. Sofort drang ihr von dort ein Schwall kühlerer Luft entgegen. Das konfrontierte sie plötzlich mit der Frage, was sie eigentlich zum Schlafen tragen sollte. Auf keinen Fall würde sie noch einmal in ihre zerfetzten und verdreckten Kleider schlüpfen ... Sie blieb abrupt stehen. Direkt vor ihr, in einem samtbezogenen Lehnstuhl, saß Max. Er war nur mit einem marineblauen Bademantel bekleidet, der über seiner Brust weit offen stand. In seinem Mundwinkel steckte eine Zigarre, in einer Hand hielt er ein Glas mit einer matt golden schimmernden Flüssigkeit, und seine Augen waren unverwandt auf sie gerichtet.

»Das hat aber gedauert«, mümmelte er, ohne die Zigarre aus dem Mund zu nehmen.

Unwillkürlich zog Lora das Badetuch fester um ihre Brust. Sie mußte sich eingestehen, daß sie nicht mehr so sehr vor Max Angst hatte, als vielmehr vor sich selbst beziehungsweise vor den Gefühlen, die er in ihr auslöste. Aus irgendeinem unerklärlichen Grund fühlte sie sich geradezu unwiderstehlich von ihm angezogen. Und aufgrund ihrer Reaktion auf seinen Kuß mußte er sich dessen inzwischen auch bewußt sein. Noch jetzt lief ihr ein wohliger Schauder den Rücken hinunter, wenn sie nur daran dachte. Das Stockholm-Syndrom, meldete sich im selben Moment wieder ihr Verstand zu Wort. Und an diesen Gedanken klammerte sie sich nun so verzweifelt wie ein Ertrinkender an den rettenden Strohhalm. Eine andere Erklärung gab es nicht. Das alles konnte nur eine Auswirkung des Stockholm-Syndroms sein.

»Und? Ist die Unterredung mit deinem Freund bereits zu Ende?« Zu ihrer Überraschung klang ihre Stimme gefaßt und ruhig.

»Ja.«

Besonders gesprächig ist er ja nicht gerade, dachte Lora

verdrossen. Und ausgerechnet dieser einsilbige Kerl übte eine solche Anziehungskraft auf sie aus. Eigentlich hatte sie immer gedacht, sie fühlte sich eher von intellektuellen Typen angezogen, nicht von solchen – brutalen Muskelprotzen! Auf ihre eigene Intelligenz warf das jedenfalls nicht gerade das beste Licht.

Max trank sein Glas leer, stellte es auf den Boden und stand auf. Als Lora darauf unwillkürlich einen Schritt zurückwich, legte sich ein süffisantes Lächeln über seine Lippen.

»Dein Abendessen steht dort drüben auf dem Tisch. Lucia hat es dir zusammen mit ein paar frischen Kleidern gebracht. Ich habe sie mir zwar noch nicht angesehen, aber sie dürften ihren Zweck sicher erfüllen. Das blaue Kleid kannst du jedenfalls unmöglich noch anziehen.«

»Ist das etwa meine Schuld?« Um sich ihm gegenüber nicht so ausgeliefert zu fühlen, versuchte sie mit allen Mitteln, einen Streit vom Zaun zu brechen. Aber er hob nur nachlässig die Schultern und drückte seine Zigarre aus. Dann machte er sich daran, den Knoten seines Schlafmantelgürtels zu lösen... »Was machst du da?« Ihre Stimme war dem Überschnappen nahe. Er hielt kurz inne, um jedoch gleich darauf unbeirrt weiterzumachen. Lora bekam große Augen, als sein Bademantel auffiel. Doch schon im nächsten Moment wandte sie, zutiefst schockiert über sich selbst, den Blick ab und starrte wie hypnotisiert an die Wand. Er konnte sich wirklich sehen lassen. Trotzdem war sie fest entschlossen, keine Notiz mehr von ihm zu nehmen.

»Ich werde jetzt ein Bad nehmen.« In seiner Stimme schwang leichte Ungeduld mit. »Währenddessen kannst du etwas essen, und anschließend legst du dich am besten ins Bett. Und daß du mir keine Dummheiten machst. Leider läßt sich die Tür nicht von innen absperren, und da ich dich nicht schon wieder fesseln will, kann ich dich nur noch einmal mit allem Nachdruck warnen: Ortega läßt nicht mit sich spaßen. Wir kennen uns schon sehr lange; mir vertraut er, aber Fremden gegenüber ist er aus Prinzip mißtrauisch. Wenn er also aus irgendeinem Grund Verdacht schöpfen sollte, daß du nicht bist, wofür du dich ausgibst, kann dich das ohne weiteres das Leben kosten. Ortega ist kein Mann, der irgendwelche Risiken eingeht.«

Ohne auf ihre Antwort zu warten, verschwand er im Bad. Kurz darauf hörte Lora ein lautes Schwappen; offensichtlich war er in ihr Badewasser gestiegen. Bei der Vorstellung, daß er in ein paar Minuten wie eine Rose duftend wieder nach draußen kommen würde, legte sich unwillkürlich ein leichtes Lächeln über ihre Lippen.

8

Auf dem Fußende des Betts lag ein schwarzes Spitzennachthemd. Ungläubig strich Lora über das hauchzarte Etwas. Es war ebenso erlesen wie verführerisch – der Traum einer jeden Frau. Und doch hätte sie in diesem Ding um keinen Preis geschlafen; zumindest nicht, wenn Max das Bett mit ihr teilte. Das mußte ihn ja geradezu auf dumme Gedanken bringen, wenn er nicht sowieso schon welche hatte.

Lora ließ das aufreizende Nachthemd fallen wie eine heiße Kartoffel und sah sich hilfesuchend um. Ihre eigenen Sachen waren nirgendwo mehr zu sehen, aber auf einem der beiden roséfarbenen Polstersessel lag ein Stapel frischer Kleider – ein Paar Jeans, ein T-Shirt, eine Windjacke und ein schwarzes Spitzenhöschen, das offensichtlich der Besitzerin des Nachthemds gehört hatte. Wie es schien, hatte besagte Dame von Büstenhaltern nicht viel gehalten, oder Lucia hatte vergessen, einen solchen dazuzulegen. Jedenfalls konnte Lora auch nach längerem Suchen keinen finden. Sonst fehlte es jedoch an nichts. Allem Anschein nach war Ortega für jegliche Art von weiblichem Besuch bestens gerüstet. Es war nicht einmal auszuschließen, daß sich auch jetzt gerade eine Frau hier aufhielt. Die Hacienda war jedenfalls groß genug, um notfalls sogar ein Dutzend Gäste unterbringen zu können, ohne daß auch nur einer von ihnen gemerkt hätte, daß sich außer ihm noch andere Besucher hier befanden.

Ein lautes Planschen aus dem Bad riß sie aus ihren Gedanken. Besser, sie zog sich rasch etwas über, bevor Max wieder zurückkam. Hastig schlüpfte sie in das zarte Spitzenhöschen, das mehr enthüllte, als es verdeckte. Die Jeans waren so eng, daß sie den Reißverschluß nur mit

Mühe zubekam. Und auch das T-Shirt saß für ihren Geschmack ziemlich knapp, zumal sie keinen BH darunter trug. Die frühere Besitzerin dieser Sachen war um die Hüfte eine und um die Oberweite sogar zwei Nummern schmaler gewesen als Lora. Voller böser Vorahnungen trat Lora vor den Spiegel.

Was sie darin sah, übertraf noch ihre schlimmsten Befürchtungen. In den hautengen Jeans und dem viel zu knappen T-Shirt sah sie eher aus wie ein eroberungslustiger Teenager als wie eine grundsolide High-School-Lehrerin. Wenn der Schuldirektor sie so gesehen hätte, hätte er sie vermutlich auf der Stelle gefeuert. Die engen Jeans brachten den weiblichen Schwung ihrer Hüften und ihre langen schlanken Beine hervorragend zur Geltung; den Effekt, den sie auf ihre Rückenansicht hatten, wollte sich Lora lieber erst gar nicht vorstellen. Und auch das eng anliegende Material des T-Shirts verbarg so gut wie nichts. Im Gegenteil, es hob die ausladenden Rundungen ihrer Brüste mit den deutlich vorspringenden Brustwarzen sogar noch deutlicher hervor. Sie mußte sich unbedingt noch den Blouson überziehen, bis ihr BH endlich trocken war. Aber andererseits konnte sie damit unmöglich ins Bett gehen.

Nach kurzem Nachdenken schüttelte Lora den Kopf. Nein, das ging tatsächlich nicht. Aus dem Bad drang noch immer leises Wasserplätschern, untermalt von einem zufriedenen Summen. Wenn sie sich mit dem Essen beeilte, konnte sie sich vielleicht schon im Bett verkriechen, bevor Max aus der Wanne kam.

Das Abendessen schmeckte vorzüglich. Lora fiel mit Heißhunger darüber her. Ständig die Badezimmertür im Auge behaltend, schlang sie das gebratene Hähnchen hinunter. Sie war gerade mit dem Essen fertig, als sie ein lautes Planschen aufschrecken ließ. Hastig sprang sie auf, legte sich ins Bett und verkroch sich unter der Decke. Im selben Moment kam er auch schon aus dem Bad. Er war nur mit einem Badetuch bekleidet, das er sich um die Hüfte geschlungen hatte. Sein nasses Haar fiel ihm in dichten Locken über die Ohren. Und er hatte sich rasiert. Erst jetzt fiel Lora auf, daß er ein Grübchen im Kinn hatte. Außerdem sah er rasiert jünger und nicht mehr so bedrohlich aus. Wenn nur dieser gräßliche Schnurrbart nicht gewesen wäre, hätte er durchaus auch Geschäftsmann oder Anwalt sein können. Über seine breiten Schultern und die behaarte Brust perlten blitzende Wassertropfen und brachten die Konturen seines Körpers noch besser zur Geltung. Wieder einmal mußte Lora feststellen, wie schmal seine Hüften im Vergleich zu seinen breiten Schultern waren...

»Du kannst mich meinetwegen anstarren, so lange du willst, meine Teuerste. Aber ich warne dich – gleich werde ich das Handtuch abnehmen.«

Heftig errötend riß sich Lora vom Anblick seines Oberkörpers los und sah ihm verlegen in die Augen. Das vieldeutige Leuchten, das ihr daraus entgegenfunkelte, verhieß nichts Gutes. Er war sich der Tatsache, daß sie ihn außerordentlich attraktiv fand, nur zu deutlich bewußt. So demütigend das für Lora auch sein mochte, sie konnte dennoch nichts daran ändern. Ihr blieb nur die Hoffnung, daß er sich ihre Schwäche für ihn nicht auf schamlose Weise zunutze machte.

Lora war so sehr damit beschäftigt, gegen ihre Verlegenheit anzukämpfen, daß sie darüber völlig vergessen hatte, was er gesagt hatte. Und als er nun ohne Vorwarnung das Handtuch abnahm und sie dabei ganz ungeniert ansah, verschlug es ihr unwillkürlich die Sprache.

»Ich habe dich gewarnt«, sagte er grinsend, als Lora schockiert die Augen schloß. Aber es war längst zu spät. Das Bild seines herrlich gebauten, muskelbepackten Männerkörpers hatte sich längst unauslöschlich in ihr Gedächtnis eingeprägt. Ohne Kleider sah er einfach umwerfend aus...

Sie hielt die Augen so lange geschlossen, bis sie spürte, wie die Matratze unter seinem Gewicht nachgab. Zum Glück war das Bett groß genug, daß es für sie beide ausreichend Platz bot. Wenige Augenblicke später hörte sie ein leises Klicken. Er hatte die Nachttischlampe ausgeknipst. Sie brauchten beide dringend Schlaf... Ruhig Blut, redete sich Lora gut zu. Wenn er wirklich vorhätte, sich an mir zu vergreifen, dann hätte er das auch schon letzte Nacht tun können. Am besten, du versuchst einfach zu schlafen und nicht mehr länger an ihn zu denken.

Plötzlich spürte sie das Gewicht seines Oberkörpers auf sich. Aber noch ehe sie einen schrillen Schrei ausstoßen konnte, spürte sie bereits, wie sich seine kräftige Hand auf ihren Mund legte. Mit weit aufgerissenen Augen starrte sie ängstlich in sein Gesicht. Zugleich mischte sich in ihre Angst jedoch auch ein seltsam erregendes Prickeln. Sein mächtiger behaarter Brustkorb befand sich so dicht über ihren kaum bedeckten Brüsten, daß geradezu die Funken zwischen ihnen überzuspringen schienen. Mit einem seltsam unergründlichen Gesichtsausdruck sah er sie unverwandt an. Eines stand trotzdem fest: er begehrte sie genausosehr wie sie ihn. Sollte sie sich zur Wehr setzen oder...

»Was ist eigentlich mit dir los?« Das hörte sich allerdings gar nicht nach zärtlichem Liebesgeflüster an.

»Du... ich...«

Ihr verlegenes Stammeln sprach offensichtlich Bände. Seine finstere Miene erhellte sich, und über seine Lippen legte sich der Anflug eines Lächelns. Weniger denn je wußte Lora, was sie davon halten sollte. Nein, dachte sie, sonderlich vertrauenerweckend sieht er wirklich nicht aus.

»Du denkst wohl immer noch, ich will dich vergewaltigen, wie? Dabei wollte ich nur deine Nachttischlampe ausknipsen. Du hast sie brennen lassen.«

Er klang ziemlich verärgert, und Lora stieg nun erst recht die Schamröte ins Gesicht, als er sich noch ein Stück weiter über sie beugte, um die Lampe auszuschalten.

Dann ließ er sich wieder auf seine Betthälfte zurücksinken und kehrte ihr den Rücken zu. Wie versteinert lag Lora neben ihm und starrte an die Decke. Schon wieder hatte sie sich vor ihm zum Narren gemacht. Offensichtlich verschonte er sie nur, weil er dachte, sie hätte schreckliche Angst davor, von ihm vergewaltigt zu werden. In Wirklichkeit hatte sie jedoch vor etwas ganz anderem Angst – nämlich vor der enormen Anziehung, die er auf sie ausübte.

Lora schätzte sich in puncto Sex als eher altmodisch ein. Nicht, daß sie noch Jungfrau gewesen wäre. Mit Brian schlief sie mehr oder weniger, so oft er Lust hatte. Das war durchschnittlich einmal im Monat. Und auch vor Brian hatte es bereits einen anderen Mann gegeben. Das war während ihres letzten Jahres an der High School gewesen. Mit ihm hatte sie es ganze zwei Mal ›getrieben‹, wie er es vermutlich ausgedrückt hätte. Beide Male übrigens auf dem Rücksitz seines alten Ford Mustang. Beim ersten Mal war sie noch Jungfrau gewesen, so daß man also kaum hätte erwarten können, daß es ihr Spaß machte. Und das zweite Mal war zwar nicht mehr mit körperlichen Schmerzen verbunden gewesen, aber ansonsten eine ziemlich lustlose und eher peinliche Angelegenheit. Dieses nervöse Gefummle seiner gierigen verschwitzten Hände... Möglicherweise hätten sie sogar geheiratet, wenn nicht dieser verhängnisvolle Verkehrsunfall dazwischengekommen wäre. Da Lora von da an kaum mehr Zeit für Mark hatte, hatten sie sich ziemlich bald einfach aus den Augen verloren.

Ein leises Schnarchen verriet ihr, daß Max in den wenigen Minuten, in denen sie ihren Gedanken nachgehangen war, eingeschlafen war. So einen Schlaf hätte sie auch gern gehabt! Wütend starrte sie auf die dunklen Umrisse seines breiten Rückens und konzentrierte sich ganz bewußt auf die rauh raspelnden Geräusche, die er im Schlaf von sich gab. Von einem schnarchenden Mann geht bekanntermaßen keine sehr stimulierende Wirkung aus. Er *schnarcht*, versuchte sie sich immer wieder einzureden, er schnarcht... Aber entgegen all ihrer Bemühungen fand sie sogar sein blödes Schnarchen ungemein anziehend. Wütend auf ihr Kopfkissen einschlagend, wälzte sie sich auf die andere Seite und schloß die Augen. Wäre doch gelacht, wenn sie jetzt nicht auch gleich einschlafen würde. Aber irgendwann ertappte sie sich sogar dabei, daß sie begonnen hatte, seine leisen, gemächlichen Schnarcher zu zählen...

Sie fühlte sich am ganzen Körper so wohlig warm, umhüllt von einer anheimelnden sanften Glut... Schläfrig schlug sie die Augen auf, um nach der Herkunft dieser seltsam angenehmen Wärme Ausschau zu halten. Doch schon im selben Augenblick zuckte sie heftig zusammen. Ein kräftiger Arm hatte sich um ihre Taille geschlungen, eine langfingrige Männerhand ruhte ganz selbstverständlich auf ihrem Brustkorb, nur wenig Zentimeter von ihrer rechten Brust entfernt. Warmer Atem strich über ihr Haar, und ihr Rücken war gegen eine nackte Männerbrust geschmiegt. Trotz der engen Jeans konnte sie seine Reaktion auf ihre körperliche Nähe überdeutlich spüren. Er war mehr als bereit.

Aber zum Glück schien er zu schlafen. Ein kurzer Blick über die Schulter bestätigte Lora, daß dem tatsächlich so war. Und dieses Wissen nahm der Situation etwas von ihrer Bedrohlichkeit. Wenn sie ganz ehrlich war, empfand sie die Nähe seines warmen Körpers sogar als ausgesprochen angenehm, ganz zu schweigen von dem seltsamen Prickeln, das seine Berührung in ihr hervorrief. Was hatte sie außerdem von ihm zu befürchten? Solange er schlief und nichts davon merkte, konnte sie sich vollkommen unbedenklich der angenehmen Erregung hingeben, die er in ihr weckte. Sie brauchte nur die Augen zu schließen und sich ganz ihren Träumen hinzugeben...

Das tat sie, und alle ihre Gedanken drehten sich nur um ihn, wie er am Abend zuvor nackt vor ihr gestanden hatte. Ständig schwebte ihr das Bild seines athletisch gebauten Körpers vor Augen. Er war so groß, so kräftig, so männlich. Und jetzt schmiegte er sich ganz dicht an sie, hielt sie in seinen Armen... Nein, damit mußte auf der Stelle Schluß sein. Nicht auszudenken, wohin es noch führen würde, wenn sie so weitermachte. Aber andererseits fühlte er sich so wundervoll an. Ihr entflammter Körper schien seiner Berührung geradezu entgegenzufiebern. Und was war schon dabei? Er schlief... Leise seufzend veränderte er in diesem Moment seine Stellung. Seine Hand rutschte noch ein Stück höher und kam nun direkt auf ihrer Brust zu liegen. Lora erstarrte. Sie mußte etwas tun – diese Hand wegstoßen, ein Stück von ihm fortrükken oder am besten ganz aufstehen. Aber vor allem mußte sie sich diesem immer stärker werdenden Sog entziehen, der von seiner Berührung auszugehen schien. Ihre Brustwarze hatte sich unter der Berührung seiner warmen Handfläche bereits lustvoll aufgerichtet. Lora war sich der plötzlichen Erregung, die von ihrem Körper Besitz ergriffen hatte, sehr deutlich bewußt. Unwillkürlich begann sie sich unter seiner Berührung sinnlich zu winden, und als sich ihre Brust dabei noch fester gegen seine Handfläche drängte, schloß sich diese als Reaktion darauf noch fester um sie. Angespannt lauschte Lora seinem ruhigen Atem. Er schien noch immer tief und fest zu schlafen.

Doch mit einem Mal hatte sie ein Gefühl, als stünde ihr ganzer Körper in Flammen. Entfacht wurde dieses Feuer durch die Glut, die von der kräftigen Männerhand auf ihrer Brust ausging, durch die heftige Erektion, die sie selbst durch den Stoff der Jeans ganz deutlich gegen ihr Gesäß spürte und nicht zuletzt auch durch die männliche Kraft, die von seinem muskulösen Körper auf sie überzuspringen schien. Vor Erregung war sie einer Ohnmacht nahe – und das, obwohl er nicht einmal wach war. Unwillkürlich drängte sich ihr Körper noch fester dem seinen entgegen.

Und wieder verstärkte sich dadurch der sanfte Druck, den seine Hand auf ihre Brust ausübte. Diesmal wurde Lora dadurch in solche Erregung versetzt, daß sie nicht mehr länger danach fragte, ob er noch schlief oder wach war. Alles in ihr sehnte sich danach, von diesem Mann berührt zu werden, am ganzen Körper von dieser kräftigen und zugleich so einfühlsamen Männerhand, die sie schon jetzt in den Wahnsinn trieb, liebkost und gestreichelt zu werden.

Plötzlich begannen sich seine Finger zu bewegen. Ganz langsam tasteten sie nach der steifen Warze. Lora konnte ihre Berührung durch den dünnen Stoff des T-Shirts so deutlich spüren, daß sie um ein Haar laut aufgestöhnt hätte. Unwillkürlich schloß sie die Augen. Anstatt jedoch unverzüglich von ihm wegzurücken, ließ sie es zu, daß sich seine Finger weiter an ihrer Brustwarze zu schaffen machten, so daß sie sich ihnen vor Erregung noch mehr entgegendrängte. Nach einer Weile glitt seine Hand nach unten, schob sich unter ihr dünnes T-Shirt und wanderte dann behutsam wieder nach oben. Ihr ganzer Körper schien plötzlich unter Strom zu stehen. Wie wundervoll sich seine Hand auf ihrer nackten Haut anfühlte! Die Augen fest geschlossen, begann sich Lora mit lustvoll durchgebogenem Rücken in seinen Armen zu winden, so daß sich ihre Brust noch herausfordernder seiner Handfläche entgegendrängte, ihr Gesäß noch fester an seinem steifen Glied rieb. Immer heftiger atmend, gab sie sich nun ganz hemmungslos den sexuellen Fantasien hin, die sie nicht mehr loslassen wollten. Sie wollte nur noch das eine... nur noch das eine...

Plötzlich schob sich seine andere Hand unter ihrem Oberkörper durch, um erst behutsam ihre linke Brust zu liebkosen und dann tiefer zu gleiten und den Reißverschluß ihrer Hose zu öffnen. Allein das leise Geräusch des Reißverschlusses jagte wohlige Schauer der Lust durch ihren Körper. Wie Stromstöße durchfuhr es sie, als seine Hand über ihren Bauch glitt, kurz die Höhlung ihres Nabels ertastete und schließlich tiefer wanderte. Als seine Hand den Bund ihres winzigen Slips erreichte, hielt sie für einen Moment inne. Fast hätte Lora vor Enttäuschung laut aufgestöhnt. Er konnte doch jetzt nicht einfach aufhören...

Das tat er auch nicht. Vorsichtig glitt die warme Hand in ihr Höschen, bis sie den behaarten Hügel zwischen ihren Beinen umschloß und seine Finger ihre intimste und empfindlichste Stelle umspielten. Unter lautem Stöhnen drängte sich Lora der Hand entgegen, die sie in solche Erregung versetzte. Dadurch ermutigt, tasteten sich seine Finger immer weiter vor, um ihr begieriges Fleisch zu erforschen, zu liebkosen, immer mehr zu reizen. Lora war einer Ohnmacht nahe. Alles, was für sie noch existierte, waren die unbeschreiblichen Wonnen der Lust, zu der ihr diese geschickten Finger verhalfen. Und irgendwann konnte sie einfach nicht mehr an sich halten. Unter einem gutturalen Aufschrei warf sie den Kopf in den Nacken, und im selben Augenblick wurde ihr Körper auch schon von wilden Zuckungen geschüttelt, die sie in einem gewaltigen Taumel der Lust mit sich fortrissen.

Ihr Verstand kehrte etwas langsamer in die rauhe Wirklichkeit zurück als ihr Körper – mit dem Ergebnis, daß die damit verbundene Bauchlandung nur um so schmerzhafter verlief. Überdeutlich war sie sich plötzlich bewußt, daß sie noch immer in seinen Armen lag. Seine Hand steckte noch immer in ihrem Höschen, und dieses pochende Drängen, das sie an ihrem Gesäß spürte, war heftiger und fordernder denn je geworden. Was hatte sie nur getan? Wie hatte sie zulassen können, daß es so weit zwischen ihnen gekommen war? Mit Brian war sie nie so weit gegangen. Und er hatte auch nie einen Versuch unternommen, sie auf diese Weise zu stimulieren. Nicht einmal im Traum hätte sie gedacht, daß sie dadurch so heftig erregt werden könnte. War diese Reaktion überhaupt normal? Und was war mit ihm? Doch trotz aller Scham hatte sich Lora noch nie in ihrem Leben so rundum befriedigt gefühlt. Aber natürlich galt das nur für sie, nicht für ihn. Sie wollte erst lieber gar nicht daran denken, was nun kommen würde. Nach allem, was geschehen war, dachte er sicher, daß sie sich ihm gleich voller Leidenschaft hingeben würde. So ungern sie sich das auch eingestand, konnte sie ihm das nicht einmal verdenken; ihr Verhalten hatte ihm schließlich allen Anlaß dazu gegeben. Wenn er also jetzt aufs Ganze ging, hätte sie schwerlich auf Vergewaltigung plädieren können...

Er zog seine Hand aus ihrem Höschen und setzte sich auf. Im selben Moment wurde Lora klar, daß sie den kritischen Moment nicht mehr länger hinauszögern konnte. Sie rollte sich auf den Rücken, zog den Reißverschluß ihrer Jeans hoch und ihr T-Shirt nach unten – und schlug die Augen auf.

Durch die zugezogenen Vorhänge drang gedämpftes Licht. Trotzdem konnte sie ihn ganz deutlich sehen. Sein schwarzes Haar war wild zerzaust, sein nackter Oberkörper so anziehend wie eh und je. Seine dunklen Augen waren fragend auf sie gerichtet. Er schien darauf zu warten, daß sie etwas sagte. Hoffte er, daß sie ihm verzückt gestand, wie wundervoll es gewesen wäre und wie sehr sie sich danach sehnte, daß er weitermachte? Von wegen, dachte sie insgeheim. Unter den gegebenen Umständen würde ihr allerdings kaum etwas anderes übrigbleiben, als sich ihm hinzugeben. Freilich faßte sie jetzt schon den festen Entschluß, nicht die geringste Lust dabei zu empfinden. Und ebenso fest entschlossen war sie, ihm das ganz unmißverständlich klarzumachen.

»Na gut, dann mach schon«, forderte sie ihn deshalb mit einem finsteren Blick auf.

Als er darauf nur wortlos die Augenbrauen hob, fügte sie gereizt hinzu: »Tu endlich, was du nicht lassen kannst! Aber sieh zu, daß du es schnell hinter dich bringst.« Sie wußte, daß das nicht fair war, aber sie konnte einfach nicht anders. Es war ihm keineswegs zu verdenken, wenn er glaubte, daß sie ihm nun verpflichtet wäre. Nun gut, sie würde es ihm in derselben Münze zurückzahlen. Aber das hieß keineswegs, daß sie es auch genießen würde.

»Wirklich sehr großzügig von dir.« Er sah sie mit einem rätselhaften Ausdruck an. »Aber gib dir lieber keine Mühe, nett zu sein. Ich mag es lieber, wenn eine Frau richtig in Fahrt ist – wie du vorhin...« Über seine Lippen legte sich ein süffisantes Lächeln.

Die Erinnerung an die letzten Minuten trieb Lora die Schamröte ins Gesicht. Währenddessen stieg er bereits mit einem breiten Lächeln aus dem Bett und begann sich anzuziehen.

9

Der Tag war noch kaum angebrochen, aber der Vorplatz von Ortegas Hacienda lag bereits im strahlenden Licht der Morgensonne, als sie etwa eine halbe Stunde später aufbrachen. Wie bei ihrer Ankunft wurden sie auch diesmal von Ortegas schwerbewaffneten Männern scharf im Auge behalten. Max verband Lora erst die Augen, bevor er losfuhr. Nach allem, was sich in der letzten Nacht zugetragen hatte, sprachen die beiden nur noch das Allernötigste miteinander. Während Lora vor allem tiefe Scham über die jüngsten Vorkommnisse verspürte, schien er, seinen grimmig nach unten gezogenen Mundwinkeln nach zu schließen, sehr verbittert.

Selbst nach einer halben Stunde Fahrt hatte er ihr mit keinem Wort zu verstehen gegeben, daß sie endlich die Binde abnehmen könnte. Lora ging davon aus, daß er sie das Ding aus Rache so lange aufbehalten ließ und nahm den Fetzen deshalb irgendwann einfach ab, ohne ihn um Erlaubnis zu fragen. Seine einzige Reaktion darauf war, daß er ihr einen finsteren Blick zuwarf und sofort wieder unverwandt auf die Straße hinausstarrte. Sollte er ihretwegen ruhig den Beleidigten spielen. Wortlos wandte sich Lora von ihm ab und starrte aus dem Seitenfenster.

Es war ein herrlicher Morgen. Das üppige Grün des Dschungels funkelte im hellen Licht der Sonne, das sich in Myriaden glitzernder Tautropfen brach. Steil wand sich die schmale Straße einen dicht bewaldeten Berghang hinauf. In den mächtigen Bäumen am Straßenrand wimmelte es von Papageien und anderen farbenprächtigen Vögeln. Allerdings hatte Lora während der letzten zehn Kilometer auch drei Vogelspinnen gezählt, die träge über die Straße gekrochen waren, ganz zu schweigen von dem öminösen

Schnauben und Blätterrascheln, das immer wieder aus dem dichten Dschungel am Straßenrand drang. Das genügte jedenfalls vollauf, um ihr bis auf weiteres alle Fluchtgedanken auszutreiben.

Plötzlich fuhr Max merklich langsamer. Sie näherten sich einer schmalen Holzbrücke, die keinen sehr vertrauenerweckenden Eindruck machte.

»Du hast doch nicht etwa vor, da rüberzufahren?« Das waren die ersten Worte, die Lora seit ihrem Aufbruch von Ortegas Hacienda über die Lippen gekommen waren.

Max sagte nichts, sondern warf ihr nur einen gleichgültigen Blick zu. Lora starrte haßerfüllt zurück. Sie war fest entschlossen, kein Wort mehr mit ihm zu wechseln – selbst wenn er tatsächlich nicht davor zurückschrecken sollte, ihr Leben aufs Spiel zu setzen und diese Brücke zu überqueren.

Und tatsächlich! Vorsichtig steuerte er den Wagen auf die morschen Holzplanken der Brücke, die unter seinem Gewicht laut aufächzte. Nur mit Mühe konnte Lora einen entsetzten Aufschrei unterdrücken. Je weiter der Wagen über den gähnenden Abgrund hinauskroch, desto lauter wurde das Knirschen und Ächzen, desto heftiger geriet die Brücke ins Schwanken... Lora schloß die Augen.

»Mein Gott, stell dich doch nicht so an!«

Erschrocken riß Lora die Augen wieder auf. Trotz des unfreundlichen Tons hatte es in dieser haarsträubenden Situation fast etwas Tröstliches an sich, Max' Stimme zu hören. »Es ist nicht das erste Mal, daß ich diese Brücke überquere. Und vor allem habe ich das schon mit Fahrzeugen getan, die wesentlich schwerer waren als diese lächerliche Karre.«

»Aber hörst du denn dieses schreckliche Knirschen nicht?«

»Das haben Holzbrücken nun mal so an sich. Du kannst mir jedenfalls glauben: Das Ganze ist völlig ungefährlich.«

»Wenn du es sagst...« Das sollte Loras letzter Kommentar bleiben, bis sie wohlbehalten das andere Ufer erreicht hatten.

Sie hatte jedoch kaum Zeit, erleichtert aufzuatmen. Denn gleich hinter der nächsten Kurve standen ein brauner Pkw und ein verbeulter alter Lastwagen am Straßenrand. Das waren die ersten Fahrzeuge, denen sie seit Palenque begegnet waren. Irgendwie kamen sie Lora sofort verdächtig vor, wie sie so mutterseelenallein mitten im tiefsten Dschungel standen.

Und tatsächlich brach plötzlich ohne Vorwarnung ein Trupp schwerbewaffneter Männer aus dem Dschungel hervor. Sie stellten sich quer über die Straße und hielten ihre Waffen direkt auf sie gerichtet. Mit einem grellen Aufschrei ging Lora hinter dem Armaturenbrett in Deckung. Handelte es sich hier um Polizei, um Terroristen oder um eine Schar Banditen? Sicher würden sie gleich das Feuer eröffnen. Verzweifelt schickte Lora ein stummes Stoßgebet zum Himmel hoch, die Kugeln möchten sie verschonen. Max ließ den Wagen ausrollen und hielt hinter den beiden anderen Fahrzeugen am Straßenrand an. Als Lora darauf vorsichtig nach draußen spähte, sah sie, wie die Männer den Wagen umstellten. Sie waren nur zu viert, aber jeder von ihnen hatte einen großen Revolver, wie auch Max einen hatte, auf sie gerichtet.

»Kennst du diese Männer, Max?« stieß sie außer sich vor Angst hervor. »Was sollen wir jetzt tun?« Die bedrohlichen Gestalten starrten bereits finster ins Wageninnere. Ihre Schußwaffen hatten sie weiter direkt auf sie gerichtet.

»Du fährst jetzt etwa dreißig Kilometer in dieser Richtung weiter«, begann Max jedoch ganz sachlich. »Dann triffst du auf den Highway 190. Das ist eine wichtige Hauptverkehrsstraße. Du kannst in der nächsten Ortschaft nach dem Weg zurück nach Cancun fragen. Die Strecke zu nehmen, die wir gekommen sind, würde ich dir allerdings in Hinblick auf deine Fahrkünste nicht raten.«

»Aber ... aber ...«, stotterte Lora. Im selben Augenblick klopfte jedoch bereits einer der vier Männer gegen das Wagenfenster und bedeutete Max auszusteigen. Max nickte ihm kurz zu und wandte sich dann wieder an Lora.

»Du kannst mich doch nicht einfach hier, mitten im Dschungel, sitzen lassen!« stieß sie in panischer Angst hervor. »Was ist, wenn ich eine Panne habe ...«

Max schüttelte jedoch nur ärgerlich den Kopf. »Keine Sorge, du schaffst das schon. Ich muß dich jetzt leider verlassen. Lora ...« Und noch bevor sie wußte, wie ihr geschah, spürte sie auch schon, wie er ihr mit heißen, fordernden Lippen einen leidenschaftlichen Kuß auf den Mund drückte. Gleichzeitig hatte sich seine schwielige Hand entschlossen und doch behutsam um ihre Brust gelegt. Loras Körper stand sofort lichterloh in Flammen und ließ sie alles andere vergessen – die bewaffneten Männer, ihre verzweifelte Situation, ihre Wut auf Max. Statt dessen schlang sie innig ihre Arme um seinen Nacken und küßte ihn mit all der Leidenschaft und Gier, die sich im Lauf der Jahre in ihr aufgestaut hatte ...

Aber es hatte noch kaum begonnen, als es bereits wieder vorbei war. Max richtete sich auf und öffnete die Tür. Noch wie benommen von der Leidenschaftlichkeit ihres Kusses, sah ihn Lora an.

»Und noch etwas, Lora: Geh nicht zur Polizei!« Ohne ein weiteres Wort stieg er aus und warf die Tür hinter sich zu. Für einen Moment starrte Lora nur verdutzt vor sich hin. Doch dann rutschte sie hastig auf den Fahrersitz und kurbelte das Fenster nach unten.

»Max!«

Er ging jedoch einfach weiter, als hätte er sie nicht gehört.

»Max!«

Fassungslos starrte ihm Lora hinterher, wie er auf den braunen Pkw zuging, die Hintertür öffnete und sich auf den Rücksitz setzte. Darauf nahmen ihn zwei der bewaffneten Männer in ihre Mitte, während die anderen beiden vorne einstiegen. Keiner würdigte Lora auch nur eines Blickes. Mit einem lauten Aufheulen sprang der Motor an, und wenige Augenblicke später war der Wagen um die nächste Kurve verschwunden.

»Du Dreckskerl!« schrie ihm Lora wütend hinterher. Die einzige Antwort war jedoch das leiser werdende Geräusch des rasch sich entfernenden Wagens. Nach wenigen Augenblicken waren nur noch die allgegenwärtigen Laute des Dschungels zu hören. Einer Panik nahe, kurbelte Lora das Fenster wieder hoch und verriegelte die Türen. Sie war ganz allein. Eigentlich hätte sie sich darüber freuen sollen. Denn endlich war es überstanden. Endlich war sie frei.

Wie undramatisch das Ganze über die Bühne gegangen war – ohne wilde Schießereien, sogar ohne einen weiteren Wortwechsel; er war ebenso plötzlich und unerwartet wieder verschwunden wie er aufgetaucht war. Doch je länger sie nun plötzlich wieder ganz allein in ihrem Wagen saß, desto deutlicher wurde ihr bewußt, daß sie ihn eigentlich gar nicht hatte loswerden wollen. Im Gegenteil, sie hatte sogar angefangen, ihn richtig sympathisch zu finden. Und nicht nur das: sie fand ihn körperlich so anziehend, wie sie noch nie nach einem anderen Mann verlangt hatte...

Was war eigentlich mit ihr los? Immerhin hatte dieser Mann sie entführt und auf jede nur erdenkliche Weise bedroht und gedemütigt. Und nun bedauerte sie es fast, daß er endlich weg war und sie in Frieden ließ.

Bis Lora die Hauptstraße erreicht hatte, war sie außer sich vor Wut. Max hatte bis zuletzt ein falsches Spiel mit ihr gespielt. Selbst sein leidenschaftlicher Abschiedskuß hatte nur dem Zweck gedient, sie noch mehr für sich einzunehmen, damit sie nicht zur Polizei ging. Oder was sollte sie sonst von seinen einzigen Abschiedsworten halten: »Geh nicht zur Polizei.« Schamlos hatte er sich ihre nur zu offensichtliche Schwäche für ihn zunutzegemacht, um sie daran zu hindern, ihn anzuzeigen.

Wenn er sich da nur nicht gründlich verrechnet hatte, dachte sie wütend, während sie sich dem malerischen Städtchen Comitan näherte. Vermutlich wäre sie, ohne anzuhalten, daran vorbeigefahren, wenn sie nicht gerade noch im letzten Augenblick gemerkt hätte, daß ihr Tank fast leer war. Nach einigem Suchen fand sie schließlich auf dem Stadtplatz eine Pemex-Station. Während sie auf den Tankwart wartete, studierte sie interessiert den seltsamen sechseckigen Bau in der Mitte des Platzes. Vermutlich eine Kirche.

»*Si, señorita?*« riß sie der Tankwart aus ihren Gedanken. Obwohl er kaum größer war als der Wagen, erinnerte er sie mit seinem breiten Sombrero unwillkürlich an Max. Erst jetzt fiel ihr ein, daß sie ja noch immer seinen verdammten Hut hatte. Er lag zusammen mit seinem Umhang auf dem Rücksitz.

»Volltanken«, fuhr sie den Tankwart unnötig grob an. Als er sie darauf jedoch nur verständnislos ansah, wurde ihr bewußt, daß er kein Englisch verstand.

»*Por favor*«, begann sie deshalb radebrechend. Doch der Mann hatte bereits verstanden. Er nahm den Schlauch von der altmodischen Zapfsäule und deutete auf den Tankdeckel des Wagens, worauf ihm Lora erleichtert zunickte.

Der Mann wollte gerade den Tankdeckel abschrauben, als ihr ein entsetzlicher Gedanke kam.

»Halt«! schrie sie und beugte sich wild gestikulierend aus dem Fenster. »Ich habe kein Geld! Dieses Schwein hat mein ganzes Geld gestohlen!«

Als der Tankwart sie daraufhin nur verständnislos anstarrte, stieg sie aus, nahm ihm den Tankdeckel aus der Hand und schraubte ihn wieder fest. »Kein Benzin!« sagte sie dann laut, schüttelte energisch den Kopf und stieg wieder ein.

»Das hat mir gerade noch gefehlt!« zischte sie außer sich vor Wut und legte den ersten Gang ein. Dann beugte sie sich aus dem Fenster und fragte den Tankwart, der sie noch immer fassungslos anstarrte: »*La policía!* Wo?«

Stirnrunzelnd trat der Mann einen Schritt zurück und deutete die Straßen hinunter.

»*Gracias*«, rief ihm Lora zu und fuhr los.

10

»Man hat Sie also gekidnappt, Señorita?« sagte der junge Polizist. Er sah Lora durch das kleine vergitterte Fenster, das den Vorraum der kleinen Polizeistation vom eigentlichen Wachraum trennte, mit unverhohlenem Desinteresse an.

Mühsam um Beherrschung ringend, antwortete Lora: »Ja, dieser Mann hat mich mit vorgehaltener Waffe entführt.«

»Ein solcher Vorfall ist uns aber bisher nicht gemeldet worden.«

»Deshalb melde ich ihn doch jetzt!«

»Ach so.« Der Polizist kratzte sich mit dem Bleistiftende am Kinn, warf einen kurzen Blick auf den Stapel Papiere, der sich auf seinem Schreibtisch türmte, und wandte sich dann wieder mit betont gelangweilter Miene Lora zu.

»Sie wollen also Ihre eigene Entführung melden, Señorita?«

So ausgedrückt, hörte sich das natürlich vollkommen lächerlich an. »Ja!« stieß Lora zähneknirschend hervor.

Seufzend drehte sich der Polizist darauf nach einem für Lora unsichtbaren Kollegen um und rief ihm etwas auf Spanisch zu. Die einzige Antwort war ein lautes Gähnen. Darauf winkte der Polizist Lora in den Wachraum und forderte sie mit einer kurzen Handbewegung auf, vor seinem Schreibtisch Platz zu nehmen. »Also gut, Señorita, Sie wollen also Anzeige erstatten.«

Lora ließ sich auf den wackligen Holzstuhl nieder und versuchte keine Notiz von den zwei anderen Beamten zu nehmen, die sie mit unverhohlenem Interesse anstierten. War in diesem gottverlassenen Kaff eine blonde *norteamericana* in einem viel zu engen T-Shirt tatsächlich so etwas

Besonderes? Lora gab sich jedenfalls alle erdenkliche Mühe, die beiden Polizisten, die sie mit ihren Blicken geradezu auszuziehen schienen, nach Möglichkeit zu ignorieren. Währenddessen legte sich der dritte Polizist mit quälender Umständlichkeit Papier und Bleistift zurecht. Lora wußte nicht mehr, wohin sie schauen sollte. Also hielt sie sich an die Devise: Angriff ist die beste Verteidigung, und starrte herausfordernd zurück. Zu ihrem Leidwesen schien das jedoch genau den gegenteiligen Effekt nach sich zu ziehen. Vielleicht hätte sie lieber doch ihre Windjacke aus dem Wagen mitnehmen sollen.

»Würden Sie mir jetzt bitte erzählen, wie es zu dieser Entführung gekommen ist, Señorita?« begann der Polizist, der das Protokoll aufnahm.

Zu ihrer Überraschung bekam Lora plötzlich ein schlechtes Gewissen – gerade so, als würde sie Max verraten. Vielleicht sollte sie das Ganze lieber doch einfach auf sich beruhen lassen...

»Señorita?« versuchte der Polizist ihren Redefluß in Gang zu bringen.

In Lora entbrannte mit einem Mal ein heftiger Kampf recht widersprüchlicher Gefühle. Sollte sie Max wirklich die Polizei auf den Hals hetzen? Sie hatte sich gerade zu dem Entschluß durchgerungen, die Sache einfach auf sich beruhen zu lassen, als ihr Blick auf ein Fahndungsplakat an der Wand fiel. Und wer starrte ihr dort von einem verschwommenen Schwarzweißfoto finster entgegen? Kein geringerer als Max! Das unrasierte Gesicht mit dem dichten Schnurrbart, den buschigen Augenbrauen und der leicht gekrümmten Hakennase war unverkennbar. Eine Verwechslung war vollkommen ausgeschlossen. Max wurde steckbrieflich gesucht! Lora wurden die Knie weich.

»Señorita?« Verwundert drehte sich der Polizist um.

Offensichtlich wollte er sich vergewissern, was Loras Aufmerksamkeit so plötzlich auf sich gezogen hatte.

Kaum war auch sein Blick auf den Steckbrief gefallen, setzte er sich plötzlich kerzengerade auf.

»Ist das der Mann, Señorita?« Er klang plötzlich sehr interessiert. Ohne Loras Antwort abzuwarten, rief er seinen beiden Kollegen aufgeregt etwas zu, worauf diese aufsprangen und auf sie zukamen.

Lora sank das Herz in die Hose. Sie hatten Lunte gerochen. »Nein, nein, ich fand dieses Gesicht nur sehr interessant...« stieß sie deshalb hastig hervor. Aber die drei Polizisten redeten bereits aufgeregt aufeinander ein und schenkten ihr keinerlei Beachtung mehr. Schließlich klopfte einer von ihnen gegen eine Tür im hinteren Teil des Raums. Als diese wenig später aufging, erschien ein älterer Mann. Der wütenden Herablassung nach zu schließen, mit der er die drei Polizisten anfuhr, war er ihr Vorgesetzter. Als die drei jungen Männer darauf jedoch in lautem Durcheinander auf ihn einzureden begannen, verschwand er mit einem finsteren Blick auf Lora wieder in sein Büro, um wenig später in seiner Uniformjacke wieder zu erscheinen. Schwer schluckend beobachtete Lora, wie er auf sie zukam.

»Entschuldigen Sie, aber offensichtlich handelt es sich hier um ein Versehen«, stotterte sie nervös und stand auf.

»Bitte, setzen Sie sich wieder, Señorita«, forderte sie der Mann mit einem strengen Blick auf.

Verzweifelt ließ sich Lora wieder in ihren Stuhl sinken. Mein Gott, was hatte sie nur getan?

»Nun erzählen Sie uns mal schön der Reihe nach, was passiert ist, Señorita. Zuerst: Wie heißen Sie?«

Wohl oder übel nannte ihm Lora ihre Personalien.

»Haben Sie einen Ausweis bei sich?«

Wortlos holte Lora ihren Führerschein aus ihrer Handtasche. Nachdem er ihn kurz studiert hatte, reichte er ihn ihr mit einem knappen Nicken zurück.

»Kennen Sie den Mann auf dem Fahndungsplakat? Er heißt übrigens John Robert Maxwell.«

Forschend starrte Lora in das Gesicht des Polizeikommandanten; mit seinen ausgeprägten Tränensäcken hatte er etwas von einem Basset an sich. Blieb nur zu hoffen, daß er auch so gutmütig wie ein Basset war...

»Nein, ich habe diesen Mann noch nie gesehen«, erwiderte sie, so fest sie konnte.

»Wenn ich Jorge richtig verstanden habe, haben Sie eben behauptet, entführt worden zu sein, Señorita?« Er deutete kurz auf einen der Polizisten. »Ist das etwa nicht der Fall?«

»Nein, es handelt sich hier um... um ein bedauerliches Mißverständnis... äh...«

»Sie sind sich doch hoffentlich bewußt, Señorita, daß es ein schwerwiegendes Vergehen darstellt, der Polizei gegenüber Informationen zu verheimlichen, die zur Auffindung eines Verbrechers dienen. Sehen Sie sich dieses Foto also noch einmal in aller Ruhe an und sagen Sie uns, ob Sie diesem Mann schon einmal begegnet sind.«

Von schweren Gewissensbissen geplagt, starrte sie auf den Steckbrief. Auf keinen Fall wollte sie Max in noch größere Schwierigkeiten bringen, als er vermutlich sowieso schon war. Ein verstohlener Blick auf die vier Polizisten gab ihr jedoch ganz unmißverständlich zu verstehen, daß sie nicht zum Spaßen aufgelegt waren.

»Señorita«, begann der Älteste von ihnen noch einmal. »Ich frage Sie zum letztenmal: Ist dieser John Robert Maxwell der Mann, der Sie entführt hat?«

Lora schluckte schwer und nickte.

»Dann erzählen Sie mir bitte, was passiert ist.« Er winkte einem der Polizisten zu, worauf ihm dieser mit einem unterwürfigen *»Si, capitán«* einen Stuhl brachte. Auf diesen ließ er sich direkt vor Lora rittlings nieder, verschränkte die Arme auf der Lehne und sah Lora eine Weile durchdringend an. Lora fuhr sich mit der Zunge nervös über die Lippen und begann ihm mehr oder weniger wahrheitsgemäß den Verlauf ihrer Begegnung mit Max zu schildern. Was jedoch die genaueren Orts- und Zeitangaben betraf, drückte sie sich bewußt vage aus, und auch im Hinblick auf die verschiedenen Fälle, in denen Max Gewalt angewendet hatte, stellte sie die Ereignisse in einem betont harmlosen Licht dar. Schließlich endete sie ihren Bericht mit dem Hinweis, ihr Entführer wäre am Tag zuvor plötzlich aus dem Wagen gesprungen und im Dschungel verschwunden. Darauf sah sie der Capitán lange eindringlich an und stand schließlich mit einem tiefen Seufzer auf.

»Dieser John Robert Maxwell hat Sie also bereits gestern wieder freigelassen. Könnten Sie uns vielleicht erklären, weshalb Sie den Vorfall trotzdem erst jetzt melden, Señorita?« Dabei starrte er sie aus seinen Bassetaugen alles andere als gutmütig an.

Ohne lange zu überlegen, erwiderte Lora: »Weil ich... Angst hatte. Er hat mir gedroht, falls ich zur Polizei gehen sollte.« Das war ausnahmsweise einmal die Wahrheit.

»Aha.« Nur zu offensichtlich schien ihr der Capitán nicht zu glauben. Nachdem er kurz mit den drei Polizisten gesprochen hatte, ging einer von ihnen an den Schreibtisch und griff nach dem Telefon. Die anderen beiden starrten sie argwöhnisch an.

»Ist... ist das alles?« fragte Lora kleinlaut. »Kann ich jetzt wieder gehen?« Nervös stand sie auf, griff nach ihrer Handtasche und ließ dabei den Blick von einem finsteren Gesicht zum anderen gleiten.

»Zu meinem Bedauern werden wir Sie eine Weile hierbehalten müssen, Señorita Harding«, erklärte der Capitán höflich, aber bestimmt.

»Was soll das heißen?« fuhr Lora auf. »Für wie lange?«

»Bis wir einige Ihrer Angaben überprüft haben«, schaltete sich an dieser Stelle der Polizist ein, der Jorge hieß. »Das dürfte nicht sehr lange dauern.«

»Wie lange genau?« Lora war einer Panik nahe. Nur zu

gut wußte sie inzwischen über die Verschwommenheit mexikanischer Zeitbegriffe Bescheid.

»Ein oder zwei Tage – bis ein Beamter der Bundespolizei hier eingetroffen ist, um mit Ihnen zu sprechen.«

Bei der Vorstellung, auch nur einen Tag in dieser Polizeistation verbringen zu müssen, verschlug es Lora die Sprache. Wie sie die Verhältnisse in Mexiko inzwischen kannte, konnten aus diesem einen Tag ohne weiteres Wochen und Monate werden! Doch noch während sie zu einer Erklärung anzusetzen versuchte, packte sie der Polizist am Arm und führte sie aus dem Raum. Lora warf einen verzweifelten Blick über ihre Schulter zurück, aber der Capitán war bereits wieder in seinem Büro verschwunden, und die beiden anderen Polizisten telefonierten.

Widerstrebend ließ sie sich von Jorge zu einer schweren Eisentür führen. Sie öffnete sich auf einen langen Korridor, der auf beiden Seiten von einer Reihe vergitterter Zellen gesäumt war. Und noch ehe Lora begriff, wie ihr geschah, hatte der junge Polizist sie bereits in eine der Zellen geschoben und die Tür hinter ihr verriegelt.

»Halt! Ich möchte mit jemandem von der amerikanischen Botschaft sprechen. Ich...« Verzweifelt klammerte sie sich an den eisernen Gitterstangen fest und starrte Jorge hinterher, der sich bereits wieder den Korridor hinunter entfernte.

»Das können Sie nicht tun!« protestierte sie lautstark. »Ich bin amerikanische Staatsbürgerin! Sie können mich nicht einfach ohne Grund hier festhalten! Ich verlange, auf der Stelle einen Anwalt zu sprechen!«

»Vielleicht *mañana*«, war Jorges einzige Antwort, bevor er durch die Eisentür am Ende des Korridors verschwand.

Die Stunden verstrichen, ohne daß etwas geschah. Mit Loras Angst wuchs auch ihre Wut. Sie hatte doch nichts getan! Und trotzdem behandelten sie diese Polizisten wie eine gefährliche Kriminelle.

Zum Glück war ihre Zelle halbwegs sauber. Die spärliche Einrichtung bestand aus einem Kübel Wasser, einer Decke und einer Matratze, die direkt auf dem nackten Betonboden lag. In einer Ecke befand sich eine primitive Toilette.

Ihre Mitgefangenen in den anderen Zellen konnte sie zwar nicht sehen, aber sie konnte hören, wie sie sich lachend unterhielten oder gelegentlich auch wütend beschimpften. Auch ein paar Frauenstimmen waren darunter. Sie konnte von Glück reden, daß sie nicht in eine Zelle mit mehreren Gefangenen gesteckt worden war. Über die Gründe dafür konnte sie jedoch nur Mutmaßungen anstellen.

Die einzige Lichtquelle war eine nackte Glühbirne, die an einem Stück Draht von der Decke baumelte. Als es draußen dunkel wurde, ging sie automatisch an. Im selben Augenblick ging rasselnd die Tür des Zellenblocks auf, und Jorge schob einen Wagen mit Blechschüsseln herein.

»Wann lassen Sie mich endlich wieder raus hier? Ich habe nichts verbrochen!« Halb wütend, halb flehentlich starrte Lora den jungen Polizisten durch die Gitterstäbe hindurch an. Doch der schob ihr nur mit einem teilnahmslosen Blick einen Eßnapf durch das Gitter der Zelle.

»Der Capitán hat aus Mexiko City einen Beamten der Bundespolizei angefordert. Solange er nicht mit Ihnen gesprochen hat, sind wir nicht ermächtigt, irgend etwas in Ihrem Fall zu unternehmen. Sie werden sich also genau wie wir gedulden müssen, bis er hier eingetroffen ist.«

»Wie lange wird das dauern?« Loras Stimme war kurz vor dem Überschnappen.

Achselzuckend schob Jorge den Wagen mit dem Essen weiter den Gang hinunter. »Das weiß Gott allein.«

»Wie stellen Sie sich das vor? Verständigen Sie sofort die amerikanische Botschaft – oder zumindest mein Hotel. Hören Sie!«

Am liebsten hätte Lora den Blechnapf mit dem ekelhaften Gefängnisfraß gegen die Gitterstäbe geschleudert, aber dann besann sie sich. Mit Sicherheit war sie besser beraten, diese Polizisten nicht unnötig gegen sich aufzubringen. Schließlich war sie diesen Männern hilflos ausgeliefert, und kein Mensch wußte, wo sie war. Wenn es ihnen paßte, konnten sie sie Wochen und Monate hier festhalten, ohne daß sie irgend etwas dagegen tun konnte.

Als Jorge mit dem leeren Wagen wieder zurückkam, versuchte sie erneut auf ihn einzureden. Er sah sie jedoch nur achselzuckend an und verschwand wieder durch die stählerne Tür. Offensichtlich hatte es keinen Sinn, mit diesen Männern zu sprechen. Sie mußte sich etwas anderes einfallen lassen. Aber was? Dabei fiel ihr wieder der Polizist an der Straßensperre ein. Vielleicht sollte sie es mit einer kleinen Bestechung versuchen? Aber dank Max hatte sie nicht einen Cent mehr in ihrer Tasche.

Niedergeschlagen griff Lora nach dem Napf mit ihrem Abendessen und setzte sich damit auf die Matratze. Während sie lustlos an dem Einerlei aus geschmacklosen Tacos und kalten Bohnen zu kauen begann, wurde ihr bewußt, daß sie durch die dünne Matratze ganz deutlich den harten Betonboden spüren konnte. Wie sollte sie auf diesem Ding auch nur eine Sekunde schlafen?

Kaum hatte Jorge die leeren Blechnäpfe wieder eingesammelt, ging das Licht aus. Was hätte man jetzt noch tun können, als sich hinzulegen? Offensichtlich waren auch ihre Leidensgenossen zu einem ähnlichen Schluß gelangt, denn binnen kurzer Zeit war der kahle Zellentrakt von lautem Schnarchen erfüllt. In ihre dünne Decke gewickelt, lag Lora noch lange wach und hing ihren verzweifelten Gedanken nach. Irgendeine Möglichkeit mußte es doch geben, ihrem Gefängnis zu entrinnen...

Lautes Schlüsselrasseln, gefolgt vom Schnappen des Türschlosses, ließ sie hochschrecken. Begleitet von leisen Schritten und unverständlichem, spanischem Murmeln, wanderte der zuckende Lichtkegel einer Taschenlampe durch den Korridor zwischen den Zellen. Ein später Neuzugang? Oder eine nächtliche Routinekontrolle?

Die Männer – wenn sie nicht alles täuschte, waren es zwei – blieben genau vor ihrer Zelle stehen. Plötzlich richtete sich der Lichtstrahl der Taschenlampe auf ihr Gesicht, so daß sie, für einen Moment geblendet, nichts mehr sehen konnte. Um so deutlicher hörte sie die beiden Männer miteinander sprechen. Ein Schlüssel wurde ins Schloß geschoben, und als gleich darauf leise quietschend die Tür aufging, sprang Lora entsetzt von ihrem Lager hoch.

»Was wollen Sie?« Gedanken an Vergewaltigung und Mord schossen durch ihren Kopf. Insgeheim hatte sie mit so etwas schon die ganze Zeit gerechnet. Das also war der wahre Grund, weshalb sie sie hier festhielten. Wie hatte sie auch nur so naiv sein können, in einem Land wie Mexiko zur Polizei zu gehen!

»Ich bin von der Bundespolizei, Señorita Harding, und hätte Ihnen gern ein paar Fragen gestellt.«

Der Mann sprach fließend Englisch. Loras Befürchtungen begannen sich etwas zu legen. Aber was wollte dieser Mann mitten in der Nacht von ihr?

»Kommen Sie, ich habe nicht viel Zeit.«

Alles, was Lora von den beiden Männern erkennen konnte, waren ihre dunklen Umrisse. Der Mann, der sich als Beamter der Bundespolizei ausgegeben hatte, war selbst für einen Mexikaner auffallend klein. Aber er hatte es sichtlich eilig. Und das konnte nichts Gutes bedeuten. Sie wollte lieber erst gar nicht daran denken, was passieren würde, wenn sie seine Fragen nicht zu seiner Zufriedenheit beantworten würde...

Sein Begleiter – offensichtlich handelte es sich dabei um einen der Polizisten – packte sie am Arm und führte sie aus dem Zellentrakt in den hell erleuchteten Wachraum. Blinzelnd sah Lora die beiden Männer an.

Der Beamte der Bundespolizei war klein und drahtig und trug einen dunkelblauen Anzug. Nachdem er sich kurz verwundert im Raum umgesehen hatte, wandte er sich kopfschüttelnd an den jungen Polizisten, der offensichtlich im Augenblick allein hier Dienst tat. Dieser nickte und deutete auf die Tür, durch die der Capitán in den Wachraum gekommen war.

»Ich wollte nur wissen, ob es hier einen Raum gibt, wo wir uns ungestört unterhalten können«, wandte sich der Beamte der Bundespolizei wieder Lora zu und forderte sie mit einer kurzen Handbewegung auf, ihm voranzugehen. Ängstlich die Hände ringend, betrat sie das Büro des Capitán. Nachdem ihr der Beamte der Bundespolizei gefolgt war, schloß der junge Polizist die Tür hinter ihnen.

»Bleiben Sie, wo Sie sind«, forderte sie der Herr aus Mexico City schroff auf und ging auf ein kleines Fenster zu, das hoch oben in der Wand angebracht war. Dann zog er einen Stuhl heran, stieg darauf und schaute durch das Fenster nach draußen. Erst jetzt bemerkte Lora, daß es vergittert war. Der Mann preßte sein Gesicht gegen die weit zurückversetzten Gitterstäbe und streckte seine Hand hindurch, um jemandem zuzuwinken. Mit wachsender Beunruhigung sah ihm Lora dabei zu. Was hatte das zu bedeuten? Als er nach einer Weile wieder vom Stuhl stieg, wollte Lora etwas sagen. Aber er schnitt ihr mit einer gebieterischen Geste das Wort ab.

Im selben Augenblick ertönte ein ohrenbetäubender Knall. Erschrocken wirbelte Lora zu der Tür herum, hinter der ein lauter Schrei, gefolgt von raschen Schritten, ertönte. Gleichzeitig wurde aus unmittelbarer Nähe das Geräusch einstürzenden Mauerwerks hörbar, und kurz darauf gellte das Heulen einer Sirene durch die Nacht.

»Was...« Sie warf dem Beamten der Bundespolizei einen fragenden Blick zu.

Der sagte jedoch nur mit einem zufriedenen Lächeln: »Genau zum richtigen Zeitpunkt.«

Als im selben Augenblick am Fenster ein metallisches Scheppern ertönte, wich Lora entsetzt einen Schritt zurück. Zwischen den Gitterstäben wurde eine massive Kette hindurchgeschoben.

»Was ...« setzte sie noch einmal an. Doch auch diesmal gebot ihr eine erhobene Hand Schweigen.

»Wenn Sie sich noch einen Moment gedulden würden.«

Im selben Moment ertönte durch das Fenster das Geräusch eines anspringenden Motors. Die Kette straffte sich, und wenige Augenblicke später wurde das Fenster mit einem lauten Krachen aus der Wand gerissen und fiel laut rasselnd auf der anderen Seite zu Boden. Fassungslos starrte Lora auf das gähnende Loch in der Wand.

»Schnell! Steigen Sie durch das Fenster!«

Entsetzt wich Lora vor dem Mann zurück. Ein Beamter der Bundespolizei, der sie zu einem Fluchtversuch anstiftete ...? War das eine Falle? Aber zu welchem Zweck?

»Herrgott, noch mal, Señorita Harding. Ich komme im Auftrag von Max. Er wartet draußen auf uns. Beeilen Sie sich, oder wir werden noch entdeckt!«

»Das glaube ich nicht!« Woher hätte Max wissen sollen, wo sie sich befand? Und selbst wenn – weshalb um alles in der Welt hätte er sie aus dem Gefängnis befreien sollen?

»Madre de Dios!« Das hörte sich alles andere als freundlich an, und auch seine braunen Augen hatten sich merklich verfinstert. Als er schließlich auch noch die Hände nach ihr ausstreckte und auf sie zukam, wich Lora entsetzt zurück. »Zwingen Sie mich nicht, Gewalt anzuwenden, Señorita Harding! Max wäre davon sicher gar nicht begeistert.«

»Ich kenne keinen Max. Und jetzt lassen Sie mich endlich in Ruhe. Bitte!«

Mit einem wütenden Blick wirbelte der Mann herum, kletterte wieder zum Fenster hoch und stieß einen leisen Pfiff aus. Dann wechselte er mit einer Person auf der anderen Seite des Fensters ein paar Worte, sprang wieder zum Stuhl und sah Lora mit einem selbstgefälligen Grinsen an. Auf der anderen Seite der Wand ertönte ein kurzes Scharren, und in der Fensteröffnung erschien ein schwarzer Haarschopf, gefolgt von breiten Schultern. Wenige Augenblicke später stand niemand anderer als Max vor ihr!

»Was machst *du* denn hier?« stieß Lora atemlos hervor und warf einen besorgten Blick auf die verschlossene Tür hinter ihr. Draußen ertönte wildes Sirenenjaulen, gefolgt von lautem Reifenquietschen, aufgeregten Rufen und raschen Schritten. Die Polizei mußte jeden Augenblick hier sein...

»Ich war zufällig gerade in der Gegend«, zischte Max sie mit vernichtendem Sarkasmus an. Er trug noch immer das weiße T-Shirt und die Jeans – und sah darin besser aus denn je. Als der kleinere Mann etwas in Spanisch zu ihm sagte, stieß Max nur ein ärgerliches Brummen aus.

»Komm endlich, Lora. Wir haben nicht die ganze Nacht Zeit. Schnell weg von hier.«

»Das geht nicht. Ich stehe unter Arrest.«

»Das wirst du auch für die kommenden zwanzig Jahre bleiben, wenn du nicht sofort mitkommst. Herrgott noch mal, Lora, ich habe dir doch verboten, zur Polizei zu gehen! Die brauchen doch schon allein ein Jahr dafür, um sich klarzuwerden, was sie mit dir anstellen sollen. Und dann möchte ich jede Wette eingehen, daß sie zu dem Entschluß gelangen, daß du meine Komplizin bist, und dich deshalb für den Rest deines Lebens hinter Gitter bringen.«

»Aber ich kann doch nicht einfach fliehen!«

»Warum nicht? Ich könnte dir jede Menge Leute aufzählen, die das bereits getan haben.« Er stieß einen ärgerlichen Seufzer aus. »Wirklich genau der richtige Zeitpunkt für eine kleine Diskussionsrunde. Clemente und ich hauen jetzt jedenfalls ab. Was du machst, ist deine Sache. Aber ich möchte an deiner Stelle morgen früh lieber nicht mehr hier sein.«

»Warum nicht?«

»Sieh dich doch mal um. Wie willst du denen etwa erklären, du hättest mit all dem nichts zu tun?«

»Das warst du!«

Max hörte ihr jedoch nicht mehr länger zu. Draußen war inzwischen aufgeregtes Stimmengewirr laut geworden. Er zwängte sich endgültig durch das Fenster, sprang zu Boden und gab Clemente mit einer kurzen Handbewegung zu verstehen, er solle verschwinden. Das ließ sich Clemente nicht zweimal sagen. Er sprang auf einen Stuhl und kletterte durch das Fenster nach draußen. Max wandte sich Lora zu.

»Und?«

Sie starrte ihn trotzig an. In ihrem Inneren überstürzten sich die Gedanken. Sie konnte unmöglich aus dem Gefängnis fliehen. Aber wie wollte sie andererseits dem Hauptmann die Ereignisse dieser Nacht erklären?

»Also gut, ich komme mit«, erklärte sie schließlich schaudernd.

Max hob sie hoch und schob sie durch das gesprengte Fenster. Die Berührung seiner Hände ließ sie zusammenzucken. Sie verlor die Balance und wäre um ein Haar kopfüber zu Boden gestürzt, wenn er sie nicht gerade noch rechtzeitig am Fußgelenk zu fassen bekommen hätte. Während sie nun mit dem Kopf nach unten aus dem Fenster hing, hatte sie gerade noch Zeit festzustellen, daß die andere Seite der Polizeistation dem Erdboden gleichgemacht war. Eine Reihe von schemenhaften Gestalten rannten in allen Richtungen in die Nacht davon. Sie wurden von mehreren Polizisten verfolgt, die aufgeregt mit ihren Taschenlampen herumfunzelten und blindlings durch die Gegend schossen. Die Blaulichter von drei Polizeiautos tauchten die Szenerie in gespenstisch zuckendes Licht, und ihre Martinshörner jaulten mit der Sirene auf dem Dach der Polizeistation um die Wette. Niemand schenkte ihnen Beachtung, als Max sie vorsichtig nach unten ließ. Während Lora sich aufrichtete, sprang Max bereits neben ihr zu Boden. Gleich vor ihnen stand die braune Limousine. Von ihrer Stoßstange hing eine schwere Eisenkette. Max packte Lora an der Hand und rannte darauf zu. Clemente hatte den Wagen bereits erreicht und war hinters Steuer gesprungen. Laut aufheulend sprang der Motor an.

Max riß die Tür auf, stieß Lora auf den Rücksitz und sprang hinter ihr in den Wagen. Im selben Moment schoß der Wagen auch schon mit einem wilden Ruck davon. Und während Clemente die Limousine in halsbrecherischer Fahrt durch die engen Gassen des Städtchens steuerte, konnte Lora gerade noch ein weiteres Polizeiauto vor dem Trümmerhaufen halten sehen, der einmal ein Gefängnis gewesen war. Ein untersetzter Mann stieg aus und starrte fassungslos auf das Chaos, das sich ihm dort bot. Schaudernd erkannte Lora den Hauptmann...

»Wie konntest du so etwas nur tun!« fuhr sie Max aufgebracht an. Die Kette, die der Wagen hinter sich herzog, machte auf dem Kopfsteinpflaster einen solchen Lärm, daß sie sich nur mit Mühe verständlich machen konnte.

»Du freust dich wohl gar nicht, daß ich dich aus dem Gefängnis befreit habe? Na ja, Undank ist der Welten Lohn.« Und an Clemente gewandt, fuhr Max fort: »Los, gib Gas, Alter. Wir haben uns sowieso schon verspätet. Thunfisch wird langsam nervös werden.«

»Tut mir leid, daß es so lange gedauert hat, Max. Aber dieser Trottel von einem Polizisten wollte doch tatsächlich in Mexico City anrufen, um meine Identität zu überprüfen. Nur gut, daß wir die Leitung gekappt haben. Danach ging allerdings alles glatt – bis sich die Dame hier quergelegt hat.« Letztere Bemerkung war begleitet von einem vorwurfsvollen Blick in Richtung Lora.

»Ich...«, versuchte Lora zu einer Rechtfertigung anzusetzen. Max brachte sie jedoch mit einem warnenden Kopfschütteln wieder zum Schweigen.

»Du kennst doch die Frauen, *amigo*«, wandte er sich darauf mit einem resignierten Achselzucken an Clemente. »Denen kann man es doch nie recht machen, und von Dankbarkeit keine Spur.«

Clemente nickte nur. Aber nun legte Lora erst richtig los: »Ich soll dir auch noch dankbar sein? Und wem habe ich es zu verdanken, daß ich überhaupt ins Gefängnis gekommen bin?«

»Wenn du auf mich gehört hättest, wärst du nicht ins Gefängnis gekommen«, erwiderte er ruhig. »Ich habe dir doch gesagt, du sollst nicht zur Polizei gehen.«

»Das sagen alle Kriminellen. Wärst du an meiner Stelle etwa nicht zur Polizei gegangen? Immerhin hast du mich entführt und mir mein letztes Geld gestohlen! Ich hätte nicht mal mehr das Benzin für die Weiterfahrt bezahlen können.« Sie starrte ihn wutentbrannt an.

»Stimmt. Daran habe ich wirklich nicht gedacht.« Das hörte sich allerdings nicht so an, als wäre es ihm sonderlich peinlich. »Trotzdem hättest du nicht zur Polizei gehen sollen. Das war wirklich dumm von dir.«

Für einen Moment verschlug es Lora die Sprache, was jedoch nicht hieß, daß sie nicht gewußt hätte, mit welchen Schimpfworten sie ihn gern bedacht hätte. Das Problem war eher, daß ihr zu viele eingefallen wären. Außerdem hatte es keinen Sinn, noch länger zu streiten. Er hatte sie nun mal aus den Klauen der Polizei ›errettet‹, und es gab jetzt kein Zurück mehr für sie. Sie wollte lieber erst gar nicht daran denken, wie der *capitán* auf ihre Flucht reagieren würde.

»Woher wußtest du übrigens, wo ich war?«

Er drehte sich herum, um sie eine Weile schweigend anzusehen, bevor er antwortete: »Einer von Ortegas Leuten hat deinen Wagen vor der Polizeistation stehen sehen. Und als er nach ein paar Stunden immer noch dort stand, hat er Ortega Bescheid gegeben. Das kam Ortega natürlich sofort verdächtig vor, und er wollte von mir wissen, was das zu bedeuten hätte. Ich versuchte ihn zwar zu beruhigen, daß dein Besuch bei der Polizei sicher nichts mit ihm zu tun hätte, aber ich bin mir nicht sicher, ob er mir geglaubt hat. Ich beschloß, der Sache auf den Grund zu gehen, obwohl ich mir nicht vorstellen konnte, daß du tatsächlich so dumm gewesen sein solltest, zur Polizei zu gehen. Mit Clementes Hilfe hatte ich rasch in Erfahrung gebracht, was passiert war. Ursprünglich wollte ich dich eigentlich deinem Schicksal überlassen, aber da ich nun mal eine gewisse Mitschuld an deiner unangenehmen Lage trug, beschloß ich, dich rauszuholen. Allerdings nicht ohne gewisse Bedenken. Und du hast dich ja auch tatsächlich wieder als eine schreckliche Nervensäge erwiesen.«

»Du brauchst gerade reden«, konterte Lora aufgebracht und hätte es sicher nicht dabei bewenden lassen, wenn Max sich nicht plötzlich vorgebeugt hätte.

»Es muß irgendwo dort vorne links sein. Aber sperr deine Augen auf. Es ist leicht zu verfehlen.«

»Sí.« Auch Clemente beugte sich vor, um mit seinen Blicken den undurchdringlichen Dschungel abzusuchen, der die enge Straße auf beiden Seiten säumte. »Ah.« Er bremste so abrupt, daß Lora nach vorn geschleudert wurde. Noch bevor sie sich wieder gefangen hatte, war Max bereits aus dem Wagen gesprungen und hatte ein Stück dichtes Laubwerk beiseitegezerrt. Nachdem er wieder eingestiegen war, fuhr Clemente durch die schmale Öffnung, um jedoch schon nach wenigen Metern wieder anzuhalten. Gemeinsam machten sich darauf die beiden Männer daran, die Durchfahrt wieder mit dicht belaubten Büschen und Zweigen zu tarnen. Anschließend fuhren sie ohne Licht weiter. Die Straße machte einen erstaunlich guten Eindruck.

»Wohin fahren wir eigentlich?« wollte Lora mit zitternder Stimme wissen.

Max drehte sich zu ihr herum. Aber kein noch so

schwacher Lichtstrahl drang in das Wageninnere, so daß sein Gesicht in völligem Dunkel lag.

»Ein Stück weiter ist ein kleiner Flugplatz«, sagte er schließlich. »Dort wartet ein Flugzeug auf uns, um uns außer Landes zu bringen.«

»Was? Mitten in diesem Dschungel gibt es einen Flugplatz?«

Max grinste.

»Für bestimmte Geschäfte kann so ein geheimer kleiner Privatflugplatz recht nützlich sein.«

»Wie zum Beispiel?«

»Für den Rauschgiftschmuggel zum Beispiel. Oder für illegale Waffengeschäfte. Oder wenn man wie Ortega keine Grenze mehr passieren kann, ohne seine Festnahme zu riskieren.«

»Womit verdient Ortega eigentlich sein Geld?« Diese Frage hatte Lora schon die ganze Zeit beschäftigt.

Max sah sie lange schweigend an, so daß sie schon dachte, er würde ihre Frage gar nicht beantworten. Doch dann erklärte er nur achselzuckend: »Er ist Geschäftsmann – nicht mehr und nicht weniger. Und er handelt mit allem, womit entsprechende Profite zu machen sind – Drogen, Waffen, Falschgeld, Menschen. Ich kenne ihn ja nun schon einige Jahre und bin gewissermaßen mit ihm befreundet, aber ich würde ihm trotzdem nicht über den Weg trauen – es sei denn, ich hätte mir sein Vertrauen für teures Geld erkauft.«

Dem hörte Lora mit wachsendem Entsetzen zu. Und was das Schlimmste war: Max schien an Ortegas zwielichtigen Geschäften nicht das geringste auszusetzen zu finden. War etwa auch er in illegale Drogen- oder Waffengeschäfte verwickelt? Obwohl inzwischen alles darauf hindeutete, konnte sie sich das trotzdem nicht vorstellen. Kein Wunder, daß die Polizei hinter ihm her war. Vermutlich kam er lebenslänglich hinter Gitter, wenn sie ihn faßten.

»Da wären wir.«

Der Dschungel lichtete sich, und vor ihnen tat sich eine langgestreckte freie Fläche auf, an deren Ende, im Dunkeln nur verschwommen zu erkennen, eine Propellermaschine stand. Mit der alten Kiste sollten sie von hier wegfliegen? Argwöhnisch starrte Lora auf das vorsintflutliche Flugzeug. Als Clemente daneben anhielt, ging direkt über der Tragfläche eine Tür auf.

»Das hat aber gedauert, Maxwell!« In der Öffnung erschien ein finsteres Gesicht, umrahmt von einer wilden schwarzen Mähne. Während Lora noch erstaunt zu dem hünenhaften Schwarzen hochstarrte, hatte Max sie bereits aus dem Wagen und eine Leiter hinauf ins Innere des Flugzeugs gezerrt.

Clemente folgte ihnen dicht auf, und im selben Augenblick begannen sich auch schon, erst langsam, dann immer schneller, die Propeller zu drehen.

»Schneller ging es leider nicht«, sagte Max gelassen. »Du hättest mal...« Wie aus dem Nichts wurde der ganze Flugplatz plötzlich in grelles Scheinwerferlicht getaucht.

»Alto! Federales!« Eine laute, über mehrere Lautsprecher verstärkte Stimme ließ sie erstarren.

»Verdammt! Weg da, Minelli!« Max reagierte blitzschnell. Er faßte Lora um die Taille und hechtete mit ihr durch die enge Kabinentür.

»Alto!« Die Aufforderung stehenzubleiben ertönte ein zweites Mal, als Clemente die Tür hinter sich zuwarf. Gleichzeitig ertönte das laute Krachen einer Gewehrsalve. Das Flugzeug wurde regelrecht von Kugeln durchsiebt. »Kopf runter!« Max warf Lora zu Boden und sprintete geduckt zum Cockpit nach vorne. Clemente, Minelli und der dritte Mann in der Kabine warfen sich im Mittelgang zwischen den Sitzen zu Boden und hielten sich schützend die Hände über den Kopf.

Lora folgte ihrem Beispiel.

»Nichts wie weg hier, Thunfisch!« Nur mit Mühe übertönte Max' Stimme das laute Krachen der Schüsse. Lora preßte sich ganz flach auf den Boden, während die Geschosse kreuz und quer durch das Flugzeuginnere pfiffen. Doch dann setzte sich die Maschine heftig polternd in Bewegung, beschleunigte und hob schwerfällig vom Boden ab.

11

»Wie, zum Teufel, ist uns die Bundespolizei auf die Schliche gekommen?« Die Hände des hünenhaften Schwarzen am Steuerknüppel der C-47 Gooney Bird entspannten sich immer mehr, je höher das Flugzeug in den Nachthimmel stieg.

»Keine Ahnung.« Achselzuckend übernahm Max vom Kopilotensitz das Steuer des Flugzeugs. »Aber ich nehme an, daß sie es gar nicht auf uns speziell abgesehen hatten. Vermutlich hat sie irgend jemand auf den Flugplatz aufmerksam gemacht, und wir sind rein zufällig in ihren Hinterhalt geraten. Vermutlich halten die uns für Drogenschmuggler.«

»Klingt zumindest einleuchtend«, brummte der Schwarze. »Aber das kann uns ja inzwischen auch egal sein. Hast du die Frau?«

»Ja.«

»Irgendwelche Probleme?«

»Keine, die der Rede wert wären. Mit Ausnahme derer, die du eben selbst miterlebt hast.«

»Muß ja eine tolle Frau sein, wenn du schon mal so einen Aufstand machst.«

Für einen Moment riß Max seinen Blick vom nächtlichen Himmel und den Bergen tief unter ihnen los und warf dem grinsenden Schwarzen einen vernichtenden Blick zu. »Laß das bitte, ja?«

»Ganz wie du meinst, Boß.« Das Grinsen wurde jedoch nur noch breiter.

Max sah ihn ärgerlich an. »Hey, hast du nicht gehört, Thunfisch?«

Darauf gab der große Schwarze erst mal Ruhe. Nach einer Weile sagte er: »Mir gefallen diese Kerle, die wir eben befreit haben, gar nicht. Ich traue denen nicht über den Weg.«

Max warf ihm einen fragenden Blick zu. »Haben sie irgendwelche Scherereien gemacht?«

»Nein. Nur sind sie nicht, wofür sie sich ausgeben. Wenn die eingelocht wurden, bloß weil sie ein bißchen Gras eingesteckt hatten, dann bin ich meine eigene Großmutter.«

»Was du nicht sagst.«

Thunfisch nickte bedächtig. »Diese Burschen sind mir zu clever, zu gerissen. Die sind es gewohnt, Befehle zu erteilen – und notfalls ein bißchen rumzuballern.«

»Wie kommst du darauf?«

»Auf dem Weg hierher wurden wir von einem Polizisten angehalten. Eigentlich eine Lappalie – wir haben ein Stopschild nicht beachtet. Und als der Kerl meine Papiere sehen wollte, hat Minelli nach seiner Pistole gegriffen. Er hat nicht Gebrauch davon gemacht, aber er hat danach gegriffen – ganz automatisch.«

Das mußte Max erst einmal verdauen. Er ging die ganze Aktion in Gedanken noch einmal durch. Auch er hatte bereits Verdacht geschöpft, daß mit den zwei Männern, die er aus dem Gefängnis in Mazatlán befreit hatte, irgend etwas faul war. Zum einen war die Bezahlung einfach zu gut gewesen – hundertfünfzigtausend Dollar plus Spesen. Sonst bekam er für so eine Aktion nur ein Viertel dieses Betrages. Allerdings hatte er diesmal zwei Männer befreien müssen, und das auch noch aus einem Gefängnis, das für seine scharfen Sicherheitsvorkehrungen bekannt war. Zum anderen hatte ihn in seinem Verdacht die Tatsache bestärkt, daß ihm das Geld für die Befreiung der beiden keine sorgengeplagte Ehefrau oder Mutter überbracht hatte, sondern ein Mann in Anzug und Krawatte. Und Männern in Anzug und Krawatte mißtraute Max aus Prinzip. Die scharfen Sicherheitsvorkehrungen im Gefängnis hatten schließlich dazu geführt, daß Lowenthal getötet wurde und die restlichen seiner Leute sich in alle Winde zerstreuen mußten. Er selbst hatte die Rolle eines Rot-Kreuz-Funktionärs übernommen, und damit war auch er es gewesen, der sich mitten in die Höhle des Löwen hatte wagen müssen. Er hatte mit der Gefängnisleitung verhandelt und war dabei natürlich Gefahr gelaufen, erkannt zu werden. Und dann war bei der Befreiungsaktion von Anfang an so ziemlich alles schiefgelaufen, was nur schieflaufen konnte. Zuerst hatte Clemente die als Ablenkung dienende Sprengladung zu früh gezündet, so daß sich Max mit den beiden Befreiten, Minelli und DiAngelo, noch in Begleitung von drei bewaffneten Wachen und einem Wärter befunden hatte. Um das Gefängnis verlassen zu können, hätte er deshalb den Wärter mit vorgehaltener Pistole als Geisel nehmen müssen. Das war trotzdem keine hundertprozentige Garantie dafür gewesen, daß die drei Wachen nicht doch das Leben des Wärters aufs Spiel gesetzt hätten, um die Flucht zweier Häftlinge aus dem Hochsicherheitstrakt zu verhindern. Und nicht zuletzt war Lowenthal, der vor dem Gefängnis postiert war und ihnen Feuerschutz hätte geben sollen, erschossen worden.

Deshalb wurde Max vor dem Gefängnis nur noch von Clemente und Thunfisch in Empfang genommen, die dort mit zwei Wagen auf ihn warteten. In dem einen fuhren Clemente und Thunfisch mit den zwei Befreiten los, im anderen machte sich Max mit dem Wärter in der entgegengesetzten Richtung aus dem Staub. Während Thunfisch mit dem ersten Wagen in Richtung Süden fuhr, zwang Max den Wärter, in Richtung Osten zu fahren; in Puerto Juárez ließ er ihn schließlich frei, und den Wagen ließ er einfach am Straßenrand stehen – in der Hoffnung, die Polizei würde daraus schließen, daß er von der Hafenstadt Puerto Juárez das Land auf dem Seeweg verlassen hatte. Statt dessen hatte er jedoch den Bus nach Cancun genommen. Dort hatte er als erstes einen Andenkenladen aufgesucht und sich nach bester Touristenart mit einem riesigen Sombrero und einem bunten Hawaiihemd eingekleidet. Als er darauf unschlüssig die Straße hinunterging, wurde er plötzlich auf eine Frau in einem orangen Golf aufmerksam, die gerade an einer roten Ampel halten mußte. Wenn das kein Fingerzeig Gottes war! Kurzentschlossen hatte er die Tür aufgerissen und war neben sie auf den Beifahrersitz gesprungen. Eine bessere Tarnung, als diese Frau und ihren Wagen hätte er sich gar nicht wünschen können – genau die idealen Voraussetzungen, um unentdeckt außer Landes zu kommen, wenn ihm nur diese Frau nicht ständig Schwierigkeiten gemacht hätte, wo es nur ging.

Sie übte eine enorm starke Anziehungskraft auf ihn aus. Warum, hätte er allerdings selbst nicht sagen können. Ihr weiches, dunkelblondes Haar, ihre großen, blauen Augen und ihre feinen, ebenmäßigen Gesichtszüge standen in reizvollem Kontrast zu ihrer üppig-sinnlichen Figur. Sie gab sich zwar alle nur erdenkliche Mühe, ihre Rundungen möglichst zu verbergen; sie war angezogen wie eine siebzigjährige alte Jungfer, aber für einen Mann, der nicht gerade auf beiden Augen blind war, waren ihre Reize trotzdem nicht zu übersehen. Mit ihren großen, vollen Brüsten, der schmalen Taille und den sinnlich geschwungenen Hüften erinnerte sie ihn ein wenig an Dolly Parton. Und wenn man dazu noch die langen, schlanken Beine und die auffallend zarte, glatte Haut bedachte, dann war das eine Kombination, die es in sich hatte. Zumindest für ihn.

Er wußte, daß auch sie ihn attraktiv fand. Zu oft hatte sie ihn aus den Augenwinkeln verstohlen beobachtet, wenn sie glaubte, er wäre gerade mit anderen Dingen beschäftigt. Trotzdem war sie keine von der Sorte, die sich schnell herumkriegen ließ. Nein, sie war eine von denen, die einen Mann erst mal näher kennenlernen und eine Beziehung mit ihm aufbauen wollte – wie er allein dieses

Wort haßte; sie war jedenfalls genau von der Sorte, um die er sonst einen weiten Bogen machte. Aber nachdem er sie nun mal entführt hatte, ließ sich das schlecht bewerkstelligen. Und ehe er sich's versah, fühlte er sich gegen seinen Willen immer stärker von ihr angezogen. Das hätte ihm gerade noch gefehlt: sich in eine Lehrerin aus einem Provinznest in Kansas zu verknallen. Und jetzt saß diese komische Tante auch noch mit ihm in seinem Flugzeug!

»Scheiße!« entfuhr es ihm bei diesem Gedanken unwillkürlich.

Thunfisch grinste schadenfroh. »Wirklich eine tolle Tussi, die du dir da angelacht hast.«

Max warf seinem Freund einen vernichtenden Blick zu und gab ihm ganz unmißverständlich zu verstehen, daß er ihn mal könnte. Thunfisch verschränkte jedoch nur schmunzelnd seine mächtigen Pranken in seinem Nacken und überließ es Max, die Maschine zu fliegen.

»Max, ich habe die Lady nach vorne gebracht. Es gefällt mir nicht, wie die zwei anderen sie anstarren.« Für einen Moment tauchte in der mit einem Vorhang verhängten Tür zum Cockpit Clementes Kopf auf. Und dann, ohne auf eine Antwort zu warten, stieß er Lora durch den Vorhang und verschwand wieder. Verunsichert blieb sie zwischen den beiden Männern stehen und warf ihnen ängstliche Blicke zu.

»Wenn ich störe...«

»Davon kann keine Rede sein«, unterbrach Max sie schroff.

Thunfisch grinste übers ganze Gesicht. »Möchtest du mich denn nicht mit der Dame bekannt machen, Boß?«

»Lora, dieser Neandertaler da ist Theodore Francis Casaroli, besser bekannt unter dem Namen Thunfisch. Warum, kannst du dir vielleicht selbst denken. Thunfisch, das ist Lora Harding.«

»Sehr erfreut.« Thunfischs Augen leuchteten verschmitzt auf, als er seinen Blick über sie gleiten ließ.

»Hallo«, erwiderte Lora mit einem höflichen, aber mißtrauischen Lächeln. Im Vergleich mit diesem Hünen wirkte sogar Max wie ein Zwerg. Sie erkannte einen der Männer in ihm wieder, die damals plötzlich aus dem Dschungel aufgetaucht waren und Max aus dem Wagen geholt hatten. Dieser Kerl hatte ihr schon damals schreckliche Angst gemacht, und daran hatte sich auch in der Zwischenzeit nichts geändert.

»Am besten, Sie machen es sich auf dem Notsitz bequem. Wir werden sowieso bald wieder landen.«

»Wohin fliegen wir eigentlich?« wollte Lora wissen.

Als Thunfisch sie darauf jedoch nur angrinste, wandte sie ihre Aufmerksamkeit wieder Max zu, der mit dem Rücken zu ihr auf dem Pilotensitz saß.

»Nach Guatemala City. Bis zur Landung sind es voraussichtlich noch fünfundvierzig Minuten.«

»Aha.« Da waren noch eine ganze Reihe anderer Dinge, die sie gern gewußt hätte – unter anderem, wer die beiden schmierigen Typen in der Kabine waren, die sie die ganze Zeit mit ihren Blicken ausgezogen hatten. Aber da die beiden Männer nichts mehr sagten, wagte sie nicht, ihnen noch weitere Fragen zu stellen.

Thunfisch hatte inzwischen leise vor sich hin zu summen begonnen. Max schien das sichtlich zu ärgern; jedenfalls glaubte Lora ganz deutlich sehen zu können, wie sich seine Nackenmuskeln immer mehr verspannten, je länger die leise Melodie, bei der es sich um ›Zauber der Liebe‹ handelte, dauerte. Nur um irgend etwas zu sagen und endlich dieses lastende Schweigen zu brechen, begann sie schließlich zögernd: »Ein schöner Abend – zum Fliegen, meine ich.«

»Das kann man wohl sagen«, nickte ihr Thunfisch bestätigend zu. Max dagegen hielt es nicht für nötig, auf diese nichtssagende Floskel etwas zu erwidern.

»Der Vollmond mit all den kleinen Schäfchenwolken, die am Himmel vorüberziehen, und dazwischen die funkelnden Sterne – wenn einem davon nicht ganz romantisch zumute wird. Was meinst du, Boß?«

Lora bemerkte zwar den finsteren Seitenblick nicht, den Max seinem Begleiter zuwarf, aber um so deutlicher konnte sie sein leises Zähneknirschen hören.

»Du brauchst gerade reden. Wir hätten dich besser Lachs nennen sollen statt Thunfisch. Du denkst doch an nichts anderes als ans Laichen.«

»Ganz recht«, stimmte ihm Thunfisch ganz selbstverständlich zu. »Es gibt schließlich nichts Wichtigeres... meine Fresse, Max, sieh dir mal das an!«

Der alarmierte Unterton in Thunfischs Stimme ließ sowohl Max' wie Loras Blicke zu der Treibstoffanzeige zukken, auf die Thunfisch mit seinem riesigen Zeigefinger deutete. »Eine der Kugeln hat wohl ein Loch in den Tank geschlagen.«

»Herr im Himmel!« stieß Max mit einem leisen Pfiff hervor. »Ausgerechnet jetzt, über der unwirtlichsten und wildesten Berggegend von ganz Mittelamerika, muß uns der Sprit ausgehen!«

12

Benommen blinzelnd kam Lora wieder zu sich. Es dauerte eine Weile, bis sie merkte, was passiert war. Das Flugzeug war abgestürzt, aber sie hatte überlebt! Verzweifelt hatte sie sich in ihren Sitz gedrückt, als erst ein, dann beide Triebwerke ausgefallen waren und das Flugzeug in immer steilerem Sturzflug auf die zerkluftete Bergkette unter ihnen zugerast war. Clemente auf dem Sitz neben ihr hatte ein ›Gegrüßet seist du, Maria‹ nach dem anderen gebetet, während Minelli wild zu fluchen begonnen hatte. Sie selbst hatte immer wieder das Nachtgebet aus ihrer Kindheit gebetet, und als Max dann gebrüllt hatte: »Jetzt!«, hatte sie den Kopf eingezogen und sich aufs Sterben vorbereitet...

Mit einem häßlichen Knirschen war der Bauch des Flugzeugs über die Baumspitzen hinweggeschossen, und dann geriet die Maschine heftig ins Schleudern, verlor beide Tragflächen und brach unter ohrenbetäubendem Getöse durch die mächtigen Baumkronen. Dann plötzlich ein gellender Schrei – sie nahm an, daß er von Clemente kam –, gefolgt von einem fürchterlichen Knall, als das Flugzeug auf dem Boden aufschlug. Im selben Augenblick bekam sie einen Schlag gegen den Kopf, und ihr wurde schwarz vor den Augen. Das also ist der Tod, war ihr letzter Gedanke gewesen. Eigentlich hatte sie sich das Ganze wesentlich schmerzhafter vorgestellt...

Aber sie war gar nicht tot. Wie es schien, war sie nicht einmal ernsthaft verletzt. Ganz vorsichtig setzte sie sich auf. Sie hatte sich nichts gebrochen. Nur ihr Kopf schmerzte etwas. Das war alles.

Trübes Tageslicht fiel durch das Loch in der Kabinenwand, wo die Tragfläche aus dem Rumpf gerissen worden war. Clemente saß noch immer in seinem Sitz, den Kopf nach hinten geneigt, die starren Augen weit aufgerissen. Lora wurde plötzlich schrecklich übel. Deshalb wandte sie rasch den Blick ab und machte sich an ihrem Sicherheitsgurt zu schaffen. Sie war noch so durcheinander, daß sie mehrere Minuten dazu brauchte, ihn endlich aufzubekommen. Mein Gott, schoß es ihr durch den Kopf. Ob ich wohl als einzige den Absturz überlebt habe? Was soll dann nur aus mir werden? Clemente machte jedenfalls den Eindruck, als wäre er tot. Auch die Männer hinter ihr hingen schlaff und reglos in ihren Sitzen.

Was war wohl mit Max? Die Sorge um ihn veranlaßte Lora, sich vorsichtig von ihrem Sitz zu erheben und zum Cockpit vorzutasten. Und da saß er, weit vornübergebeugt, der Kopf auf dem Armaturenbrett ruhend, die Arme schlaff herabhängend. Soweit sie das in dem schwachen Licht erkennen konnte, atmete er nicht mehr. Thunfisch neben ihm hing ähnlich leblos in seinem Sitz. Aber Lora hatte nur Augen für Max.

»O Gott!« stieß sie verzweifelt hervor und stützte sich am Pilotensitz ab. Erst jetzt merkte sie, daß er aus seiner Halterung gerissen war. Vorsichtig tastete sie Max' Schultern, seinen Hals und seinen Hinterkopf nach irgendwelchen Verletzungen ab. Sein Gesicht war über und über mit Blut verschmiert. Es klebte warm und feucht an ihrer Hand. Die Windschutzscheibe war zersplittert. Die linke Seite von Max' Gesicht schien unverletzt. Das Blut kam von der rechten Hälfte. Es floß über seine Augenpartie und die Wange, tropfte auf das Armaturenbrett und von dort auf den Boden, wo es eine kleine Pfütze bildete. Mein Gott, er durfte nicht tot sein! Ihre Hände zitterten so stark, daß sie nicht feststellen konnte, ob sein Puls noch schlug. Vielleicht konnte sie ihn auch bloß nicht finden. Er zeigte zwar keinerlei Lebenszeichen, aber sie konnte einfach nicht glauben, daß er tot war. Was sollte sie bloß tun?

»Max!« flüsterte sie schließlich in sein Ohr.

Keine Reaktion.

Außer sich vor Angst, versuchte sie es noch einmal. Und jetzt bewegte er sich. Kaum merklich zwar, aber er bewegte sich. Ihr fiel ein Stein vom Herzen. Er war noch am Leben. Sie holte tief Luft und faßte ihn behutsam an den Schultern.

»Max!«

Ein leises Stöhnen. Vorsichtig schüttelte ihn Lora an den Schultern. Sie würde erst beruhigt sein, wenn er sie ansah, etwas zu ihr sagte. Vielleicht war er schwer verletzt. In dieser Wildnis gab es sicher weit und breit keinen Arzt.

»Oooooh!«

Voller Erleichterung beugte sich Lora wieder über ihn. Und tatsächlich: er schlug die Augen auf.

Einen Moment sah er sie so seltsam an, daß sie sich unwillkürlich fragte, ob er sie überhaupt noch erkannte. Doch dann murmelte er benommen: »Lora?«

»Ja.«

Er tastete nach dem Armaturenbrett, um sich daran aufzurichten. Offensichtlich bereitete ihm das ziemliche Schmerzen, da er mehrere Male zusammenzuckte.

»Versuche dich möglichst nicht zu bewegen.« Sie wollte ihn zurückhalten, aber er hörte nicht auf sie.

»Ist bei dir alles in Ordnung?« Das Sprechen bereitete ihm sichtlich Mühe, so daß sich Lora bereits fragte, ob er tatsächlich keine ernsteren Verletzungen davongetragen hatte. Als er sich schließlich vollends aufgerichtet hatte, konnte sie sehen, daß seine gesamte rechte Gesichtshälfte blutüberströmt war. Das meiste Blut schien aus einer tiefen Schnittwunde an der Stirn zu kommen.

»Ja, ich glaube schon. Und du? Dein Kopf blutet sehr stark. Hast du sonst noch irgendwo Schmerzen?«

Er faßte sich an die Stirn, um seine Hand jedoch sofort wieder zurückzuziehen, als sie mit dem klebrigen Blut in Berührung kam. »Das letzte, woran ich mich noch erinnern kann, war, daß ich mit dem Kopf gegen die Windschutzscheibe geknallt bin. Aber sonst scheint mir nichts zu fehlen. Mein Gott, sieh dir mal Thunfisch an!«

Erst jetzt nahm Lora auch Max' Freund genauer in Augenschein. »Ich werde gleich mal nach ihm sehen.« Doch bevor sie noch auf ihn zugehen konnte, begann er sich bereits laut stöhnend aufzusetzen.

»Mein Bein!« Er ließ seinen Kopf in den Nacken sinken und faßte sich mit beiden Händen an seinen linken Oberschenkel. Erst jetzt bemerkte Lora, daß er mindestens um das Doppelte seines Umfangs angeschwollen war und in einem höchst eigenartigen Winkel von der Hüfte abstand. Noch bevor sie etwas sagen konnte, war Max bereits an ihrer Seite.

»Du solltest dich lieber nicht bewegen«, versuchte sie ihn zurückzuhalten.

Aber ohne von ihrer Warnung Notiz zu nehmen, kniete Max neben seinem Freund nieder und machte sich daran, sein geschwollenes Bein vorsichtig zu untersuchen. Nach einer Weile schaute er wieder zu ihr auf und sagte finster: »Es ist gebrochen.«

»Das weiß ich auch selber.« Thunfisch versuchte zwar tapfer zu grinsen, aber was dabei herauskam, war eher eine schmerzverzerrte Grimasse. »Tut zwar höllisch weh, aber solange es nichts Schlimmeres ist, werde ich es wohl überleben. Was ist mit den anderen?«

Als Max darauf fragend Lora ansah, schüttelte sie nur den Kopf.

»Ich gehe mal nachsehen.« Bevor er das Cockpit verließ, sah er sich noch einmal nach Lora um. »Du kannst in der Zwischenzeit ja schon mal nach dem Verbandskasten suchen. Er müßte unter dem Pilotensitz sein. Vielleicht kannst du Thunfisch schon mal was gegen seine Schmerzen geben.«

Tatsächlich war unter dem Sitz ein kleiner weißer Kasten mit einem roten Kreuz darauf. Sein Inhalt ließ allerdings angesichts einer so schweren Verletzung, wie Thunfisch sie hatte, einiges zu wünschen übrig.

»Irgendwas, womit sich was anfangen läßt?« stieß Thunfisch etwas gequält hervor.

Lora sah ihn niedergeschlagen an. »Bestenfalls eine Packung Aspirin.«

»Scheiße!« fluchte Thunfisch los, um jedoch fast im selben Atemzug hinzuzufügen: »Oh, Entschuldigung.«

»Meinetwegen brauchen Sie sich bestimmt nicht zu entschuldigen.« Lora kniete neben ihm nieder. »Sie sollten mich erst mal in so einer Situation hören. Sicher haben Sie schreckliche Schmerzen.«

»Sie sind wirklich schwer in Ordnung, Lora. Kein Wunder, daß der Boß –«

Was auch immer er hatte sagen wollen, behielt er für sich, da Max wieder in der Tür zum Cockpit erschien. Lora und Thunfisch sahen ihn fragend an. Sein Gesicht war noch blasser als zuvor.

»Und?« brach Thunfisch schließlich das Schweigen.

»Clemente ist tot«, sagte Max ausdruckslos. Um so beredter sprach dagegen der Schmerz aus seinen Augen. »Die anderen zwei sind noch mal davongekommen. DiAngelo ist zwar bewußtlos, aber er dürfte jeden Augenblick wieder zu sich kommen.«

»Gütiger Gott! Juanita hat doch eben erst ein Baby bekommen. Clemente war so stolz. Der erste Junge nach drei Mädchen.«

»Ich weiß.«

Lora entging nicht, wie nahe Max Clementes Tod gegangen war. Auch Thunfisch spürte den Schmerz seines Freundes. »Das war wirklich nicht deine Schuld, Boß«, versuchte er Max deshalb zu trösten.

Der sah ihn jedoch finster an. »Na, ich weiß nicht. Immerhin war ich es, der ihn dazu überredet hat, mitzukommen. Eigentlich hatte er schon nach dem letzten Job aufhören wollen. Juanita fand das Ganze zu riskant. Aber dann habe ich ihn dazu überredet, doch noch mal mitzumachen. Da sie gerade noch einmal ein Kind bekommen hatte, brauchte er außerdem dringend Geld.«

»Du bist doch nicht Gott, Mann. Der Herr hat ihn zu sich gerufen. Das ist doch nicht deine Schuld. Und für Lowenthal gilt das genauso.«

Max seufzte schwer. »Ich weiß. Es ist nur, weil Clemente so stolz auf den Jungen war.«

»Jedenfalls wirst du dafür sorgen, daß er keine Not leiden wird. Wie ich dich kenne, läßt du seine Familie sicher nicht im Stich. Aber mehr kannst du nicht tun.«

»Ja.«

Darauf starrte Max eine Weile schweigend durch die zerbrochene Frontscheibe auf das dichte Blättergewirr hinaus. Deutlich sah Lora, wie sehr ihm der Tod Clementes zu Herzen ging. So tiefer Gefühle hätte sie diesen rauhen, hartgesottenen Burschen gar nicht für fähig gehalten. Aber da sie nicht wußte, was sie in einer solchen Situation hätte sagen sollen, schwieg sie lieber. Es dauerte eine Weile, bis er sich wieder einigermaßen im Griff hatte. Er wandte sich vom Fenster ab und sah sie an.

»Gibt es da drinnen Verbandszeug?« Er deutete auf den Verbandskasten, den sie immer noch in der Hand hielt.

Lora nickte. »Ein paar Kompressen und eine Rolle Heftpflaster.«

»Wenn du mir vielleicht schnell meine Kopfverletzung verbinden könntest, werden wir gleich mal Thunfisch nach draußen schaffen.« Er wischte sich mit dem Ärmel seiner Jacke das Gesicht sauber.

Mit einem besorgten Blick auf den tiefen Schnitt in seiner Stirn sagte Lora: »Wir müssen die Wunde erst gründlich säubern und desinfizieren.«

Max schüttelte den Kopf. »Dazu ist jetzt keine Zeit. Mach mir schon ein Heftpflaster drauf, damit mir nicht ständig Blut ins Auge läuft.«

Er hatte natürlich recht. Zuallererst mußten sie sich um

Thunfischs gebrochenes Bein kümmern. Aber was sollten sie in ihrer augenblicklichen Situation tun? Wäre es nicht vernünftiger gewesen zu warten, bis sie eine Rettungsmannschaft fand und ihn in ein Krankenhaus brachte? Als sie Max darauf aufmerksam machte, machte er nur eine wegwerfende Handbewegung.

»Es kann Tage, wenn nicht Wochen dauern, bis wir hier gefunden werden. Deshalb müssen wir davon ausgehen, daß wir vorerst ganz auf uns gestellt sein werden. Tu also endlich, was ich gesagt habe!«

Wortlos nahm Lora darauf eine sterile Kompresse aus dem Verbandskasten und legte ihm einen Kopfverband an. Ein Heftpflaster hätte auf seiner blutverklebten Stirn nicht gehalten. Als sie schließlich die Mullbinde an seinem Hinterkopf festknotete, kam ihr plötzlich ein schrecklicher Gedanke.

»Du hast doch hoffentlich noch einen Notruf losgeschickt, bevor wir abgestürzt sind?« fragte sie besorgt.

Max sah sie ärgerlich an. »Für wie blöd hältst du mich eigentlich? Natürlich habe ich das.«

»Ich dachte nur, daß du unter diesen Umständen vielleicht nicht wolltest, daß die Polizei erfährt, wo wir sind.«

»Unter diesen Umständen«, wiederholte er spöttisch. »Lieber lasse ich mich von der Polizei finden als gar nicht.«

Lora fiel ein Stein vom Herzen. Auch wenn es sich hier um eine der entlegensten Bergregionen Mexikos handelte, würde es sicher nicht allzu lange dauern, bis sie entdeckt wurden.

Kaum war sie mit dem Verband fertig, begann sich Max um Thunfisch zu kümmern, der schweißüberströmt und mit geschlossenen Augen in seinem Sitz saß. Besorgt beobachtete Lora, wie sich der Verband über Max' Stirn rasch rot zu verfärben begann.

»Deine Wunde blutet noch immer sehr stark. Vielleicht hast du noch ein paar Glassplitter in der Haut stekken.«

»Das kann bis später warten. Hol lieber mal Minelli her. Er soll mir helfen, Thunfisch hier rauszuschaffen.«

Das tat Lora, worauf Max und Minelli Thunfisch unter einigen Mühen vom Cockpit in die Kabine trugen. Obwohl Thunfisch bei dieser schmerzhaften Prozedur mehrmals kräftig losfluchte, vergaß er nicht, sich jedesmal sofort bei Lora zu entschuldigen. Als ihm Max irgendwann ziemlich unwirsch befahl, diesen Quatsch endlich bleiben zu lassen und ihm Lora mit allem Nachdruck beipflichtete, sahen sie die beiden Männer erstaunt an. Über Thunfischs Lippen legte sich sogar ein erleichtertes Grinsen.

»Lora ist wirklich schwer in Ordnung«, sagte er zu Max, als dieser ihn zusammen mit Minelli im hinteren Teil des Flugzeugs vorsichtig gegen die Kabinenwand setzte.

»Auuu!« entfuhr es Thunfisch, als Minelli dabei versehentlich gegen sein gebrochenes Bein stieß, und verlor vor Schmerzen das Bewußtsein.

»Um so besser«, murmelte Max. »Dann spürt er wenigstens nichts, wenn ich ihm das Bein schiene. Minelli, Sie helfen mir dabei. Und du siehst mal nach, ob du irgendwas für DiAngelo tun kannst, Lora.«

Gehorsam tastete sie sich darauf durch das verwüstete Flugzeuginnere zu der Stelle, wo DiAngelo saß, ein großer, hagerer Mann mit langem, schwarzem Haar und einem fliehenden Kinn. Er war zwar immer noch leicht benommen, aber abgesehen von ein paar Kratzern und Schrammen schien er keine ernsteren Verletzungen davongetragen zu haben. Während sie ihn behutsam ansprach, ob ihm irgend etwas fehlte, beobachtete sie aus dem Augenwinkel, wie Max mit finsterem Gesicht Thunfischs gebrochenes Bein einrenkte. Schaudernd wandte sie ihre Aufmerksamkeit wieder DiAngelo zu.

Als sie nach einer Weile wieder einen vorsichtigen Blick zu Thunfisch hinüberwarf, befestigte Max gerade mit ein paar Stoffstreifen seiner Windjacke zwei halbwegs gerade Aststücke an beiden Seiten von Thunfischs Bein. Mehr ließ sich vorerst nicht für ihn tun.

Nachdem er Thunfischs Bein notdürftig geschient hatte, trug Max Clementes Leiche aus dem Flugzeug. Zwanzig Minuten später kam er mit bedrücktem Gesicht wieder zurück. Lora wagte nicht, ihn zu fragen, was er mit der Leiche gemacht hatte. Schaudernd versuchte sie an etwas anderes zu denken.

Max gönnte sich noch immer keine Ruhe. Nachdem er eine Weile rastlos in der Kabine auf und ab gegangen war, blieb er an dem Loch stehen, das die abgebrochene Tragfläche aus der Kabinenwand gerissen hatte, und starrte eine Weile stumm in das undurchdringliche Dickicht des Dschungels hinaus. Schließlich sagte er: »Ich werde mich da draußen mal ein bißchen umsehen«, und sprang aus dem Flugzeug.

Ohne lange zu überlegen, folgte ihm Lora. Sie hatte keine Lust, mit Minelli allein zurückzubleiben. DiAngelo war noch immer leicht weggetreten und Thunfisch bewußtlos. Es hatte ihr nämlich ganz und gar nicht gefallen, wie Minelli sie angestarrt hatte, als Max Clementes Leiche weggebracht hatte.

Behende sprang sie durch die Öffnung im Flugzeugrumpf und landete keine drei Meter von der Stelle, wo Max wie gebannt auf das Flugzeugwrack starrte.

»Was –«, wollte sie eben sagen, als er sich mit finsterer Miene durch ein Loch im grün gestrichenen Bauch der Maschine beugte.

»Was ist denn?« Vorsichtig darauf achtend, wohin sie ihre Füße setzte, folgte ihm Lora.

»Dieser verdammte Dreckskerl!«

»Wer?« Verständnislos sah sie in sein wutverzerrtes Gesicht, während er weiter wie gebannt in das Loch im Flugzeugrumpf starrte. Da offensichtlich dieses Loch die Ursache seines Ärgers war, warf auch Lora einen Blick hinein.

Und bei dem Anblick, der sich ihr dort bot, riß sie entsetzt die Augen auf. Die Holzkisten im Laderaum der Maschine waren beim Absturz zerbrochen. Ihr Inhalt lag über den Boden des Frachtraums verstreut: lauter kleine Zellophantüten, die ein feines weißes Pulver enthielten.

13

»Dieses Schwein Ortega wollte uns ohne unser Wissen dafür einspannen, eine Ladung Heroin außer Landes zu schaffen!«

Lora sah ihn fassungslos an. Aber in Max' Kopf hatte es bereits so fieberhaft zu arbeiten begonnen, daß er sich ihrer Anwesenheit gar nicht bewußt war. Das also war der Grund für den unfreundlichen Empfang, der ihnen kurz vor dem Abflug auf dem Flugplatz bereitet worden war. Die mexikanische Polizei hatte sie ganz offensichtlich für Drogenschmuggler gehalten. Darum also hatte ihnen Ortega so bereitwillig ein Flugzeug zur Verfügung gestellt. Max hatte das von Anfang an etwas eigenartig gefunden. Ein Mann vom Schlage Ortegas war zu sehr auf seinen Vorteil bedacht, als daß er jemandem geholfen hätte, ohne daß dabei nicht auch für ihn etwas herausgesprungen wäre. Aber Max war zu diesem Zeitpunkt zu sehr mit anderen Problemen beschäftigt gewesen, als daß er sich näher mit dieser Möglichkeit hätte auseinandersetzen können. Und wer hatte ihn so stark beschäftigt, daß er darüber wesentlich wichtigere Dinge vernachlässigt hatte? Niemand anderer als dieses verfluchte Weibsstück! Lora! Er warf ihr einen derart angewiderten Blick zu, daß sie unwillkürlich einen Schritt zurückwich. Noch nie hatte ihn jemand so hereingelegt! Er war ja weiß Gott kein Heiliger, aber ein Drogenschmuggler? Jeder wußte, wie sehr er Drogen ablehnte. Und am besten von allen wußte das Ortega, dieses hinterhältige Schwein!

Sicher hatte die Polizei auf ihren Radarschirmen ihre Flugroute verfolgt, und zu allem Überfluß hatte er auch noch, vor allem Loras wegen, diesen blöden Notruf losgeschickt. In der undurchdringlichen Wildnis der Sierra

Madre ohne Hoffnung auf Rettung abzustürzen, war schlimm genug. Aber wenn er gewußt hätte, was die Maschine geladen hatte, hätte er vor dem Absturz auf keinen Fall ihre Position durchgegeben. Damit würde er nämlich sich und Thunfisch sowie die beiden Männer, die er aus dem Gefängnis befreit hatte, für mehr Jahre hinter Gitter bringen, als sie noch zu leben hatten. Nicht einmal Lora hatte er damit vermutlich einen Gefallen getan. Aller Wahrscheinlichkeit nach würde die Polizei auch sie für schuldig halten und mit ihnen ins Gefängnis werfen...

Im Augenblick blieb ihm tatsächlich nichts anderes zu tun, als zu warten, bis die Federales auftauchten. Wenn er allein gewesen wäre, hätte er sich zu Fuß auf den Weg gemacht, um dieser Hölle zu entrinnen. Unter Umständen hätte er das vielleicht sogar mit Lora, Minelli und DiAngelo versucht. Aber er konnte unmöglich Thunfisch mit seinem gebrochenen Bein allein zurücklassen. Denn diesen Fleischkloß mit seinen über zwei Zentnern Lebendgewicht hier rauszuschaffen, war schlichtweg ein Ding der Unmöglichkeit.

»Verdammte Scheiße!« machte er seinem Ärger Luft, und als er sich darauf Lora zuwandte, starrte sie ihn entsetzt an. Erst jetzt wurde er auf Minelli aufmerksam, der ein paar Schritte hinter ihr stand. Offensichtlich hatte er ihre Unterhaltung belauscht, da er sich wortlos an Lora vorbeidrängte und einen Blick auf den Laderaum warf.

Er stieß einen leisen Pfiff aus. »Das Zeug muß mindestens zehn Millionen Dollar wert sein! Heroin?«

Achselzuckend trat Max näher, um noch einmal einen Blick durch das Loch zu werfen. »Vermutlich.«

Minelli hielt sich an den Rändern der Öffnung fest und schwang sich in den Laderaum. Nach kurzem Zögern folgte ihm auch Max. Lora beobachtete, wie Minelli eine der Tüten aufriß, seinen Finger in das weiße Pulver steckte und mit der Zunge daran leckte.

»Heroin«, sagte er schließlich.

Er legte den Beutel beiseite, griff nach einem losen Brett und stemmte damit den Deckel einer intakten Kiste auf. Darunter kamen noch mehr solcher Beutel mit weißem Pulver zum Vorschein. Gemeinsam machten sich die beiden Männer daran, sämtliche Kisten zu öffnen, bis sie schließlich etwa hundert solcher Beutel zutagegefördert hatten.

Dabei stießen sie auch auf einen Aktenkoffer, der hunderttausend Dollar in bar enthielt. Letztere Entdeckung schien Minellis Glück vollends perfekt zu machen. Während seine Augen vor Gier zu leuchten begannen, verdüsterte sich Max' Miene immer mehr. Erst als Minelli merkte, wie ihn Max mit finsteren Blicken beobachtete, setzte er wieder eine völlig teilnahmslose Miene auf. Dann richtete er sich abrupt auf und verschwand nach draußen. Ohne ihn auch nur eine Sekunde aus den Augen zu lassen, folgte ihm Max. Minelli ging zu der Öffnung im Flugzeugrumpf und schwang sich an einem dicken Ast ins Innere der Kabine. Stirnrunzelnd starrte ihm Max hinterher. Lora wiederum sah ihn fragend an.

»Dieser Dreckskerl wird uns noch Schwierigkeiten machen«, wandte er sich ihr schließlich zu.

»Wegen des Geldes?«

»Und wegen des Heroins. Du hast ja selbst gesehen, was für einen gierigen Blick er vorhin bekommen hat. Und das alles haben wir nur diesem Schwein Ortega zu verdanken. Kann sein, daß ich ihn umbringen muß.«

Letzteres hatte er ganz leise, mehr zu sich selbst, gesagt. Lora zuckte entsetzt zusammen.

»Wen? Ortega?«

»Nein, Minelli.«

Mit dem Kopfverband sah Max bedrohlicher aus denn je. Lora fühlte sich wieder an ihren ersten Eindruck von ihm erinnert, als er zu ihr in den Wagen gesprungen war und sie entführt hatte. Dieser Mann würde auch vor einem Mord nicht zurückschrecken, hatte sie damals gedacht. Und dieser Gedanke schoß ihr auch jetzt wieder durch den Kopf.

»Aber du kannst ihn doch nicht einfach umbringen!« Entsetzt sah sie Max in die Augen.

»Warum nicht?« Seine Stimme klang kalt, eisig kalt. Schaudernd klammerte sich Lora an seinen Arm. Das würde sie unter keinen Umständen zulassen.

»Weil...« Seine Augen, so schwarz wie eine Winternacht, ließen sie mitten im Satz verstummen. »Weil er ein Mensch ist«, fuhr sie schließlich zögernd fort. »Du kannst doch keinen Menschen töten.«

»Tatsächlich nicht?« Zu ihrem Entsetzen wurde seine Miene noch finsterer. »Dann erinnere mich bei Gelegenheit, dir von Mei Veng zu erzählen.«

Als sie ihn darauf nur verständnislos ansah, fügte er hinzu: »Das ist ein kleines Dorf in Vietnam. Aber das tut jetzt nichts zur Sache. Komm, ich werde lieber mal sehen, wie es Thunfisch inzwischen geht und was Minelli vorhat.«

Als ihm Lora darauf wortlos zum Flugzeug zurück folgte, beobachtete sie entsetzt, wie er seine Pistole aus dem Bund seiner Jeans zog, kurz das Magazin checkte und die Waffe wieder zurücksteckte.

Die Stunden verstrichen quälend langsam, und zugleich wurde die Atmosphäre im Innern der Maschine immer gespannter. Minelli ging rastlos in der Kabine auf und ab. Max starrte finster vor sich hin. DiAngelo schlief, und Lora verbrachte die meiste Zeit bei Thunfisch, der sich alle Mühe gab, sich seine Schmerzen nicht anmerken zu lassen. Je höher die Sonne stieg, desto unerträglicher wurde auch die Hitze im Flugzeuginnern. Das leise Summen der Moskitos, begleitet von heiseren Flüchen und lautem Klatschen, waren die einzigen Geräusche.

Ein heftiger Regenguß, der am späten Nachmittag niederging, brachte nur kurze Erleichterung. Max wurde zunehmend nervöser und begann unruhig auf und ab zu gehen. Schließlich blieb er an der Öffnung der Kabinenwand stehen.

»Ich werde mal sehen, ob ich was zu essen und zu trinken auftreiben kann. Minelli, Sie kommen mit.«

Das war ein Befehl, und dem Blick nach zu schließen, mit dem ihn Minelli bedachte, ließ er sich nicht gerne Befehle erteilen. Einen Augenblick lang fürchtete Lora, es könnte schon jetzt zu der in ihren Augen unvermeidlichen Auseinandersetzung zwischen den beiden kommen. Aber Minelli hob nur die Schultern und folgte Max nach draußen.

Lora wandte sich wieder Thunfisch zu. Nach einer Weile aß sie die letzte halbe Tafel Schokolade, die sie noch hatten. Damit waren ihre Lebensmittelvorräte aufgebraucht. Aber vielleicht konnten sie ja auch im Dschungel etwas Eßbares finden, wenn nicht sogar Max irgendein Tier erjagen konnte.

Zumindest Wasser würde kein Problem darstellen. Nach dem heftigen Regenguß hatten sich überall tiefe Pfützen gebildet. Erst bei deren Anblick wurde ihr bewußt, wie durstig sie war. Sobald Thunfisch wieder zu sich kam, würde sie auf der Stelle etwas trinken. DiAngelo schlief noch wie vorher tief und fest. Er hatte sich schon eine ganze Weile nicht mehr bewegt. Oder war er vielleicht bewußtlos. Oder gar tot?

Plötzlich erschien Minellis Kopf in der Öffnung. Nachdem er sich kurz im Flugzeuginnern umgesehen hatte, legte er eine Pistole auf den Boden. Seit wann hatte Minelli eine Waffe? Entsetzt beobachtete Lora, wie er sich durch die Öffnung schwang und wieder nach der Waffe griff. Was hatte er vor? Einen Augenblick lang rechnete sie mit dem Schlimmsten, um sich dann aber doch wieder rasch zu beruhigen. Eines stand jedoch fest: sie konnte diesen Kerl auf den Tod nicht ausstehen. Vermutlich lag das an der Art, wie er sie immer ansah. Er ließ dabei seine Blicke immer so ungeniert über ihren Körper wandern, daß sie eine Gänsehaut bekam. Jedenfalls war von ihm bestimmt nichts Gutes zu erwarten.

Diesmal würdigte er sie jedoch kaum eines Blickes, sondern verschwand rasch im Cockpit. Nach einer Weile hörte Lora ein leises Summen, das hin und wieder von kurzem, heftigem Rauschen unterbrochen wurde. Sie achtete jedoch kaum darauf, da ihre Gedanken vornehmlich um die Frage kreisten: Was war geschehen? Und wo steckte Max?

Nur zu gut konnte sich Lora erinnern, wie Max vorhin angedeutet hatte, daß er Minelli vielleicht töten mußte. Sollte Minelli etwa zu derselben Einsicht gelangt sein? Und sie bereits in die Tat umgesetzt haben? In Loras Kopf hatte es fieberhaft zu arbeiten begonnen. Sie mußte unbedingt etwas unternehmen. Sonst würde sie noch verrückt, wenn sie noch länger untätig hier herumsaß. Sie mußte die Antwort auf diese Frage selbst herausfinden.

Als sie Thunfischs Kopf vorsichtig auf eine Schwimmweste legte, die sie unter einem der Sitze hervorgeholt hatte, schlug er die Augen auf.

»Was...«, brachte er mühsam hervor, um jedoch schon im selben Moment vor Schmerz heftig die Zähne zusammenzubeißen.

»Tut mir leid, daß ich Sie geweckt habe.«

»Wo ist der Boß?«

»Keine Ahnung. Aber genau das möchte ich herausfinden. Er ist mit Minelli losgegangen. Minelli ist inzwischen wieder zurück – ohne Max, aber dafür mit einer Pistole.«

Thunfisch wußte von Max, welch gefährliche Fracht die Maschine an Bord hatte. Deshalb legte sich seine Stirn nun in noch tiefere Falten. »Vermutlich ist das trotzdem noch kein Grund zur Aufregung«, versuchte er Lora zu beruhigen. »Zumindest vorerst gibt es für Minelli noch keinen Grund, ihm etwas anzutun. Und glauben

Sie mir, der Boß ist ein ganz schön harter Brocken. Mit dem wird so schnell keiner fertig. Jedenfalls kann ich mir nicht vorstellen, daß Minelli ihn ausgetrickst haben könnte.«

»Aber diese Pistole...«

Thunfisch hob die Schultern. »Die habe ich ihm selbst gegeben, als wir in Mazatlan Scherereien bekamen. Vermutlich hat er sich damit im Dschungel einfach sicherer gefühlt. Ich würde da draußen auch nicht unbewaffnet rumlaufen. Man kann schließlich nie wissen, was einen da alles erwartet.«

»Ich mache mir solche Sorgen um Max«, stieß Lora verzweifelt hervor und wollte gerade aufstehen.

Aber Thunfisch hielt sie zurück. »Warten Sie.«

»Ich wollte mich nur vergewissern...«

»Nein, der Boß würde es sicher nicht gern sehen, wenn Sie ganz allein im Dschungel rumlaufen. Außerdem gibt es nichts, was Sie im Moment für ihn tun könnten. Wenn er tot ist, ist er tot, und wenn nicht, kommt er schon wieder zurück.«

Diese Logik fand Lora alles andere als tröstlich, und sie wollte eben etwas erwidern, als sich Max durch das Loch in der Kabinenwand schwang. Wie Minelli hatte auch er seine Pistole in der Hand.

»Ist Minelli schon zurück?« fragte er. Und als Lora daraufhin nur nickte und auf den Durchgang zum Cockpit zeigte, verdüsterte sich seine Miene. Erst jetzt wurde ihr bewußt, daß durch den Vorhang Minellis Stimme zu hören war.

Noch während sie überlegte, mit wem Minelli wohl sprach, ertönte ein ohrenbetäubendes Krachen. Thunfisch riß Lora sofort zu Boden, und Max konnte gerade noch rechtzeitig den Vorhang zurückreißen, um zu sehen, wie Minelli das Magazin seiner Pistole in das Funkgerät entleerte.

In dem angespannten Schweigen, das darauf eintrat,

richtete sich Minelli auf und drehte sich um. Auf seinen Fußballen wippend steckte er die Pistole in seinen Gürtel. Max richtete seine Waffe direkt auf seinen Bauch und fuhr ihn an: »Mit wem haben Sie gerade gesprochen?«

Minelli zuckte nur mit den Achseln und warf einen wachsamen Blick auf die Pistole in Max' Hand.

»Früher oder später werden Sie es mir auf jeden Fall erzählen, Minelli. Also fangen Sie lieber gleich damit an.«

Nach kurzem Zögern sagte Minelli mit gespielter Leichtigkeit: »Eigentlich sehe ich keinen Grund, weshalb ich es Ihnen nicht sagen sollte. Ich habe ein paar Freunde von mir angefunkt, damit sie uns hier rausholen.«

»Sie haben ihnen also von dem Heroin erzählt.« Max hörte sich fast gelangweilt an.

»Denken Sie meinetwegen, was Sie wollen. Ich sage jedenfalls nichts mehr.«

Lora bekam eine Gänsehaut von dem eisigen Blick, mit dem Max Minelli bedachte.

»Da wäre ich mir lieber nicht so –«, begann Max und hob seine Pistole mit einer Entschlossenheit, die Lora das Blut in den Adern gefrieren ließ.

»Nehmen Sie die Kanone mal schön wieder runter, Maxwell!« Das kam von DiAngelo, dem bisher niemand irgendwelche Beachtung geschenkt hatte. Er hatte eine Pistole in der Hand und zielte damit direkt auf Max. Der ließ nach einem kurzen Blick über seine Schulter die Hand sinken. Als ihn DiAngelo darauf aufforderte, die Waffe fallen zu lassen, tat er auch das.

»Und jetzt stoßen Sie sie mit dem Fuß zu mir rüber.« Minelli, inzwischen wieder Herr der Lage, sah grinsend von Max zu seinem Kumpel. »So schnell kann sich das Blatt manchmal wenden, Maxwell. Sie hätten lieber nett sein sollen, solange Sie noch eine Chance dazu hatten.« Er machte einen Schritt nach vorn und drängte Max zu der Stelle zurück, wo Lora neben Thunfisch auf dem Boden kniete.

Loras Herz klopfte zum Zerspringen. Für sie stand völlig außer Zweifel, daß Minelli sie alle, ohne mit der Wimper zu zucken, erschossen hätte, bloß um an das Heroin im Laderaum zu kommen.

Nachdem Max mit dem Rücken zur Kabinenwand stehengeblieben war, forderte Minelli DiAngelo auf: »Such die beiden nach Waffen ab.«

DiAngelo kam auf sie zu, packte sie am Arm und zog sie vom Boden hoch. Schaudernd schloß Lora die Augen, als DiAngelo sie am ganzen Körper genüßlich abzutasten begann. Sie stand nahe davor, sich zu übergeben. Aber irgendwann war auch das vorbei, und DiAngelo wandte sich Thunfisch zu.

»Jetzt, Boß!« Das kam von Thunfisch, und dann ging alles ganz schnell.

DiAngelo ging durch einen gezielten Stoß von Thunfischs geschientem Bein laut fluchend zu Boden, und Max nutzte den kurzen Moment, in dem Minelli durch Thunfischs Ruf abgelenkt worden war, um sich mit aller Kraft gegen ihn zu werfen. Von der Wucht des Aufpralls wurde Minelli die Pistole aus der Hand gerissen, und er ging zu Boden. Im selben Moment versuchten Thunfisch und DiAngelo verzweifelt an die Pistole heranzukommen, die DiAngelo hatte fallen lassen. Lora stieß einen gellenden Schrei aus, dem sie gleich noch einen zweiten folgen ließ. Keiner der Männer schenkte ihr irgendwelche Beachtung. Noch während sie schrie, konnte sie Minellis Pistole über den Kabinenboden schliddern und unter der letzten Sitzreihe liegenbleiben sehen. Sie warf sich zu Boden und wirbelte sofort wieder herum, kaum daß sie die Waffe zu fassen bekommen hatte. Die andere Pistole hielt inzwischen DiAngelo in der Hand, aber Thunfisch hielt wie ein Schraubstock sein Handgelenk umklammert, so daß ihr Lauf gegen die Decke gerichtet war. Max und Minelli wälzten sich in erbittertem Zweikampf auf dem Boden.

»Ich habe eine Pistole«, rief sie laut und deutlich. Aber

niemand schien von ihr Notiz zu nehmen. Ratlos sah sie auf das häßliche schwarze Etwas in ihrer Hand hinab. Was sollte sie jetzt tun? Abfeuern würde sie das verdammte Ding auf keinen Fall. Sie hätte entweder alle oder niemanden damit getroffen. Doch dann sah sie, wie DiAngelo ausholte, um Thunfisch gegen sein gebrochenes Bein zu treten. Ohne zu überlegen, hielt Lora die Pistole an die Decke und drückte ab.

Der ohrenbetäubende Knall ließ alle vier Männer blitzartig zu ihr herumzucken. Und sobald sie sahen, was sie in der Hand hielt, warfen sich alle, Freund wie Feind, dekkungsuchend zu Boden. Da Lora in ihrer Panik den Finger nicht vom Abzug genommen hatte, wurde eine Kugel nach der anderen abgefeuert. Eine davon pfiff gefährlich nahe an ihrem Ohr vorbei.

»Nimm endlich den Finger vom Abzug!« brüllte Max. Im selben Moment war Minelli aufgesprungen und auf die Öffnung in der Kabinenwand gestürzt. Max hechtete ihm hinterher und versuchte ihn an den Beinen zu fassen zu bekommen. Allerdings verfehlte er ihn ganz knapp und schlug statt dessen mit der Schulter gegen einen Sitz.

Mit der Pistole in der Hand beobachtete Lora, wie Minelli durch die Öffnung sprang und im Dschungel verschwand. Sie fühlte sich außerstande, auf irgend jemand zu schießen, obwohl Max und Thunfisch sie laut dazu aufforderten. Und dann war plötzlich Max an ihrer Seite, riß ihr die Waffe aus der Hand und richtete sie auf DiAngelo, der sofort seine Pistole fallen ließ und die Hände hob. Im selben Augenblick war auch schon alles vorbei. Alles, was Lora noch spürte, war, daß ihre Knie plötzlich schrecklich weich wurden und unter ihr nachgaben.

14

»Alles in Ordnung?« Max kauerte neben ihr nieder und schaffte es tatsächlich, auch noch einen besorgten Blick auf sie zu werfen, während er DiAngelo scharf im Auge behielt. Als er sie dabei kurz am Arm berührte, jagte das wieder einen wohligen Schauder durch ihren Körper. Angesichts der sich überstürzenden Ereignisse der letzten Stunden hatte sie ganz vergessen, welch heftige Reaktion bei ihr schon die leiseste Berührung von ihm hervorrief.

Als Max, dem das nicht entgangen war, sie einen Moment mit unergründlicher Miene ansah, konnte Lora förmlich spüren, wie sie unter seinem Blick dahinschmolz. Ihr ganzes Leben lang hatte sie sich nach einem Mann gesehnt, der sie nur zu berühren brauchte, um solche Gefühle in ihr zu wecken. Mehr konnte sich keine Frau wünschen. Aber warum mußte ihr das ausgerechnet mit diesem Mann passieren, einem polizeilich gesuchten Schwerverbrecher?

»Lora!«

Irgend etwas in ihrer Miene hatte ihn offensichtlich stutzen lassen, da er ihr behutsam über die Wangen strich. Und da war sie schon wieder, diese heftige, zutiefst animalische Anziehungskraft. Verzweifelt sah Lora in diese pechschwarzen Augen, in dieses herb männliche Gesicht mit den kantigen Zügen und dem sinnlichen Mund.

»Boß! Achtung!«

Thunfischs Warnung ließ Max herumwirbeln. DiAngelo hatte den kurzen Moment seiner Unaufmerksamkeit für einen Fluchtversuch genutzt. Er hatte schon fast die Öffnung erreicht. Es gab keine Möglichkeit mehr, ihn zurückzuhalten – außer zu schießen. Max riß die Pistole hoch.

»Nein!« schrie Lora entsetzt auf. Und Max zögerte genau so lange, bis es endgültig zu spät war.

DiAngelo war weg. Mit unergründlicher Miene starrte Max einen Moment in das üppige Gras des Dschungels hinaus, bevor er sich wieder Lora zuwandte. Der Blick, mit dem er sie dabei bedachte, war ebenso unergründlich und undurchdringlich wie der Dschungel selbst.

»Verdammt, Boß! Der Kerl ist uns entwischt.«

Während Lora noch immer wie gebannt Max anstarrte, sah sie aus dem Augenwinkel, wie Thunfisch verständnislos den Kopf schüttelte. Wortlos erwiderte Max ihren Blick, bevor er sich aufrichtete.

»Alles in Ordnung?« fragte er sie dann so betont förmlich, daß Lora unwillkürlich erschauderte. Er sah sie an wie eine wildfremde Frau, und nicht gerade wie eine, an der ihm sonderlich viel gelegen war. Sie blickte kurz fragend in seine dunklen Augen, bevor sie langsam nickte.

»Ja, alles in Ordnung. Es war, glaube ich, nur die... Aufregung.« Das rief in seinen Augen ein kurzes Aufleuchten hervor, und für einen Moment schienen sie sich förmlich in sie zu bohren. Doch dann wandte er abrupt den Blick von ihr ab.

»Warum hast du den Dreckskerl nicht abgeknallt?« Thunfisch schien es noch immer nicht fassen zu können, daß Max DiAngelo hatte entkommen lassen. »Wer weiß, was er und Minelli jetzt da draußen aushecken. Eines ist jedenfalls sicher: Die beiden haben es auf uns abgesehen. Und auf das Heroin und das Geld.«

»Ich weiß.« Mit erstaunlicher Behutsamkeit machte sich Max an Thunfischs gebrochenem Bein zu schaffen. Infolge von DiAngelos Tritt hatte sich die provisorische Schiene wieder gelöst. »Ab sofort muß ständig einer von uns Wache halten. Sie dürfen das Heroin auf keinen Fall bekommen. Doch erst mal zu dir«, wandte er sich an

Thunfisch. »Erst mal kriegst du eine neue Schiene. Die Kistenbretter aus dem Laderaum eignen sich dafür wesentlich besser als diese krummen Äste. Ich bin gleich wieder zurück.«

Als er wieder zurückkam, forderte er Lora auf, sich an der Öffnung zu postieren und nach DiAngelo und Minelli Ausschau zu halten. Insgeheim war sie froh, daß sie nicht helfen mußte, Thunfischs Bein neu zu schienen. Sie hatte Max' Freund längst in ihr Herz geschlossen und hätte ihn nur sehr ungern leiden sehen. Und ganz offensichtlich hatte er entsetzliche Schmerzen. Jedenfalls konnte sie ihn laut ächzen und stöhnen hören, als sich Max an die Arbeit machte. Erst als er fertig war und Thunfisch erschöpft gegen die Wand zurücksank, drehte sie sich wieder um. Zu ihrer Überraschung holte Max eine silberne Trinkflasche aus seiner Tasche und reichte sie seinem Freund, worauf der einen kräftigen Schluck daraus nahm. Als Thunfisch sie an Lora und Max weiterreichen wollte, lehnten jedoch beide dankend ab.

»Ah«, seufzte er. »Das hat gut getan. Wo hast du das her?«

»Von Clemente.«

Ohne weiter etwas zu sagen, nahm Thunfisch noch einen kräftigen Schluck, bevor er schließlich sagte: »Diese Leute, mit denen sich Minelli in Verbindung gesetzt hat – sind die von der Mafia?«

Max hob die Schultern. »Wahrscheinlich. Ursprünglich war abgemacht, daß vor Puerto Barrios im Golf von Honduras ein Boot auf sie warten sollte. Ich nehme an, daß er sich mit den Leuten auf diesem Boot in Verbindung gesetzt hat.«

»Die Mafia«, brummte Thunfisch. »Das hat uns gerade noch gefehlt. Vermutlich rücken die mit einer ganzen Armee hier an, um sich den Stoff unter den Nagel zu reißen.«

Nach kurzem Schweigen fuhr Max fort: »Und Ortega will das Heroin sicher auch zurückhaben, von den Federales ganz zu schweigen. Sie müssen gewußt oder zumindest geahnt haben, was wir an Bord hatten. Anscheinend hatten sie es tatsächlich auf uns abgesehen, als wir gestartet sind.«

Thunfisch schnitt ein Gesicht. »Glaubst du, sie werden uns finden?«

»Früher oder später auf jeden Fall«, nickte Max grimmig. »Ortega kannte unsere genaue Flugroute, und wie ich ihn einschätze, ist die Maschine bestimmt mit einem Peilsender ausgerüstet. Mit so einer kostbaren Fracht an Bord ist er bestimmt kein Risiko eingegangen. Minelli hat seinen Leuten vermutlich auch unsere Flugroute und die Flugzeit bis zum Absturz durchgegeben, so daß sie sich ungefähr ausrechnen können, wo wir uns befinden. Und da ich gestern blöderweise noch einen Notruf losgelassen habe, sind sicher auch schon die Federales unterwegs hierher. Die Frage ist also nur noch, wer zuerst hier auftaucht: Minellis Freunde, Ortegas Leute oder die Federales.«

Darauf machte Thunfisch seinem Ärger erst mal mit einer langen Litanei von wilden Flüchen Luft.

»Versuch das Ganze doch auch mal von der positiven Seite zu sehen«, meinte Max. »Wenn wir nicht den ganzen Laderaum voll Heroin hätten, würden sich die Leute einen feuchten Dreck um uns scheren. Auf diese Weise werden sie wenigstens nichts unversucht lassen, uns so schnell wie möglich zu finden.«

»Klar, die Löwen, die Tiger und die Krokodile. Die Frage ist nur, wer uns zuerst frißt.« Thunfisch verdrehte die Augen. »Wenn du mich fragst, sollten wir so schnell wie möglich von hier abhauen.«

Max schüttelte den Kopf. »Zu Fuß kommen wir hier nicht weg. Das ist völlig ausgeschlossen.«

Thunfisch sah ihn eindringlich an. »Für *dich* wäre das überhaupt kein Problem. Und du könntest auch Lora mitnehmen.«

»Du glaubst doch nicht im Ernst, ich lasse dich hier allein zurück?«

»Hör mal zu, Boß. Du mußt schließlich auch an Lora denken. Ganz gleich, wer uns als erster findet – besonders angenehm wird das in keinem Fall.«

»Lora?« Max wandte sich ihr zu und sah ihr in die Augen. »Du hast gehört, was er gesagt hat. Notgedrungen wirst auch du in diese Geschichte verwickelt werden. Was meinst du dazu?«

Lora sah von Max zu Thunfisch. Die Vorstellung, was demnächst auf sie zukommen würde, war alles andere als erfreulich. Allerdings schien es ihr in so weiter Ferne zu liegen, daß ihr das Ganze fast unwirklich erschien. Um so realer waren dagegen die dicken Schweißtropfen auf Thunfischs Stirn und der Schmerz in seinen treuen, braunen Augen.

»Ich bin dafür, daß wir zusammenbleiben.«

Max' finstere Miene erhellte sich für einen Moment kaum merklich, als er sich wieder Thunfisch zuwandte. »Du hast ja gehört, was sie gesagt hat. Und ich kann mich dem nur anschließen. Wir bleiben.«

»Ich wußte gar nicht, daß du Selbstmordabsichten hast«, schnaubte Thunfisch.

»Das beweist nur, daß du eben doch nicht alles über mich weißt. Außerdem habe ich nicht vor, mich umlegen zu lassen. Ich habe bereits einen Plan.«

»Das hat uns gerade noch gefehlt.« Thunfisch verdrehte die Augen. »Könnten Sie ihm vielleicht schnellstens eine für mich überziehen, Lora? Jedesmal, wenn der Kerl nämlich mit einem seiner tollen Pläne daherkommt, kann ich hinterher alles ausbaden. Es war unter anderem auch sein Plan, sich von Ortega ein Flugzeug auszuleihen. Und –«

»Es hat keinen Sinn, ständig irgendwelche alten Geschichten aufzuwärmen. Außerdem fallen mir bei der Gelegenheit auch ein paar von deinen Ideen ein, die kaum weniger verheerende Folgen nach sich gezogen haben.

Doch zur Sache. Alle, die nach uns suchen, werden in erster Linie nach dem Flugzeug Ausschau halten. Wenn wir also noch länger in seiner Nähe bleiben, können wir uns gleich als lebende Zielscheiben aufstellen. Als ich heute morgen meinen Rundgang gemacht habe, habe ich eine Höhle entdeckt. Genaugenommen gibt es hier sogar eine ganze Menge davon. Ich würde also vorschlagen, daß wir uns dorthin zurückziehen. Das Heroin werden wir verstecken und sein Versteck erst verraten, sobald sie uns sicher hier rausgeschafft haben.«

»Klingt ganz vernünftig«, nickte Thunfisch bedächtig. »Lora?«

»Auch für mich hört sich das Ganze recht einleuchtend an. Die Frage ist nur, was wir mit den Drogen machen. Jedenfalls können wir nicht zulassen, daß Ortega oder die Mafia das Heroin bekommen. Was die Federales betrifft, ist das etwas anderes. Sie sind ja schließlich die Polizei. Aber falls die anderen als erste hier sind, könnten wir das Heroin doch einfach vernichten.«

Über soviel Blauäugigkeit konnten die beiden Männer nur den Kopf schütteln. »Dafür würden die dich lächelnd zu Hackfleisch machen«, sagte Max schließlich. »Außerdem ist der Stoff im wahrsten Sinn des Wortes unsere Lebensversicherung. Ganz gleich, ob Ortegas Leute, die Mafia oder die Federales – für soviel Heroin würden die alle ihre eigene Großmutter umbringen. Die werden hier nicht einfach angetanzt kommen und achselzuckend wieder abziehen, sobald sie das Flugzeug gefunden haben. Die werden auch nach uns suchen – und vor allem nach dem Heroin. Der einzige, mit dem wir darüber verhandeln können, ist Ortega. Falls Minellis Freunde oder die Federales als erste hier sind, müssen wir so lange untertauchen, bis Ortega anrückt. Wenn wir den Federales in die Hände fallen, wandern wir auf jeden Fall ziemlich lange ins Gefängnis – du übrigens genau wie wir, Lora. Oder glaubst du, die würden dir glauben, daß du mit der ganzen Sache nichts zu tun hast? Und daß wir mit heiler Haut hier rauskommen, wenn die Mafia den Stoff findet, kannst du dir von vornherein abschminken. Uns bleibt also gar keine andere Wahl, als auf Ortega zu warten. Ortega können wir nämlich vertrauen – zumindest bis zu einem gewissen Punkt.«

Über Thunfischs Züge legte sich unübersehbare Skepsis. »Also diesem miesen Pomadenheini würde ich keine zwei Millimeter über den Weg trauen.«

Max sah ihn an. »Hast du dann vielleicht eine bessere Idee?«

»Nein«, mußte Thunfisch zugeben.

»Folglich werden wir genau so vorgehen. Außerdem hat Ortega keinen Grund, uns umzubringen – es sei denn, er gelangt zu der Überzeugung, er hätte sich uns zum Feind gemacht, weil er uns da reingezogen hat. Jedenfalls werde ich ihn glaubhaft davon zu überzeugen versuchen, daß ich ihm wegen der ganzen Geschichte nicht böse bin. Allzuschwer dürfte das auch nicht werden. Nicht umsonst ist er der festen Überzeugung, daß es sich auf jeden Fall noch mal bezahlt machen wird, einen ehemaligen Drogenfahnder zum Freund zu haben.«

»Hoffst du«, warf Thunfisch schnaubend ein.

»Jetzt halt mal endlich dein blödes Maul!« fuhr ihn Max mit einem vieldeutigen Blick auf Lora an. »Das Ganze wird schon klappen. Allerdings halte ich es in jedem Fall für besser, wenn nur ich weiß, wo das Heroin versteckt ist. Auf diese Weise ist das Risiko, daß einer von uns das Versteck verrät, geringer.«

»Falls sie uns zum Beispiel foltern, um das Versteck aus uns herauszubekommen.«

Max warf seinem Freund einen vernichtenden Blick zu.

»Tut mir leid, Boß«, entschuldigte sich Thunfisch hastig. »Äh, hast du denn schon ein geeignetes Versteck gefunden? Ich meine, das ist schließlich eine ganz schöne Menge Stoff.«

»Ich habe bereits ein ideales Versteck gefunden. Deshalb bin ich doch überhaupt auf diese Idee gekommen.« Über Max' Züge legte sich plötzlich ein amüsiertes Grinsen. »Wie ich dich kenne, hast du dir sicher mit Absicht das Bein gebrochen, du faules Aas, damit du mir nicht helfen mußt, diese vielen Kisten den Berg raufzuschleppen.«

»Klar, Boß, das war alles bis ins kleinste Detail geplant«, erwiderte Thunfisch mit todernster Miene. »Na, dann also an die Arbeit, Boß. Was sitzt du hier noch rum?«

Max richtete sich auf. »Traust du dir zu, in deinem augenblicklichen Zustand unsere gefährliche Fracht zu bewachen? Im Grunde genommen brauchst du dich dazu nur mit einer Pistole an ein schattiges Plätzchen zurückzuziehen.«

Thunfisch warf ihm einen gekränkten Blick zu. »Für was hältst du mich eigentlich, Mann? Ich kann alles, was du auch kannst – außer Gehen vielleicht und ein paar andere Dinge, an die ich noch nicht gedacht habe.«

Max grinste. »War ja nur eine Frage. Also gut, du bleibst hier und paßt auf das Heroin auf. Lora, du kümmerst dich um Thunfisch.«

»Aber ich kann dir doch auch tragen helfen.«

»Du bleibst hier bei Thunfisch«, erklärte er sehr bestimmend.

Lora wollte eben protestieren, als ihr Thunfisch zuvorkam.

»Ich brauche hier keinen Babysitter, Boß. Und du hast Hilfe dringend nötig.«

Darauf sahen die beiden Max so entschlossen an, daß er schließlich klein beigab.

»Na schön, wenn ihr unbedingt meint. Aber es geht da ziemlich steil rauf, Lora. Und ich mache dich jetzt schon darauf aufmerksam, daß du nicht mit meiner Hilfe rechnen kannst, wenn es mal etwas schwierig wird, weil ich nämlich selbst beide Hände voll zu tun haben werde.«

Lora reckte entschlossen ihr Kinn. »Das schaffe ich schon.«

»Dann also an die Arbeit. Thunfisch, leg mir deinen Arm um die Schulter. Und du, Lora, nimmst ihn auf der anderen Seite.«

15

Es war fast dunkel, bis Max das Heroin aus dem Laderaum zu der Höhle hinaufgeschafft hatte, die er hoch oben in den Bergen entdeckt hatte. Notgedrungen hatte er die mühsame Schlepperei ganz allein übernehmen müssen. Lora war lediglich mit der Pistole in ihrer Hand neben ihm hergegangen, um ihn gegen einen unerwarteten Überfall von seiten Minellis und DiAngelos zu schützen.

Die Höhle lag mehrere hundert Meter über der Absturzstelle, und man hatte von dort fast das ganze Tal im Blick. Die abgestürzte Maschine selbst war jedoch wegen der üppigen Vegetation nicht zu sehen. Sie mußten den beschwerlichen Aufstieg mehrere Male hinter sich bringen, bevor sie das gesamte Heroin in der Höhle verstaut hatten. Als Max ein letztes Mal ins Tal zurückkehrte, um Thunfisch zu holen, blieb Lora allein zurück, um am Eingang der Höhle Wache zu halten. Max hatte ihr eingeschärft, die Höhle auf keinen Fall zu betreten. Er hatte eine Überraschung für sie und Thunfisch. Lora kannte ihn inzwischen allerdings gut genug, um sich nicht allzuviel von derlei Überraschungen zu erwarten.

Trotzdem atmete sie erleichtert auf, als schließlich Max mit Thunfisch auf dem Rücken die letzten Meter zur Höhle heraufgekeucht kam. Doch als sie den beiden zu Hilfe kommen wollte, herrschte er sie an: »Um Himmels willen, Lora, willst du uns etwa erschießen?«

Erst jetzt wurde Lora bewußt, daß sie noch immer die Pistole in der Hand hielt und damit auch noch direkt auf Max' Bauch zielte.

»Entschuldigung«, murmelte sie kleinlaut und ließ es widerstandslos geschehen, als Max ihr die Pistole aus der Hand nahm und in seinen Hosenbund steckte. Geknickt trottete sie dann hinter ihm her, während er Thunfisch die letzten paar Meter zur Höhle hochschleppte. Sie fühlte sich so hilflos in dieser Wildnis, nutzloser noch als Thunfisch mit seinem gebrochenen Bein.

Niedergeschlagen folgte sie Max ins Innere der Höhle. Es dauerte eine Weile, bis sie sich an die Dunkelheit gewöhnt hatte. Doch dann bekam sie große Augen.

Sie befanden sich in einem riesigen, hallenartigen Raum, von dessen mindestens zehn Meter hoher Decke mächtige Stalaktiten hingen. Nicht weit vom Eingang der Höhle hatte Max bereits ein Feuer gemacht und an verschiedenen Stellen Fackeln in die zerklüftete Höhlenwand gesteckt. Der Effekt war gespenstisch, so als ob sie plötzlich in die graue Vorzeit zurückversetzt worden wären. Erst jetzt fielen Lora die Zeichnungen auf. Finster dreinblickende indianische Krieger im üppigen Federschmuck starrten ihr von den Wänden der Höhle entgegen.

»Sind die echt?« fragte sie ungläubig.

Max, der inzwischen Thunfisch zu Boden gelassen hatte, blieb neben ihr stehen. »Das sind Original-Mayahöhlenmalereien«, nickte er. »Vermutlich schon über tausend Jahre alt.«

»Kaum zu glauben«, hauchte Lora ehrfürchtig und machte einen Schritt nach vorn, um sich die Zeichnungen genauer anzusehen. Ein lautes Knirschen unter ihren Sohlen ließ sie abrupt zu Boden blicken. Der Boden der Höhle war übersät mit unzähligen Keramikscherben. Vermutlich stammten sie von denselben Mayas, die auch diese herrlichen Wandmalereien geschaffen hatten. Neugierig schaute sie sich darauf in der Höhle um, ob es hier noch mehr solcher Kunstschätze zu entdecken gab. Aber es gab weiter nichts zu sehen. Absolut gar nichts.

»Wo hast du das Heroin versteckt?« fragte sie erstaunt. Schließlich hatte sie mit eigenen Augen gesehen, wie Max Kiste um Kiste in die Höhle geschleppt hatte.

Aber er schüttelte nur den Kopf. »Kannst du dich denn nicht mehr an unsere Abmachung erinnern?«

Lora war zwar klar, daß es besser war, wenn sie das Versteck nicht wußte, aber sie war trotzdem brennend neugierig.

»Ich gehe noch mal zum Flugzeug runter – ein paar Dekken und verschiedene andere nützliche Dinge holen. Ich bin gleich wieder zurück.«

Damit drückte ihr Max die Pistole wieder in die Hand und war wenige Augenblicke später verschwunden. Stirnrunzelnd sah ihm Lora hinterher. Er war ihr gegenüber plötzlich so reserviert. Angefangen hatte das Ganze, als sie ihn davor zurückgehalten hatte, auf DiAngelo zu schießen. War er deshalb böse auf sie? Sie wollte nicht, daß Max auf sie böse war. Schließlich war er alles, worauf sie sich in dieser gottverlassenen Wildnis stützen konnte. Die Erkenntnis, wie sehr sie von ihm abhängig war, gefiel ihr ganz und gar nicht. Trotzdem ließ sich nach wie vor nicht verleugnen, daß eine extrem starke Anziehung von ihm ausging. Dabei war sie doch eigentlich viel zu solide und vernünftig, um sich auf so einen Mann einzulassen. Warum machte es ihr also trotzdem etwas aus, ob er böse auf sie war oder nicht?

»Sie mögen ihn sehr, stimmt's?« riß sie Thunfisch aus ihren Gedanken. Seine Stimme war ernster als sonst.

»Wen?« fragte sie, obwohl sie genau wußte, wer gemeint war. Thunfisch sah sie an, als wollte er sagen: Was soll das Theater? Deshalb fügte sie rasch hinzu: »Manchmal.«

»Er ist ein prima Kerl. Einen besseren Mann werden Sie kaum finden.«

»Kennen Sie ihn schon lange?« Eigentlich wollte sie gar nicht soviel über ihn wissen. Es hätte ihr gerade noch gefehlt, wenn diese enorme körperliche Anziehung, die er auf sie ausübte, noch stärker geworden wäre. Nicht auszudenken, wenn er sich als ein Mann entpuppt hätte, der es tatsächlich wert war, daß sie sich näher auf ihn eingelassen hätte.

»Wir kennen uns schon von klein auf«, gab ihr Thunfisch bereitwillig Auskunft. »Wir sind beide in Houston aufgewachsen. Als ich von der Schule ging, verloren wir uns eine Weile aus den Augen. Aber dann haben wir uns in Vietnam wiedergetroffen. Er war dort fast drei Jahre lang mein Vorgesetzter. Er kam zwar gleich als Leutnant rüber, war aber noch ganz schön grün hinter den Ohren. Sozusagen gleich vom College an die Front. Wenn ich ihm nicht ein paarmal die Stange gehalten hätte, hätten ihm ein paar Kerle vermutlich ganz schön das Fell über die Ohren gezogen. Aber zum Glück hat er schnell gelernt, worum es ging, so daß man schon nach kurzem schwerlich einen besseren Offizier hätte finden können. Daß die meisten von uns lebend wieder nach Hause gekommen sind, haben wir nur ihm zu verdanken.«

Ohne sich dessen bewußt zu werden, war Lora ein Stück näher gerutscht. »Er – Sie haben beide in Vietnam gekämpft? Bei der Army?«

Thunfisch nickte. »Zum Schluß sind wir beim Geheimdienst gelandet. Unsere Spezialität waren Aufklärungspatrouillen hinter den feindlichen Linien. Das hört sich gefährlicher an, als es tatsächlich war. Zumindest, wenn man was von seinem Job verstand. Charley durfte nur nicht merken, daß wir da rumschlichen und rauszukriegen versuchten, was sie vorhatten. Und wie hätten sie uns schließlich auch abknallen sollen, wenn sie doch gar nicht wußten, daß wir da waren? So einfach ist das Ganze. Nur hat es nicht immer hingehauen.«

»Wurden Sie verwundet?« Obgleich sie eigentlich hätte Wache halten sollen, hatte sie sich inzwischen an seiner Seite niedergelassen und sah ihn neugierig an.

Als Thunfisch sie angrinste, leuchteten seine Augen und seine blitzend weißen Zähne hell durch das Dunkel. »Im Grunde genommen wurde jeder, der in Vietnam war, verwundet. Fragen Sie mich lieber nicht, wo es mich erwischt hat, weil ich es Ihnen nicht sagen werde. Max bekam einen Granatsplitter ins Knie ab. Daher das Hinken. Er kann wirklich von Glück reden, daß sie ihm das Bein nicht abnehmen mußten.«

Nach längerem Schweigen sagte Lora: »Wissen Sie, was es mit Mei Veng auf sich hat?«

Das Grinsen in Thunfischs Gesicht erlosch schlagartig. »Was wissen Sie über Mei Veng?« stieß er argwöhnisch hervor.

»Max hat es mal erwähnt, als es ums Töten ging.«

»Aha.« Trotz seiner dunklen Hautfarbe wirkte Thunfisch plötzlich seltsam blaß. Lora wartete, daß er weitersprach, aber er starrte nur wortlos in das Dunkel der Höhle.

»Thunfisch?« sagte sie deshalb nach einer Weile leise, worauf er sie ansah, als wäre er sehr weit fortgewesen. »Erzählen Sie mir mehr darüber. Bitte.«

Thunfisch sah sie eine Weile wortlos an, bevor er mit Nachdruck den Kopf schüttelte. »Wirklich erstaunlich, daß Ihnen Max überhaupt soviel erzählt hat. Soweit ich mich erinnern kann, hat er bisher noch keinem Menschen auch nur ein Sterbenswörtchen davon gesagt. Nicht einmal wir beide haben seitdem noch mal über diese Geschichte gesprochen. Ist ja auch nichts, worüber man gern sprechen würde.«

»Thunfisch, bitte. Ich will wissen, was es damit auf sich hat. Ich *muß* es wissen.«

»Mei Veng war ein kleines Dorf in Vietnam«, begann er schließlich. »Hauptsächlich alte Männer und Frauen und kleine Kinder. Wir haben das Dorf nach Vietkong durchsucht, weil die Dorfbewohner angeblich mit ihnen zusammenarbeiteten. Da kommt plötzlich so ein kleiner Pimpf, der noch in den Windeln steckte, auf einen unserer Leute zugewackelt. Eigentlich sollten wir ja alles abknallen, was sich bewegt, aber wer schießt schon auf ein kleines Kind?

Leider hatte der Kleine eine Granate in seiner Windel stekken. Er ist zusammen mit dreien unserer Leute in die Luft geflogen – bei dieser Gelegenheit hat es übrigens Max am Knie erwischt. Und dann war plötzlich der Teufel los.«

Er hielt inne. Ganz deutlich konnte Lora die Anspannung spüren, die von ihm Besitz ergriffen hatte.

»Und weiter?« fragte sie, ohne zu wissen, ob sie wirklich noch mehr hören wollte.

»Wir haben sie alle umgebracht«, fuhr Thunfisch darauf ganz sachlich fort und starrte dabei wie gebannt in das Dunkel hinaus. »Jeden Dorfbewohner, ob alt oder jung, gesund oder krank. Wir habe sie alle umgebracht.«

»O mein Gott!« stieß Lora entsetzt hervor. Grauenhafte Bilder stiegen vor ihr auf. Bilder, die sie lieber nicht sehen wollte. Bilder von Blut und Tod und sterbenden Kindern...

»O mein Gott!« hauchte sie noch einmal. Sie hatte mehr über Max wissen wollen, doch so hatte sie sich das eigentlich nicht vorgestellt. Sie wandte sich wieder Thunfisch zu. Er sah aus, als würde er in wachem Zustand von schrecklichen Alpträumen heimgesucht. Unwillkürlich packte sie das schlechte Gewissen. Sie war schuld daran, daß diese schrecklichen Erinnerungen wieder in ihm wachgerufen worden waren. In einer spontanen Geste legte sie ihm tröstend den Arm um die Schulter.

Er tätschelte ihren Arm und sagte leise: »Schon gut.«

Darauf zog Lora ihren Arm zurück. Sie waren lange schweigend nebeneinander gesessen, als sie plötzlich fragte: »Ist er verheiratet, Thunfisch?«

Thunfischs Gesicht nahm wieder seinen gewohnten gutgelaunten Ausdruck an. »Ich weiß nicht, ob ich Ihnen darauf antworten soll, Lora. Das sollten Sie lieber den Boß selbst fragen.«

»Bitte, sagen Sie es mir. Ich muß es wissen.«

»Nein, er ist nicht verheiratet. Er war es zwar mal, aber das ist schon lange her. Er hat sich vor ein paar Jahren scheiden lassen. Seine Erfahrungen in Vietnam haben ihm eine Weile ziemlich zu schaffen gemacht. Und das wurde ihr vermutlich irgendwann einfach zuviel. Jedenfalls hat es zwischen den beiden nicht mehr geklappt, und eines Tages hat sie ihn dann verlassen.«

»Und sie hatten keine Kinder?«

»Nein. Keine Kinder.«

Lora spürte, wie ihr ein Stein vom Herzen fiel. Wie hätte sie wohl reagiert, wenn er zu Hause in den Staaten eine Frau und ein halbes Dutzend Kinder gehabt hätte? Hätte sie den heldenhaften Versuch unternommen, diese ungeheure sexuelle Anziehung, die er gegen alle Vernunft auf sie ausübte, einfach zu verdrängen?

»Und wie sind Sie beide eigentlich, zu diesem, äh, Job gekommen?« Ihre Stimme klang plötzlich wesentlich weniger gepreßt. Auch Thunfisch ließ sich entspannt gegen die Höhlenwand zurücksinken und holte Zigaretten und Feuerzeug aus der Brusttasche seines Hemdes.

»Das sind zwei ziemlich lange Geschichten«, begann er schmunzelnd. »Nach Vietnam und nachdem er sich von dem Schock wieder einigermaßen erholt hatte, fing Max für die Regierung zu arbeiten an. Als verdeckter Drogenfahnder. Eines Tages brauchte er für die Lösung eines bestimmten Falls einen Experten. Und das war zufällig ich. Was mich betrifft, habe ich nach Vietnam die Familientradition fortgesetzt. Mein Großvater war Einbrecher, mein Vater war Einbrecher und ich habe auch nicht schlecht davon gelebt, bis mich Max davon überzeugen konnte, daß sich das Verbrechen nicht lohnt. Ich habe also angefangen, für ihn zu arbeiten. An meiner Tätigkeit an sich hat sich dabei allerdings nichts geändert. Ich bin weiter eingebrochen, aber eben völlig legal. Und dann wurde eines Tages ein junger Bursche, den wir schon eine ganze Weile beobachtet hatten, weil er uns auf die Spur von ein paar ganz dicken Fischen bringen sollte, mit einem ganzen Kofferraum voll Gras in Mexiko geschnappt. Er war erst siebzehn, und vermutlich machen Sie sich keine Vorstellung, was es bedeutet, in Mexiko ins Gefängnis zu wandern. Max machte sich jedenfalls große Vorwürfe wegen dieser Geschichte. Wir hätten den Jungen einen Monat früher ohne weiteres in den Staaten schnappen können, und dort wäre er relativ ungeschoren davongekommen, weil er ja noch minderjährig war. Wie dem auch sei, Max fühlte sich irgendwie verantwortlich für den Jungen, und deshalb haben wir ihn einfach kurzerhand wieder rausgeholt. Das hat sich ziemlich schnell rumgesprochen, worauf alle möglichen Leute an Max herantraten, damit er – für sehr viel Geld übrigens – ihre Kinder aus dem Gefängnis holte. Tja, und so sind wir dann zu diesem Job gekommen.« Thunfisch warf einen Blick auf sein gebrochenes Bein. »Vielleicht hätte ich lieber doch Einbrecher bleiben sollen. Da hatte ich wenigstens immer was Anständiges zu essen.«

»Daß du auch immer was zu jammern hast.«

Das war Max' Stimme. Er kam in die Höhle und stellte ein Bündel mit Sachen aus dem Flugzeug auf den Boden. Lora hatte Thunfisch so aufmerksam zugehört, daß sie sein Kommen gar nicht bemerkt hatte. »Ich habe ein paar gute Nachrichten. Ortega hat tatsächlich einen Peilsender an der Maschine anbringen lassen. Ich habe ihn im rechten Triebwerk gefunden. Es dürfte also nicht mehr allzu lange dauern, bis seine Leute hier ankommen. Außerdem habe ich was zu essen mitgebracht. Nicht weit von der Höhle stehen ein paar Bananenpflanzen.«

»Ausgerechnet Bananen!« stöhnte Thunfisch.

»Vielleicht magst du ja lieber einen saftigen Affenbraten«, meinte Max grienend. »Soll übrigens ganz hervorragend schmecken.«

»Du machst wohl Witze.« Lora fürchtete allerdings, daß das keineswegs der Fall war.

»Von wegen«, sagte Max auch prompt. »Wenn wir länger hierbleiben müssen, werden wir vermutlich nicht darum herumkommen, ein paar Affen zu verspeisen. Wenn er nichts als Bananen zu essen bekommt, geht Thunfisch ein wie eine Primel.« Bei diesen Worten griff Max in das Bündel zu seinen Füßen und warf Thunfisch eine Banane zu. Auch Lora bekam eine ab, aber sie erwischte sie nicht und ließ sie auf den Boden kullern.

»Da wirst du dir schon was anderes einfallen lassen müssen – als Affen, meine ich.« Lora sah ihn finster an. »Dazu haben sie einfach zu menschenähnliche Züge.« Sie hatte inzwischen die Banane aufgehoben. Sie war klein und noch ziemlich grün, schmeckte aber ganz vorzüglich. Erst jetzt wurde ihr bewußt, wie hungrig sie war. Auch Thunfisch hatte seine Banane erstaunlich schnell verdrückt. Nachdem Max noch einmal eine Ration ausgeteilt hatte, half ihm Lora, die Sachen auszupacken, die er vom Flugzeug hochgeschleppt hatte.

Im flackernden Schein der Fackel konnte sie sehen, daß das Bündel drei Decken, zwei Kissen, eine Flasche Whisky, eine Stange Zigaretten, den Verbandskasten und eine Taschenlampe enthielt.

Max, der eine Weile nachdenklich geschwiegen hatte, sagte plötzlich: »Wir brauchen noch mehr Brennholz«, und war bereits verschwunden, bevor Lora oder Thunfisch noch etwas erwidern konnten. Wenig später kam er mit einem Arm voll dürrer Zweige und Äste zurück und schichtete sie neben dem Höhleneingang auf.

»Wie sieht es mit Streichhölzern aus?« fragte er und hielt ein fast aufgebrauchtes Heftchen hoch. Wortlos förderte Thunfisch darauf sein Feuerzeug zutage.

»Gut. Hier ist Wasser.« Er stellte eine Whiskeyflasche mit einer klaren Flüssigkeit neben den Brennholzstapel.

»Sieht ganz so aus, als hätten wir bis auf weiteres ausgesorgt«, bemerkte Thunfisch beiläufig.

»Noch nicht ganz«, erwiderte Max und ging noch einmal nach draußen, um Zweige für ihre Schlafstellen zu sammeln. Nachdem er etwa eine halbe Stunde später für jeden ein Lager gebaut hatte, setzte er sich zu Lora und Thunfisch ans Feuer.

»Ich werde mich jetzt mal schlafen legen«, sagte er nach einer Weile. »Weck mich bitte in zwei Stunden, Lora. Ich übernehme dann die erste Nachtwache. Thunfisch, du bist nach mir dran.«

»Und was ist mit mir?« fragte Lora, der erst jetzt klargeworden war, daß die ganze Nacht über einer von ihnen Wache würde halten müssen, damit Minelli und DiAngelo sie nicht im Schlaf überfielen.

»Ich hab' dir doch gesagt, für die nächsten zwei Stunden bist du dran. Wenn du irgend etwas Verdächtiges hörst oder siehst, weckst du mich. Und fang bloß nicht an, in der Gegend rumzuballern. Demnach zu schließen, was ich bisher gesehen habe, schießt du sogar noch schlechter, als du fährst.«

»Halt bloß dein freches Mundwerk.« Sie bedachte ihn mit einem verletzten Blick.

Über Thunfischs Züge legte sich ein gequältes Grinsen. Die Schmerzen machten ihm inzwischen sichtlich zu schaffen.

»Du solltest dich jetzt besser auch schlafen legen«, wandte sich Max an ihn. »Das heißt, falls du überhaupt schlafen kannst.«

»Ich werde mir jedenfalls Mühe geben«, brummte Thunfisch. »Haben Sie noch was von dem Aspirin übrig, Lora?« Sie ging die Packung aus dem Verbandskasten holen. Thunfisch schnitt ein angewidertes Gesicht, als sie zwei Tabletten in seine Handfläche schüttelte. Bevor er sie jedoch hinunterschlucken konnte, warf ihm Max einen Beutel Heroin in den Schoß.

»Ein besseres Schmerzmittel gibt es auf der ganzen Welt nicht«, sagte er dazu nüchtern. »Nimm einfach ein bißchen davon, wenn es zu schlimm wird.«

»Danke. Aber erst mal will ich's mit Aspirin versuchen.« Er schluckte die zwei Tabletten hinunter und klemmte den Beutel zwischen zwei Felsen. Dann faßte ihn Max unter den Armen und schleppte ihn zu einem der provisorischen Lager, die er aus Zweigen und Blättern gebaut hatte. Nachdem er ihn in eine Decke gepackt und sein gebrochenes Bein so bequem wie möglich gelagert hatte, wandte er sich Lora zu und reichte ihr seine Pistole. »Da«, sagte er und deutete auf den Eingang der Höhle. »Und wie gesagt, wenn du irgend etwas Verdächtiges siehst, dann schrei einfach, so laut du kannst. Ich bin dann sofort bei dir. Ist das klar?«

»Zu Befehl«, erwiderte Lora und salutierte. Er konnte sie ja gern ein bißchen herumkommandieren, solange er nur nicht ganz selbstverständlich davon ausging, daß sie auch jedesmal unwidersprochen gehorchte. In diesem Fall war sie zwar durchaus bereit, seiner Aufforderung nachzukommen, aber er sollte auf keinen Fall den Eindruck gewinnen, er könnte ihr nach Lust und Laune seine Befehle erteilen.

Seiner finsteren Miene nach zu schließen, fand er ihre spöttische Erwiderung nicht sehr witzig, aber alles, was er sagte, war: »Und vergiß nicht, mich in zwei Stunden zu wecken.«

»Geht in Ordnung, Sir.«

Das trug ihr nur einen weiteren finsteren Blick ein, bevor er es sich auf seinem Lager bequem machte. Die drei Notbetten waren jeweils nur einen halben Meter voneinander entfernt. Das von Max war dem Eingang am nächsten und nicht weit von der Stelle entfernt, wo Lora neben dem kleinen Feuer saß und Wache hielt. Das mittlere Bett war leer, woraus Lora schloß, daß es für sie gedacht war. Thunfisch, der auf der anderen Seite lag, hatte zwar die Augen geschlossen, aber es hätte Lora sehr gewundert, wenn er geschlafen hätte. Aus der Richtung von Max' Lager ertönte schon bald ein leises Schnarchen. Wie es schien, hatte dieser Kerl die seltene Gabe, an jedem beliebigen Ort und zu jedem beliebigen Zeitpunkt schlafen zu können.

Lora hätte nichts lieber getan, als zu ihm unter die Decke zu kriechen und sich ganz eng an ihn zu schmiegen. Unter wohligem Schaudern mußte sie daran denken, wie sich seine Hände auf ihrer Haut, seine Lippen auf ihrem Mund angefühlt hatten. Was wäre es wohl für ein Gefühl gewesen, richtig mit ihm zu schlafen – sie beide vollkommen nackt, so daß sie sich ganz nach Lust und Laune berühren konnten? Allein dieser Gedanke ließ sie am ganzen Körper erschauern. Sie wäre sicher im siebenten Himmel gewesen – einem Himmel freilich, der sehr schnell zur Hölle werden konnte. Schließlich kannte sie sich gut genug, um zu wissen, daß für sie eine Beziehung, deren Basis nichts weiter als purer Sex war, nicht in Frage kam. Sie brauchte das Gefühl, daß einem Mann auch als Mensch etwas an ihr lag und nicht nur an ihrem Körper. Allerdings konnte sie sich des Eindrucks nicht erwehren, daß Max' Interesse an ihr ausschließlich hormonell bedingt war, zumal ja im Augenblick auch kein anderes Objekt der Begierde für ihn in Frage kam.

Lora ließ sich noch einmal durch den Kopf gehen, was Thunfisch ihr über seinen Freund erzählt hatte. Verschiedenes deutete darauf hin, daß unter Max' harter Schale durchaus ein weicher Kern steckte. Wie es schien, war er keineswegs nur der harte Macho, den er nach außen hin gern hervorkehrte, sondern im Grunde seines Wesens ein durchaus sensibler und einfühlsamer Mann. Und bei genauerer Überlegung mußte sie sich auch eingestehen, daß er sich trotz der vielen Möglichkeiten, die sich ihm geboten hätten, ihre Unterlegenheit nie zunutzegemacht hatte, um sich an ihr zu vergreifen. Die meisten anderen Männer hätten sie unter diesen Umständen sicher längst vergewaltigt. Dagegen hatte ihr Max trotz der unleugbaren Anziehung, die sie auf ihn ausübte, nicht einmal andeutungsweise irgendwelche Avancen gemacht. Und wenn sie ganz ehrlich war, mußte sie sogar zugeben, daß an dem Abend, an dem sie gemeinsam in Ortegas Bett geschlafen hatte, sie diejenige gewesen war, die die Initiative ergriffen hatte. Und nicht einmal da hatte er sich genommen, was vermutlich jeder andere Mann für sein gutes Recht gehalten hätte. Zugegebenermaßen hatte sie sich sogar insgeheim gewünscht, er hätte es getan. Zumindest hätte sie sich dann einreden können, er hätte sie gegen ihren Willen genommen. Das war wesentlich unverfänglicher, als sich einzugestehen, wie sehr sie ihn begehrte...

Irgend etwas war plötzlich anders. Lora hätte zwar nicht sagen können, was es war, aber es lag etwas in der Luft. Hatte sie vielleicht unbewußt ein verdächtiges Geräusch gehört? Oder... Unwillkürlich schloß sich ihre Hand fest um den Griff der Pistole, als sie sich zu Max herumdrehte, um ihn zu wecken. Er hatte ihr noch immer den Rücken zugekehrt. Sollte sie ihn wirklich nur wegen irgendeiner verrückten Flause um seinen kostbaren Schlaf bringen? Sie wollte gerade die Hand nach ihm ausstrekken, als sie merkte, daß er zu schnarchen aufgehört hatte. Das einzige Geräusch, das noch zu hören war, war Thunfischs unruhiger Atem. Sie warf einen kurzen Blick zu ihm hinüber. Zum Glück schien er endlich eingeschlafen zu sein.

Plötzlich begannen Max' Arme und Beine heftig zu zukken. Und als er sich nach einer Weile auf den Rücken wälzte, konnte Lora sehen, wie seine Kiefer heftig zu mahlen begannen. Er setzte sich kerzengerade auf, schlug die Augen auf und starrte wie von Sinnen in das Dunkel hinaus.

»Nein!« stieß er heiser hervor. »O Gott, nein!«

Sein verzweifelter Aufschrei griff ihr direkt ans Herz. Er zitterte am ganzen Körper. Offensichtlich hatte er einen Alptraum. Ohne lange zu überlegen, verließ sie ihren Platz am Eingang der Höhle und kniete neben ihm nieder.

»Max!« Sie faßte ihn an den Schultern und versuchte ihn wachzurütteln. »Max, wach auf!« Als er ihr sein Gesicht zuwandte, dachte sie erleichtert, er wäre wach. Aber er starrte sie noch immer aus leeren Augen an.

»Max!« versuchte sie es noch einmal. Im selben Augenblick schlossen sich auch schon seine Arme um sie, und er drückte sie so verzweifelt an sich, als wäre sie der einzige Halt, den er in seiner abgrundtiefen Angst finden konnte. Obwohl er sie so fest an sich preßte, daß sie fast keine Luft mehr bekam, störte sie das überhaupt nicht. Sie wollte jetzt nur eines: zu diesem tiefsitzenden seelischen Leid vordringen, das ihn veranlaßt hatte, sie wie ein Ertrinkender festzuhalten. Sie schlang ihm die Arme um den Nacken, drückte ihn ganz fest an sich und strich ihm mit den Fingern zärtlich durch das zerzauste schwarze Haar, während er am ganzen Körper von heftigem Schluchzen geschüttelt wurde.

»Max, Liebster«, flüsterte sie in sein Ohr. »Hab keine Angst. Ich bin doch bei dir.«

Er drückte sie noch immer so fest an sich, daß sie kaum mehr Luft bekam. Über seine Schulter hinweg konnte sie sehen, daß Thunfisch aufgewacht war. Er wollte etwas sagen, aber Lora konnte gerade noch rechtzeitig den Finger an die Lippen halten, um ihn zum Schweigen zu bringen. Je länger sie diesen scheinbar so hartgesottenen und unnahbaren Mann wie ein verängstigtes Kind in ihren Armen hielt, desto mehr erfüllte sie ein Gefühl nie gekannter Zuneigung zu ihm. Er brauchte sie...

»Hab keine Angst, ich bin ja bei dir«, redete sie weiter tröstend auf ihn ein. Aber plötzlich spürte sie, wie er sich am ganzen Körper verkrampfte. Er setzte sich abrupt auf und sah ihr zum erstenmal wieder direkt in die Augen. Endlich war er aus diesem schrecklichen Alptraum aufgewacht! Doch als sie ihn voller Mitgefühl und Zuneigung anlächeln wollte, starrte er sie aus seinen dunklen Augen so finster an, daß ihr das Lächeln buchstäblich auf den Lippen gefror.

»Was, zum Teufel, machst du da eigentlich?« fuhr er sie an.

»Du hattest einen Alptraum«, brachte sie zu ihrer Rechtfertigung vor.

»Na und?« Unwirsch löste er ihre Arme von seinem Hals und stieß sie heftig von sich. »Was geht das dich an?« Damit schob er sie unsanft beiseite, sprang auf und starrte sie haßerfüllt an.

»Max...«, stieß sie gequält hervor.

Aber seine Miene verdüsterte sich nur noch mehr. »Leg dich schlafen. Ich werde jetzt Wache halten.« Damit griff er nach der Pistole und entfernte sich zum Höhleneingang.

Als Thunfisch darauf einen leisen Pfiff ausstieß, wandte sich Lora in ihrer Verzweiflung ihm zu und fragte ihn niedergeschlagen: »Was habe ich denn jetzt wieder falsch gemacht?«

Thunfisch schüttelte nur den Kopf. »Sie haben nichts weiter getan, als ihn zu trösten versucht, Lora. Daran wäre an sich nicht das geringste auszusetzen. Aber hin und wieder gibt es im Leben eines Mannes Zeiten, in denen er nicht getröstet werden will – vor allem nicht von einer Frau. Und schon gar nicht von einer Frau, die ihm soviel bedeutet, wie Sie Max bedeuten.«

16

Er saß in der Klemme. Max hatte sich am Rand des kleinen Teichs niedergelassen, den er gerade entdeckt hatte, und ließ einen flachen Stein über die ruhige Wasseroberfläche springen. Es war früher Nachmittag, und er war gerade auf der Suche nach etwas Eßbarem gewesen, als er zufällig hier vorbeigekommen war und die Gelegenheit genutzt hatte, eine kurze Rast einzulegen und etwas Wasser zu trinken. Das tiefe, unergründliche Blau des Teichs erinnerte ihn unwillkürlich an Loras Augen. Du wirst doch nicht plötzlich romantisch werden, ging er streng mit sich selbst zu Gericht. Das war doch sonst nicht seine Art. Trotzdem konnte er selbst beim besten Willen nicht verstehen, was eigentlich mit ihm los war. An ihrem Aussehen konnte es jedenfalls nicht liegen. Als er zum erstenmal zu ihr in den Wagen gestiegen war, hatte er sie nur mäßig attraktiv gefunden. Die meisten Frauen, die bisher einen etwas nachhaltigeren Eindruck bei ihm hinterlassen hatten, hatten nicht nur blendend ausgesehen, sondern hatten auch eine enorme erotische Ausstrahlung gehabt. Und gerade das war so ziemlich das letzte, was man von Lora hätte behaupten können. Zugegebenermaßen, sie hatte eine tolle Figur, und er hätte sie ganz gern mal nackt gespürt. Aber was Loras sonstige Qualitäten betraf, blieben sie weit hinter denen ihres Körpers zurück. Sie war ungefähr so aufregend wie eine drei Tage alte Semmel. Und er war nun mal jemand, der etwas schärfere Kost gewöhnt war.

Aber vielleicht machte gerade das ihren ganz besonderen Reiz aus. Vielleicht machten sich bei ihm auch schon die ersten Alterserscheinungen bemerkbar – immerhin ging er mittlerweile unaufhaltsam auf die Vierzig zu. Vielleicht würde er in Zukunft doch etwas leiser treten müssen, und dafür wäre diese spießige graue Maus von einer Volksschullehrerin vermutlich genau das Richtige gewesen. Unwillkürlich dachte Max an die letzte Frau, die in seinem Leben eine gewisse Rolle gespielt hatte, und mußte grinsen. Conchita mochte zwar alles mögliche gewesen sein, aber mit Sicherheit keine Dame – eine wilde mexikanische Schönheit mit einer üppigen schwarzen Mähne und Augen so schwarz wie die seinen. Und einem Körper – ja, einem Körper, wie er ihn mochte: sinnlich, üppig, wild. Was allerdings den Körper betraf, mußte er sich eingestehen, hätte sich Lora durchaus mit Conchita messen können.

Ärgerlich riß er sich von seinen Gedanken los. Was saß er hier eigentlich herum und zerbrach sich den Kopf über eine Frau, die ihn ganz offensichtlich für eine Mischung aus Al Capone und Richard Speck hielt? Ohne Frage, sie war heiß auf ihn, und es wäre sicher ein leichtes gewesen, sie ins Bett zu kriegen. Max grinste. Das heißt, wenn er gewollt hätte. Aber was machte er sich vor? Er konnte es doch kaum erwarten, sie ins Bett zu zerren. Am liebsten wäre er auf der Stelle über sie hergefallen. Alles in ihm schrie danach, sich über diese Frau herzumachen, die bei jedem unbedachten Wort, das ihm über die Lippen kam, halb in Ohnmacht fiel.

Letzteres hatte er sich zum Teil natürlich selbst zuzuschreiben, mußte er sich eingestehen. Immerhin hatte er sie entführt und dabei auch ganz gewaltig eingeschüchtert. Aber was hätte er unter diesen Umständen auch anderes tun sollen? Immerhin war es für ihn ums nackte Überleben gegangen. Hätte er die Möglichkeit gehabt, das Ganze noch mal von vorne zu veranstalten, hätte er sich bestimmt genauso verhalten.

Nein, nicht ganz. Er hätte mit ihr geschlafen. Gelegenheit dazu hätte er ja wirklich oft genug gehabt. Trotzdem hatte er alles getan, um es nur ja nicht soweit kommen zu lassen. Zum Beispiel, als er sie, um ihr die klatschnassen Kleider ausziehen zu können, ans Bett gefesselt hatte. Er mußte an ihren sinnlichen Körper denken, wie sie wehrlos unter ihm ausgestreckt auf der bunten Decke gelegen und ihn halb entsetzt, halb fasziniert angestarrt hatte. Ganz gleich, was sie ihm nachher alles an den Kopf geworfen hätte, es wäre keine Vergewaltigung gewesen. Es wäre nur eine Frage von Sekunden gewesen, sie herumzukriegen. Und trotzdem hatte ihn irgend etwas zurückgehalten. Doch was? Ein letzter Rest Anständigkeit vielleicht? Unsinn! Wie lange lag es nun schon zurück, daß er sich mal anständig verhalten hatte?

Oder warum hatte er es ihr nicht an jenem Morgen bei Ortega ordentlich besorgt? Das war die entscheidende Frage, die ihn schon die ganze Zeit nachhaltig beschäftigte. Sie war an diesem Morgen mindestens genauso scharf auf ihn gewesen wie Conchita zu ihren besten Zeiten. Als er aufgewacht war, hatte sie sich in ihrer hautengen Jeans (auch so eine bescheuerte Vorsichtsmaßnahme, damit er sie nur ja nicht vergewaltigte) so wild an ihm gerieben, daß ihm schier Hören und Sehen vergangen waren. Wie wundervoll zart sich ihre Haut angefühlt hatte! Wie griffig ihre vollen Brüste in seinen Handflächen gelegen hatten und wie forsch sich ihre steifen Brustwarzen zwischen seinen Fingern durchgedrängt hatten! Nur zu gut konnte er sich noch erinnern, wie sie sich mit weit zurückgeworfenem Kopf und leise stöhnend lustvoll unter seinen Berührungen gewunden hatte. Ganz deutlich konnte er sie plötzlich wieder vor sich sehen, sie fühlen, schmecken, riechen. Schon allein die Erinnerung daran erregte ihn mehr als ihm lieb war. Und doch hatte er sich danach durch den Abscheu in ihren Augen davon abhalten lassen, sein Recht zu fordern, und das, obwohl er genau wußte, daß er ihre Lust in kürzester Zeit von neuem hätte entfachen können. Es hatte ihn alle Beherrschung gekostet, und doch hatte er sie in Frieden gelassen. Vermutlich war er es einfach nicht gewohnt, daß eine Frau ihn ansah wie einen räudigen Hund.

Sie war erregt gewesen und hatte ihn dazu benutzt, sich zu befriedigen. Das war eine Tatsache, an der es nichts zu rütteln gab. Ihm war das in dem Moment klar geworden, in dem ihre Erregung sich langsam wieder zu legen begann und ihre volle Abscheu gegen ihn wieder zu Bewußtsein kam. Davon war ihm endgültig die Lust vergangen. Er hatte sich verschaukeln lassen wie der letzte Idiot. Wäre er noch einmal in eine solche Situation gekommen, hätte er es ihr besorgt, daß ihr Hören und Sehen vergangen wäre – auch wenn sie ihn noch so strafend angestarrt hätte. Aber das war nun mal der Haken an der Sache. Man bekam im Leben nie die Chance eines zweiten Versuchs. Alles, was man tat, hatte den Charakter des Endgültigen.

Ihm war selbstverständlich klar, daß er sie immer noch haben konnte. Und zwar jederzeit. Er hätte sie nur auf die Stirn zu küssen brauchen, und sie wäre dahingeschmolzen wie Schnee in der Frühlingssonne. Sie war mindestens genauso scharf auf ihn wie er auf sie, wenn nicht sogar noch mehr. Was zum Teufel hielt ihn also zurück?

Insgeheim wußte Max die Antwort auf diese Frage natürlich ganz genau. Es war schon eine Ewigkeit her, daß er eine Frau wie Lora kennengelernt hatte – nett, anständig und unverdorben. Und es lag schon verdammt lange zurück, daß er sich von Marybeth, seiner geschiedenen Frau, getrennt hatte. Die wundervolle Marybeth, die er unmittelbar nach seiner Rückkehr aus Vietnam geheiratet hatte und die ihm binnen kürzester Zeit mindestens genauso schlimm zugesetzt hatte wie dereinst der Vietkong. Sie hatte zuviel von ihm erwartet, hatte zu hohe Ansprüche an ihn gestellt. Er war einfach nicht in der Lage gewesen, ihr der zuverlässige und solide Ehemann zu sein, den sie sich erträumt hatte – mit einem festen Job, einem Häuschen mit Garten, zwei Kindern und was eben sonst noch zu einem glücklichen Familienleben gehörte. Sie hatte sich nach einem Mann gesehnt, bei dem sie Halt hätte finden können. Dabei hatte er in seiner damaligen Verfassung mehr Halt gebraucht als irgend jemand sonst. Das Allerletzte, was Marybeth haben wollte, war ein Mann, der mitten in der Nacht schweißüberströmt und laut schreiend aus einem entsetzlichen Alptraum hochschrak, schon beim geringsten Anlaß in Tränen ausbrach und sich nicht mal in dem schlechtbezahltesten Handlangerjob länger als ein paar Wochen halten konnte. Er hatte gewußt, daß er als Ehemann ein Versager war und daß Marybeth todunglücklich war. Aber es hatte ihm nicht einmal viel ausgemacht. Warum hatte sie ihn auch heiraten müssen? Sie war schließlich alt genug gewesen, um zu wissen, daß er nicht der Traummann war, auf den sie ihr ganzes Leben lang gewartet hatte. Alle Frauen wünschten sich einen Mann, zu dem sie bewundernd aufschauen konnten und der sie schützend in seine starken Arme schloß, wenn sie Geborgenheit suchten. Aber damit konnte er schon lange nicht mehr dienen. Und genau das war der Grund, weshalb er bei Lora von Anfang an auf der Hut gewesen war. Gewiß, er begehrte sie, wie er schon lange keine Frau mehr begehrt hatte. Aber das würde nicht allzu lange anhalten. Nach einer Weile würde der starke sexuelle Reiz, der von ihr ausging, sicher nachlassen. Während sie natürlich... Er kannte diese Sorte Frauen nur zu gut. Sie würde auf keinen Fall mit ihm schlafen, solange sie nicht das Gefühl hatte, in ihn verliebt zu sein, und deshalb würde sie sich irgendwann genau das einzureden versuchen. Und dann würde sie ihre Beziehung auf eine solide Basis stellen wollen – heiraten, Kinder, ein Haus mit Garten, eine feste Stellung für ihn. Nein, das hätte ihm gerade noch gefehlt! Diesen verhängnisvollen Fehler würde er nicht noch einmal machen.

Aber es gab noch einen anderen Grund für seine Zurückhaltung, den er sich allerdings nur sehr ungern eingestand. Seltsamerweise fühlte er sich, was Lora betraf, sehr verletzlich. Und er haßte es, verletzlich zu sein. Er wollte von nichts und niemandem abhängig sein. Wenn er im Leben etwas gelernt hatte, dann folgendes: Zuallererst galt es, immer schön unabhängig zu bleiben. Aber mit Lora fühlte er sich plötzlich nicht mehr so unabhängig wie sonst. Was für ein gutes Gefühl war es zum Beispiel gewesen, als er gestern abend wieder einmal einen seiner schrecklichen Alpträume gehabt hatte und sie ihn tröstend in die Arme genommen hatte. Er hatte sich nicht einmal entblödet, in Tränen auszubrechen. Allein bei dem Gedanken daran stieg ihm die Galle hoch. Noch schlimmer als die Scham darüber war jedoch die Einsicht, daß er es sehr genossen hatte, von ihr in den Armen gehalten und getröstet zu werden. Sie hatte eine Seite seines Wesens wieder zum Vorschein gebracht, die er schon längst tief verschüttet geglaubt hatte. Nein, er war nicht auf Lora angewiesen und wollte auf keinen Fall von ihr abhängig werden. Alles, was er von ihr wollte, war ein bißchen Sex. Auf keinen Fall wollte er ihren mütterlichen Trost und ihr Mitleid – oder gar ihre Liebe, falls sie sich tatsächlich in so etwas hineinsteigern sollte.

Der bloße Gedanke daran ließ Max schnaubend aufstehen und den Rückweg zur Höhle antreten. Doch schon nach wenigen Schritten blieb er stehen. Er hatte ein schwaches, kaum wahrnehmbares Geräusch hinter sich gehört. Ohne sich etwas anmerken zu lassen, daß er gewarnt war, setzte er seinen Weg fort.

Von Zeit zu Zeit wurden immer wieder solche verräterischen Geräusche vernehmbar – das kurze Knacken eines Zweigs, das leise Rascheln von Laub. Aber er hatte es hier nicht mit einem Raubtier zu tun, das sich an seine Beute heranschlich. Dazu waren seine Bewegungen zu unbeholfen und plump. Demnach kamen dafür praktisch nur Minelli oder DiAngelo in Frage – oder beide.

»Maxwell.«

Zu seiner Überraschung trat DiAngelo vor ihm hinter

einem Baum hervor. Damit hatte er nicht gerechnet. Sie waren tatsächlich gerissener, als er gedacht hatte. DiAngelo hatte die Pistole, mit der er aus dem Flugzeug entwischt war, in der Hand. Ihr Lauf war genau auf sein Herz gerichtet.

»Was wollen Sie?« fragte Max ganz ruhig. Deutlich hörbare Schritte verrieten ihm, daß Minelli von hinten näher kam. Er gab sich inzwischen keine Mühe mehr, seine Anwesenheit zu verbergen.

»Raten Sie mal.« Über DiAngelos schmales Gesicht legte sich ein fieses Grinsen.

Inzwischen hatte ihn Minelli von hinten erreicht. Er streckte die Hand aus, um ihm die Pistole aus dem Hosenbund zu ziehen.

Jetzt oder nie, dachte Max. Aber er durfte sich keinen Fehler erlauben. Ob ihm wohl sein Knie wieder einen Streich spielen würde? Das letzte Mal, als er diesen Trick versucht hatte, war er noch bei der Drogenfahndung gewesen. Und damals hätte ihm sein Knie fast einen Strich durch die Rechnung gemacht. Zum Glück hatte er es jedoch nur mit einem Gegner zu tun gehabt. Aber diesmal waren sie zu zweit, und einer hatte eine Pistole auf ihn gerichtet.

Er packte blitzschnell Minellis Arm, zog ihn daran vor seinen Körper und hieb ihm mit der Handkante gegen den Hals. Ohne einen Laut sackte Minelli zusammen. Aus DiAngelos Pistole löste sich ein Schuß, aber die Kugel verfehlte ihn und pfiff ganz knapp über seinen Rücken hinweg, da er sich bereits mit eingezogenem Kopf gegen DiAngelos Unterleib geworfen hatte, so daß dieser mit einem lauten Aufschrei nach hinten fiel und schmerzverkrümmt am Boden liegen blieb.

Max war sofort wieder aufgesprungen – übrigens keine Sekunde zu früh, da Minelli bereits wieder zu sich kam. Er nahm rasch die Pistole an sich und postierte sich so, daß er die beiden damit in Schach halten konnte.

»Du mieses Schwein!« Das kam von Minelli, der sich seinen Hals rieb.

»Immer mit der Ruhe.« Max machte eine kurze Bewegung mit der Pistole, worauf sich Minelli mit finsterem Gesicht gegen einen Baum setzte.

»Sind Sie verrückt geworden«, japste DiAngelo, der sich noch immer laut stöhnend den Unterleib hielt. »Sie hätten mich um ein Haar kastriert.«

»Na, und wenn schon«, entgegnete Max gleichgültig.

»Was wollen Sie jetzt mit uns machen?« Minelli sah ihn argwöhnisch an. Ohne darauf etwas zu erwidern, starrte Max nur nachdenklich vor sich hin.

»Sie können uns doch nicht einfach abknallen!«

Genau das sollte ich aber tun, dachte Max. Solange die beiden noch am Leben waren, würden sie ihm nichts als Schwierigkeiten machen. Die Sache hatte nur einen Haken. In gewisser Weise war er nämlich noch immer für das Wohlergehen der beiden verantwortlich. Er war dafür bezahlt worden, sie aus dem Gefängnis zu befreien und wohlbehalten in Puerto Cortés abzuliefern. Natürlich ging es inzwischen auch noch um andere Dinge, aber er war trotzdem nicht bereit, sich seinen guten Ruf zu verderben. Bisher hatte er noch immer geliefert, wofür er bezahlt worden war.

Unwillkürlich schloß sich seine Hand fester um den Griff der Pistole. Minelli sah ihn aus weit aufgerissenen Augen an, DiAngelo ließ vor Schreck sogar seinen Unterleib los. Angewidert schaute Max von einem zum anderen. Besser, er hätte diese beiden Aasgeier im Gefängnis versauern lassen.

»Also schön, ich werde euch noch mal am Leben lassen. Aber ich warne euch. Noch mal so ein fauler Trick, und ihr könnt euch beide einsargen lassen. Euren Freunden bräuchte ich nur zu sagen, ihr wärt beim Absturz ums Leben gekommen.« Das war in der Tat ein verlockender Gedanke. Er hätte ihre Leichen nur irgendwo im Dschungel zu verscharren brauchen, und kein Mensch hätte je erfahren, wie sie tatsächlich ums Leben gekommen waren. Außer Lora und Thunfisch. Was Lora betraf, hätte sie ihn dann endgültig für ein Ungeheuer in Menschengestalt gehalten, das geradewegs der Hölle entstiegen war.

Bei diesem Gedanken verfinsterte sich seine Miene noch mehr. Drohend hob er die Pistole und herrschte seine beiden Gefangenen an: »Los, aufstehen. Und dann nehmt ihr schön brav die Hände hinter den Rücken.«

Sie hatten es so eilig zu gehorchen, daß es fast zum Lachen gewesen wäre, wenn dic Lage nicht so ernst gewesen wäre. Er nahm seinen Gürtel ab und forderte DiAngelo auf, Minelli damit die Hände zu fesseln. Dann band er mit dem anderen Ende des Gürtels DiAngelo die Hände zusammen. Auf diese Weise waren die beiden bis auf weiteres außer Gefecht gesetzt.

»So, und jetzt los. Nach rechts.« Wortlos gehorchten die beiden Männer.

Sie traten den beschwerlichen Aufstieg zur Höhle an. Schon bald waren die Gesichter der beiden vom Marsch durch das dichte Unterholz von unzähligen blutenden Kratzern übersät. Zu allem Überfluß lockte das Blut auch noch unzählige Fliegen und Moskitos an, denen sie auf Grund ihrer gefesselten Hände wehrlos ausgeliefert waren. Trotzdem zeigte Max keine Spur von Mitleid. Sie konnten von Glück reden, daß er sie nicht auf der Stelle erschossen hatte.

17

Durch das Hinzukommen von Minelli und DiAngelo wurde die ohnehin schon reichlich nervöse Atmosphäre in der Höhle noch angespannter. Da Thunfisch nicht einmal ohne fremde Hilfe stehen konnte, blieb es allein Max überlassen, für Wasser und Nahrung zu sorgen und die beiden Gefangenen zu bewachen. Lora half zwar, so gut sie konnte, aber sie hätte sich ebensowenig allein in den Dschungel hinauswagen können, wie Max ihr die Bewachung von DiAngelo und Minelli hätte anvertrauen können. Thunfisch hätte das schon eher übernehmen können, aber er war die meiste Zeit vor Schmerzen halb besinnungslos.

Auch für Lora wurde die Lage immer unerträglicher. Zu den äußerst beengten und unbequemen Lebensumständen und ihrer ständigen Angst vor Schlangen und sonstigen wilden Tieren kam auch noch die zunehmende Ungewißheit, wer als erstes zu ihrer ›Rettung‹ eintreffen würde.

Auch Max war ihr in dieser Situation keine große Stütze. Er verhielt sich ihr gegenüber betont distanziert, sprach nur mit ihr, wenn unbedingt nötig, und auch dann in sehr sachlich-reserviertem Ton. Sie konnte sich sein eigenartiges Verhalten beim besten Willen nicht erklären, auch wenn es sie im Lauf der Zeit noch mehr zu quälen begann als ihre momentan höchst unerquicklichen Lebensumstände. Er konnte doch unmöglich noch immer böse auf sie sein, bloß weil sie zufällig Zeuge geworden war, wie er einen Alptraum hatte...

Offensichtlich ließ er sie nur sehr ungern allein mit Thunfisch, Minelli und DiAngelo in der Höhle zurück, aber da sie nun mal dringend Wasser und etwas zu essen brauchten, war das nicht zu vermeiden. Obwohl in den Phasen von Max' Abwesenheit Thunfisch die beiden Ganoven mit der Pistole in Schach hielt, fiel Lora jedesmal ein Stein vom Herzen, wenn Max wieder im Eingang der Höhle auftauchte. Die beiden hatten zwar seit ihrer Gefangennahme keine Dummheiten mehr gemacht, aber das änderte nichts an der Tatsache, daß ihnen alles zuzutrauen gewesen wäre. Das um so mehr, als sie sicher nichts unversucht lassen würden, das Heroin und die hunderttausend Dollar in ihren Besitz zu bringen.

Doch das war nicht der einzige Grund, warum die beiden Lora nervös machten. Vor allem Minelli starrte sie ständig an, als wollte er sie mit seinen Blicken ausziehen. Deshalb wagte sie sich auch kaum zu waschen, obwohl sie dazu zu einer Stelle ging, von der man sie von der Höhle aus nicht sehen konnte. Jedenfalls fühlte sie sich nach drei Tagen so schmutzig wie nie zuvor in ihrem Leben. Sie hatte das Gefühl, aus der Haut zu fahren, wenn nicht bald etwas geschah. Es gab nichts, wonach sie sich inzwischen mehr sehnte, als sich endlich wieder einmal gründlich waschen zu können. Sie wußte zwar, daß es in der Nähe der Höhle einen kleinen Teich gab, aber unter keinen Umständen hätte sie sich allein in den Dschungel gewagt.

An sich bestand kein Grund, weshalb Max sie nicht auf eine seiner Expeditionen hätte mitnehmen sollen. Deshalb nahm sie sich fest vor, ihn bei der nächsten Gelegenheit darauf anzusprechen. Ganz abgesehen davon, daß sie dringend ein Bad nötig hatte, wollte sie auch endlich einmal wieder etwas frische Luft schnappen. Das Dunkel und die bedrückende Enge der Höhle wurden ihr von Stunde zu Stunde unerträglicher. Wenn sie nicht bald hier rauskam, wurde sie noch verrückt. Und wenn Max sich weigern würde? Sie würde schon dafür sorgen, daß er das nicht tat.

Tatsächlich hatte er nichts gegen ihren Vorschlag einzuwenden. Als er am späten Nachmittag aufbrach, um zum

Abendessen ein paar Fische zu fangen, erklärte er sich ohne langes Hin und Her bereit, sie mitzunehmen.

Nachdem sie die Höhle verlassen hatten, wandten sie sich erst nach rechts und folgten einem kleinen Bach. Nach einer Weile ergoß sich der munter plätschernde Wasserlauf über einen Felsabbruch in einen drei Meter tiefer liegenden Teich, dessen Ränder mit herrlich blühenden Seerosen bewachsen waren. Bei diesem Anblick wurden Lora zum erstenmal die Augen für die atemberaubende Schönheit ihrer Umgebung geöffnet, die sie bisher vor lauter Angst vor den drohenden Gefahren nicht wahrgenommen hatte. Eingerahmt von üppigem, blütendurchranktem Grün ergoß sich eine tausendfach glitzernde Wasserkaskade in den idyllischen Teich am Fuß des Wasserfalls. Durch die hohen Bäume ringsum flatterten zwitschernde bunte Vögel. Aufgeregt schnatternde Affen schwangen sich von Ast zu Ast. Genauso hatte sich Lora den Dschungel in ihren Kindheitsträumen immer vorgestellt.

Bis auf das gelegentliche Krächzen eines Papageis oder das laute Kreischen eines Affen war das stete Rauschen des Wasserfalls das einzige Geräusch. Sie war so in den Anblick dieser Idylle versunken, daß sie hochschrak, als Max sie ansprach.

»Wenn du ein Bad nehmen willst, solltest du dich besser beeilen. Es wird nämlich schon bald dunkel, und bei Einbruch der Dämmerung werden die Tiere aus dem Dschungel zum Trinken hierherkommen.«

Dieser Gedanke jagte Lora unwillkürlich einen kalten Schauder den Rücken hinunter. Und hatte sie da nicht eben etwas silbern Geschupptes im Wasser des Teichs aufblitzen sehen?

»Kann ich hier wirklich unbedenklich baden?« wollte sie mit besorgtem Blick wissen.

»Aber natürlich«, versicherte ihr Max mit einem schalkhaften Aufleuchten in seinen Augen. »Solange du dich nicht zu weit von mir entfernst, hast du nichts zu befürchten. Aber nimm dich vor den Piranhas in acht.«

»Was?« Sie sah ihn aus großen Augen an, als wollte sie ihn bitten, ihr zu sagen, daß er nur Spaß gemacht hatte. Aber er verzog keine Miene.

»Keine Sorge, die fressen dich schon nicht auf – zumindest nicht, wenn du dich nicht zu weit in die Mitte wagst. Was ist? Willst du nun baden oder nicht? Wir haben nicht den ganzen Tag Zeit.«

Er hatte sich inzwischen auf einem Felsen am Ufer niedergelassen und seine Angelschnur hervorgeholt, die aus nichts anderem bestand als aus einem langen Nylonfaden, an dessen Ende eine aufgebogene Sicherheitsnadel aus dem Verbandskasten befestigt war. Wie der Speisezettel der letzten beiden Tage recht eindrucksvoll unter Beweis gestellt hatte, erfüllte diese provisorische Angel trotz aller Primitivität durchaus ihren Zweck.

Lora sah ihn an. »Das war doch nicht ernst gemeint?«

»Was?«

»Na, das mit den Piranhas.«

»Doch.«

»Aber wie soll ich da drinnen baden, wenn es im Wasser von Piranhas wimmelt?«

»Das kannst du ohne weiteres. Du hast absolut nichts von ihnen zu befürchten – zumindest nicht, solange du nicht blutest. Und das ist doch nicht der Fall, oder?«

Es dauerte eine Weile, bis Lora der zweideutige Charakter dieser Frage bewußt wurde. Um so heftiger errötete sie jedoch, als sie wütend hervorstieß: »Nein!«

»Na also.« Für ihn schien die Sache damit erledigt.

Lora starrte ihn noch eine Weile finster an, bevor sie mit ängstlichen Blicken die Wasseroberfläche abzusuchen begann. Sicher hätte Max sie hier nicht baden lassen, wenn das Wasser tatsächlich von menschenfressenden Ungeheuern gewimmelt hätte. Nein, er wollte sie nur ein bißchen ärgern...

Trotzdem zögerte Lora noch einen Moment, bevor sie schließlich tief Luft holte und vorsichtig zum Ufer des Teichs hinunterkletterte. Als sie jedoch noch einmal einen unsicheren Blick zu Max zurückwarf, nahm er keinerlei Notiz von ihr, sondern starrte nur wie gebannt auf die Stelle, wo die Angelschnur im Wasser verschwand.

Schließlich faßte sie sich ein Herz und stieg in voller Kleidung ins Wasser. Da sie beim Absturz nur die Jeans, das T-Shirt und die Unterwäsche trug und die Sachen mindestens genauso schmutzig waren wie sie selbst, sah sie keinen Grund, sie zum Baden auszuziehen. Am besten, sie weichte sie gründlich ein und ließ sie dann am Körper trocknen. Auf diese Weise würden sie gleich mitgewaschen werden, und außerdem brauchte sie sich keine Sorgen zu machen, daß Max sie nackt sehen könnte.

»Max?« Sie stand inzwischen bis zur Hüfte in dem angenehm kühlen und prickelnden Wasser, das sich sogar durch ihre Kleider ganz herrlich anfühlte. Da war nur ein Problem. Um wirklich sauber zu werden, brauchte sie etwas Seife.

»Was ist?«

»Was kann ich als Seife benutzen?«

»Mein Gott, du stellst dich aber auch wirklich umständlich an. Nimm eine Handvoll Schlamm.«

Lora starrte ihn ungläubig an. Die Strahlen der Abendsonne, die schräg durch die dichten Kronen der Bäume fielen, zauberten einen unwirklichen Glanz über sein dunkles Haar. Ungewaschen und ungekämmt, wirkte er dennoch unbeschreiblich anziehend und attraktiv – ein Effekt, zu dem noch seine seit dem Absturz um einige Schattierungen dunklere Haut beitrug. Selbst die vier Tage alten Bartstoppeln standen ihm ganz hervorragend. Sie verstärkten sogar noch seine faszinierend männliche Ausstrahlung.

Da er nicht weiter auf ihre Frage einging, nahm sie schließlich an, daß er es tatsächlich ernst gemeint hatte.

Sie nahm eine Handvoll Schlamm, starrte einen Moment mißtrauisch darauf und begann sich dann Gesicht und Arme damit einzureiben. Zu ihrer Überraschung fühlte sie sich tatsächlich wesentlich sauberer, nachdem sie den Schlamm wieder abgespült hatte. Dadurch ermutigt, nahm sie eine andere Handvoll und rieb sich damit Gesicht und Haare ein. Wer hatte schließlich nicht schon von der erstaunlichen Wirkung von Schlammpackungen gehört, hielt sie sich dabei vor Augen.

»Hey!« entfuhr es Max plötzlich. Vor Schreck verlor Lora auf dem schlüpfrigen Untergrund das Gleichgewicht und fiel heftig spritzend ins Wasser. Es dauerte eine Weile, bis sie hüpfend und spuckend wieder Halt fand und sich aufrichtete. Triefende Haarsträhnen hingen ihr ins Gesicht, und bleischwer klebte die Jeans an ihren Beinen.

»Was ist denn?« Lora strich sich das nasse Haar aus dem Gesicht und sah sich besorgt nach Max um.

Er war inzwischen aufgestanden und starrte sie finster an. »So was Blödes! Nur deinetwegen ist er mir wieder entwischt.«

»Wer?«

»Der größte Fisch, den ich je an der Leine hatte. Und dann hast du wie eine Verrückte losgekreischt und bist mit einem Mordsgetöse ins Wasser geplumpst.«

»Du hast doch wohl als erster geschrien – und mich so erschreckt, daß ich um ein Haar ertrunken wäre. Außerdem hast du kein Recht, mich so anzubrüllen, du, du –«

»Ich brülle dich an, wie und wann es mir paßt.« Und das tat er auch jetzt gerade. Seine Hände waren zu Fäusten geballt, und sein Schnurrbart zitterte vor Wut, was allerdings in keinerlei Verhältnis zum Anlaß ihrer Auseinandersetzung stand.

Auch Lora wurde plötzlich fuchsteufelswild. Sie hatte es satt, sich von ihm ständig wie den letzten Dreck behandeln zu lassen.

»Na schön«, brüllte sie zurück. »Was du kannst, kann ich schon lange. Für wen hältst du dich eigentlich? Schon seit Tagen, seit du diesen blöden Alptraum hattest, läufst du mit einem Gesicht herum, als ob du in eine Zitrone gebissen hättest. Wenn ich gewußt hätte, daß du deswegen so tief beleidigt bist, hätte ich dich lieber allein heulen lassen.«

Darauf trat erst einmal spannungsgeladenes Schweigen ein.

»Du mieses, kleines –« Er biß sich zwar gerade noch rechtzeitig auf die Zunge, aber seine Blicke sprachen Bände. Er spreizte die Finger, als wollte er ihr jeden Augenblick an die Gurgel fahren. Seine mächtigen Oberarmmuskeln begannen sich bedrohlich zu spannen. Er stand kurz vor der Explosion.

Lora war zwar klar, daß der Hinweis auf seinen Alptraum ein Schlag unter die Gürtellinie gewesen war, aber das war ihr egal. Es wurde langsam Zeit, daß dieser aufgeblasene Macho in seine Schranken verwiesen wurde.

»Heulsuse«, stichelte sie unbarmherzig. Sie war fest entschlossen, ihn auf die Palme zu bringen, und instinktiv wußte sie auch, wie ihr das am besten gelingen würde.

Sie sollte recht haben. Er sah aus, als würde er jeden Augenblick in die Luft gehen. »Halt den Mund, Lora!« stieß er schließlich zwischen zusammengebissenen Zähnen hervor.

Lora ließ sich durch diese Drohung jedoch keineswegs einschüchtern, sondern sah ihn nur um so herausfordernder an. »Heulsuse, Heulsuse«, begann sie zu singen. »Heul dich doch an Mamis Rockzipfel aus.«

Im selben Augenblick sprang er auch schon mit einem mächtigen Satz kopfüber ins Wasser, um ganz dicht vor ihr wieder aufzutauchen.

Mit einer heftigen Handbewegung strich er sich das nasse Haar aus der Stirn und starrte sie so haßerfüllt an, daß Lora angstvoll einen Schritt zurückwich. Dabei glitt sie jedoch wieder auf dem schlüpfrigen Untergrund aus und fiel erneut ins Wasser. Im selben Augenblick hatte er sie aber an den Schultern gepackt und an die Oberfläche gezogen. Doch ein Blick in sein Gesicht ließ sie wünschen, lieber wieder unter Wasser zu sein.

»Sag das noch einmal«, stieß er mit zitternden Lippen hervor. Seine schwarzen Augen blitzten dabei so bedrohlich, daß sich Lora an den Moment ihrer ersten Begegnung erinnert fühlte, als sie gedacht hatte, er würde sie jeden Augenblick umbringen. Er sah genauso furchteinflößend aus wie damals. Nur, stellte sie zu ihrem Erstaunen fest, hatte sie diesmal keine Angst vor ihm.

»Jetzt traust du dich wohl nicht mehr, was?« schnaubte er verächtlich.

Diesen verächtlichen Ton hätte er sich lieber sparen sollen. Lora straffte die Schultern, sah ihm mitten ins Gesicht und sagte noch einmal in provozierend unschuldigem Ton: »Heulsuse!«

Er sah sie an, als traute er seinen Ohren nicht. Tief gruben sich seine Finger in die zarte Haut ihrer Oberarme.

»Halt endlich dein blödes Maul!«

»Heulsuse!«

»Ich warne dich, sei still!«

»Heulsuse!«

»Ahhhhh!« Das hörte sich an wie das Fauchen eines Tigers, und wie ein Tiger schien er bereit, sich jeden Moment auf sie zu stürzen. Außer sich vor Wut riß er seinen Arm hoch, und ein Blick in sein wutverzerrtes Gesicht genügte Lora, um zu wissen, daß er gleich zuschlagen würde. Die Vernunft drängte sie, Ruhe zu geben, aber irgend etwas stachelte sie weiter an.

»Heulsuse!« zischte sie noch einmal und sah ihm dabei herausfordernd in die Augen.

Sie konnte sehen, wie die Adern an seinem Hals hervortraten. Seine schwarzen Augen sprühten vor Wut. Aber er schlug nicht zu. Statt dessen packte er sie am Hinterkopf an ihrem nassen Haar und riß sie heftig an sich.

Sein Mund ergriff mit solcher Heftigkeit von dem ihren Besitz, daß eine ihrer Lippen aufplatzte. Und als sich seine Zunge unerbittlich zwischen ihren Zähnen hindurchzwängte, breitete sich zugleich auch der Geschmack ihres eigenen Blutes in ihrem Mund aus. Wie benommen, ließ sie sich gegen ihn sinken. Er drückte sie so fest an sich, daß ihr fast die Luft wegblieb. Und doch setzte sie sich nicht zur Wehr. Sie spürte nicht einmal den Wunsch dazu. Nur ganz vage wurde ihr noch bewußt, daß das der Grund war, weshalb sie ihn bis aufs Blut gereizt hatte. Genau das war es, was sie gewollt hatte...

»O Max!« stöhnte sie in seinen Mund, um gleich darauf mit einer Leidenschaftlichkeit auf seine Zunge zu reagieren, die er selbst in seiner Wut nicht mißverstehen konnte.

»Lora...« Ihr Name war kaum mehr als ein heiseres Stöhnen, als er sie noch wilder küßte als zuvor. Sie wand sich in seinen Armen – nicht, um sich von ihm zu befreien, sondern um ihre Arme freizubekommen. Wie eine Ertrinkende schlang sie sie ihm schließlich um den Nacken. Sie stöhnte fast auf vor Schmerz, als er sich plötzlich von ihr löste und ihr schwer atmend in die Augen sah. Zärtlich strich Lora ihm mit einer Hand über sein nasses Haar.

»Küß mich, Max«, flüsterte sie, und ihre Lippen suchten begierig die seinen. Vor Sehnsucht nach ihr begann er am ganzen Körper zu zittern. Doch zugleich konnte sie auch noch seine Abwehr spüren. Sollte sie etwa auch noch selbst die Initiative ergreifen? Wo war plötzlich der große Frauenheld?

»Bitte!« Was war nur in sie gefahren? Sie, Lora Harding, ein sogenanntes anständiges Mädchen, die so etwas noch nie getan hatte, bettelte diesen Mann darum, sie zu küssen – und nicht nur, sie zu küssen...

»O Gott!« stöhnte er, als wäre er eben den Flammen der Hölle übergeben worden. Und doch senkte sich sein Mund wieder auf den ihren herab.

Es war ein Kuß von so verzehrender Leidenschaft, daß Lora die Augen schloß und jeden Widerstand fallen ließ.

Seine Hand glitt höher und legte sich um ihre Brust. Die wilde Glut, die sich durch den dünnen Stoff ihres nassen T-Shirts brannte, ließ sie am ganzen Körper erzittern. Ihre Brustwarze drängte sich steif gegen seine Handfläche, und als er sie mit seinen Fingern fand, stockte ihr für einen Moment der Atem. Selbst durch ihre Kleider konnte sie ihn so intensiv spüren, daß jede seiner Berührungen fast schmerzhaft auf ihrer Haut brannte. Hätte sie nicht die Arme um seinen Nacken geschlungen, wäre sie vermutlich haltlos zu Boden gesunken. Seine Hände lösten sich von ihrer Taille, um ihre Brüste zu streicheln. Gierig verschlang sein Mund schier den ihren, während sich seine Hände unter den nassen Stoff ihres T-Shirts schoben, um nach ihrer nackten Haut zu tasten.

Für Lora war es, als hätte sie jeden Halt verloren, als stürzte sie ins Bodenlose. Ihre Knie wurden so weich, daß ihr die Beine den Dienst versagten. Kraftlos lösten sich ihre Arme von seinem Nacken, so daß sie langsam, aber unaufhaltsam ins Wasser sank. Ihr Körper wurde wie von heftigen Stromstößen durchzuckt, die ihr fast die Besinnung raubten.

Dann spürte sie seine Arme plötzlich wieder um sich. Er hob sie hoch und trug sie aus dem Wasser. Als sie zum erstenmal nach langem wieder die Augen aufschlug, brannte in seinen Augen noch immer dieses wilde Feuer. Sie fühlte sich wie benommen, unfähig, sich diesem seligen Taumel, der von ihr Besitz ergriffen hatte, zu entziehen. Ein paar Schritte, und Max hatte das Ufer erreicht. Fest schlang ihm Lora die Arme wieder um den Nacken, als er sie vorsichtig über die glatten Felsen trug, um sie schließlich auf eine Stelle mit üppig wuchernden Orchideen zu betten. Die herrlichen Blüten umgaben sie mit ihrem betörenden Duft. Die Szenerie war von einer unwirklichen Schönheit – unter ihr die duftenden Orchideen und über ihr das üppige grüne Blätterdach des Dschungels, durch das golden flirrendes Sonnenlicht fiel.

Am meisten hingerissen war sie jedoch von ihm. Von Max. Ihr Herz schlug zum Zerspringen, als er neben ihr niederkniete. Auch er schien keine Augen zu haben für die Schönheit, die sie umgab. Er schien alles vergessen zu haben außer ihr und der Leidenschaft, die wie elektrische Funken zwischen ihnen übersprang. Selbst jetzt noch, als er für einen Moment seinen Blick auf ihr ruhen ließ, wirkte sein markantes Gesicht mit den gemeißelten Zügen und dem buschigen Schnurrbart seltsam wild und bedrohlich. Ihr Blick glitt über seine breiten Schultern, die sich überdeutlich unter dem nassen Stoff seines T-Shirts abzeichneten, über die dunkle Brustbehaarung, die bis knapp unter seiner Halskuhle hochwucherte, über die sich wölbenden Muskeln unter der tiefbraunen Haut seiner Oberarme. Das Drängen und Ziehen, das von ihrem Unterleib Besitz ergriffen hatte, als seine Lippen sich auf die ihren herabgesenkt hatten, griff nun auf ihren ganzen Körper über, so daß sie von Kopf bis Fuß zu erbeben begann. Ein weiterer Blick auf seine starken Arme verriet ihr, daß auch er am ganzen Körper zitterte, als er sich neben ihr ausstreckte.

Im selben Augenblick wurde ihr klar, daß er genauso verletzlich war wie sie.

»Du zitterst ja.« Aus ihrer Stimme sprach dabei sowohl Staunen als auch heftige Erregung.

Über seine Lippen legte sich der Anflug eines Lächelns, als er sich so weit über sie beugte, daß seine Brust fast die ihre berührte.

»Ich will dich«, knurrte er heiser vor Erregung.

»Ich weiß.«

»Und?«

Lora sah ihm tief in die Augen und machte sich noch einmal bewußt, was sie nun im Begriff war zu tun. Sie, die ihr ganzes Leben nicht mal einen Strafzettel wegen Falschparkens bekommen hatte, stand kurz davor, sich einem

Mann hinzugeben, der in alle möglichen dunklen Geschäfte verwickelt war und polizeilich gesucht wurde.

»Worauf wartest du noch?« murmelte sie mit einem atemlosen kleinen Lachen. Als darauf plötzlich ein strahlendes Lächeln sein Gesicht erhellte, vermittelte es mit einem Mal trotz aller Wildheit etwas unbeschreiblich Liebevolles. Im selben Augenblick ergriff sein Mund wieder von dem ihrem Besitz.

18

Diesmal küßte er sie trotz aller Leidenschaftlichkeit fast zurückhaltend. Es war, als hätte er sich plötzlich wieder fest im Griff und hätte sich eine Grenze gesetzt. Dennoch entfachte sein Kuß wieder dieses lodernde Feuer in ihr.

Als er sich schließlich von ihr löste, konnte sie sich nur mit Mühe davon abhalten, ihn gewaltsam zu sich herabzuziehen. Nur um sich nicht wie eine Ertrinkende an ihn zu klammern, nahm sie die Hände von seinem Nacken und ließ sie in die blauen Orchideenblüten an ihrer Seite sinken. Wenn er sich beherrschen konnte, dann konnte sie das auch. Sie war schließlich kein Tier.

Oder zumindest versuchte sie sich das einzureden, als er ihr nasses T-Shirt und ihren BH so weit hochschob, daß ihre nackten Brüste darunter zum Vorschein kamen.

»Wie schön du bist«, murmelte er voller Bewunderung.

Seinen Blicken folgend, schaute Lora an sich hinab. Der Kontrast zwischen ihrer zarten Pfirsichhaut und seiner kräftigen, tiefbraunen Hand, die unterhalb ihrer rechten Brust lag, war unbeschreiblich erotisch. Ihre Brüste, bereits voll und prall vor Leidenschaft, obwohl er sie noch gar nicht berührt hatte, schwollen an, und die rosigen Warzen wurden so steif, daß sie fast schmerzten. Nie im Leben hätte sie sich träumen lassen, daß sie je einen Mann so begehren könnte. In dem nassen weißen T-Shirt bot sein athletischer Oberkörper mit der dichten Brustbehaarung einen so verlockenden Anblick, daß sie ihm am liebsten das Hemd vom Leib gerissen hätte. Und wenn ihr Blick über die mächtige Wölbung in seinen Jeans glitt, die sich eng um seine schmalen Hüften schlossen, wurde ihr vor Erregung fast schwarz vor den Augen. Selbst der kühle nasse Stoff der Jeans zwischen ihren Beinen konnte die Glut nicht ersticken, die von dieser Stelle ausstrahlte. Sie wünschte sich nichts sehnlicher, als daß er endlich seine Hand auf diese Stelle legte ... oh, wie sie sich danach sehnte, seine Hand dort zu spüren!

Er war noch immer mit unergründlicher Miene in die Betrachtung ihrer Brüste versunken, als er schließlich langsam die Hand hob, um mit dem Zeigefinger zärtlich über eine Brustwarze zu streichen. Diese winzige Berührung raubte ihr fast den Atem. Lora mußte die Zähne zusammenbeißen, um nicht laut aufzustöhnen. Doch als sein Finger zu ihrer anderen Brustwarze weiterwanderte, konnte sie sich nicht mehr länger beherrschen. Der zutiefst animalische Laut, der ganz tief aus ihrem Innersten zu kommen schien, konnte sie jedoch schon lange nicht mehr schockieren. Sie sehnte sich so sehr danach, daß er sie streichelte, sie küßte, sie liebte! Mit stummem Verlangen drängte sich ihm ihr Körper aus dem Orchideenbett entgegen, während sie die Hände zu Fäusten ballte, um dem Impuls zu widerstreben, ihre Arme wieder um seinen Nacken zu schlingen, sein Gesicht zwischen ihre bebenden Brüste herabzuziehen und seine Hand zu der pochenden Stelle zwischen ihren Beinen zu geleiten.

Seine Hand hatte sich inzwischen um ihre Brust gelegt. Es war ein so unbeschreibliches Gefühl, seine harte, schwielige Handfläche auf ihrer weichen Haut zu spüren, daß alles in ihr danach drängte, sich wild unter seinen Berührungen zu winden. Sie konnte es kaum erwarten, diese Hand überall an ihrem Körper zu spüren. Sie sehnte sich nach nichts anderem mehr, als daß er sie liebte, bis sie ihn anflehen würde, endlich aufzuhören. Sie mußte daran denken, zu welchen Ekstasen der Lust er ihr schon einmal nur mit seinen Fingern verholfen hatte, und sie wünschte sich nichts sehnlicher, als daß er es noch einmal tat.

Aber das tat er nicht. Statt dessen lag er, den Kopf auf einen Arm gestützt, neben ihr und streichelte ganz behutsam ihre Brüste. Wie konnte er nur so ruhig und gelassen sein, wenn sie fast von Sinnen war vor Verlangen nach ihm?

Mein Gott, schoß es ihr fast verzweifelt durch den Kopf. Warum ließ er sich nur soviel Zeit? Seinem keuchenden Atem nach zu schließen, war er doch mindestens genauso erregt wie sie.

»Ich habe dir doch schon mal gesagt: Ich mag es, wenn eine Frau ordentlich in Fahrt ist.« Normalerweise hätte ihr dieser Verweis auf ihr ziemlich abrupt beendetes letztes Tête-à-tête die Schamröte ins Gesicht getrieben. Doch sie sah nur in seine blitzenden schwarzen Augen und legte auch ihre letzten Hemmungen ab.

»Ich bin in Fahrt«, flüsterte sie mit zitternder Stimme. In seinen Augen loderte ein wildes Feuer auf, das er jedoch sofort wieder unter Kontrolle brachte.

»Dann beweise es mir.« Das hätte fast teilnahmslos geklungen, wäre da nicht das leise Fauchen seines Atems gewesen und das kaum merkliche Beben seiner Finger auf ihrer Brust.

»Wie?« hauchte sie atemlos. Und als sich ihr Blick mit dem seinen traf, spürte sie, wie die Glut zwischen ihren Beinen noch mehr geschürt wurde. Seine Augen leuchteten vor Verlangen.

»Wie wär's, wenn du dich vor allem mal ausziehen würdest?« Sie hätte sich durch seinen gelassenen Tonfall sicher täuschen lassen, wenn sie nicht seine Augen gesehen hätte.

»Also gut.« Bereit, alles zu tun, was er von ihr verlangte, setzte sie sich auf. Ihre Finger bekamen den Saum ihres T-Shirts zu fassen.

»Aber doch nicht so.«

Sie sah ihn fragend an.

»Steh auf.«

Lora stand auf. Ihre Knie wurden so weich, daß sie um ein Haar wieder zu Boden gesunken wäre. Die Tatsache, daß er sie mit lüsternen Blicken ansah, machte ihr die Sache auch nicht gerade leichter. Aber irgendwie schaffte sie es trotzdem, sich das nasse T-Shirt über den Kopf zu ziehen und den Verschluß des BHs aufzubekommen. Etwas verschämt machte sie sich am Reißverschluß ihrer Jeans zu schaffen. Zum Schluß hatte sie nur noch ihren winzigen weißen Slip an. Obwohl sie keinerlei Hemmungen mehr hatte, auch ihn auszuziehen, hielt sie doch ein letzter Rest Schamgefühl davor zurück. Oder war es irgendein neu erwachter erotischer Instinkt, der sie veranlaßte, ihn durch einen kleinen Striptease noch mehr auf die Folter zu spannen?

»Dieser Slip steht dir verdammt gut.«

Sie sah ihn an, während er vor ihr auf dem Boden saß und sie mit seinen Blicken verschlang. Seine vor Erregung heisere Stimme ging ihr durch Mark und Bein, so daß ihre Hände heftig zu zittern begannen, als sie die Daumen in den Gummizug des Slips hakte.

»Laß ihn an und komm her«, forderte er sie auf. In seinen Augen loderte ein verzehrendes Feuer.

Schluckend machte Lora einen Schritt auf ihn zu. Bevor sie sich neben ihm niederlassen konnte, hatte er schon seine Arme um sie geschlungen, um sie ganz fest an sich zu drücken. Sein Gesicht vergrub sich in dem behaarten Dreieck zwischen ihren Beinen, seine Hände schlossen sich um die runden Kugeln ihres Gesäßes, seine Finger tasteten sich forschend durch den hauchdünnen Nylonstoff.

Lora hielt den Atem an, als sie seinen Mund zwischen ihren Beinen spürte. Seine Lippen öffneten sich, und im selben Augenblick konnte sie auch schon seine Zunge durch den feuchten Stoff ihres Slips spüren. Leidenschaftlich gruben sich ihre Finger in sein dichtes, schwarzes Haar, um sein Gesicht noch fester an sich zu pressen. Laut stöhnend begann sich Lora unter den immer drängenderen Liebkosungen seiner Zunge zu winden. Die Tatsache, daß der Stoff ihres Slips eine letzte hauchdünne Barriere zwischen ihm und ihr bildete, steigerte ihre Lust immer mehr. Nie wäre ihr in den Sinn gekommen, daß je ein Mann so etwas mit ihr tun könnte – oder daß sie etwas Derartiges dabei empfinden würde.

Sie hielt es einfach nicht mehr länger aus. Noch eine Sekunde länger, und sie wäre gestorben. Ihre Beine gaben unter ihr nach, und sie sank kraftlos in seinen Schoß nieder. Rittlings auf seinen Schenkel sitzend, kamen ihre nackten Brüste in erregenden Kontakt mit dem kalten T-Shirt, das sich straff über seinen muskulösen Brustkorb spannte. Nur der damit verbundene Schock hielt sie davor zurück, sich endgültig fallen zu lassen. Als sie die Augen aufschlug, lag immer noch dieses aufreizende Lächeln auf seinen Lippen. Aber alles, was für sie jetzt noch zählte, war dieses lodernde Feuer in seinen pechschwarzen Augen und diese unbeschreibliche Glut zwischen ihren Beinen.

In atemloser Gier schlang sie ihm die Arme um die Schultern und suchte mit zitternden Lippen seinen Mund. Mit einer Leidenschaft, derer sie sich nie für fähig gehalten hätte, schob sich ihre Zunge zwischen seinen Zähnen durch, um ihn hemmungslos zu küssen. Und während er ihren Kuß erwiderte, schlossen sich seine Arme immer enger um ihren Körper und preßten sie so fest an sich, daß sie kaum mehr Luft bekam. Und doch konnte sie deutlich spüren, daß er sich noch immer zurückhielt.

»Was willst du eigentlich noch?« stieß sie deshalb atemlos hervor. Sie wollte, daß er von der gleichen leidenschaftlichen Gier verzehrt wurde wie sie.

»Ich hab' dir doch gesagt, daß du erst mal richtig in Fahrt kommen sollst.«

Das war so beiläufig dahingesagt, daß Lora in einen Wutanfall ausbrach. Sie fauchte ihn mit gefletschten Zähnen an und hieb blindlings mit den Fäusten auf ihn ein, bis er sie an den Handgelenken zu fassen bekam und mühelos mit dem Rücken zu Boden drückte. Mit einer geschickten Handbewegung streifte er ihr dann den Slip über die Beine, so daß sie nun vollends nackt vor ihm lag. Über seine Augen legte sich ein wildes Leuchten, und es war nur ein Bruchteil von Sekunden, bis er sich das T-Shirt über den Kopf gestreift hatte und aus seiner Jeans geschlüpft war. Dennoch erschien es Lora wie eine Ewigkeit. Um nicht auf der Stelle anzufangen, sich laut stöhnend unter seinen lüsternen Blicken zu winden, preßte sie krampfhaft ihre Schenkel zusammen.

Doch im selben Augenblick ließ er sich schon auf sie herab. Sie warf hingebungsvoll den Kopf in den Nacken, als sie seine Haut auf der ihren spürte. Wie von selbst spreizten sich ihre Schenkel, und wild drängte sich ihm ihr Körper entgegen.

Aber er nahm sie noch immer nicht. Sie konnte ihn deutlich spüren, doch er reizte sie nach wie vor bis ins Unerträgliche.

Sie schlug die Augen auf, die so blau waren wie ein Sommersee und grub ihre Finger tief in seine mächtigen Schultern. »Max, bitte!« flehte sie. »Nimm mich!«

Doch er lächelte nur. Es war zum Aus-der-Haut-Fahren. Dieses unbeschreibliche Drängen wurde so stark, daß sie das Gefühl hatte, es keine Sekunde mehr länger auszuhalten – als er langsam, ganz langsam den Kopf senkte. Er hatte es auf ihre linke Brust abgesehen. Lora spürte, wie sich seine Lippen um die Brustwarze schlossen und sie immer tiefer in sich hineinsogen. Als sie die rauhe Oberfläche seiner Zunge darüber reiben spürte, hätte sie vor besinnungslosem Verlangen fast laut aufgeschrien.

Und im selben Augenblick nahm er sie.

Sie kam sofort zum Höhepunkt, als sie ihn in seiner vollen Größe in sich spürte. Es war, als löste sie sich in einer gewaltigen Explosion der Lust ins Unendliche auf. Doch als sie nach einer Weile wieder zurück auf die Erde schwebte, stellte sie zu ihrer Überraschung fest, daß er noch immer genauso groß war wie zuvor. Sein Hunger war noch nicht gestillt. Um so matter und erschöpfter fühlte sie sich. Das Gefühl der Befriedigung, das sie erfüllte, war so tief, daß sie vollauf damit zufrieden war, nur noch zu atmen.

Doch dann machte er nur eine kleine, kaum merkliche Bewegung. Und das rief sofort wieder etwas in ihr wach. Er bewegte sich noch einmal, und trotz ihrer Erschöpfung entflammte Lora von neuem.

Er stützte sich mit beiden Armen ab, so daß sein Gewicht nicht mehr länger auf ihr ruhte. Heftig stieß er in sie hinein. Immer schneller wurden die Bewegungen ihrer sich windenden Leiber, bis er den Kopf senkte und erneut ihre Brust in seinen Mund nahm.

Sie stöhnte laut auf.

Wenn sie geglaubt hatte, sie hätte den Gipfel der Lust bereits erreicht, hatte sie sich gründlich getäuscht. Seine langsamen Bewegungen und sein zärtlicher Mund entflammten ungeahnte Feuer der Leidenschaft in ihr, und diesmal kam er mit ihr. Ein gurgelnder Aufschrei entfuhr seiner Kehle, als beide im blinden Taumel in den Abgrund der Leidenschaft stürzten. Es dauerte lange, bis er die Kraft aufbrachte, sich von ihr zu wälzen.

»Wir müssen zurück.«

»Was?« Lora setzte sich auf und starrte ihn fassungslos an. Da saß er vor ihr, in all seiner nackten Männlichkeit, und alles in ihr sehnte sich danach, die Hand nach ihm auszustrecken und die Konturen seines muskulösen Körpers mit ihren Fingern nachzuzeichnen. Aber etwas in seiner Stimme hielt sie davor zurück. Als sie ihn fragend ansah, stand er nur wortlos auf und griff nach seinen Kleidern.

»Was hast du, Max?« fragte sie ruhig. Sie hatte nach dem, was eben zwischen ihnen geschehen war, zwar nicht mit einer stürmischen Liebeserklärung gerechnet, aber auch nicht mit einer derart kühlen Reaktion. Zutiefst gekränkt beobachtete sie, wie er seine nassen Kleider anzog.

»Was sollte ich denn haben?« entgegnete er kalt. »Es ist alles in bester Ordnung.«

Mit wachsender Wut konterte sie deshalb: »Natürlich, was sollte auch nicht in Ordnung sein? Du läufst ja schon die ganze Zeit mit einem Gesicht wie drei Tage Regenwetter durch die Gegend.«

»Um Himmels willen, Lora. Du bist doch hoffentlich keine von der Sorte, die jedesmal, wenn sie mit einem Mann im Bett war, eine Menge Komplimente hören will, wie toll es mit ihr war? Es war wirklich super, ja? Aber jetzt müssen wir schnellstens zu den anderen zurück. Wir waren sowieso schon viel zu lange weg.«

Sein ungeduldiger Ton war mindestens genauso verletzend wie seine Worte. Sie ließ sich Zeit, als sie wieder in ihren BH schlüpfte. Wenn sie jetzt etwas gesagt hätte, bevor sie ihre Fassung wiedererlangt hatte, hätte er nur gemerkt, wie tief er sie mit seinem abweisenden Verhalten gekränkt hatte. Mit einem heftigen Ruck zog sie sich das nasse T-Shirt über den Kopf. Von dem kalten Stoff bekam sie sofort eine Gänsehaut. Aber das störte sie im Augenblick nicht. Im Gegenteil, sie hatte jetzt dringend etwas nötig, was ihre Wut kühlte, bevor sie sich selbst vergaß und Mr. Macho wutentbrannt an den Kopf warf, was er mit sich und seinem tollen Sex machen konnte.

»Jetzt mach schon endlich.«

Er wartete kaum, bis sie in ihre Schuhe geschlüpft war. Kochend vor Wut lief Lora hinter ihm her. Sein lässig schlendernder Gang brachte sie nur noch mehr in Rage. Trotz allem mußte sie sich jedoch eingestehen, daß er der Inbegriff männlichen Sex-Appeals war. Und sie war ja auch blauäugig genug gewesen, um auf diesen Sexprotz hereinzufallen. Sie hatte sich so sehr danach gesehnt, mit ihm zu schlafen, daß sie dieses Verlangen fast wie einen körperlichen Schmerz empfunden hatte. Sie hatte bekommen, was sie wollte, und sie hatte keinen Grund zu klagen. Der Sex war tatsächlich großartig gewesen, wie er ihr immerhin bestätigt hatte. Zähneknirschend erinnerte sich Lora, wie beiläufig er ein Erlebnis abgetan hatte, das ihr Leben von Grund auf umzukrempeln gedroht hatte. Sie hatte kurz davor gestanden, einen entscheidenden Fehler zu machen.

Aber zum Glück hatte er sie gerade noch rechtzeitig auf den Boden der Tatsachen zurückgeholt, bevor sie sich tatsächlich noch einzubilden begann, sie wäre in ihn verliebt.

Eigentlich hätte sie ihm dafür dankbar sein sollen. Zumindest hatte er ihr nichts vorgemacht. Aber was hätte in diesem Moment schon ihr Verstand gegen die Stimme ihres Herzens ausrichten können?

Sie legten den Weg zur Höhle zurück, ohne auch nur ein Wort zu wechseln. Falls sich Max bewußt war, wie wütend sie auf ihn war, ließ er sich nichts anmerken. Wieder zurück bei den anderen, machte er sich sofort daran, sich um Thunfisch zu kümmern, während Lora aus Bananen und Papayas ein etwas karges Abendessen zubereitete – Fisch gab es diesmal zu Thunfischs Mißfallen nämlich keinen.

Als sie schließlich die Früchte unter die vier Männer verteilte, spielte sie allen Ernstes mit dem Gedanken, Max' Ration zu vergiften. Und weil sie schon dabei war, auch gleich die von Thunfisch, damit er endlich aufhörte, seine dämlichen Spekulationen darüber anzustellen, was sie wohl da unten am Wasserfall so lange gemacht hatten. Max' Gelassenheit reizte sie so sehr, daß sie am Ende des Abendessens nahe davor stand, zu platzen. Ihre Wut war auch noch nicht verraucht, als sie sich schließlich auf ihr hartes Lager niederließ, und während sie sich unruhig von einer Seite auf die andere wälzte, ohne Schlaf zu finden, schlief der Gegenstand ihrer tiefen Verbitterung schon nach wenigen Minuten tief und fest – und begann zu allem Überfluß auch noch zu schnarchen, daß sich die Stalaktiten bogen!

Lora, die noch lange im Dunkeln wach lag, fand nur etwas Trost bei den rachlüsternen Gedanken an die tausendundeins Möglichkeiten, einen Schnarcher zum Verstummen zu bringen – mit Gewalt!

19

Irgend etwas Warmes, Trockenes glitt gemächlich über die Haut ihres Armes. Selbst im Schlaf galt Loras erster Gedanke Max, der sie mit seinem schwieligen Finger zärtlich streichelte, um sie zu sich ins Bett zu locken. Aber da konnte er lange warten.

Sie wollte gerade den Mund aufmachen, um ihm das zu sagen, als er sie heftig an sich riß und sie auf den Mund küßte. Gegen ihren Willen ließ sie seine Berührung heftig erschaudern. Aber statt in seinen Armen dahinzuschmelzen, riß sie sich aufgebracht von ihm los.

Dabei schlug sie so heftig um sich, daß sie aus ihrem Traum erwachte. Als sie merkte, daß sie alles nur geträumt hatte, fiel ihr ein Stein vom Herzen. Und doch war das Ganze so real gewesen, daß ihr Körper vor Erregung bebte.

Erst nach einer Weile wurde ihr bewußt, daß sie sich die zarte Berührung an ihrem Arm nicht eingebildet hatte. Da war tatsächlich etwas Warmes und Glattes auf ihrer Haut. Irgend etwas kroch über ihren Arm. Es kostete sie unsägliche Überwindung, den Kopf vorsichtig so weit herumzudrehen, daß sie erkennen konnte, was es war. Und was sie dann sah, überstieg sogar ihre schlimmsten Befürchtungen.

Eine rot-schwarz-gelb-gestreifte Schlange kroch über ihren Unterarm auf ihre Hand zu. Am liebsten hätte Lora das Tier laut schreiend von sich geschleudert, aber ihr Instinkt sagte ihr, sich ganz ruhig zu verhalten und nicht die leiseste Bewegung zu machen. Es war keineswegs auszuschließen, daß die Schlange giftig war. Beim Anblick ihres dreieckigen Kopfes mit der gespaltenen Zunge konnte sie nur mit Mühe ein Zucken unterdrücken.

Nicht auszudenken, wenn die Schlange tatsächlich giftig war.

»Keine Bewegung«, hörte sie plötzlich hinter sich eine ruhige Männerstimme. Sie gehörte unverkennbar Max. Seltsamerweise übte es eine enorm beruhigende Wirkung auf sie aus, ihn in ihrer Nähe zu wissen, obwohl ihr sehr rasch klar wurde, daß er absolut nichts für sie hätte tun können. Die Schlange hatte sich fast in voller Länge um ihren Arm geschlungen. Ihr Kopf hatte inzwischen ihre Finger erreicht. Es kostete sie alle Willensanstrengung, die Hand nicht zur Faust zu ballen.

»Ganz ruhig, Lora«, redete Max leise auf sie ein. »Wenn du dich ganz still hältst, wird sie dir nichts tun. Du brauchst nur zu warten, bis sie weitergekrochen ist.«

Lora schloß die Augen und konzentrierte sich ganz auf seine Stimme. Erst jetzt wurde ihr bewußt, wie sehr sie ihren samtig rauhen Klang mochte.

»Wumm!« Abrupt riß sie ein ohrenbetäubender Knall aus ihren Gedanken, und im selben Augenblick hatte auch schon Max seine starken Arme um sie geschlungen. In der einen Hand hielt er noch immer die Pistole, mit der anderen strich er ihr zärtlich übers Haar. Erst jetzt brach die Angst ungehindert aus ihr heraus, und sie preßte sich heftig bebend an ihn.

»Was war das denn?« Thunfisch schrak von seinem Lager hoch.

»Eine Korallenschlange«, erwiderte Max. »Ich hab' sie erledigt. Schlaf ruhig weiter.«

»Und Lora ist nichts passiert?«

»Nein. Es ist alles in Ordnung. Ihr könnt unbesorgt weiterschlafen.« Das klang fast wie ein Befehl, der vor allem an Minelli und DiAngelo gerichtet war, die sich auf das laute Krachen des Schusses hin ebenfalls aufgesetzt hatten und nun mit einem wissenden Grinsen Max anstarrten, der noch immer Lora in seinen Armen hielt.

»Klar, Boß«, sagte Thunfisch, ließ sich wieder auf sein

Lager zurücksinken und schloß die Augen. Mit einem verdrießlichen Schnauben folgten auch die beiden anderen Männer seinem Beispiel. Lora schenkte ihnen jedoch keinerlei Beachtung. Sie konnte immer noch an nichts anderes denken als an die auffällig gemusterte Schlange, die über ihren Arm gekrochen war. Sie klammerte sich so fest an Max, als wollte sie ihn nie mehr loslassen.

»Es ist alles wieder gut«, murmelte er ihr tröstend ins Ohr. »Die Schlange ist tot. Du hast nichts mehr zu befürchten.«

»Sie hat sich so... warm angefühlt«, stieß sie schaudernd hervor. »Ich dachte, Schlangen würden sich kalt und schleimig anfühlen.«

»Vermutlich hat sie sich kurz zuvor in der Sonne aufgewärmt. Aber du solltest jetzt vor allem versuchen, nicht mehr länger daran zu denken.«

»Dieses Erlebnis wird mich sicher noch ein Leben lang in meinen Träumen verfolgen. Wenn du wüßtest, wie ich mich vor Schlangen ekle.«

Bildete sie sich das nur ein, oder hatte er in diesem Moment tatsächlich gelächelt?

»Mir geht es genauso. Ich kriege jedesmal, wenn ich eine Schlange sehe, eine Gänsehaut.«

Sie sah ihn überrascht an. Über seine Züge hatte sich ein jungenhaftes Grinsen gelegt. Wenn er sie so ansah, konnte sie sich sehr gut vorstellen, sich unsterblich in ihn zu verlieben. Sie hatte diesen Gedanken noch nicht zu Ende gedacht, als sie entsetzt zusammenzuckte. Wie kam sie dazu, so etwas auch nur zu denken?

Als sie sich darauf unwirsch von ihm losriß, fiel ihr Blick auf die tote Schlange, und das brachte sie wieder auf andere Gedanken. Außerdem wurde ihr plötzlich so übel, daß sie gerade noch aufspringen und aus der Höhle stürzen konnte, bevor ihr das Abendessen hochkam.

Als sie langsam wieder zu sich kam, merkte sie, daß Max neben ihr war. »Da«, sagte er und reichte ihr ein

Stück Stoff, das er in kaltes Wasser getaucht hatte. »Wisch dir damit das Gesicht sauber. Dann fühlst du dich gleich wieder besser.«

»Danke.« Zitternd griff sie nach dem feuchten Stück Stoff und säuberte sich damit Gesicht und Hals.

»Und jetzt spülst du dir damit den Mund aus.« Er reichte ihr eine mit Wasser gefüllte Whiskeyflasche.

Nachdem sie auch das getan hatte, zog er sie behutsam vom Boden hoch. Ohne ihn loszulassen, sah sie ihm forschend in die Augen. Die eben aufgegangene Sonne verlieh ihrem blonden Haar einen tiefen Goldton, der in reizvollem Kontrast zu der gesunden Bräune stand, die ihr sonst so blasses Gesicht inzwischen färbte. Ihre Lippen waren von einem tiefen Rot und ihre Augen so blau wie nie zuvor. Dazu waren durch ihr hautenges rosa T-Shirt ihre vollen runden Brüste so deutlich zu sehen, als wäre sie nackt. Die knapp sitzenden Jeans brachten den sanften Schwung ihrer Hüften und ihre langen Beine noch besser zur Geltung. Dennoch verhärteten sich Max' Züge bei diesem verlockenden Anblick. Die zärtliche Fürsorge war plötzlich aus seinem Blick verschwunden, und statt dessen war seine Miene wieder so hart und unergründlich wie eh und je. Lora wußte einfach nicht mehr, was sie davon halten sollte.

»Max?« Sie sah ihn fragend, fast flehentlich an. Was hatte nur diese seltsame Veränderung in ihm hervorgerufen? Eben noch hatte er sie so warm und fürsorglich angesehen, und dann plötzlich...

Sie konnte spüren, wie sich seine Unterarme verkrampften, als er sagte: »Geh wieder rein. Ich muß noch Verschiedenes erledigen. Aber ich bin bald wieder zurück.«

»Max...«

»Thunfisch!« brüllte er jedoch über seine Schulter zurück, ohne noch länger auf sie einzugehen. »Du bist dran!«

»Geht in Ordnung, Boß«, kam es aus der Höhle zurück.

Erst jetzt wandte sich Max wieder Lora zu und sagte: »So mach schon endlich.« Dabei trat er einen Schritt zurück, so daß ihre Hände von seinen Armen glitten und seitlich an ihr hinabsanken. Ohne sie noch eines weiteren Blickes zu würdigen, wandte er sich von ihr ab und trabte den Abhang vor der Höhle hinunter. Lora starrte ihm so lange hinterher, bis er im dichten Dschungel verschwunden war.

20

»Ich muß unbedingt mit dir reden.«

Es war am späten Nachmittag desselben Tages. Draußen vor der Höhle ging gerade wieder ein tropischer Regenguß nieder. Lora hatte diese ständige Feuchtigkeit und den allgegenwärtigen Schimmelgeruch gründlich satt. Und dazu wimmelte es hier auch noch von Schlangen und Moskitos. Am gründlichsten von allem aber hatte sie einen ganz bestimmten Mann satt, den sie gerade herausfordernd ansah. Nicht umsonst hatte er sich den ganzen Tag nicht in der Höhle blicken lassen. Und wenn er nicht die Wache hätte übernehmen müssen, wäre er vermutlich noch immer nicht aufgetaucht.

Lora war fest entschlossen, sich nicht mehr länger wie Luft von ihm behandeln zu lassen. Während also Thunfisch, Minelli und DiAngelo ihr Mittagsschläfchen machten, faßte sie sich ein Herz und ging auf Max zu. Er hielt am Höhleneingang Wache und starrte abwesend in den strömenden Regen hinaus.

Es schien, als hätte er sie gar nicht gehört. Erst nach einer Weile drehte er sich langsam zu ihr um und sah sie an. »Später, Lora«, sagte er schließlich mit einem tiefen Seufzer und strich sich mit dem Finger über den Schnurrbart.

»Warum nicht jetzt?« Sie hatte herausfordernd die Fäuste in die Hüften gestemmt.

Er seufzte noch einmal. »Kannst du dir vielleicht vorstellen, daß ich auch mal Kopfschmerzen habe?«

»Nein.«

»Ich habe aber trotzdem welche.«

»Dann nimm doch ein Aspirin«, schlug sie mit unüberhörbarem Sarkasmus vor.

»Keine schlechte Idee.«

»Das Problem ist nur, daß Thunfisch bereits unseren ganzen Vorrat aufgebraucht hat.«

Max sah sie nur wortlos an.

»Was bildest du dir eigentlich ein?« brach es plötzlich aus ihr hervor.

»Ich nehme an, du spielst damit auf gestern nachmittag an?«

»Allerdings! Ich lasse mich nicht behandeln wie eine – wie eine –« Sie hielt inne, um nach dem passenden Wort zu suchen. Wenn sie ganz ehrlich war, wußte sie gar nicht, wie er sie behandelte. Für sie stand nur fest, daß es ihr nicht paßte.

»Wie ein Mädchen für eine Nacht?« kam er ihr deshalb zu Hilfe.

Lora starrte ihn aus zornsprühenden Augen an. »Ja!«

»Das habe ich auch nicht erwartet.«

Diese Erwiderung nahm ihr für einen Moment den Wind aus den Segeln. »Was?«

Er sah sie resigniert an. »Also gut, Lora, wenn du schon unbedingt darüber sprechen willst, warum setzt du dich dann nicht erst mal? Wie ich Minelli und DiAngelo kenne, haben die beiden vor Neugier schon ganz lange Ohren, warum du hier so rumbrüllst.«

Lora warf einen kurzen Blick über ihre Schulter zurück. Minelli schien wie Thunfisch zu schlafen, aber DiAngelo beobachtete sie mit unverhohlener Neugier.

Max klopfte mit der flachen Hand auf den Boden neben sich. Und als Lora seiner stummen Aufforderung, sich zu setzen, widerwillig nachkam, begann er: »Wenn dir mit einer Entschuldigung gedient ist, möchte ich mich hiermit in aller Form für mein Verhalten entschuldigen.«

»So einfach kommst du mir nicht davon. Ich möchte wissen, was eigentlich mit dir los ist. Gestern, als wir uns geliebt haben, schienst du so... na ja, jedenfalls dachte ich...« Erst jetzt wurde ihr bewußt, daß sie selbst nicht so genau wußte, was sie eigentlich sagen wollte. Deshalb fuhr sie unwirsch fort: »Jedenfalls warst du plötzlich so verändert.«

Max sah sie mit unergründlicher Miene an und starrte dann wieder in den strömenden Regen hinaus.

»Was hast du gedacht, als wir uns geliebt haben, Lora?« fragte er schließlich ganz ruhig.

»Ich dachte –«, setzte sie an, um jedoch sofort wieder zu verstummen.

»Du dachtest«, fuhr er deshalb für sie fort, »das wäre der Beginn einer großen Liebe.« Genau das hatte sie tatsächlich gedacht, mußte sie sich widerstrebend eingestehen. Aber aus seinem Mund hörte es sich so furchtbar trivial und abgedroschen an.

»So war es doch?« drang er weiter in sie.

»Na, und wenn schon«, erwiderte sie trotzig.

»Genau das ist das Problem, Lora. Was gestern passiert ist, ist nämlich nicht der Beginn einer großen Liebe. Zumindest nicht so, wie du sie dir vorstellst. Wie ich dich kenne, wünschst du dir einen Mann, Kinder, ein eigenes Heim. Du bist nicht der Typ, der sich mit Sex allein zufriedengibt, auch wenn er noch so fantastisch ist. Und so leid es mir tut, mehr kann ich dir leider nicht bieten.«

»Und woher willst du so genau wissen, daß mir das nicht genügt?«

»Weil ich diesen Typ Frau, wie du eine bist, nur zu gut kenne. Erst versucht ihr einen Mann nach allen Regeln der Kunst zu umgarnen, und wenn er euch dann ins Netz gegangen ist, versucht ihr ihn nach euren Vorstellungen umzumodeln. Ich kenne das alles zur Genüge, Lora, und ich habe keine Lust, dieses Theater noch mal mitzumachen.«

»Und was war mit gestern nachmittag?«

»Was gestern nachmittag passiert ist, war keineswegs nur meine Schuld. Wie du sicher weißt, warst du daran auch nicht ganz unbeteiligt. Du hast mich so lange gereizt, bis ich die Beherrschung verloren habe. Na ja, und dann ist es eben passiert. Das Ganze war nichts weiter als purer Sex, Lora. Fantastischer Sex zwar, aber eben auch nicht mehr als Sex – den du übrigens genauso genossen hast wie ich.«

Je länger ihn Lora beim Sprechen ansah, desto deutlicher wurde ihr bewußt, daß sie sich tatsächlich in ihn verliebt hatte. Das mußte er wohl instinktiv gespürt haben, da er sie plötzlich verwundert, um nicht zu sagen alarmiert ansah.

»Ich wollte dich damit bestimmt nicht kränken«, beeilte er sich hastig hinzuzufügen. »Fang jetzt bitte nicht zu weinen an. Es tut mir leid, daß ich eben so direkt war, aber...«

»Keine Sorge, ich werde schon nicht in Tränen ausbrechen«, beruhigte ihn Lora, während sie ihn weiter wie abwesend anstarrte.

Mit einem Mal wurde Max bewußt, daß es sie tatsächlich erwischt hatte. Natürlich hätte sie sich unter keinen Umständen etwas davon anmerken lassen – zumindest nicht, solange sie sich nicht klar darüber war, wie sie sich weiter verhalten sollte. Sie brauchte erst einmal Zeit, um die schockierende Einsicht, die ihr gerade gekommen war, in Ruhe verdauen zu können.

»Ich glaube, ich möchte ein bißchen spazierengehen«, erklärte sie unvermittelt und stand auf.

»Wie stellst du dir das vor?« Max war ebenfalls aufgesprungen. »Bei dem Regen und mitten im Dschungel!«

»Na schön«, nickte sie abwesend. »Dann werde ich mich eben schlafen legen.«

»Lora...« Er packte sie am Arm und sah sie besorgt an. »Fehlt dir auch wirklich nichts?«

Sie sah ihn an. Unvorstellbar, daß sie sich ausgerechnet in diese Type verliebt hatte – in einen Kriminellen, dem es nur um Sex ging. Einfach nicht zu fassen!

»Nein, nein, es ist alles in Ordnung. Ich bin nur ein bißchen müde.«

»Ach so.« Er starrte sie jedoch weiterhin argwöhnisch an.

Ohne ein weiteres Wort wandte sich Lora von ihm ab und kehrte in die Höhle zurück. Sie setzte sich auf ihr Lager und starrte abwesend vor sich hin.

Der Rest des Tages verging wie die Tage zuvor, und sobald die Nacht hereingebrochen war, gab es nicht mehr viel anderes zu tun, als zu schlafen.

Niemandem war entgangen, daß Lora seit ihrer kurzen Unterredung mit Max seltsam abwesend wirkte. Vor allem Max beobachtete sie so aufmerksam, als wäre sie eine Bombe, die jeden Moment detonieren könnte.

Als Lora Thunfisch sein Abendessen aus Bananen und gegrilltem Fisch brachte, fragte er sie betont beiläufig: »Haben Sie und Max Streit?«

»Nein, haben wir nicht«, erwiderte Lora unwirsch.

»Warum sind Sie dann schon den ganzen Tag so seltsam abwesend?« bohrte Thunfisch weiter. »Bedrückt Sie sonst irgend etwas?«

»Das bilden Sie sich alles nur ein, Thunfisch«, versuchte sie das Ganze abzuwehren. »Vermutlich haben Sie wegen der Schmerzen etwas zuviel Heroin genommen.«

»Von wegen.« Thunfisch grinste verschmitzt. »Ich rühre dieses Zeug nicht an, und wenn mir die Beine abfaulen. Dazu weiß ich viel zu gut, was dieses Teufelszeug aus einem macht.«

Das weckte Loras Neugier. »Woher wissen Sie das so genau, Thunfisch?«

»Ich war doch mein ganzes Leben lang mit Drogen konfrontiert. Am schlimmsten war es allerdings in Vietnam.«

»Hat Max auch mal Drogen genommen? Ist das der Grund, weshalb er eine so tiefe Abneigung gegen sie hat?«

Thunfisch warf einen verstohlenen Blick zu Max hinüber, der gerade Minelli und DiAngelo die Fesseln abgenommen hatte und sie nun beim Essen bewachte. Unwillkürlich senkte Thunfisch die Stimme noch mehr. »Das haben wir in Vietnam doch alle getan. Für viele war das die einzige Möglichkeit, diesen Wahnsinn einigermaßen aushalten zu können. Max hat nie harte Drogen genommen – nur ein bißchen Gras und ab und zu Speed. Bei unserer Einheit war es schließlich eine Frage auf Leben und Tod, daß man nicht zum falschen Zeitpunkt plötzlich einschlief.« Er fuhr sich mit einer unzweideutigen Geste mit dem Finger über die Kehle.

»Haben bei dem, was in Mei Veng passiert ist, auch Drogen eine Rolle gespielt?« fragte Lora. Eigentlich war das die einzig mögliche Erklärung, wie sich Max zu solchen Greueltaten hatte hinreißen lassen können und weshalb er im nachhinein eine solche Abneigung gegen Drogen entwickelt hatte.

Thunfischs Blick wanderte wieder zu Max hinüber, bevor er nickte. »Wir waren damals alle bis obenhin mit Drogen vollgepumpt. Sonst hätten wir so etwas nie getan – ich meine, alle Dorfbewohner einfach umgebracht. Was mich betrifft, habe ich mir immer gesagt, daß das im Grunde genommen auch nicht schlimmer war als alles andere, was in diesem verdammten Krieg passiert ist. Und damit kann ich auch ganz gut leben. Max dagegen ist es nicht so leichtgefallen, darüber hinwegzukommen. Er wird deshalb noch immer von diesen schrecklichen Alpträumen heimgesucht.«

Diesmal glitt auch Loras Blick zu Max hinüber, diesem Inbegriff eines Macho, der absolut unfähig war, sich seine Schwächen und seine Verletzlichkeit einzugestehen, geschweige denn, sie einem anderen Menschen gegenüber zu zeigen. Dabei brauchte er vielleicht mehr als die meisten anderen Menschen jemanden, der ihn liebte und als das akzeptierte, was er war. Er brauchte jemanden, der ihn vor allem davon überzeugte, daß das, was er getan hatte, keineswegs so unverzeihlich war, daß er sich deswegen für immer wie ein Ausgestoßener fühlen mußte. Er mußte endlich wieder lernen, daß er wie jeder andere auch Anspruch auf menschliche Liebe und Zuneigung hatte.

»Wollen Sie denn gar nichts essen?« riß sie Thunfischs Stimme aus ihren Gedanken.

»Mein Essen steht noch beim Feuer«, erwiderte Lora lustlos und entfernte sich mit einem verlegenen Lächeln.

Ihr entging nicht, daß Max einen weiten Bogen um die Feuerstelle machte, bis sie zu Ende gegessen und sich schlafen gelegt hatte. Seit sie wußte, was Max' Problem war, störte sie das gar nicht mehr so sehr. Außerdem hatte sie sich auch schon einen Plan zurechtgelegt, wie sie sich weiter verhalten würde: sie würde ihn einfach lieben, ohne ihm das ständig zu sagen oder irgendwelche Gegenliebe von ihm zu fordern. Sie würde sich an ihn heranmachen und ihn mit dem einzigen Köder locken, auf den er im Moment ansprach: Sex. Vielleicht gelang es ihr dadurch, ihn im Lauf der Zeit so stark an sich zu binden, daß er ihr eines Tages auch sein Herz öffnete. Sie war sich durchaus bewußt, daß das ein äußerst riskantes Vorhaben war, das im Falle eines Scheiterns höchst fatale Folgen nach sich hätte ziehen können. Aber es war die einzige Chance, die sie hatte.

Sie wartete also geduldig, bis auch er sich schlafen gelegt hatte. Ihr Lager befand sich so dicht neben seinem, daß sie sich einbildete, die Wärme seines Körpers spüren zu können, als er sich neben ihr niederließ und in seine Decke wickelte. Am liebsten hätte sie sich ganz eng an ihn geschmiegt und ihn zärtlich in den Schlaf gewiegt. Aber ihr war nur zu deutlich bewußt, daß er im Moment nicht auf Zärtlichkeit angesprochen hätte. Alles, was er im Augenblick von ihr wollte, war Sex – nicht mehr und nicht weniger. Oder zumindest bildete er sich das ein. Auch wenn er sich das nicht einzugestehen wagte, sehnte er sich nämlich in Wirklichkeit vor allem nach Liebe. Ihm das vor Augen zu führen, betrachtete Lora nun als ihre vordringlichste Aufgabe.

Vorsichtig hob sie den Kopf und sah sich in der Höhle um. Am Eingang saß Thunfisch und hielt Wache. Im hinteren Teil der Höhle konnte sie im schwachen Schein des Feuers die verschwommenen Umrisse von Minelli und DiAngelo ausmachen. Sie schienen tief zu schlafen.

Behutsam rutschte Lora näher an Max heran. Sie lag inzwischen am äußersten Rand ihres Lagers. Beim Anblick von Max' Rücken, der ihr abweisend zugekehrt war, verlor sie um ein Haar wieder allen Mut. Das war das erste Mal, daß sie einen Mann zu verführen versuchte. Nur war das nicht irgendein Mann, sondern Max, der ebenso stolze wie sture Max, in den sie sich gegen jede bessere Vernunft verliebt hatte.

Sie holte tief Luft, überwand den schmalen Zwischenraum zwischen ihrem und seinem Lager und schmiegte sich ganz eng an seinen breiten, starken Rücken. Sie wartete, daß er sich bewegte, etwas sagte, irgendeine Reaktion zeigte. Aber alles, was sie zu hören bekam, war sein ruhiges Schnarchen.

Er schlief! Das sah ihm ähnlich. Im selben Augenblick machte sie sich jedoch bewußt, daß er ja nicht wissen konnte, daß sie einen Schmuseanschlag auf ihn geplant hatte. Genau besehen, erleichterte ihr die Tatsache, daß er schlief, ihr Vorhaben sogar ganz erheblich.

Sie schmiegte sich enger an ihn und schlang ihren Arm um seine Brust. Noch immer keine Reaktion. Behutsam glitten ihre Finger über den Stoff seines T-Shirts nach unten, bis sie das robustere Material seiner Jeans ertasteten. Für einen Moment hielt sie inne. Noch nie zuvor hatte sie so etwas getan, und alles in ihr sträubte sich dagegen, weiterzumachen, und doch tasteten sich ihre Finger weiter voran.

Mit einem deutlich hörbaren Schnappen löste sich der Verschluß seiner Jeans. Lora hielt den Atem an. Aber alles, was in der atemlosen Stille zu hören war, war Max' ruhiges Schnarchen. Dabei hatte das Geräusch für ihre Ohren so laut wie ein Kanonenschuß geklungen. Nach kurzem Zögern zog sie seinen Reißverschluß nach unten. Das ging zwar nicht ohne einiges Zerren und Ziehen, aber schließlich bekam sie ihn doch auf. Nun gehörte er ganz ihr. Doch was sollte sie mit ihm tun? Mit Entsetzen wurde Lora bewußt, daß sie noch nie einen Mann so intim berührt hatte, wie sie das gerade mit Max zu tun im Begriff war. Mit Brian war sie nie so weit gegangen. Trotzdem konnte sie jetzt nicht mehr zurück – zumindest nicht, wenn sie Max wirklich wollte. Und eines stand längst für sie fest: sie wollte ihn, mit Leib und Seele.

Vorsichtig tasteten ihre Finger über den weichen Baumwollstoff, der sich über die deutlich spürbare Wölbung spannte, die mit jeder Berührung größer wurde. Sichtlich erfreut über ihre Reaktion, faßte sie neuen Mut und ließ ihre Finger unter den Bund seiner Unterhose gleiten. Fast war es, als spränge er ihr entgegen, als sie sich schließlich um ihn schlossen. Und zu ihrer Überraschung brachte seine Erregung auch ihr Blut heftig in Wallung. Lustvoll drängte sie sich fester an ihn und rieb ihre weichen Brüste an den harten Muskeln seines Rückens.

Es war ein seltsam befreiendes Gefühl, einfach zu tun, wozu sie Lust hatte, ohne sich groß Gedanken darüber zu machen, ob sich das nun gehörte oder was er am nächsten Morgen über sie denken würde. Mit einem Mal legte sie all ihre Hemmungen ab und ließ ihre Hand tiefer gleiten.

»Was soll das eigentlich?« Seine Hand bekam die ihre zu fassen und hielt sie fest. Dann drehte er sich zu ihr herum und sah sie mit ungläubigem Staunen an.

Ohne seinem Blick auszuweichen, erwiderte sie lächelnd: »Ich habe vorhin einen Beschluß gefaßt«, und ließ ihre Finger tiefer gleiten.

Er zog sich ein Stück von ihr zurück, so daß sich ihre Körper nicht mehr berührten, und zerrte ihre Hand aus seiner Unterhose. »Was für einen Beschluß?« stieß er heiser hervor.

Doch das seltsame Aufleuchten in seinen Augen entlockte Lora nur ein wissendes Lächeln.

»Ich habe beschlossen, mir soviel von diesem fantastischen Sex zu nehmen, wie ich kriegen kann.« Das wilde Aufflackern seiner Augen erfüllte sie mit solcher Genugtuung, daß sie fast wie eine Katze zufrieden zu schnurren begann.

Er sah sie jedoch noch immer argwöhnisch an und hielt ihre Hand so fest, daß er ihr fast die Finger zerquetschte. Doch sie gab nicht einen Laut des Protestes von sich. Sein verzweifelt fester Zugriff und seine immer rascher sich hebende Brust verrieten ihr deutlicher als tausend Worte den heftigen Widerstreit zwischen Lust und Mißtrauen, der in ihm entbrannt war.

»Das glaubst du doch selbst nicht«, stieß er gepreßt hervor. »Auch wenn du dir das im Augenblick vielleicht einzureden versuchst, willst du in Wirklichkeit etwas ganz anderes.«

Aber Lora lächelte nur und ließ ihre Hand wieder unter seine Unterhose gleiten.

»Natürlich will ich einen Mann, ein Heim und Kinder. Aber nicht jetzt. Im Augenblick will ich nur eines: dich.« Ihre Stimme war nur noch ein kehliges Hauchen, und beim letzten Wort traf sich ihr Blick mit seinem.

Max holte tief Luft, und als er dann seinen Blick stumm von ihren Augen zu ihren Lippen und wieder zurückwandern ließ, sagte das mehr als tausend Worte.

»Warum sollten wir nicht das Beste aus unserem unfreiwilligen Aufenthalt hier im Dschungel machen? Ich komme sowieso schon halb um vor Langeweile. Da war unser kleiner Ausflug zum Teich gestern nachmittag eine willkommene Abwechslung. Ich muß sagen, es war wirklich schön mit dir, Max. Danach könnte ich regelrecht süchtig werden.«

Er sah sie an, als traute er seinen Ohren nicht. Übrigens konnte auch Lora kaum glauben, was sie eben gesagt hatte. Wie es schien, kam durch Max ein Teil ihres Wesens zum Vorschein, von dessen Existenz sie bisher nichts geahnt hatte.

»Was ist?« flüsterte sie mit verführerisch geöffneten Lippen. »Du willst doch nicht plötzlich wieder einen Rückzieher machen?«

Als er darauf nichts erwiderte, sondern sie nur weiter fassungslos anstarrte, beugte sie sich über ihn und hauchte ihm einen Kuß auf die Lippen. Wie sein Schnurrbart kitzelte... Vorsichtig fuhr sie mit der Zungenspitze die schmale Linie seiner fest aufeinandergepreßten Lippen entlang, bis sie sich unter einem verhaltenen Seufzer öffneten. Statt jedoch die günstige Möglichkeit zu nutzen, trat Lora instinktiv den Rückzug an.

»Was soll das eigentlich?« stieß er zwischen zusammengebissenen Zähnen hervor. »Wenn wir noch länger so weitermachen, falle ich gleich vor aller Augen über dich her.«

»Soll das heißen, daß du plötzlich doch Lust bekommen hast?«

Er sah sie stirnrunzelnd an. »Aber nur, wenn du dich an die Abmachungen hältst. Keine Erwartungen. Ist das klar, Lora?«

»Also schön, Max. Ich werde keine Erwartungen an dich stellen. Aber dann mußt auch du dich an die Abmachung halten.«

»Und was wäre das?«

»Fantastischer Sex. Das ist doch alles, was du mir zu bieten hast.«

»Also hör mal!« Er setzte sich auf und schlang die Arme um die Knie. Auch Lora richtete sich auf und sah ihn stirnrunzelnd an.

»Was ist denn jetzt wieder?«

Er grinste schief. »Das weißt du ganz genau. Sollen wir es etwa hier vor versammelter Mannschaft treiben? Da, zieh dir deine Schuhe an.«

Er griff nach ihren Turnschuhen und streckte sie ihr entgegen.

»Los, zieh sie schon an«, forderte er sie energisch auf, als sie ihn nur weiter verwundert ansah.

Während sie seiner Aufforderung endlich nachkam, zog Max den Reißverschluß seiner Jeans zu, schlüpfte in seine Schuhe, steckte sich die Pistole in den Hosenbund, packte die Decke, stand auf und zerrte Lora hinter sich her ins Freie.

Thunfisch, inzwischen neugierig geworden, richtete sich von seinem Lager auf und fragte betont unschuldig: »Was wollt ihr denn um diese Zeit noch, Boß?«

»Nur ein bißchen frische Luft schnappen.«

»Da draußen? Und mitten in der Nacht?« So sehr sich Thunfisch auch bemühte, den Erstaunten zu spielen, entging Lora nicht, daß er sich unter seiner Unschuldsmiene kaum ein Grinsen verkneifen konnte. Das mußte auch Max bemerkt haben, da er seinem Freund einen strengen Blick zuwarf, bevor er sich die Taschenlampe schnappte und mit Lora im Schlepptau im Dunkeln der Tropennacht verschwand.

21

»Wo willst du hin?« Atemlos stolperte Lora hinter Max her, als er sie in das undurchdringliche Dunkel des nächtlichen Urwalds zerrte.

Verzweifelt versuchte sie ihn zurückzuhalten. »Max, bist du verrückt geworden? Das ist gefährlich. Denk nur an die wilden Ticre, die sich hier nachts rumtreiben. Sollen wir nicht lieber bis morgen warten?«

»Du hast mich so in Fahrt gebracht, daß ich von Glück reden kann, wenn ich es noch zehn Minuten aushalte. Jetzt ist es zu spät, um plötzlich wieder einen Rückzieher zu machen.«

»Aber ich konnte doch nicht ahnen, daß du mich mitten in der Nacht in den Dschungel schleppen würdest. Wo willst du überhaupt hin?«

»Ich lasse mir nun mal beim Sex nicht gerne zusehen. Keine Sorge, ich weiß, was ich tue. Schließlich bin ich nicht das erste Mal nachts draußen. Und das Gefährlichste, was mir bisher bei meinen nächtlichen Streifzügen begegnet ist, waren ein paar Fledermäuse.«

»Fledermäuse!« stieß Lora schaudernd hervor. Ihre Augen hatten sich inzwischen an das Dunkel gewöhnt. Es war keineswegs so undurchdringlich, wie sie gedacht hatte. Allerdings machten ihr die verschwommenen Umrisse und die schemenhaften Gestalten, die sie nun überall zu erkennen glaubte, kaum weniger Angst als das undurchdringliche Dunkel. Dazu kam noch, daß das tagsüber allgegenwärtige Insektensummen und Vogelgezwitscher einer unheilvollen Stille gewichen war, die nur gelegentlich durch leises Rascheln unterbrochen wurde. Unwillkürlich glaubte Lora bei jedem dieser Geräusche, daß sich gleich ein Jaguar auf sie stürzen würde.

»Max, bitte«, versuchte sie ihn verzweifelt zurückzuhalten. Aber er zerrte sie unerbittlich tiefer in den Dschungel hinein.

»Wenn es dir nicht paßt, dann überlege dir nächstes Mal gefälligst, was du tust.«

»Das werde ich«, entgegnete sie aufgebracht. »Max, das ist doch blanker Wahnsinn.«

»Na und? Die ganze Situation ist doch idiotisch.«

Da Lora darauf erst einmal nichts zu erwidern wußte, folgte sie ihm schweigend weiter durch den Dschungel. Nach einer Weile tauchten die dunklen Umrisse des Flugzeugs vor ihnen auf.

»Was ist, wenn sich dort drinnen irgendein wildes Tier verkrochen hat?«

»Das halte ich für ziemlich unwahrscheinlich. Aber keine Sorge, ich werde vorher nachsehen. Deshalb habe ich ja auch die Taschenlampe mitgenommen.«

Er knipste sie an und drehte sich kurz zu ihr um.

»Warte hier, bis ich nachgesehen habe.«

Schaudernd griff sie nach seiner Hand, obwohl er sie eben erst losgelassen hatte. »Bitte nicht!«

»Dann bleib ganz dicht hinter mir.«

Im selben Augenblick kletterte er auch schon durch das Loch im Rumpf und verschwand im Innern der Maschine. Lora konnte ihm gar nicht schnell genug folgen.

In der Kabine roch es ähnlich modrig wie in der Höhle. Langsam ließ Max den Strahl der Taschenlampe durch das Innere wandern. Als er den Vorhang zurückzog, der die Kabine vom Cockpit abtrennte, ließ ihn ein hektisches Aufflattern zurückzucken. Mit einem entsetzten Aufschrei beobachtete Lora, wie drei geflügelte Wesen wenige Zentimeter über ihren Kopf hinweg ins Freie schossen.

»Nur ein paar Fledermäuse«, beruhigte Max sie, während sie noch zitternd durch das Loch im Rumpf in den nächtlichen Dschungel hinausstarrte. »Die fressen nichts als Insekten.« Er legte ihr den Arm um die Taille und führte sie in den hinteren Teil der Kabine, wo die Sitze herausgenommen waren. Die freie Fläche, die auf diese Weise entstanden war, war etwas größer als ein Doppelbett.

Nachdem Max mit der Taschenlampe Boden und Wände abgeleuchtet hatte, sagte er zu Lora: »Siehst du. Hier sind wir ungestört.«

Dann breitete er die mitgebrachte Decke auf dem Boden aus. Er wirkte inzwischen ziemlich abgekühlt, und auch Lora hätte nichts dagegen gehabt, bis zum Morgen zu warten.

Ein leises Klicken, und die Taschenlampe ging aus. Plötzlich herrschte im Innern des Flugzeugs noch undurchdringlicheres Dunkel als draußen im Dschungel. Und das Schaudern, das Lora durchlief, als Max sie an sich zog, war keineswegs ein lustvolles.

Die Nähe seines muskulösen Körpers war ihr nur ein schwacher Trost. Als sie sich fester an ihn drückte, hob er ihren Kopf hoch. Sein Gesicht lag in völligem Dunkel. Nur seine Augen schimmerten ganz schwach.

»Du hast doch hoffentlich keine Angst mehr? Glaub mir, hier haben wir nichts zu befürchten.«

Er beugte sich über sie und streifte mit seinen Lippen über die ihren. Die Berührung war so kurz und flüchtig, daß man eigentlich gar nicht von einem Kuß sprechen konnte. Behutsam strich er mit der Hand über ihren Hals, um ihr nach einer Weile noch einmal einen Kuß auf die Lippen zu drücken.

Fragend sah Lora zu ihm auf. Warum stellte er sich denn so an? Wenn er sie schon küßte, dann wenigstens richtig.

Und dann senkten sich seine Lippen ein drittes Mal auf die ihren herab, und seine Hand glitt über ihr T-Shirt, um nach ihren Brüsten zu suchen. Als sie sich schließlich fest und warm um ihre schwellende Wölbung schloß, reckte sich ihm fast im selben Augenblick in einem heftigen Aufwallen der Lust eine steife Brustwarze entgegen. Er streichelte sie nicht, sondern hielt sie nur ganz ruhig, und seltsamerweise war das erregender als alles andere, was er hätte tun können.

»Max«, hauchte Lora und zog seinen Kopf zu sich herab. Sie spürte das Kitzeln seines Schnurrbarts und das Lächeln, das sich über seine Lippen legte, bevor sie von ihrem Mund Besitz ergriffen. Als sie diesmal unter seiner Berührung erschauerte, war es nicht mehr die Angst, sondern nur noch die Sehnsucht nach ihm und seinem Körper. Aber er schien es nicht eilig zu haben, diese Gier zu stillen.

Inzwischen war seine Hand unter ihr T-Shirt geglitten und zog eine glühende Spur über ihre Rippen, bevor sie sich daran machte, den Verschluß ihres BHs aufzuhaken. Wie geschickt er das bloß mit einer Hand schaffte, hätte sich Lora bestimmt gefragt, wenn sie nicht mit ganz anderen Dingen beschäftigt gewesen wäre. Selbst die wenigen Momente, die er brauchte, um ihr das T-Shirt über den Kopf zu ziehen, ließ sie nur äußerst widerwillig von seinen Lippen. Und dann streifte auch sie ihm das Hemd über die Schultern, so daß nichts mehr zwischen ihnen war als nackte Haut. In atemloser Hast nestelte sie eine Weile ungeschickt am Verschluß seiner Hose herum, während er wesentlich rascher vorankam.

»Anfängerin«, murmelte er spöttisch in ihr Ohr und streifte ihr bereits die Jeans über die Hüften, während sie sich noch immer mit seinem Reißverschluß abmühte.

»Meine Hände zittern so«, hauchte sie zurück.

»Meine auch.«

Dieses Geständnis ließ sie unwillkürlich erschaudern. Er bückte sich, um ihr die Schuhe auszuziehen und ihr anschließend Jeans und Slip über die Beine zu streifen. Warm und erregend konnte sie seinen Atem über ihre Schenkel streifen spüren, als er sich wieder aufrichtete.

Die Erinnerung an dieses unbeschreibliche Verlangen, das er schon einmal zwischen ihren Beinen erweckt hatte, veranlaßte sie, sich noch fester an ihn zu pressen. Ganz deutlich spürte sie dabei die Wölbung unter dem rauhen Stoff seiner Jeans, und sie konnte es kaum mehr erwarten, ihn ganz nackt vor sich zu haben.

Endlich gab der Reißverschluß nach. Er stand vollkommen reglos da, während sie ihm Jeans und Unterhose über die muskulösen Beine zog. Dann preßte sie sich ganz fest an ihn und richtete sich langsam wieder auf. Gierig glitt ihr offener Mund über seine straffe Haut und die harten Muskeln, die bei jeder noch so leisen Berührung heftig zu zucken begannen. Und dann stellte sich ihr plötzlich auf ihrem Weg nach oben ein steiles Hindernis in den Weg. Noch ehe sie wußte, was sie tat, hatte sie es bereits in den Mund genommen, so daß ihm ein tiefes, kehliges Stöhnen entfuhr. Besinnungslos vergruben sich seine Hände in ihrem Haar, während sie sich ganz von ihren Instinkten treiben ließ und ihn genauso zärtlich leckte und küßte wie er sie geleckt und geküßt hatte.

»Halt«, stieß er irgendwann atemlos hervor. Doch Lora konnte nicht mehr aufhören. Laut stöhnend zog er sie darauf an den Haaren von sich, damit sie sich nicht gleich wieder über ihn hermachen konnte.

»Max!«

»Immer mit der Ruhe, Baby. Du gehst ja vielleicht ran.« Er ließ sich neben ihr auf die Knie nieder und drückte sie behutsam zu Boden. Lora spürte kaum die rauhe Decke und den harten Untergrund, als er sich auf sie niederließ und mit seinen Beinen ihre Schenkel auseinanderschob. Nicht, daß es dazu großen Drängens bedurft hätte.

»Du hast wunderbare Brüste«, raunte er gegen ihre schwellenden Halbkugeln und tastete mit den Lippen nach ihren Brustwarzen, um dann behutsam an einer von ihnen zu saugen. Mit einem entzückten kleinen Aufschrei grub Lora ihre Nägel tief in die Haut seines Rückens. Als sein Mund zu der anderen Warze weiter wanderte, wurde Lora von wohligen Schauern durchbebt. Sie begann sich lustvoll unter ihm zu winden und zog ganz automatisch die Beine an, um sie um seine Hüften zu schlingen. Er lag schwer auf ihr, und sie konnte es gar nicht erwarten, ihn ganz zu besitzen.

Seine Hände glitten an ihren Seiten hinab und schlossen sich um ihre Pobacken, um sie noch fester an sich zu drücken. Unter verzückten Windungen klammerte sie sich wie eine Ertrinkende an ihn.

»Bitte, Max, jetzt!« seufzte sie, als sein Mund sich des ihren bemächtigte. Sie glaubte schon, es nicht mehr länger aushalten zu können, als er endlich vollends von ihr Besitz ergriff.

Lora stöhnte laut auf. Soviel hatte sie dabei noch nie empfunden. Unfähig, noch länger an sich zu halten, schrie sie immer wieder seinen Namen hinaus. Und er stieß immer weiter in sie hinein, allmählich schneller werdend und dann wieder langsamer.

»Wie willst du es, Lora?« flüsterte er plötzlich in ihr Ohr. »Fest oder sanft?«

Bebend grub sie ihre Fingerspitzen in seine Pobacken, während er sie weiter aufreizend langsam bearbeitete. Rauh rieb sein dicht behaarter Brustkorb über die zarte Haut ihrer Brüste. Sein muskulöser Körper drückte sie unbarmherzig zu Boden. Sie konnte nichts tun, um seine Ekstase zu beschleunigen. Ihr blieb nur zu hoffen, daß er sie rasch erlöste.

»Fester«, stieß sie atemlos hervor. »Ganz fest.« Die wollüstigen Qualen, die er ihrem Körper zufügte, hatten sie längst alle Hemmungen ablegen lassen.

Im selben Augenblick spürte sie, wie sein Körper sich anspannte, und dann stieß er in solch wildem Tempo auf sie ein, daß es ihr fast die Besinnung raubte. Vom blinden Taumel der Lust erfaßt, klammerte sie sich an ihn, bis er seine Arme so fest um sie schloß, daß sie kaum mehr Luft bekam, und am Ende unter wildem Aufbäumen ihren Namen hervorstieß. Es war unbeschreiblich. Sie starb tausend Tode der Lust. Sie schwebte hoch über den Wolken, und er war bei ihr.

Es hätten Sekunden oder auch Stunden vergangen sein können, als sie langsam wieder zur Erde zurückkehrte. Max lag schwer atmend auf ihr. Als sie den Kopf herumdrehte, befanden sich ihre Gesichter so dicht nebeneinander, daß sich fast ihre Nasenspitzen berührten. Als sie ihm lächelnd einen Kuß auf die Lippen drückte, schlug er die Augen auf.

»Na, habe ich meinen Teil der Abmachung zufriedenstellend erfüllt?« fragte er mit einem leicht ironischen Unterton. Seine blendend weißen Zähne schimmerten durch das Dunkel, als sich dabei ein Lächeln über seine Lippen legte.

»Mhm.«

»Das hört sich aber nicht sehr überzeugend an. Du warst doch vorher auch nicht so zimperlich.« Er gab ihr einen zärtlichen Kuß. Lora fühlte sich wundervoll. Am liebsten hätte sie wie eine Katze zu schnurren angefangen.

»Ach, du willst wohl Komplimente fischen«, erwiderte sie amüsiert.

»Also gut, es war wirklich schön.«

»Wirklich schön? Ist das alles, was dir dazu einfällt?«

Mit dem Anflug eines Lächelns auf den Lippen zeichnete sie mit ihrem Zeigefinger die Konturen seines kantigen Gesichts nach. »Ehrlich gestanden, verfüge ich noch nicht über allzu viele Vergleichsmöglichkeiten. Vielleicht könntest du mir ja gleich noch mal eine Probe deines Könnens geben.«

Er sah sie einen Moment erstaunt an, bevor er feixend murmelte: »Du machst wohl Witze.«

Sie schüttelte den Kopf. »Nein.«

»Ich komme mir langsam vor wie Dr. Frankenstein mit seinem Monster.«

»Und was hat Dr. Frankenstein mit dem Monster angestellt?« Das Ganze war natürlich nichts als purer Unsinn. Aber Lora genoß dieses gegenseitige Necken wie selten etwas zuvor. Noch nie hatte sie sich mit einem Mann so wohl gefühlt, so ungehemmt und so frei.

»Keine Ahnung.« Er wälzte sich auf den Rücken und zog sie dabei mit sich, so daß sie in voller Länge auf ihm zu liegen kam. »Aber ich weiß, was ich mit meinem machen werde.«

»Und was?«

»Rate mal.« Er begann ihren Hals mit Küssen zu bedekken. Und als sein Mund langsam tiefer wanderte, spürte sie, wie sich plötzlich wieder etwas bei ihm regte, was sie bis auf weiteres als eingeschlafen betrachtet hatte.

»Max, ich habe doch nur Spaß gemacht!«

»Aber ich nicht.«

Und dann stellte er ihr mit allem Nachdruck unter Beweis, wie ernst es ihm tatsächlich war. Der östliche Horizont begann sich bereits in zarten Rosatönen zu verfärben, als sie schließlich erschöpft voneinander ließen und sich auf den Rückweg zur Höhle machten.

22

Lora hatte nur wenige Stunden geschlafen, als sie ein fernes Dröhnen aus dem Schlaf riß. Das Geräusch war zwar nicht sehr laut, aber in dieser Umgebung so ungewöhnlich, daß sie sich abrupt aufsetzte. Max hatte sich den Verbandskasten geschnappt und rannte nach draußen.

»Was ist das für ein Geräusch?« wandte sie sich an Thunfisch, der angespannt nach draußen starrte.

»Ein Flugzeug«, war die einfache Antwort.

Währenddessen hielt Max vor dem Höhleneingang die verchromte Unterseite des Verbandskastens in die Sonne, um damit einen Lichtstrahl in den Himmel zu werfen. Als Lora vorsichtig den Kopf nach draußen streckte, konnte sie ein kleines weißes Flugzeug über sie hinwegschießen sehen.

»Hier sind wir!« schrie sie aus Leibeskräften und begann mit den Armen durch die Luft zu fuchteln. Fast im selben Augenblick wurde ihr jedoch bereits bewußt, daß die Insassen des Flugzeugs, das sich bereits wieder entfernte, sie weder hätten sehen noch hören können. Enttäuscht ließ sie die Arme sinken. »Sie haben uns nicht bemerkt.«

»Das ist nicht unbedingt gesagt. Aber selbst wenn uns der Pilot gesehen hätte, könnte er nicht landen. Er könnte nur unsere Position durchgeben. Er selbst könnte nichts unternehmen, um uns zu helfen.«

»Ach so.« Lora schöpfte wieder neue Hoffnung.

»Konntest du erkennen, wer es war?« meldete sich Thunfisch zu Wort. Das erinnerte Lora daran, daß es nicht unbedingt eine Verbesserung ihrer Lage bedeuten mußte, wenn man sie entdeckte.

»Keine Ahnung. Jedenfalls war es eine Privatmaschine. Aber das hat im Grunde auch nichts zu besagen, weil die

Polizei für so eine Operation sicher keine als Polizeiflugzeug gekennzeichnete Maschine einsetzen würde.«

Als Max darauf wieder in die Höhle zurückging, folgte ihm Lora. Sie war noch so beseligt von ihrer letzten Liebesnacht mit Max, daß sie darüber ganz vergessen hatte, wie ungewiß ihre Zukunft war. Für den Fall, daß Minellis Freunde als erste an der Absturzstelle eintrafen, konnte das für Max, Thunfisch und sie durchaus den Tod bedeuten. Und was die Polizei betraf, standen ihre Aussichten nicht viel besser. Blieb also nur zu hoffen, daß Ortegas Leute sie als erste fanden, obwohl auch das keineswegs bedeutete, daß sie sich in Sicherheit hätten wiegen können.

Max, dem ihre sorgenvolle Miene keineswegs verborgen geblieben war, hob ihr Kinn und sah sie aufmunternd an. »Kein Grund, sich Sorgen zu machen, Lora. Es ist nicht mal gesagt, daß das Flugzeug tatsächlich nach uns gesucht hat. Vielleicht waren es ja auch Ortegas Leute. Jedenfalls hat es keinen Sinn, sich unnötige Sorgen zu machen. Ganz gleich, was passiert, wir werden uns schon etwas einfallen lassen, wenn es schließlich soweit ist. Glaub mir, wir werden das Kind schon schaukeln.«

Als Thunfisch darauf nur ein unmißverständliches Schnauben von sich gab, warf ihm Max einen pikierten Blick zu. Lora fand, daß Max recht hatte. Es hatte keinen Sinn, sich unnötig Sorgen zu machen. Sie würde alles auf sich zukommen lassen und bis dahin in vollen Zügen genießen, was das Leben ihr zu bieten hatte.

Und das war eine ganze Menge. Während der nächsten zwei Tage nutzten sie und Max jede freie Minute, um sich von der Höhle fortzustehlen. Sie kehrten zum Wasserfall zurück, um sich im Wasser des Teichs zu lieben. Auch das Flugzeugwrack suchten sie wieder auf, und beim zweiten Mal war es sogar noch besser als beim erstenmal, soweit das überhaupt noch möglich war. Sie konnten gar nicht genug voneinander kriegen.

Für Lora war das etwas völlig Neues. Ihre bisherigen Erfahrungen in puncto Sex hätte sie bestenfalls als ›nicht unangenehm‹ eingestuft. Jedenfalls hatte sie nie verstehen können, wieso die meisten Männer und auch manche Frauen so wild auf Sex waren – ein Punkt, den sie inzwischen gründlich hatte revidieren dürfen.

Lora hätte sich nie vorstellen können, daß ihr Körper zu solchen Empfindungen fähig sein könnte, wie das der Fall war, wenn sie mit Max schlief. Und dabei sah er nicht einmal so besonders aus. Gewiß, er hatte einen tollen Körper, aber das allein hätte sie wohl kaum in solche Erregung versetzen können. Sie konnte sich noch immer nicht erklären, was diese ungeheure Anziehungskraft ausmachte, die er auf sie ausübte.

Jedenfalls war es nicht nur das Sexuelle allein. Nein, ihr war längst klar, daß sie sich unsterblich in ihn verliebt hatte. Und das überraschte sie sogar noch mehr, als diese wilden und neuartigen Empfindungen, die er in ihr wachrief. Er war absolut nicht ihr Typ, aber das schien nicht das geringste auszumachen. Allein die Selbstverständlichkeit, mit der er mit der Pistole hantierte, hätte ihr bei jedem anderen Mann einen kalten Schauer den Rücken hinuntergejagt. Und nicht nur das. Max hatte getötet – und das nicht nur während seiner Dienstzeit in Vietnam, sondern vermutlich auch im Zuge seiner Tätigkeit für die Drogenfahndung. Und wie sie ihn kannte, würde er auch jederzeit wieder töten.

Wie war es möglich, daß sie sich ausgerechnet in so einen Mann verliebt hatte? Das war die Frage, mit der sich Lora in letzter Zeit immer wieder von neuem konfrontiert sah. Er war so völlig anders, als sie sich den Mann ihrer Träume vorgestellt hatte. Und doch liebte sie ihn.

»Hey, Kleine, warum läßt du mich nicht auch mal ein Stück von dem leckeren Braten abbekommen, den du so großzügig austeilst?« riß Minellis Stimme sie unsanft aus ihren Träumen.

»Das hätten Sie wohl gerne, Sie kleiner Schmutzfink«,

erwiderte Lora trocken, ohne sich ihre Abscheu anmerken zu lassen. Als sie Minelli kurz darauf sein Mittagessen aus Bananen und Orangen reichte, versuchte er sogar, sie an der Hand zu fassen. Sie zog jedoch entschieden, aber ohne allzu große Hast ihre Finger zurück. Auf keinen Fall wollte sie ihm die Genugtuung lassen, daß er merkte, wie tief er sie mit seinen unverschämten Anzüglichkeiten getroffen hatte. Scheinbar gleichgültig setzte sie ihre Runde fort, um auch DiAngelo sein Essen zu bringen.

Minelli, der ihr mit lüsternen Blicken folgte, ließ nicht locker. »Überleg dir gut, was du tust, Mädchen. Unser augenblicklicher Boß wird nicht ewig das Sagen haben. Der Wind kann sich schneller drehen, als du denkst. Wenn meine Freunde hier auftauchen, hat dein Freund nichts mehr zu melden. Du solltest dir also schon langsam Gedanken machen, ob du nicht vielleicht auf der falschen Seite stehst.«

»Vielen Dank für den guten Rat, aber ich bin sicher, auf der richtigen Seite zu stehen.« Ohne ihm noch weiter Beachtung zu schenken, ging Lora zu Thunfisch und ließ sich neben ihm nieder.

Thunfisch kaute lustlos auf seiner Banane herum und brummte finster: »Sie sollten lieber Max Bescheid sagen, wenn diese Ratte frech wird.«

»Haben Sie gehört, was er gesagt hat?«

»Jedenfalls genug, um ihm dafür die Zähne einzuschlagen. Aber wie die Dinge im Moment stehen...« Er deutete auf sein gebrochenes Bein. »Wie ich Max kenne, wäre er der letzte, der sich nicht für sein Mädchen prügeln würde.«

»Genau das will ich aber vermeiden.«

Thunfisch sah sie nachdenklich an. »Sie haben wohl Angst, das könnte ihm das Gefühl vermitteln, diese Sache zwischen ihm und Ihnen wäre was Ernsteres. Vielleicht haben Sie sogar recht. Wenn er sich für Sie prügelt, nimmt er es vielleicht tatsächlich für selbstverständlich, daß Sie sein Mädchen sind.«

»Ich bin aber nicht ›sein Mädchen‹, Thunfisch«, entgegnete Lora etwas ungehalten. Sie hatte noch nie viel davon gehalten, jemandes ›Mädchen‹ zu sein, auch wenn es in diesem Fall vielleicht tatsächlich so war. Außerdem war es ihr unangenehm, daß bereits alle über sie und Max Bescheid wußten.

»Ach so! Darum nutzt ihr wohl auch jede freie Minute, um euch heimlich von hier fortzuschleichen. Darum schläft Max höchstens noch zwei Stunden pro Nacht, und darum hat er heute morgen leise vor sich hin gepfiffen – wobei ich bis zu diesem Moment gar nicht wußte, daß der Boß überhaupt pfeifen kann.«

»Er hat vor sich hin gepfiffen?« Gegen ihren Willen war Lora plötzlich ganz Ohr. Das konnte eigentlich nur bedeuten, daß Max trotz ihrer nicht gerade erfreulichen Lage glücklich war. Und der Grund dafür konnte eigentlich nur sie sein. Es war ein herrliches Gefühl zu wissen, daß sie ihn glücklich machte.

»Mhm«, nickte Thunfisch bedächtig. »Max hat sich richtig gut gelaunt angehört – was sonst nicht seine Art ist.«

Nachdem sich Lora das kurz durch den Kopf hatte gehen lassen, sah sie Thunfisch lächelnd an und sagte: »Danke.«

»Wofür?«

»Daß Sie es immer so gut mit mir meinen.«

Thunfisch ließ plötzlich seltsam verlegen den Blick sinken und biß kräftig von seiner Banane ab. »Das ist doch nicht der Rede wert. Die Freunde des Bosses sind auch meine Freunde.«

»Ich weiß«, erwiderte sie in einer gekonnten Imitation von Thunfischs typischem Slang. »Genau wie bei mir.« Damit stand sie lächelnd auf und gesellte sich zu Max, der am Eingang der Höhle Wache hielt.

»Du scheinst dich ja mit Thunfisch prächtig zu verstehen.«

»Eifersüchtig?«

»Wie kommst du denn darauf?«

»Das habe ich doch nur im Spaß gesagt. Demnach werde ich auch nicht eure Freundschaft aufs Spiel setzen, wenn ich dir sage, daß Thunfisch ein prima Kerl ist.«

»Das finde ich allerdings auch – wie seine Frau und seine drei Kinder.«

Für einen Moment verschlug es Lora die Sprache. »Thunfisch ist verheiratet und hat drei Kinder? Das ist doch wohl nicht dein Ernst.« Sie sah Max ungläubig an. »Davon hat er mir noch gar nichts erzählt.«

»Worüber unterhaltet ihr euch dann immer, wenn ihr die Köpfe zusammensteckt?«

Über Loras Lippen legte sich ein spitzbübisches Grinsen. »Möchtest du das wirklich wissen?«

Max schüttelte den Kopf. »Lieber nicht. Ich bekomme sowieso schon immer ganz lange Ohren, wenn ich euch beide zusammensitzen sehe. Wenn ich es nicht besser wüßte, müßte ich fast annehmen, daß er dir von meinem verkorksten Leben erzählt.«

»Würde es dich sehr stören, wenn er das täte?«

»Nein. Weil er das Beste gar nicht kennt.« Er grinste sie unter seinem dichten, schwarzen Stoppelbart wie ein Pirat an.

»Du machst mir richtig angst.«

Max' Augen verengten sich verschlagen. »Ich würde dir lieber was anderes machen.«

»Und was?«

»Das kann ich dir gern jederzeit zeigen. Thunfisch wäre aber sicher ziemlich schockiert.«

»In diesem Fall solltest du es vielleicht lieber bleiben lassen.«

»Und wenn wir dazu ein lauschiges Plätzchen aufsuchen, an dem uns niemand sieht?«

»Das hört sich schon besser an.«

»Du wärst auch bestimmt nicht enttäuscht.« Als er sich darauf zu ihr herabbeugte und ihr ins Ohr flüsterte, was er mit ihr vorhatte, sah sich Lora heftig errötend nach den drei anderen Männern um. Natürlich konnten sie nicht hören, was Max ihr ins Ohr flüsterte. Aber je länger sie seinen ziemlich gewagten Vorschlägen zuhörte, desto mehr bekam sie das Gefühl, sie vor aller Augen in die Tat umzusetzen.

»Hör endlich auf, Max!« stieß sie schließlich heftig hervor, als er so ausführlich wurde, daß sie am ganzen Körper zu zittern begann.

»Ist dir das peinlich«, fragte er sie grinsend. »Es macht mir übrigens ausgesprochen Spaß, dich in Verlegenheit zu stürzen.«

»Ich wußte immer schon, daß du eine sadistische Ader hast.«

»Soll ich dir vielleicht gleich mal deinen schnuckeligen kleinen Hintern versohlen, daß dir...«

»Max!«

»Du fändest das aber bestimmt ganz toll.«

»Max! Das ist mein voller Ernst. Hör endlich auf mit diesem Quatsch!«

Er grinste nur spöttisch. »Spielverderberin.«

»He, Boß!« unterbrach sie an dieser Stelle Thunfisch. Obwohl er mindestens fünf Meter von ihnen entfernt saß, fragte sich Lora unwillkürlich, ob er gehört hatte, was sie geflüstert hatten. Jedenfalls konnte ihm schwerlich entgangen sein, daß sie heftig errötet war.

»Ich bin jetzt dran mit Wacheschieben. Hol uns doch in der Zwischenzeit was Anständiges zu essen. Und möglichst keine Bananen. Wenn ich mich noch länger von diesen Dingern ernähren muß, fange ich noch an, mich von Ast zu Ast zu hangeln.«

Lachend verließen Max und Lora darauf die Höhle. Allerdings hatte Max nicht vor, große Anstrengungen zu unternehmen, um Thunfisch von seiner täglichen Bananendiät zu erlösen.

Statt dessen machte er sich mit Lora auf den Weg zum Flugzeug, und kaum hatte er sie durch das Loch in der Kabinenwand gestemmt und sich hinter ihr durch die Öffnung geschwungen, begann er sie leidenschaftlich zu küssen.

Nach einer Weile löste er sich von ihr und sagte mit einem lüsternen Grinsen: »Eigentlich wollten wir doch ein paar von meinen Vorschlägen ausprobieren.« Dabei schob er seine Hand unter den Bund ihrer Jeans und begann ihren Hintern zu massieren. Er hatte Lora längst an dem Punkt, wo er alles mit ihr machen konnte.

»Du bist einfach umwerfend«, murmelte er wenige Momente später, als er den Kopf herabbeugte, um eine ihrer Brustwarzen zu küssen, die sich keck unter dem Stoff ihres T-Shirt drängte. Sie konnte es kaum erwarten, sich nackt auszuziehen und ihn ganz dicht an sich zu spüren.

»Du scheinst es ja wieder mal gar nicht eilig zu haben«, witzelte sie, als er sich ihrer anderen Brust zuwandte.

»Ich dachte, Frauen stehen auf Männer, die sich bei der Liebe Zeit lassen.«

»Das mag vielleicht für andere gelten, aber nicht für mich.« Sie zog seinen Kopf wieder zu sich hoch. »Und vor allem nicht jetzt.« Ihre Hände glitten unter sein T-Shirt und begannen über seinen dicht behaarten Brustkorb zu streichen. Er wollte sie gerade wieder küssen, als er mitten in der Bewegung innehielt und den Kopf hob.

»Hast du das gehört?« fragte er und hielt dabei ihre Hände fest. Sie war gerade dabei, ihm das T-Shirt über den Kopf zu ziehen.

»Was?« Loras Aufmerksamkeit galt noch ganz dem mächtigen, sonnengebräunten Brustkorb, den sie gerade zu entblößen im Begriff gewesen war.

Mit einer energischen Handbewegung zog er das T-Shirt nach unten. »Das sind Hubschrauber!«

»Hubschrauber?« Jetzt hörte es auch Lora. Ein fernes Dröhnen, das langsam lauter wurde.

Max nickte und sagte: »Los, wir müssen schnellstens zur Höhle zurück.«

»Haben wir nun endlich alles überstanden?« Aus dem Ton, in dem sie das sagte, sprachen gleichzeitig Angst und Hoffnung. Einerseits konnte sie es kaum erwarten, wieder in die Zivilisation zurückzukehren – eine anständige Mahlzeit, ein Bad, ein richtiges Bett. Zusammen mit Max! Andererseits war ihr nur zu deutlich bewußt, daß sie sehr wohl auch vom Regen in die Traufe kommen konnten, wenn sie die Polizei oder Minellis Leute als erste fanden. Außerdem kam ihr der Zeitpunkt, was ihre Beziehung mit Max betraf, eindeutig zu früh. Es hätte sicher nicht schaden können, wenn sie noch etwas mehr Zeit mit ihm allein gehabt hätte.

»Das hängt ganz davon ab, wer es ist«, erwiderte Max nüchtern. »Aber vorerst bleibt uns nichts anderes übrig, als zu warten. Alles weitere wird sich dann schon zeigen.«

»Glaubst du wirklich, dein Plan wird klappen?« stieß Lora atemlos hervor, während sie hinter Max durch das dichte Unterholz rannte. Hatten sie denn überhaupt eine Chance, dieses Abenteuer einigermaßen unbeschadet zu überstehen? Immerhin hatten sie es mit einer Übermacht schwerbewaffneter Männer zu tun, die um jeden Preis das Heroin haben wollten. Wenn die Leute, die jetzt zu ihrer ›Rettung‹ kamen, nicht auf Max' Vorschläge eingingen, dann sah ihre Zukunft alles andere als rosig aus. Ja, es war nicht einmal gesagt, daß sie überhaupt noch eine Zukunft hatten – ein Gedanke, der Lora trotz der drückenden Hitze einen kalten Schauer den Rücken hinunterjagte.

23

»Wirf dich flach zu Boden!«

»Wa...?« Im selben Moment hatte sie Max bereits mit aller Kraft auf den weichen Dschungelboden niedergedrückt. Lora wollte gerade noch einmal zu ihrer Frage ansetzen, als auch sie das Geräusch hörte – das leise Schmatzen von Schritten auf feuchtem Untergrund.

»Wer...?«

»Psst!« Mit finsterem Gesicht legte Max seinen Finger an die Lippen.

Lora gehorchte wortlos, während er bereits vorsichtig die Pistole aus seinem Hosenbund zog und auf die Stelle im dichten Blattwerk des Dschungels richtete, von der sich die Schritte näherten.

Lora schlug das Herz bis zum Hals, als sie angestrengt in diese Richtung starrte. Tatsächlich sah sie schon wenige Augenblicke später etwa ein halbes Dutzend Männer durch den Dschungel auf sie zukommen. Einer von ihnen hielt ein kleines Kästchen von der Größe eines Transistorradios in der Hand. Es gab ein regelmäßiges Piepen von sich, das mit jedem Schritt lauter zu werden schien. Was hatte das zu bedeuten?

Lora warf Max einen fragenden Blick zu.

»Das ist ein Peilsender«, flüsterte Max kaum hörbar. »Damit können sie das Flugzeug orten.« Gleichzeitig gab er ihr mit strengem Blick zu verstehen, sich durch keine Bewegung zu verraten. Solange sie nicht wußten, wer diese Männer waren, war es besser, sich ihnen nicht zu erkennen zu geben.

Sie gingen in einem Abstand von etwa drei bis vier Metern nebeneinander her und durchkämmten den Dschungel. Schon beim leisesten Knacken eines Zweiges wirbelten sie heftig herum. Sie waren alle mit Gewehren bewaffnet und machten den Eindruck, als würden sie schon beim geringsten Anlaß das Feuer eröffnen.

»Ganz still«, zischte Max in Loras Ohr. »Und keine Bewegung.«

Die Männer waren nur noch wenige Meter von ihnen entfernt, und einer von ihnen würde höchstens in einem Meter Entfernung an ihnen vorbeikommen, wenn sich die Reihe weiter in derselben Richtung bewegte. Wenn sie Glück hatten, bot ihnen das dichte Unterholz ausreichend Deckung. Aber nur, wenn sie Glück hatten. Entsetzt starrte Lora auf ihr pinkfarbenes T-Shirt hinab. Damit hob sie sich etwa so deutlich von ihrer Umgebung ab wie ein Papagei in einem Taubenschlag. Und Max in seinem weißen Hemd war auch nicht viel unauffälliger. Sicher würden die Männer sie jeden Moment entdecken.

Durch ein Zeichen gab ihr Max zu verstehen, sich möglichst eng zusammenzurollen. Er selbst kauerte vollkommen reglos hinter einem dicht belaubten Busch und richtete seine Pistole auf den Mann, der inzwischen nur noch zwei Meter von ihm entfernt war.

Es war ein Weißer mit dunkler Gesichtsfarbe und öligem, schwarzem Haar. Wie Max hatte er einen Schnurrbart, nur, daß er penibel geschnitten war und dadurch seinen vollen Lippen einen grausamen Zug verlieh. Er war noch jung, schätzungsweise Mitte Zwanzig, und trug Fallschirmspringerstiefel und einen Kampfanzug. Inzwischen hatte er sie fast erreicht. Wachsam suchten seine Augen seine Umgebung ab. Der Lauf seines Gewehrs folgte den Bewegungen seiner Blicke.

»Au! Verdammt noch mal!« Der laute Aufschrei kam von dem Mann am äußersten linken Ende der Reihe.

»Was ist denn, Jack?« fragte der Mann links von ihnen. Der Mann zu ihrer unmittelbaren Rechten, der ihnen am nächsten war, schüttelte ärgerlich den Kopf. Offensichtlich hatte der kleine Zwischenfall den Trupp ziemlich durcheinandergebracht.

»Um ein Haar hätte ich mir an diesem blöden Zweig ein Auge ausgestochen«, führte Jack zu seiner Rechtfertigung an, während sich die anderen bereits wieder in Bewegung gesetzt hatten.

»Macht möglichst wenig Lärm!« Diese Warnung kam vom Anführer des Trupps.

Die knackenden Schritte und das Rascheln im Unterholz wurden leiser, je mehr sich die Männer in Richtung Flugzeug entfernten.

»Wer war das?« flüsterte Lora nach einer Weile.

»Minellis Freunde. Da es keine Mexikaner waren, kann es sich dabei eigentlich nicht um Ortegas Leute oder die Federales gehandelt haben.« Über Max' Züge legte sich ein finsteres Lächeln. »Sicher denken sie, wir würden im Flugzeug auf sie warten, so daß sie uns nur mitsamt dem Heroin abzutransportieren brauchen.«

»Was wird passieren, wenn sie merken, daß sie sich getäuscht haben?«

»Sie werden nach uns suchen«, erwiderte Max düster und packte sie an der Hand. »Deshalb sollten wir auch zusehen, daß wir schleunigst von hier wegkommen. Los.«

Mit Lora im Schlepptau tastete er sich geduckt durch das dichte Unterholz. Sie waren noch nicht weit gekommen, als er plötzlich zischte: »Schnell runter!« Gehorsam ließ sich Lora bäuchlings zu Boden fallen. Ihr Herz schlug wild, als sie einen ängstlichen Blick zu Max hinüber warf. Er lag in voller Länge neben ihr und drückte sie mit der Hand noch tiefer zu Boden. Denn hier war das Unterholz nicht mehr so dicht, daß es sie vor neugierigen Blicken hätte schützen können.

Knapp zwanzig Meter von ihnen entfernt ritten mehrere Männer in Uniform auf Eseln durch den Dschungel. Es waren etwa ein Dutzend, offensichtlich Mexikaner. Wenn die Lage nicht so ernst gewesen wäre, wäre Lora bei ihrem Anblick um ein Haar in schallendes Gelächter ausgebrochen. Eigentlich konnte es sich bei dieser grotesken Truppe nur um die Federales handeln, die gefürchtete mexikanische Bundespolizei.

Mit angehaltenem Atem beobachtete Lora, wie sich die Esel ihren Weg durch den Dschungel bahnten. Die Polizisten starrten beim Reiten wortlos vor sich hin. Wie Minellis Freunde hatten sie einen Peilsender dabei.

»Was passiert«, fragte Lora entsetzt, »wenn sie die anderen entdecken?«

»Keine Ahnung. Aber sicher nichts Gutes.«

Sobald von den Federales nichts mehr zu hören und zu sehen war, sprang Max auf und hastete weiter den Abhang hinauf. Nach wenigen hundert Metern drang plötzlich hinter ihnen ein lauter Ruf aus dem Dschungel herauf: *»Alto, Federales!«* Im selben Augenblick setzte peitschendes Gewehrfeuer ein, das Ganze untermalt von einem wilden Durcheinander aus spanischen und englischen Flüchen.

Max sah kurz Lora an: »Rühr dich nicht von der Stelle. Ich bin gleich wieder zurück.« Und ohne sich noch einmal nach ihr umzudrehen, rannte er in der Richtung, aus der sie eben gekommen waren, wieder den Abhang hinunter.

Für einen Moment stand Lora wie angewurzelt da und starrte ihm fassungslos hinterher. Wie konnte er sie hier nur allein lassen? Ohne lange zu überlegen, begann sie hinter ihm herzulaufen.

»Ich habe dir doch gesagt, daß du auf mich warten sollst!« zischte er sie wütend an, als sie ihn wütend eingeholt hatte.

»Kommt überhaupt nicht in Frage!«

Statt sich auf lange Diskussionen einzulassen, zuckte Max nur ärgerlich mit den Schultern und setzte seinen Weg durch den Dschungel fort.

Inzwischen war das Krachen der Schüsse wieder verstummt. Allerdings wußte Lora nicht, ob sie das als ein gutes Zeichen auffassen sollte. Hatten sich die Federales und Minellis Leute gegenseitig umgebracht – oder hatten sie sich zusammengetan, um mit vereinten Kräften nach ihnen zu suchen?

Plötzlich ließ sich Max ohne Vorwarnung bäuchlings zu Boden fallen. Ohne lange zu überlegen, folgte Lora seinem Beispiel. Als sie nach einer Weile ganz vorsichtig den Kopf hob, fiel ihr Blick auf die Esel der Federales, die an einem zwischen zwei Bäumen gespannten Seil festgebunden waren. Von den Federales selbst war jedoch weit und breit nichts zu sehen.

»Bleib bitte hier!« Max sah sie fast flehentlich an. »Ich bin in wenigen Minuten wieder zurück.«

Als er darauf in Richtung Flugzeug los kroch, sah ihm Lora einen Moment nachdenklich hinterher. Sollte sie ihm folgen? Doch kaum war er ihren Blicken entschwunden, kannte sie kein Halten mehr. Sie kroch ihm auf allen vieren hinterher.

Max hatte nur einen gereizten Blick für sie übrig, als sie an seiner Seite auftauchte. Seine ganze Aufmerksamkeit galt dem Schauspiel, das sich vor ihnen abspielte.

Auf ihren Bäuchen liegend, hatten die Federales das Flugzeug umzingelt. Die Läufe ihrer Gewehre waren auf das klaffende Loch im Flugzeugrumpf gerichtet, das den einzigen Zugang ins Innere der Maschine darstellte. Über Max' Lippen legte sich ein zufriedenes Grinsen.

»Die Federales haben Minellis Freunde im Flugzeug überrascht. Vermutlich denken sie, das wären wir.« Sein Grinsen wurde noch breiter. »Damit dürften die erst mal eine Weile beschäftigt sein.«

Im selben Augenblick gab er ihr durch eine kurze Handbewegung zu verstehen, ihr zur Höhle zu folgen. Sie mußten allerdings erst noch ein gutes Stück auf allen vieren kriechen, bevor sie sich unbedenklich wieder aufrichten und den Abhang hinaufrennen konnten. Während Lora schwer atmend mit Max Schritt zu halten versuchte, ertönten hinter ihnen immer wieder laute Gewehrsalven.

Als sie schließlich die Höhle erreicht hatten, war Lora mit ihren Kräften am Ende. Sie war so erschöpft, daß sie kaum mehr einen Fuß vor den anderen setzen konnte. Da sich ihre Augen erst an das Dunkel gewöhnen mußten, konnte sie für einen Moment nichts sehen, als sie die Höhle betrat. Um so deutlicher konnte sie den Arm spüren, der sich plötzlich von hinten um ihren Hals legte und unnachsichtig zudrückte.

»Keine Bewegung, oder ich muß Ihre entzückende kleine Freundin umpusten!«

Das war Minellis Stimme. Verzweifelt versuchte Lora den Kopf herumzudrehen, um einen Blick auf Minellis schweißüberströmte Visage zu erhaschen. Dessen ganze Aufmerksamkeit war jedoch auf Max gerichtet. Über seinen Lippen lag ein triumphierendes Grinsen. Plötzlich spürte Lora etwas Kaltes an ihrer Schläfe, und zu ihrem Entsetzen wurde ihr bewußt, daß es der Lauf einer Pistole war.

»Wie kommen Sie darauf, das könnte mir was ausmachen? Sie erschießen sie, und ich knalle Sie ab – so einfach ist das.« Max' Ton war genauso gleichgültig wie seine Worte.

Fassungslos starrte ihn Lora über Minellis dicht behaarten Unterarm hinweg an. Tatsächlich hatte er seine Pistole direkt auf Minelli gerichtet. Dabei wirkte er so teilnahmslos, als wollte er lediglich eine Fliege töten. Der Druck der Pistole gegen Loras Schläfe nahm zu, und sie spürte, wie ihr am ganzen Körper der Schweiß ausbrach.

»So einfach können Sie mir nichts vormachen, Maxwell. Sie werden doch nicht zulassen, daß ich der jungen Dame ein Loch in ihr hübsches Köpfchen brenne. Lassen Sie schon Ihre Pistole fallen.«

»Das würde ich lieber Ihnen raten, Minelli.« Seine

Stimme zitterte ebensowenig wie die Hand, in der er die Pistole hielt.

In panischer Angst schloß Lora die Augen.

In dem angespannten Schweigen, das darauf eintrat, wich keiner der beiden Männer einen Schritt zurück. Lora spürte, wie ihr die Knie weich wurden.

»Ich zähle bis drei, Maxwell«, brach Minelli schließlich das Schweigen.

Lora riß die Augen auf, um Max mit flehentlichen Blikken zu beschwören, endlich aufzugeben. Aber er schien vollkommen ungerührt. Sie wollte ihn verzweifelt beschwören zu tun, was Minelli sagte. Aber sie brachte nicht einen Laut hervor.

»Eins...«

»Überlegen Sie sich lieber gut, was Sie da tun, Minelli. Auf diese Entfernung kann ich Sie unmöglich verfehlen.«

»Zwei...«

»Sie können Ihr Testament gleich mit ihr machen, Minelli. Glauben Sie nicht, ich würde aus dieser Entfernung danebenschießen.«

In Erwartung des tödlichen Knalls schloß Lora die Augen. Gütiger Gott, gleich würde sie sterben! Und das alles nur, weil dieser sture Bock mit ihrem Leben pokern zu können glaubte.

»Lassen Sie die Pistole fallen, Maxwell«, meldete sich eine dritte Stimme zu Wort.

Überrascht schlug Lora die Augen auf. DiAngelo war von hinten an Max herangeschlichen und drückte ihm eine Pistole in den Rücken. Als Max widerstandslos seine Waffe fallen ließ, fiel Lora ein Stein vom Herzen.

»Da rüber. Mit Ihrer Freundin«, befahl DiAngelo.

Minelli ließ Lora los, und DiAngelo führte sie und Max zu der Stelle, wo Thunfisch gefesselt und geknebelt am Boden lag. Sein Gesicht und sein nackter Oberkörper glänzten vor Schweiß.

»Fessele ihn.« Minelli schlang Lora den Arm um die

Taille und drückte sie gegen seinen Bauch. »Und dann soll er uns schön brav erzählen, wo er das Heroin versteckt hat, bevor Fat Frank und seine Leute hier auftauchen. Fat Frank wartet nämlich nicht gerne.«

»Wie kommen Sie darauf, Ihre Freunde werden gleich hier auftauchen, Minelli?« entgegnete Max ungerührt.

Minelli grinste. »Ihr schwarzer Freund geriet so aus dem Häuschen, als er die Hubschrauber gesehen hat, daß wir die Gelegenheit genutzt haben, ihn außer Gefecht zu setzen.«

»Tut mir leid, wenn ich Sie enttäuschen muß, Minelli. Aber diese Hubschrauber gehören den Federales. Wir haben sie vorhin im Dschungel gesehen.«

DiAngelo sah Minelli über Max' Schulter fragend an.

»Sie können das Bluffen wohl gar nicht sein lassen, Maxwell«, erklärte er mit einem hämischen Grinsen, um dann DiAngelo streng anzusehen. »Los, mach schon.«

Darauf legte DiAngelo behutsam seine Pistole beiseite, packte Max' Arme und zerrte sie ihm mit einem heftigen Ruck auf den Rücken.

Nachdem Minelli eine Weile unschlüssig Max angesehen hatte, wandte er sich plötzlich abrupt Lora zu. »Jetzt rück mal schön mit der Sprache raus, Kleine«, zischte er ihr ins Ohr und drückte sie dabei so fest an sich, daß ihr fast die Luft wegblieb. Sie durfte jetzt auf keinen Fall etwas Falsches sagen...

»Also«, knurrte Minelli. »Hast du da draußen tatsächlich Polizei gesehen?«

Lora schnappte nach Luft. »Ja.«

»Woher weißt du, daß es Federales sind?«

»Es waren Mexikaner, und sie waren in Uniform. Sie sahen aus wie Polizisten.«

»Was sollen wir jetzt tun?« meldete sich DiAngelo zu Wort. Er klang ziemlich verunsichert. »Wenn tatsächlich die Federales hier sind...«

Minelli dachte kurz nach. »Na und? Dann sind sie eben

hier. Wir verschanzen uns hier und warten einfach ab. Fat Frank muß jeden Augenblick hier aufkreuzen. Wir müssen nur etwas Geduld haben.«

Verzweifelt mußte Lora mit ansehen, wie sich DiAngelo daran machte, Max zu fesseln. Sobald Max außer Gefecht gesetzt war, war sie Minelli und DiAngelo wehrlos ausgeliefert. Dann gab es niemanden mehr, der ihr noch helfen konnte – außer ihr selbst. Doch was sollte sie in dieser verzweifelten Situation tun? Wenn es ihr gelang, Minelli abzulenken, konnte Max vielleicht DiAngelo überwältigen und die Pistole wieder in seinen Besitz bringen.

Lora holte tief Luft.

»Außerdem wird uns das Warten bestimmt nicht langweilig werden«, brummte Minelli zufrieden. »Die Kleine scheint ja wirklich nicht ohne zu sein. Und nachdem sich schon mal diese günstige Gelegenheit bietet, kann sie ihre Qualitäten ja auch mal uns unter Beweis stellen. Aber damit auch Sie auf Ihre Kosten kommen, Maxwell, dürfen Sie uns gerne dabei zusehen.«

Um seine Worte zu unterstreichen, ließ Minelli seine Hand ein Stück höher gleiten, packte Loras Brust und drückte mit seinen widerlichen Wurstfingern so kräftig zu, daß Lora vor Schmerz buchstäblich schwarz vor Augen wurde. Sie stieß einen gellenden Schrei aus. Gleichzeitig trat sie jedoch in blinder Wut nach hinten aus und traf Minelli am Knie. Der zuckte vor Schmerzen heftig zusammen und griff unwillkürlich nach der Stelle, wo Lora ihn getroffen hatte. Als er dabei die Pistole sinken ließ, wirbelte Lora blitzschnell herum und versetzte ihm einen gezielten Handkantenschlag gegen die Nase. Dieser Trick, den sie schon einmal mit Erfolg gegen Max eingesetzt hatte, verfehlte auch auf Minelli seine Wirkung nicht. Mit einem lauten Aufschrei taumelte er einen Schritt zurück, und ohne noch an seine Pistole zu denken, faßte er sich an seine heftig blutende Nase. Diese Gelegenheit nutzte Lora, um sich endgültig von ihm loszureißen und ihm einen heftigen Stoß gegen die Brust zu versetzen. Minelli verlor das Gleichgewicht, stolperte über Thunfischs Lager und ging zu Boden. Im selben Augenblick fiel hinter ihr ein Schuß, und gleich darauf brach ein erbittertes Handgemenge los.

»Das wirst du mir büßen, du Luder!« brüllte Minelli haßerfüllt und riß die Pistole wieder hoch.

Mit einem verzweifelten Aufschrei ließ sich Lora zu Boden fallen, und im selben Moment ertönte auch schon das ohrenbetäubende Krachen eines Schusses, dessen Echo noch lange von den Wänden der Höhle widerhallte. Offensichtlich hatte Minelli sie jedoch verfehlt, da sie keinerlei Schmerzen verspürte.

Vorsichtig schlug sie die Augen auf. Zu ihrer unsäglichen Erleichterung stellte sie fest, daß Max ganz dicht neben ihr stand und eine Pistole in der Hand hielt. Minelli wälzte sich stöhnend auf dem Boden und hielt sich seinen blutüberströmten Arm. DiAngelo nutzte das allgemeine Durcheinander, um zum Ausgang zu stürzen. Max schickte ihm zwar noch einen Schuß hinterher, aber offensichtlich hatte er ihn verfehlt, da sie gleich darauf hören konnten, wie er unter lautem Gepolter den Abhang vor dem Eingang der Höhle hinunterrannte.

»Wo hast du denn das gelernt?« sagte Max mit einem bewundernden Kopfschütteln. »Das hätte ich dir ja gar nicht zugetraut.«

»Ich hab' mal einen Selbstverteidigungskurs für Frauen gemacht.«

Nachdem die beiden ein verstohlenes Grinsen ausgetauscht hatten, machte sich Lora daran, Thunfisch von seinen Fesseln zu befreien. Dagegen hätte Minelli, wenn es nach ihr gegangen wäre, ruhig verbluten können.

»Ist ja nicht zu fassen!« platzte Thunfisch los, sobald Lora den Knebel aus seinem Mund entfernt hatte. »Diesem Drecksack haben Sie es aber gezeigt! Hast du so was schon mal gesehen, Boß?«

Max mußte grinsen. »Ob du's glaubst oder nicht, den Trick hat sie auch schon mal an mir ausprobiert. Hat jedenfalls verdammt weh getan. Deshalb war ich seitdem ja auch immer ganz besonders nett zu ihr.«

Thunfisch mußte grinsen. »Das ist mir nicht entgangen.« Nach einer Weile fügte er hinzu: »Tut mir leid, daß ich mich von den beiden habe überrumpeln lassen. Plötzlich haben wir die Hubschrauber gehört, und im selben Moment haben sie mir auch schon – peng! – eine über die Rübe gezogen. Sie müssen sich wohl schon eine Weile vorher von ihren Fesseln befreit haben.«

Max schüttelte den Kopf. »Mach dir deswegen mal keine Vorwürfe. Fehlt dir irgendwas?« Und als Thunfisch den Kopf schüttelte, fuhr er, an Lora gerichtet, fort: »Könntest du bitte Minelli mal verarzten. Ich würde ihn nämlich ganz gern lebend hier rausschaffen. Dafür bin ich schließlich bezahlt worden.«

Ohne auf Minellis Stöhnen zu achten, machte sich Lora daran, ihm mit Thunfischs Hemd und Fetzen von Max' Anorak einen provisorischen Verband anzulegen. Sein Arm blutete ziemlich stark. Als sie fertig war, fesselte ihn Max mit seinem Gürtel und ließ ihn am Boden liegen.

»Da wäre nur noch ein Problem«, sagte Max, an Lora und Thunfisch gewandt. »Die Schüsse müssen für jeden laut und deutlich zu hören gewesen sein. Es kann also nicht mehr lange dauern, bis die Federales und Minellis Freunde hier anrücken. Außerdem würde es mich sehr wundern, wenn nicht auch Ortegas Leute jeden Augenblick hier eintreffen. Vielleicht sind sie sogar schon hier und halten sich noch eine Weile im Hintergrund, um erst mal abzuwarten, wie sich die Dinge entwickeln. Das ändert jedoch nichts an der Tatsache, daß wir schleunigst von hier weg müssen. Am besten, wir verstecken uns irgendwo im Dschungel.«

»Aber was sollen wir mit Thunfisch machen?« stieß Lora, einer Panik nahe, hervor.

»Ich habe Thunfisch hier raufgeschleppt«, erwiderte Max seelenruhig. »Also werde ich ihn auch wieder nach unten schaffen. Da er außerdem während der letzten paar Tage außer Fisch und Bananen nichts zu essen bekommen hat, hat er in der Zwischenzeit vielleicht ein paar Pfund abgenommen.«

Thunfisch schien das allerdings gar nicht witzig zu finden. Er deutete nur auf Minelli und sagte: »Und was machen wir mit ihm?«

»Der kann ruhig hier auf seine Freunde warten – oder auf die Federales.« Max wandte sich Lora zu. »Nimm soviel von deinen Sachen, wie du tragen kannst, und dann nichts wie weg hier.« Während Lora seiner Aufforderung nachkam, machte sich Max daran, Thunfisch auf seinen Rücken zu hieven.

»Polizei!« gellte es plötzlich von draußen. »Werfen Sie die Waffen weg und kommen Sie mit erhobenen Händen nach draußen!« Sie warfen sich vielsagende Blicke zu. Um sich zu verstecken, war es längst zu spät. Der Moment der Wahrheit war gekommen.

Max und Lora nahmen Thunfisch in ihre Mitte und gingen langsam auf den Eingang der Höhle zu. Der Anblick, der sich ihnen dort bot, ließ Lora das Blut in den Adern gefrieren. Die Höhle war von den Polizisten umstellt, die sie kurz zuvor durch den Dschungel hatten reiten sehen. Die Läufe ihrer Gewehre waren direkt auf sie gerichtet. Ein Stück hinter ihnen standen DiAngelo und die sechs Männer, bei denen es sich vermutlich um Minellis Leute handelte. Sie wurden von einem Polizisten in Schach gehalten.

»Was sollen wir jetzt tun?« stieß Thunfisch angespannt hervor.

»Wir halten sie so lange wie möglich hin und beten in der Zwischenzeit, daß Ortegas Leute endlich auftauchen«, erklärte Max ruhig.

Lora starrte in die drohenden Gewehrläufe und

schluckte. Ihr zuckte bei diesem Anblick die Schlußszene von *Butch Cassidy und Sundance Kid* durch das Gedächtnis, in der die beiden Helden einer Übermacht der bolivianischen Armee gegenüberstehen. Zugleich hoffte sie inständig, daß keiner von ihnen Butch Cassidys Schicksal erleiden würde, denn der Zahl der ihnen entgegengereckten Gewehrläufe nach zu schließen, würde es gleich zu einem fürchterlichen Massaker kommen.

24

Die drei starrten noch immer auf die Federales hinab, als plötzlich unter lautem Dröhnen etwa ein halbes Dutzend Geländemotorräder aus dem Dschungel hervorbrachen. Jede der knallroten Maschinen war mit zwei Mann besetzt, einem Fahrer und einem schwer bewaffneten Sozius. Noch bevor sich die Federales von dem Schock erholt und ihre Gewehre herumgerissen hatten, waren sie von den Motorrädern eingekreist.

Sofort fühlte sich Lora an einen alten Western erinnert, wenn eine Horde berittener Indianer die Wagenburg eines Siedlertrecks umkreiste.

Während die Federales hinter den wenigen Felsbrokken und Büschen auf dem Abhang vor der Höhle Dekkung suchten, nutzten DiAngelo und der Rest von Minellis Leuten die Gelegenheit, um in den Dschungel zu flüchten. Die Motorradfahrer schickten ihnen zwar ein paar Gewehrsalven hinterher, aber wie es schien, erreichten die Flüchtlinge das rettende Unterholz unverletzt. Das Hauptinteresse der Motorradgang galt ohnehin den Federales, die sie, ständig im Kreis fahrend, unter massiven Beschuß nahmen. Die Polizisten hatten inzwischen das Feuer erwidert, ohne jedoch viel gegen die schnellen Motorräder auszurichten, die einen immer engeren Kreis um sie zogen. Doch das Schönste sollte erst noch kommen. Wie ein Wesen von einem anderen Stern brach plötzlich ein motorisiertes Ungetüm aus dem Dschungel, das aussah wie eine Mischung aus Bulldozer und Panzer.

Das seltsame Gefährt blieb direkt am Rand des Urwalds stehen und richtete sein langes Kanonenrohr auf die hart bedrängten Federales. Gleichzeitig öffnete sich die Luke, und in der Öffnung erschien eine rundliche Gestalt in Stahlhelm und weißem Seidenanzug.

»Ortega!« platzte Max heraus und brach in schallendes Gelächter aus. Ortega hob ein Megafon und rief den verdutzten Federales auf spanisch etwas zu.

»Ergebt euch oder wir schießen euch alle nieder«, übersetzte Max für Lora. Die Schüsse waren mit dem Auftauchen des Panzers abrupt verstummt. Trotzdem rechnete Lora damit, daß sie jeden Augenblick wieder einsetzen würden. Immerhin waren die Federales das mexikanische Äquivalent zum FBI. Sie hätten sich einem Mann wie Ortega sicher nicht ohne weiteres ergeben.

Doch im selben Moment wurde hinter einem Felsen eine an einem Gewehrlauf befestigte weiße Fahne hochgereckt, worauf die Motorradfahrer von ihren Maschinen stiegen und die Polizisten entwaffneten. Der Panzer setzte sich wieder in Bewegung und blieb am Fuß des Abhangs unter dem Eingang der Höhle stehen. Ortega hob wieder das Megafon.

»Keine Bewegung! Rauschgiftdezernat! Sie sind alle verhaftet!«

Ohne Vorwarnung kam ein Trupp grün uniformierter Männer aus dem Dschungel gestürmt. Darauf waren Ortegas Leute nicht gefaßt. Die meisten hatten bereits ihre Gewehre beiseite gelegt. Einige von ihnen feuerten zwar noch ein paar Schüsse ab, aber es war von Anfang an klar, daß sie gegen diesen neuen Gegner keine Chance hatten. Sie waren rasch umzingelt. Nur Ortega klappte die Luke zu und ratterte mit seinem Panzer in den Dschungel davon.

»Maxwell, bist du das da oben?«

»Wenn das nicht Barney ist.« Fassungslos den Kopf schüttelnd, starrte Max auf den Offizier hinunter, der ihn eben angesprochen hatte.

»Wer ist Barney?« wollte Lora wissen, während sich Max aus der Höhlenöffnung beugte.

»Ja, Barney, ich bin hier oben. Was treibst du denn hier?«

Der Offizier gab ein ärgerliches Schnauben von sich. »Wir arbeiten seit neuestem mit der mexikanischen Drogenfahndung zusammen. Kann ich raufkommen?«

»Aber klar.« Max winkte ihm zu und zog sich wieder in die Höhle zurück.

»Wer ist Barney?« fragte Lora noch einmal.

»Mein ehemaliger Boß beim Rauschgiftdezernat. Oberst Bernard Brackinridge. Ein prima Kerl.« So gut gelaunt hatte Lora Max noch nie gesehen. Dagegen wirkte Thunfisch nicht gerade begeistert, als Barney in Richtung der Höhle kam. »Das kannst du laut sagen«, brummte er verdrießlich. »Ein prima Kerl.«

»Barney und Thunfisch sind leider nie sehr gut miteinander ausgekommen«, wandte sich Max an Lora. »Barneys tiefverwurzelte Vorurteile gegen ehemalige Einbrecher ließen sich leider trotz allen guten Zuredens nicht mehr ausräumen.«

»Dieser Kerl täte nichts lieber, als mich hinter Gitter zu bringen«, brummte Thunfisch. Im selben Augenblick erschien Barney im Eingang der Höhle.

Er war ein großgewachsener Mann, dessen extrem kurzgeschnittenes blondes Haar ganz hervorragend zu seinem betont militärischen Auftreten paßte. Nachdem er Max die Hand geschüttelt und Lora mit einem freundlichen Lächeln begrüßt hatte, sah er kurz Thunfisch an und nickte. Beim Anblick Minellis, der gefesselt im hinteren Teil der Höhle lag, hoben sich seine Augenbrauen.

»Er gehört zu den Mafiosi, die deine Jungs gerade festgenommen haben«, flocht Max daraufhin ein.

»Was hat die Mafia mit der ganzen Sache zu tun?« Barney sah Max eindringlich an und schüttelte den Kopf. »Mach dir erst gar nicht die Mühe, es mir zu erklären. Wie ich dich kenne, ist das sicher eine lange Geschichte.«

Max grinste. »Das kann man wohl sagen.«

Barney nickte. »Hätte mich auch gewundert, wenn nicht. Wir haben schon vor zwei Tagen rausbekommen, wo ihr seid. Um allerdings außer dem Stoff auch noch ein paar Drogendealer einkassieren zu können, haben wir noch ein bißchen gewartet, bis wir schließlich zugeschlagen haben.« Seine Lippen verzogen sich zu einem zufriedenen Grinsen. »Und wie sich gezeigt hat, wurden wir für unsere Geduld reichlich belohnt! Als die Federales heute morgen im Dschungel einen Suchtrupp ausgemacht haben, dachten sie, es handelte sich dabei um mexikanische Drogenhändler, die sich auf der Suche nach einem abgestürzten Flugzeug mit einer größeren Ladung Heroin an Bord befanden. Sie haben sich unauffällig an ihre Fersen geheftet, um sie mitsamt dem Heroin einzukassieren. Wie sich allerdings herausgestellt hat, sind sie den Falschen gefolgt! In Wirklichkeit waren die Mexikaner nämlich die ganze Zeit hinter ihnen. Zum Glück habe ich mich jedoch mit meinen Männern zurückgehalten – wie du weißt, Max, habe ich ja noch nie etwas von der Zusammenarbeit mit den mexikanischen Behörden gehalten.« Er sah Max plötzlich scharf an. »Hast du den Stoff?«

Max nickte. »Ja.«

»Wenn du mir sagst, wo das Zeug ist, werde ich gleich ein paar von meinen Leuten zu seiner Bewachung abkommandieren – damit niemand auf dumme Gedanken kommt, bevor wir es von hier wegschaffen können. Immerhin handelt es sich dabei um einen Fang erster Größenordnung.« Barney war die Effektivität in Person.

»Immer mit der Ruhe, Barney.« Über Max' Züge legte sich ein wissendes Grinsen. »Erst möchte ich ein paar Zusicherungen von dir haben.«

»Was für Zusicherungen?«

»Zuallererst möchte ich Straffreiheit. Du weißt sehr genau, daß ich – zumindest wissentlich – nichts mit dem Transport des Heroins zu tun hatte. Ich möchte also dein

Wort darauf, daß keiner von uns wegen dieser oder irgendeiner anderen Sache gerichtlich belangt wird.«

»Wie zum Beispiel wegen Entführung?« sagte Barney grimmig und sah dabei Lora an.

»Unter anderem.« Max grinste immer noch, aber Lora wäre unter Barneys durchdringenden Blicken am liebsten im Erdboden versunken.

»Sie sind doch von ihm entführt worden?« fragte er sie streng.

»Ja.«

»Wollen Sie Anzeige gegen ihn erstatten?«

»Nein.«

»Aha.« Er taxierte sie, um sich dann wieder Max zuzuwenden. »Von daher hast du also nichts zu befürchten.«

»Das war allerdings auch nicht der Punkt, dessentwegen ich mir Sorgen gemacht habe.«

Barney verzog das Gesicht. »Du willst also, daß ich die mexikanischen Behörden dazu überrede, eine ganze Reihe von Anklagepunkten gegen dich fallenzulassen, die da lauten: Mord, Strafvereitelung, Entführung, Bombenanschläge, Wagendiebstahl und Gott weiß was sonst noch alles? Denk bloß nicht, wir wüßten nicht genauestens über deine jüngsten Schandtaten Bescheid.«

»Zumindest hast du keinen einzigen möglichen Anklagepunkt ausgelassen«, entgegnete Max trocken.

»So leid es mir tut, Max, aber ich kann in dieser Sache unmöglich über die Köpfe der Mexikaner hinweg entscheiden.«

»Dein Pech, Barney. Dann wirst du eben den ganzen Dschungel nach dem Stoff absuchen müssen.«

»Sag mir, wo das Heroin ist, Max, und ich werde sehen, was sich tun läßt.«

Max schüttelte den Kopf. »Da mußt du dir schon was Besseres einfallen lassen, Barney. Mach mir doch nichts vor. Ich weiß ganz genau, daß du mir Immunität zusichern kannst. Schließlich habe ich selbst gesehen, wie du das auch in verschiedenen anderen Fällen schon getan hast.«

»Das ist durchaus richtig – mit einem Unterschied: Wir waren damals nicht von höchster Stelle angehalten, mit den Mexikanern zusammenzuarbeiten. Diese Burschen wollen dir an den Kragen, Max, und da die Stimmung zwischen unseren beiden Ländern im Augenblick ohnehin ziemlich gespannt ist, möchte ich nicht noch für zusätzlichen Sprengstoff sorgen.«

»Wir haben es hier mit Heroin im Wert von zehn Millionen Dollar zu tun, Barney. Plus hunderttausend Dollar in bar. Die Nummern der Scheine sind vermutlich sogar registriert.«

Barney starrte ihn eine Weile unschlüssig an, bevor er schließlich nickte.

»Es könnte mich zwar teuer zu stehen kommen, aber du sollst deinen Willen trotzdem haben. Als Gegenleistung für das Heroin sichere ich dir völlige Straffreiheit zu.«

»Ich wußte doch, daß ich mich auf dich verlassen kann, Barney.« Max strahlte übers ganze Gesicht, und sogar Thunfischs Miene erhellte sich etwas. Lora fiel ein Stein vom Herzen. Es war also doch noch einmal alles gut gegangen. Keiner von ihnen würde ins Gefängnis wandern.

»Also, wo ist der Stoff?« wollte Barney wissen.

»Nur noch eines.« Max' Grinsen war breiter denn je.

Barney stöhnte laut auf. »Was?«

»Ich möchte einen Finderlohn. Oder hast du schon wieder vergessen, daß ich schon lange nicht mehr für deinen Verein arbeite?«

»Einen Finderlohn!« Barney schienen die Worte zu fehlen. »Wieviel?«

»Ein Prozent. Das sind nach Adam Riese einhunderttausend Dollar.«

»Kommt überhaupt nicht in Frage!«

»Ob es dir paßt oder nicht, Barney, wir haben dir damit einen Riesengefallen getan. Stell dir nur mal vor, was du mit so einem Fang für eine Presse kriegen wirst. In Anbetracht dessen ist es nur fair, daß dabei auch für uns etwas abfällt. Schließlich hatten wir doch den meisten Ärger mit der Sache.«

»Du warst ja schon immer ein besonders ausgekochter Verhandlungspartner«, brummte Barney resigniert. »Also gut, du sollst deinen Finderlohn haben.«

»Vielen Dank, Barney.« Max klopfte dem Offizier freundschaftlich auf die Schulter. Lora und Thunfisch warfen sich ungläubige Blicke zu.

»Und?« fragte Barney. »Wo ist das Heroin?«

Statt einer Antwort ging Max mit einem wissenden Lächeln auf die Wand mit den seltsamen Höhlenmalereien zu und drückte auf eine Stelle direkt unter der Speerspitze eines Maya-Kriegers. Unter lautem Rumpeln und Quietschen begann sich die Wand zu bewegen.

»Mich trifft der Schlag!« entfuhr es Thunfisch.

Argwöhnisch trat Barney einen Schritt vor und steckte seinen Kopf durch die Öffnung in der Höhlenwand, hinter der sich eine aus dem Fels gemeißelte Kammer auftat.

Lora folgte ihm gespannt.

»Das Rauschgift war die ganze Zeit hier?« Ungläubig blickte sie in die Felskammer, in der die Kisten mit dem Heroin gestapelt waren. »Was ist das überhaupt?«

Max sah sie zufrieden grinsend an. »Eine Grabkammer der Maya, nehme ich an. Zumindest sieht das, was dort liegt, nach einem Toten aus.«

Damit deutete er auf eine Art Bahre, auf der ein in schmale Stoffstreifen gewickeltes Skelett lag. Die Wände der Kammer selbst waren mit abstrakten Figuren bemalt, und auf dem Boden lagen mehrere zum Teil noch intakte Kostbarkeiten herum.

Barney hatte für diese archäologischen Kostbarkeiten keinen Blick. »Wo ist das Geld?« wollte er nur wissen.

Max deutete auf den braunen Diplomatenkoffer, der gegen eine der Kisten gelehnt war.

»Und da sollen hunderttausend Dollar drin sein?« Barney hob den Koffer hoch und wog ihn kurz in seiner Hand.

Max nickte.

»Na schön, dann ist das dein Finderlohn. Sieh zu, daß du nichts davon verlierst.« Damit warf er Max den Koffer zu. Der fing ihn auf und bedankte sich mit einer leichten Verneigung.

»Und jetzt gilt es vor allem, euch schleunigst von hier wegzuschaffen. Die Mexikaner werden sich bestimmt eher breitschlagen lassen, nichts gegen dich zu unternehmen, wenn sie dich erst gar nicht in die Finger bekommen.«

Erst jetzt legte Max die Rolle des harten Verhandlungspartners ab und sagte sichtlich gerührt: »Vielen Dank, Barney. Das werde ich dir bestimmt nie vergessen.«

Sein ehemaliger Vorgesetzter schüttelte bedauernd den Kopf. »Du warst ja auch einer der besten Leute, die ich je hatte. Falls du es dir doch noch mal anders überlegen solltest und wieder bei uns einsteigen willst...«

»Mal sehen«, erwiderte Max.

Nachdem ihn Barney noch einmal für einen Moment eindringlich angesehen hatte, ging er zum Eingang der Höhle und rief nach einem Mann namens Burrows. Wenige Minuten später kam der den Abhang hochgekeucht und blieb salutierend vor ihm stehen.

»Burrows, bringen Sie diese drei unverzüglich zu meinem Hubschrauber. Und sagen Sie Dennis, er soll sie an einen Ort ihrer Wahl fliegen.«

»Jawohl, Sir.«

»Und noch etwas, Burrows. Gehen Sie dabei am besten so vor, daß der Eindruck entsteht, als ob Sie die drei abführen würden.«

»Jawohl, Sir.« Burrows verzog zwar keine Miene, warf aber einen verstohlenen Blick auf Lora.

Sicher brannte er vor Neugier zu wissen, was hier eigentlich gespielt wurde. Allerdings hatte Lora nicht vor, es ihm zu erzählen.

»Was ist mit ihm, Sir?« Burrows deutete auf Minelli, der reglos am Boden lag.

»Ist er tot?« fragte Barney ohne großes Interesse. Burrows bückte sich zu Minelli hinab, um ihm den Puls zu fühlen. Nach einer Weile richtete er sich wieder auf und sagte: »Nein, Sir.«

»Dann ist der Kerl verhaftet. Für ihn gilt das allerdings wirklich.«

»Jawohl, Sir. Wenn Sie erlauben, Sir, werde ich ein paar Leute heraufholen.«

»Tun Sie das, Burrows.«

Burrows ging zum Ausgang der Höhle und brüllte etwas nach unten. Wenige Augenblicke später tauchten sechs Männer in der Öffnung auf.

»Michaels, Gibbons und Patterson, Sie bringen diese drei Personen mit vorgehaltener Waffe zum Hubschrauber des Oberst. Ich werde Sie dabei begleiten. Todd und Zigler, Sie bewachen die Höhle. Niemand außer dem Oberst und mir darf sie ohne Genehmigung betreten. Raymond, dieser Herr da steht unter Arrest. Lassen Sie ihn erst einmal ärztlich versorgen und stellen Sie ihn dann unter strenge Bewachung. Ist das klar?«

»Jawohl, Sir!« kam es gleichzeitig aus einem halben Dutzend Kehlen.

Darauf traten sie den Abstieg an. Zwei Männer luden Thunfisch auf eine mitgebrachte Bahre, während Burrows und ein noch jüngerer Mann mit vorgehaltenen Revolvern hinter Lora und Max hergingen.

Die Federales, die inzwischen von Barneys Leuten befreit worden waren, hatten sich inzwischen daran gemacht, nun ihrerseits Ortegas Leute zu fesseln und ihre Motorräder zu konfiszieren. Auch DiAngelo und der Rest von Minellis Leuten waren inzwischen aufgegriffen und mit den anderen in sicheren Gewahrsam genommen worden. Nur Ortega war in seinem Panzer entkommen.

»Äh, Sir...« Einer der jungen Polizisten wandte sich zaghaft an Burrows. Nach einer kurzen geflüsterten Unterredung machte dieser Max folgenden Vorschlag: »Mit den Motorrädern wären wir wesentlich schneller bei Oberst Brackinridges Hubschrauber. Wenn Sie nichts dagegen haben, könnten meine Männer Sie hinfahren.«

»Mit dem allergrößten Vergnügen«, erwiderte Max mit einem fragenden Blick in Richtung Lora, die jedoch tapfer nickte.

Darauf wurden drei Motorräder gebracht. Bevor sie jedoch losfahren konnten, mußte erst noch Thunfischs gebrochenes Bein regelrecht an der Maschine festgezurrt werden, damit es während der Fahrt nicht zu sehr durchgeschüttelt wurde.

Nach kurzer halsbrecherischer Fahrt durch den unwegsamen Dschungel erreichten sie eine Lichtung, in der drei Hubschrauber standen, zwei große Transporter und ein kleinerer Helikopter, der offensichtlich für Barneys persönlichen Gebrauch bestimmt war.

Während Lora noch mit etwas weichen Knien von ihrem Motorrad stieg, wechselte Burrows bereits ein paar Worte mit dem Piloten des kleinen Hubschraubers. Dann salutierte er, setzte sich wieder auf seine Maschine und brauste mit seinen zwei Begleitern in der Richtung davon, aus der sie gekommen waren.

Nachdem die drei sicher im Innern des Hubschraubers saßen, zischte Lora in Max' Ohr: »Du wirst das Geld doch hoffentlich nicht behalten?«

»Warum nicht? Soll ich es etwa wegwerfen?«

»Es ist schmutziges Geld.«

»Na und? Was soll ich deiner Meinung nach damit tun?«

»Es zurückgeben.«

»Wem? Wenn ich es Ortega zurückgebe, der in gewisser

Weise der rechtmäßige Besitzer ist, wird er mich vermutlich auf der Stelle über den Haufen schießen lassen. Ich kann mir jedenfalls nicht vorstellen, daß er im Augenblick sonderlich gut auf mich zu sprechen ist. Außerdem würde er das Geld nur in das nächste Drogengeschäft investieren. Und das dürfte doch wohl kaum in deinem Interesse liegen. Das Geld Barney zurückzugeben, hätte auch wenig Sinn. Es würde dann nur in irgendeinem Regierungstresor vor sich hinschmelzen.«

Lora starrte ihn wütend an. Das sah ihm wieder ähnlich. Sie wußte zwar selbst nicht, was mit dem Geld hätte geschehen sollen. Trotzdem war ihr eines klar: Max hatte kein Recht darauf. Aber wenn nicht er, wer dann?

»Spar dir deine Gewissensbisse für eine bessere Gelegenheit auf, Lora. Wir haben uns diese hunderttausend Dollar sauer genug verdient. Außerdem werde ich schon dafür sorgen, daß es für einen guten Zweck ausgegeben wird. Unter anderem werden auch Clementes und Lowenthals Familien etwas davon bekommen.«

»Was soll mit Clementes Leiche geschehen?« Schaudernd fiel Lora plötzlich wieder der Tote ein, den sie im Dschungel zurückgelassen hatten.

»Barney hat mir zugesichert, die Leiche seinen Angehörigen zu überstellen. Ich habe ihm die Stelle, wo sie liegt, genau beschrieben.«

»Und Ortega? Glaubst du, sie werden ihn schnappen?«

»Wahrscheinlich. Vermutlich wird ihm sogar der Prozeß gemacht. Allerdings bezweifle ich, daß er ins Gefängnis wandert. Ortega hat eine Reihe außerordentlich einflußreicher Freunde.«

Als Max sie darauf aus verschwörerisch blitzenden Augen liebevoll ansah, konnte Lora einfach nicht anders, als ihm einen flüchtigen Kuß auf die Lippen zu drücken.

Darauf faßte er sie am Arm und sah sie mit einer seltsamen Mischung aus Verwunderung und etwas, das sie nicht recht zu deuten wußte, an.

»Lora …« Doch was er auch zu sagen beabsichtigt hatte, ging im lauten Knattern der Rotoren unter, als der Pilot den Hubschrauber startete.

Als sie schließlich von der kleinen Lichtung im Dschungel abhoben, bot sich ihnen ein atemberaubender Anblick. Unter ihnen lag der in unzähligen Grünschattierungen leuchtende Dschungel. Über ihnen wölbte sich ein strahlend blauer Himmel, und aus der Ferne blitzten die schneebedeckten Gipfel einer wild zerklüfteten Bergkette zu ihnen herüber. Aus dieser luftigen Höhe betrachtet, wirkte die grüne Hölle, der sie eben entronnen waren, wie das Paradies auf Erden. Und mit einem Blick auf Max mußte sich Lora eingestehen, daß es das vielleicht tatsächlich auch gewesen war.

»Mr. Maxwell?« Der Pilot warf einen flüchtigen Blick über seine Schulter zurück. »Wohin soll ich Sie bringen? Oberst Brackenridge hat mich Ihnen zur freien Verfügung gestellt.«

Ohne lange zu überlegen, sagte Max: »Zuallererst muß Thunfisch ins Krankenhaus. Am besten, Sie fliegen uns nach Guatemala City.«

»Mich kriegen keine zehn Pferde in ein Krankenhaus«, protestierte Thunfisch.

»Aber du glaubst doch nicht im Ernst, daß ich dich in dem Zustand zu Ann nach Hause bringe. Sie würde mir bei lebendigem Leib die Haut abziehen.«

Thunfisch setzte eine sorgenvolle Miene auf. »Da hast du natürlich auch wieder recht. Ich habe ihr nämlich erzählt, wir hätten einen kleinen Segeltörn gemacht.«

»Da ich dich leider nicht wieder aufpäppeln kann, hast du also nur eine Wahl: Nach Hause zu Ann oder ins Krankenhaus.«

»Du bist mir vielleicht ein Freund«, brummte Thunfisch, worauf sich Max kurz Lora zuwandte: »Ann ist seine Frau. An sich ist sie ein prima Kerl, aber manchmal macht sie ihm ganz schön die Hölle heiß.«

Plötzlich legte sich ein breites Grinsen über Thunfischs Züge. »Ich hab's! Ich werde Ann einfach sagen, es war deine Schuld, daß ich mir das Bein gebrochen habe.«

Max erschauderte theatralisch. »Das wäre dir ohne weiteres zuzutrauen.« Dann wandte er sich seltsam ernst Lora zu. »Wir können dich in Guatemala City in die erste Maschine zurück in die Staaten setzen. Dann bist du morgen zum Frühstück zu Hause in Kansas.«

Lora sah ihm tief in die Augen, bevor sie leise sagte: »Bitte, Max, ich möchte bei dir bleiben.«

Thunfisch wandte mit einem verlegenen Räuspern den Blick ab. Und der Pilot schien plötzlich ganz mit seinen Instrumenten beschäftigt.

»Darüber können wir uns später noch unterhalten«, antwortete Max ausweichend. Aber in seinen Augen lag dabei ein ungewohnt warmes Leuchten.

Lora war überglücklich. Sie war ihm also doch nicht so gleichgültig, wie sie befürchtet hatte. Jedenfalls wollte er ihr nicht sofort den Laufpaß geben, sobald es einmal mit ihrer trauten Zweisamkeit im Dschungel vorbei war.

25

Bis sie schließlich in Guatemala City gelandet waren, die nötigen Formalitäten erledigt, Thunfisch in ein Krankenhaus gebracht und ein Taxi gefunden hatten, das sie ins Hotel brachte, war es fast Mitternacht. Trotz ihrer Erschöpfung weckte die Aussicht auf eine Nacht mit Max in einem richtigen Bett Loras Lebensgeister ganz gewaltig. Oder waren sie beide schon zu müde? Prüfend warf sie einen Blick in das kantige Gesicht des Mannes, den sie liebte.

Das Taxi hielt vor der Hacienda Guatemala City, einem kleinen, aber eleganten Hotel im Zentrum. Erst beim Betreten der marmornen Eingangshalle wurde sich Lora wieder ihres abgerissenen und verdreckten Äußeren bewußt. Am liebsten wäre sie auf der Stelle im Boden versunken, als sie mit Max auf die Rezeption zuging. Max schien jedoch wegen seines heruntergekommenen Aussehens nicht im geringsten verlegen. Und dann zog er auch noch eine Kreditkarte aus der Tasche, als wäre das die selbstverständlichste Sache der Welt. Wo hatte er die nur wieder her?

»Sie ist doch hoffentlich nicht gestohlen«, flüsterte sie ihm zu, als sie auf ihr Zimmer geführt wurden. »Die Kreditkarte, meine ich.«

»Natürlich nicht«, erwiderte Max grinsend. »Du solltest dir langsam wirklich abgewöhnen, mich für irgendeinen dahergelaufenen Ganoven zu halten. Ob du's glaubst oder nicht«, fügte er hinzu, als ihnen der Hoteldiener die Tür ihres Zimmers aufschloß, »ich habe sie vollkommen legal beantragt und ausgestellt bekommen. Wie jeder andere Mensch auch.«

»Du hast so einfach eine Kreditkarte bekommen?« Lora

machte aus ihrer Verwunderung kein Hehl. »Was hast du als Beruf angegeben? Ausbrecherkönig?«

»Ich habe lediglich selbständig eingetragen, was ja auch der Wahrheit entspricht.« Er gab dem Hoteldiener ein Trinkgeld und schloß die Tür hinter ihm. »Jetzt ist endlich genug mit deinen ständigen Skrupeln. Wie wär's mit einem ordentlichen Abendessen? Wir könnten uns was aufs Zimmer kommen lassen. Du kannst ja inzwischen schon mal ein Bad nehmen, während ich das Essen bestelle.«

»Ein Bad», seufzte Lora.

Max deutete auf die Tür des Badezimmers. »Hast du auch Lust auf ein Steak? Das werde ich mir jedenfalls bestellen.«

»Hört sich fast zu schön an, um wahr zu sein.« Lora lief schon bei dem bloßen Gedanken das Wasser im Mund zusammen. »Mit allem, was dazu gehört. Salat, Bratkartoffeln, Brot und Butter...«

»Paß bloß auf, daß du dich nicht übernimmst«, warnte Max sie grinsend. »Wenn du bisher von Montezumas Rache verschont geblieben bist, erwischt es dich noch, weil du auf leeren Magen zuviel ißt.«

»Das ist mir im Augenblick völlig egal. Los, bestell schon endlich. Und auch noch einen Krabbencocktail, wenn sie hier so was haben. Und einen Nachtisch.«

»Und was ist mit deiner Figur?«

»Darüber werde ich mir später Gedanken machen.« Lora streckte ihm die Zunge heraus und verschwand im Bad. Nachdem sie die Tür hinter sich geschlossen hatte, sah sie sich erst einmal staunend um. Sie konnte es kaum fassen – eine blitzblanke weiße Wanne mit gläsernen Schiebetüren, eine Toilette und ein Waschbecken mit einem Spiegel darüber. Während sie Wasser in die Badewanne einlaufen ließ, wusch sie sich das Gesicht und putzte sich in Ermangelung einer Zahnbürste mit einem Waschlappen die Zähne. Sie hatte sich gerade ausgezogen und in das heiße Wasser sinken lassen, als Max kurz klopfte und, ohne ihre Antwort abzuwarten, ins Bad kam.

»Ich kann mich nicht erinnern, ›herein‹ gesagt zu haben«, wies sie ihn streng zurecht und drückte sich züchtig den weißen Waschlappen gegen die Brust.

Max blieb in der offenen Tür stehen und sagte grinsend: »Du wirst doch nicht wieder anfangen, die Schüchterne zu spielen.«

Dabei ließ er genüßlich seinen Blick über ihren nackten Körper gleiten. »Ich habe dir übrigens was mitgebracht.« Dabei hielt er eine braune Papiertüte hoch. »Zahnpasta, Zahnbürste, Kamm, Shampoo und was Frauen sonst noch so alles brauchen. Ich habe an der Rezeption angerufen, unser ganzes Gepäck wäre am Flughafen abhanden gekommen und ob sie uns nicht ein paar Sachen raufschicken könnten.«

»Und das haben sie dir geglaubt?«

»Warum nicht? Ich habe schließlich für unser Zimmer bezahlt. Und solange du zahlst, glauben sie dir alles.«

»Du bist ein Zyniker.«

»Und du bist unglaublich naiv. Und unbeschreiblich schön. Was hältst du davon, wenn ich dir den Rücken einseife?«

»Gar nichts!«

»Ich aber um so mehr. Rück ein Stück zur Seite, ich komme zu dir rein.«

»Max, nein!« Die Vorstellung, mit Max zu baden, war ebenso schockierend wie verlockend. Noch nie in ihrem Leben hatte sie mit jemandem gebadet. Aber Max machte sich bereits daran, sich auszuziehen. Je länger sie ihn dabei beobachtete, desto stärker wurde das seltsame Prikkeln, das sich in ihrer Magengrube bemerkbar machte.

Mein Gott, was für einen wundervollen Körper er hatte! Genau, wie sie sich den Körper eines Mannes immer gewünscht hatte. Mit breiten Schultern, schmalen Hüften und langen Beinen. Sie wandte keine Sekunde den Blick von ihm ab, als er mit einem breiten Grinsen zu ihr in die Wanne stieg.

»Reich mir doch bitte mal die Seife«, forderte er sie auf, nachdem er sich ihr gegenüber niedergelassen hatte. Fasziniert beobachtete Lora, wie er sich gemächlich die Brust einseifte. Die Intimität eines gemeinsamen Bades hatte etwas seltsam Anrührendes. Am liebsten hätte sie das ihr ganzes Leben mit ihm gemacht. Sie überkam das starke Bedürfnis, mit zitternden Lippen hervorzustoßen: »Ich liebe dich.« Aber sie biß sich gerade noch rechtzeitig auf die Zunge. Schließlich hatten sie sich darauf geeinigt, keine Erwartungen aneinander zu stellen. Ihr war natürlich sehr wohl bewußt, daß dem, zumindest was sie betraf, keineswegs so war, aber zugleich warnte sie ihr weiblicher Instinkt, noch eine Weile zu warten, bevor sie ihm ihre wahren Gefühle gestand. Dazu mußte er erst noch etwas abhängiger von ihr werden und sich vielleicht auch selbst ein bißchen in sie verliebt haben.

»Du siehst mich ja an wie eine Katze eine Maus – als ob du vorhättest, gleich zuzuschlagen.«

Die Schärfe dieser Beobachtung ließ Lora für einen Moment stutzen. Aber sie erholte sich rasch, weil er ja schließlich unmöglich wissen konnte, was in diesem Augenblick in ihr vorgegangen war. Dem erwartungsvollen Leuchten seiner Augen nach zu schließen, hatte er ihr Interesse als ein Zeichen aufgefaßt, daß sie ihn begehrte. Was sie auch tat.

»Das habe ich tatsächlich in Erwägung gezogen.« Sie strich ihm zärtlich übers Bein. »Aber ich werde damit lieber bis nach dem Essen warten. Ich komme fast um vor Hunger.«

»Soll das heißen, dir ist das Essen wichtiger, als mit mir zu schlafen? Also weißt du, Lora, ich bin zutiefst enttäuscht.«

Grinsend ließ sich Max ein Stück tiefer in die Wanne sinken. Dabei streifte er mit dem Rücken über die Wasserhähne und richtete sich abrupt auf. »Ganz schön unbequem. Glaubst du, neben dir ist noch Platz für mich?«

»Nein«, sagte Lora.

Aber er war bereits aufgestanden und hatte sie an den Armen hochgezogen. »Du kannst ja auch zwischen meinen Beinen sitzen.«

Als sich dabei ihre Körper kurz berührten, war es, als spränge ein elektrischer Funke zwischen ihnen über. Der Ausdruck seiner Augen veränderte sich, und plötzlich standen sie eng umschlungen in der dampfenden Badewanne. Max fühlte sich besser an denn je. Unwillkürlich begann sich Lora an ihm zu reiben. Und als sich dann seine Lippen auf die ihren herabsenkten, küßte sie ihn mit einer Hingabe, deren nur eine Frau fähig ist, die verliebt ist. Ja, sie liebte ihn. Und noch während sie dieser Gedanke durchzuckte, hoffte sie, daß er nichts davon merkte.

Als er sich schließlich wieder von ihr löste, sah er sie lange mit unergründlicher Miene an. Lächelnd strich Lora mit dem Zeigefinger über seine behaarte Brust. Dann beugte sie sich vor und begann seine Brustwarze mit ihren Lippen zu liebkosen. Sie schmeckte nach Seife.

»Das Bad kann warten«, stieß er plötzlich heiser vor Erregung hervor. »Ich will dich. Und zwar sofort.«

Damit hob er sie auf starken Armen aus der Wanne und trug sie zum Bett. Sie konnte noch immer nicht recht fassen, welch heftige Reaktionen seine körperliche Nähe in ihr hervorrief. Sie konnte einfach nicht genug von ihm kriegen.

Kaum waren sie auf das frisch gemachte Bett niedergesunken, zog sie ihn mit fast verzweifelter Gier eng an sich heran. Sie wollte ihn. Auf der Stelle. Sie hatte keine Zeit mehr für irgendwelches Vorspiel, und ihm ging es offensichtlich ganz genauso. Sie wand sich in seiner Umarmung, bis sie das Gefühl hatte, nicht mehr einen Quadratzentimeter ihrer Haut mehr an ihn pressen zu können. Ihren Körper durchlief ein heftiger Schauer der Lust, als er sie schließlich nahm. Binnen weniger Augenblicke war er in sie eingedrungen. Sein Verlangen stand dem ihren in nichts nach.

Im blinden Taumel der Lust hörte Lora das Klopfen an der Tür nicht. Sie spürte nur, daß Max kurz innehielt. Und dann hörte auch sie das Klopfen. Lauter, fordernder.

»La cena, señor!«

»Muß dieser Idiot ausgerechnet jetzt das Essen aufs Zimmer bringen!« stieß Max genervt hervor.

Als Lora kurz entschlossen rief: »Lassen Sie es doch einfach vor der Tür stehen«, wiederholte Max das Ganze noch einmal auf spanisch. »Vermutlich kann der Kerl kein Englisch«, wandte er sich dann ihr wieder zu.

»Si, señor.« Es folgte das leise Klappern von Geschirr, und wenige Augenblicke später entfernten sich draußen auf dem Flur leise Schritte.

Max wandte sich wieder Lora zu. »Wo waren wir doch gleich stehengeblieben?«

Darauf begann sie sich eindeutig unter ihm zu bewegen und sagte: »Etwa hier.« Gleichzeitig gruben sich ihre Finger in sein Gesäß und drückten ihn ganz fest an sich.

»Ich dachte eigentlich, mehr hier«, erwiderte er grinsend, und zog sich fast gänzlich wieder aus ihr zurück.

»Ahhh«, seufzte sie genüßlich. »Wo auch immer.«

Später, viel später, nach einer raschen gemeinsamen Dusche, bei der Lora endlich auch Gelegenheit fand, ihr Haar zu waschen, rollte Max den Wagen mit ihrem Abendessen vom Flur herein. Nur mit ihren Handtüchern bekleidet, setzten sie sich an den Tisch. Beim Anblick des saftigen Steaks auf ihrem Teller lief Lora das Wasser im Mund zusammen. Aber auch Max, der ihr mit nacktem Oberkörper gegenübersaß, sah zum Anbeißen aus.

Das Steak war natürlich längst kalt geworden. Aber das vermochte ihren Heißhunger in keiner Weise zu schmälern. Als sie ihre Teller bis auf den letzten Rest leergegessen hatten, ließen sie sich genüßlich zurücksinken und unterhielten sich über alles mögliche. Lora erzählte ihm von ihrer Kindheit, und er hörte ihr aufmerksam zu. Er nahm ab und zu einen Schluck Wein, stellte zu dem einen oder anderen Punkt eine kurze Frage, überließ das Reden aber sonst in der Hauptsache ihr. Irgendwann ertappte sie sich sogar dabei, daß sie ihm vom Tod ihrer Mutter erzählte und von der Erleichterung, die sie darüber verspürt hatte. Erst dachte sie, sie hätte vielleicht zuviel Wein getrunken. Diese geheimen Gedanken und Gefühle hatte sie bisher noch keinem Menschen anvertraut. Als sie schließlich geendet hatte, war auch die Flasche Wein leer, und sie lagen eng aneinandergeschmiegt in dem breiten Doppelbett. Unwillkürlich wartete Lora darauf, daß Max ihr nun auch ein paar seiner bestgehütetsten persönlichen Geheimnisse anvertraute. Aber das tat er nicht.

»Erzähl mir doch ein bißchen über dich«, versuchte sie ihn zu locken und schmiegte sich noch enger an ihn.

»Da gibt es nicht viel zu erzählen«, murmelte er und strich ihr zärtlich über den Unterarm. Er hörte sich genauso schläfrig an wie Lora.

»Das glaubst du doch selbst nicht«, erwiderte sie mit einem Anflug von Verärgerung in der Stimme. »Ist dir eigentlich klar, daß ich nicht mal weiß, wie alt du bist?«

»Siebenunddreißig. Und? Bist du jetzt zufrieden?«

»Nein.« Es gab so vieles, was sie wissen wollte, aber sie war so müde – zu müde jedenfalls, um ihn einem Verhör zu unterziehen. Offensichtlich war er nicht bereit, über seine Vergangenheit zu sprechen. Wenn sie darüber etwas wissen wollte, würde sie ihm jedes Wort einzeln aus der Nase ziehen müssen. Und nicht einmal dann war sicher, ob er ihr tatsächlich etwas über sich erzählt hätte. Wenn Thunfisch nicht gewesen wäre, hätte sie noch immer nicht mehr über Max gewußt, als daß er Frauen entführte und von der mexikanischen Polizei gesucht wurde. Aber das war jetzt nicht der Zeitpunkt, weiter in ihn zu dringen. Sie war todmüde und wollte nur noch eines: schlafen. Außerdem war morgen auch noch ein Tag...

»Ich bin am siebenundzwanzigsten Oktober geboren. Demnach bin ich wohl Skorpion. Bist du nun endlich zufrieden?«

»Nein.« Sie mußte jedoch über diesen merkwürdigen Gedankensprung lächeln.

»Ich auch nicht.«

»Was?« murmelte sie, bereits halb eingeschlafen.

»Ich bin auch nicht zufrieden.«

»Was?« Sie brauchte eine Weile, bis sie verstand, was er meinte. Vielleicht hätte sie auch länger gebraucht, wenn nicht plötzlich seine Lippen über ihre Brüste gewandert wären und sich über ihre Brustwarzen hergemacht hätten. Als dann auch noch seine Hand vorsichtig zwischen ihre Schenkel glitt, begannen sich ihre Lebensgeister plötzlich wieder zu regen.

»Du bist doch nicht etwa schon müde?« murmelte er, als er sich kurz von ihrer Brust löste, um seine ganze Aufmerksamkeit der anderen zuzuwenden. Wie von selbst öffneten sich Loras Beine.

»N-nein.« Das stimmte natürlich nicht. Sie war so müde, daß sie kaum mehr die Augen offenhalten konnte. Aber was er meinte, war natürlich, ob sie zu müde war, um sich mit ihm zu lieben, und dafür war sie nie zu müde – nie, nie, nie.

»Bestimmt nicht?« Seine Finger fanden die Stelle, die sich am meisten nach ihm sehnte.

»Nein.«

»Gut.« Und im selben Augenblick war er auch schon auf ihr.

Trotz ihrer Erschöpfung stöhnte Lora laut auf vor Lust. Sie konnte einfach nicht genug von ihm kriegen.

Die tiefe Müdigkeit, die von ihr Besitz ergriffen hatte, verlieh dem Ganzen einen ganz besonderen Reiz. Sie fühlte sich ihm so nahe wie selten zuvor, und als sie beide schließlich kurz hintereinander kamen, flüsterte er immer wieder ihren Namen. Eng aneinandergeklammert schwebten sie gemächlich wieder auf die Erde zurück und versanken auf der Stelle in tiefen, tiefen Schlaf.

Es war viele Stunden später, als Lora plötzlich aus dem Schlaf hochschrak. Sie wußte nicht, was sie geweckt hatte, aber irgend etwas stimmte nicht. Max neben ihr wälzte sich unruhig von einer Seite auf die andere. Besorgt drehte sich Lora zu ihm herum. Er schlief doch sonst immer tief und fest.

Nach einer Weile begann er sogar etwas Unverständliches vor sich hin zu murmeln. Ob er wohl wieder diesen schrecklichen Alptraum hatte?

»O Gott, was habe ich nur getan!« stieß er schluchzend hervor. »Warum? Warum?«

Lora beugte sich über ihn und begann ihn vorsichtig wachzurütteln. »Max, wach auf! So wach doch endlich auf!«

»O Gott! Nein! O mein Gott!«

»Max!«

Sie hatte ihn inzwischen aus Leibeskräften zu schütteln begonnen. Es war ihr unerträglich, ihn so leiden zu sehen. Nach einer Weile setzte er sich auf und riß so heftig die Arme auseinander, daß er sie fast aus dem Bett gestoßen hätte.

»Max!« Voller Angst packte sie ihn am Arm. Er zitterte am ganzen Körper und hielt sich die Hände vors Gesicht.

»Max!«

Sie hielt noch immer verzweifelt seinen Arm fest, und dann, kaum merklich, begann die schreckliche Anspannung von ihm zu weichen. Erst glaubte sie noch, sich alles nur einzubilden, aber dann beruhigte sich allmählich auch sein keuchender Atem. Er ließ die Arme sinken und wandte ihr sein Gesicht zu, um sie mit weit aufgerissenen Augen anzustarren.

»Lora.«

»Max, fehlt dir auch nichts?« Sie wollte ihn tröstend in die Arme schließen, aber er hielt sie weit von sich.

»Habe ich dir angst gemacht? Oder dir gar weh getan?« Er hörte sich zu Tode erschöpft an.

»Nein, Max. Nein, Liebling. Du hast mir nichts getan. Du hattest nur einen Alptraum, und ich habe dich geweckt.«

»Ich habe mich also im Schlaf wieder mal in ein menschliches Ungeheuer verwandelt«, stieß er bitter hervor. »Meine Ex-Frau flüchtete sich bei diesen Gelegenheiten immer ins Bad und schloß die Tür hinter sich ab. Ehrlich gesagt, kann ich ihr das nicht mal zum Vorwurf machen. Vielleicht hätte ich ihr eines Tages tatsächlich was angetan. Vielleicht habe ich ja auch dir was angetan.«

»Nein, Max, du hast mir nichts getan. Und deine Frau muß wohl eine ziemlich dumme Kuh gewesen sein«, stieß Lora aufgebracht hervor.

»Keineswegs. Sie war ein prima Kerl und hat es wirklich gut mit mir gemeint. Sie war dir übrigens sehr ähnlich. Offensichtlich scheine ich eine verhängnisvolle Schwäche für eine ganz bestimmte Sorte netter, anständiger Frauen zu haben...«

»Was soll daran verhängnisvoll sein? Leg dich doch erst mal wieder hin. Dir ist ja ganz kalt.« Da sie es inzwischen trotz seines Widerstands geschafft hatte, ihn in die Arme zu schließen, spürte sie sein Zittern am ganzen Körper.

Nachdem sie ihn, so gut es ging, zugedeckt hatte, schmiegte sie sich eng an ihn. Nach kurzem Zögern schlang auch er seinen Arm um sie. Er hatte noch immer nicht zu zittern aufgehört.

»Max, willst du mir denn nichts darüber erzählen? Was damals in Mei Veng passiert ist? Davon hast du doch gerade geträumt, oder nicht?«

Er lachte bitter. »Thunfisch hat dir also alles erzählt? Über Mei Veng, meine ich. Ein Wunder, daß du mich nicht für ein Ungeheuer in Menschengestalt hältst.«

»Wie kommst du denn darauf? Dafür besteht nicht der geringste Anlaß. Du bist ein Mensch mit all seinen Fehlern und Schwächen – nicht mehr und nicht weniger. Na schön, du hast in einer schrecklichen Situation einen verhängnisvollen Fehler gemacht. Aber zugleich bist du auch menschlich genug, dich seitdem fortwährend mit deinen schrecklichen Schuldgefühlen herumzuquälen. Das macht dich in meinen Augen keineswegs zu einem Ungeheuer. Ganz im Gegenteil.«

»Mein Gott, Lora, wie gut es tut, so etwas zu hören. Ich hatte ganz vergessen, wie mitfühlend und verständnisvoll Frauen sein können.«

»Erzähl mir doch mehr von deinem Alptraum, Max. Bitte.«

Er gab einen schweren Seufzer von sich, der sich anhörte, als käme er ganz tief aus seinem Innern. Und als er schließlich nach langem Zögern zu sprechen begann, kamen seine Worte stockend und so leise, daß sie manchmal kaum mehr als ein heiseres Flüstern waren.

26

»Mein Vater war Geistlicher. Reverend John Thomas Maxwell. Er war ein rechtschaffender und von Grund auf anständiger Mann, nehme ich an, aber sehr streng und unnachsichtig mit meinem älteren Bruder und mir. Wenn ich als kleiner Junge vor dem Schlafengehen neben meinem Bett kniete und das Abendgebet sprach, hatte ich dabei immer sein Gesicht vor Augen. Ich dachte immer, Gott müßte so aussehen wie er – mit einem schmalen, eingefallenen Gesicht und kalten, blauen Augen. Und so gut. Er war immer so gut, die Tugend in Person. Mir war schon von klein auf klar, daß ich Gottes Erwartungen in mich nie gerecht werden würde – ebensowenig wie denen meines Vaters. Letzten Endes waren sie für mich ja auch mehr oder weniger ein und dasselbe.

Da mein Vater sehr patriotisch eingestellt war, hatte er nichts dagegen, daß sich mein Bruder Paul nach der High School freiwillig zum Militär meldete, anstatt aufs College zu gehen. Ich kann mich allerdings auch noch gut erinnern, wie sehr meine Mutter geweint hat, als er eingezogen wurde. Aber sie hat nicht versucht, ihn zurückzuhalten. Sie hat nie eine Entscheidung meines Vaters in Frage gestellt.

Nach der Grundausbildung kam Paul sofort nach Vietnam. Ich stand damals kurz vor meinem High School-Abschluß. Aber im Gegensatz zu Paul und meinem Vater war ich gegen den Krieg. Im nachhinein ist mir allerdings klar geworden, daß ich das mehr oder weniger nur aus Protest gegen meinen Vater war. Und ich brachte ihn mit meiner Einstellung auch ganz schön auf die Palme.

Auf dem College schloß ich mich sofort der dortigen Antikriegs-Bewegung an. Ich ließ mir die Haare wachsen, nahm an jeder Demonstration teil und überwarf mich so heftig mit meinem Vater, daß wir nach meinem ersten Jahr auf dem College kaum mehr ein Wort miteinander wechselten. Er kannte nur noch ein einziges Geprächsthema: Paul. Paul war verwundet worden und war wegen seiner Tapferkeit mit dem Purple Heart ausgezeichnet worden. Paul war zum Sergeant befördert worden, und Paul sollte demnächst nach Hause kommen. Nur schaffte er das nicht ganz.«

An dieser Stelle machte Max eine lange Pause. Lora konnte deutlich seinen schweren Atem hören. Sie sagte nichts, sondern versuchte ihm nur das Gefühl zu vermitteln, für ihn da zu sein. Nach einer Weile begann er auch tatsächlich wieder weiterzusprechen.

»Im Oktober 68 fiel Paul. Danach änderte sich alles. Mein Vater zog sich vollkommen in sich zurück. Mit einem Mal wurde er sehr still und sprach kaum mehr etwas. Irgendwie fehlte mir fast etwas, als er nicht mehr ständig auf mir herumhackte und mir Vorhaltungen machte. Es war, als wäre er mit Paul gestorben. Oder auch ich. Jedenfalls schien mich mein Vater von diesem Zeitpunkt an überhaupt nicht mehr zu registrieren.

Fast auf den Tag genau ein Jahr später starb meine Mutter. Am 17. Oktober 1969. Zehn Tage vor meinem einundzwanzigsten Geburtstag. Im Mai des darauffolgenden Jahres machte ich am College meinen Abschluß als Ingenieur. Am Tag darauf meldete ich mich freiwillig und kam drei Monate später nach Vietnam.

Vietnam war von Anfang an ein einziger Alptraum. Ich brachte es rasch zum Lieutenant und hatte eine Aufklärungseinheit unter mir. Allerdings hatte ich keine Ahnung, was ich eigentlich tun sollte. Das hat unter anderem ein paar meiner Leute das Leben gekostet. Im Lauf der Zeit sammelte ich natürlich meine Erfahrungen – allerdings um den Preis einiger Menschenleben. Aber wie gesagt, ich lernte einiges dazu. Wir hatten ständig Angst.

Das war so schlimm, daß wir kaum mehr schlafen konnten. Wir hatten einfach zu viele Tote gesehen, denen im Schlaf die Kehle durchgeschnitten worden war. Wir wollten alle nur eines: am Leben bleiben und so schnell wie möglich wieder nach Hause.

Mei Veng war ein kleines Dorf nicht weit von der Grenze zu Laos. Uns lagen Meldungen vor, daß sich dort mehrere Vietkong versteckt hielten. Also zogen wir los, um das zu überprüfen. Mein Gott, diesen Tag werde ich mein Leben lang nicht vergessen. Dabei begann alles so vielversprechend. Es war ein schöner Tag in einem schönen Land. Wenn da nicht dieses ständige Morden und Schlachten gewesen wäre, hätte Vietnam das Paradies auf Erden sein können. Mei Veng war eine richtige Idylle, ein verträumtes kleines Nest irgendwo im Dschungel. Und dann kam aus einer der Hütten dieses kleine Kerlchen auf uns zugewackelt. Er hatte nichts als eine Windel an.«

Seine Stimme versagte. Zärtlich drückte ihn Lora fester an sich.

»Und in dieser Windel steckte eine Granate. Der Kleine kam also auf uns zu. Natürlich wäre keiner von uns auf die Idee gekommen, auf ein kleines Kind zu schießen, das noch kaum laufen konnte. Und dann ging das verdammte Ding los. Der Kleine wurde davon in Stücke gerissen, und zwei meiner Leute, Hardy und MacLaren, mußten mit ihm dran glauben. Ich bekam einen Splitter ins Knie ab. Obwohl ich wie verrückt zu bluten anfing, spürte ich absolut nichts. Einem anderen meiner Leute – er war erst vor wenigen Tagen neunzehn geworden – wurde ein Bein weggerissen. Er lag auf dem Boden und schrie, sein Bein täte so schrecklich weh, während es in Wirklichkeit bereits zwei Meter von ihm entfernt lag. Er hielt sich den blutenden Stumpf und schrie wie am Spieß. Wir waren alle halb durchgedreht. Und dann kam aus der Hütte, aus der der Kleine gekommen war, eine Frau auf uns zugerannt. Vielleicht war sie die Mutter des Kleinen oder eine Vietkong-

Sympathisantin oder auch beides. Jedenfalls hat Harvey, einer meiner Männer, sie erschossen. Thunfisch kümmerte sich inzwischen um den Jungen mit dem abgerissenen Bein, während wir anderen in die Hütte rannten, in der sich noch eine andere Frau befand. Sie weinte und versuchte sich zu verstecken. Irgend jemand hat auch sie erschossen. Und dann haben wir sie alle aus ihren Hütten geholt – alte Männer, halbwüchsige Jungen, Frauen und Kinder. Sie schrien und heulten wild durcheinander und versuchten sich uns in ihrer bescheuerten Sprache verständlich zu machen, und dann zog einer der Jungen – er war vielleicht zwölf – eine Pistole. Wir haben ihn auf der Stelle erschossen. Und mit ihm auch alle anderen. Wir haben niemand am Leben gelassen.

Und weißt du, was ich in meinen Alpträumen höre? Das Weinen von kleinen Kindern und Babys. Ich höre das Heulen von Babys, ich sehe all diese Leute tot auf dem Boden liegen und habe den Geruch von Blut in der Nase.«

Sein Körper zitterte kaum weniger als seine Stimme. Da Lora nicht wußte, was sie darauf hätte sagen sollen, schwieg sie einfach und drückte ihn ganz fest an sich. Was damals in Vietnam passiert war, war ein Teil von ihm. Was geschehen war, war geschehen. Daran ließ sich nichts mehr ändern. Und es hätte auch keinen Sinn gehabt, zu versuchen, es zu vergessen. Aber er konnte lernen, damit zu leben. Und sie wollte ihm dabei helfen.

»Mein Vater starb zwei Monate, nachdem ich aus Vietnam zurückkam. Da ich die ganze Zeit in einer speziellen Klinik für Veteranen verbracht hatte, habe ich ihn vor seinem Tod nur noch ein einziges Mal gesehen. Ich habe ihm nie gesagt, wie sehr ich ihn geliebt habe. Und umgekehrt hat auch er mir nicht gesagt, daß ihm etwas an mir lag. Ich habe alles nur für ihn getan. Und doch waren wir wie zwei völlig Fremde. Das war das Schlimmste von allem.«

Seine Worte waren nur noch ein leises Flüstern. Seine Wange fühlte sich feucht an, als Lora tröstend darüberstrich. Er weinte – Max, der Obermacho, der sonst nur so strotzte vor Selbstbewußtsein. Ihr Herz floß fast über vor Zärtlichkeit für ihn.

»Mein Gott, Liebling, du hast Schreckliches durchgemacht.«

Das war das erste, was sie sagte. Es war nicht viel, aber sie wußte nicht, was sie sonst hätte sagen sollen. Trotzdem sehnte sie sich nach nichts mehr, als ihn in seinem tiefen Leid zu trösten. Eines stand für sie jetzt schon fest: So viel Gräßliches er auch in Vietnam mitgemacht hatte, er würde lernen müssen, damit zu leben. Auf keinen Fall durfte er diese schmerzlichen Erlebnisse noch länger verdrängen.

Sie spürte die Tränen nicht, die auch über ihr Gesicht strömten. Alles, was sie spürte, war, daß sie genauso litt wie er. Sie drückte ihre Wange gegen die seine, so daß sich ihre Tränen mit den seinen vermischten.

So schliefen sie schließlich erschöpft ein. Als sie am nächsten Morgen aufwachte, war sie allein.

27

»Was ist denn nur passiert?« Ihre Schwester Janice holte sie in Wichita am Flughafen ab. »Am Telefon hast du geklungen, als stündest du kurz vor einem Nervenzusammenbruch. Aber in Wirklichkeit siehst du großartig aus!« Bewundernd ließ sie ihren Blick über Loras gebräuntes Gesicht, das sonnengebleichte Haar und die schlankere Figur wandern.

»Ich fühle mich aber alles andere als großartig«, versicherte ihr Lora. Janice sah wie gewöhnlich blendend aus – hervorragend gekleidet und mit einer hochmodischen Frisur. Sie sah Lora sehr ähnlich, nur daß sie attraktiver war. Oder zumindest war das bisher so gewesen. Doch nun sollte Janice ihre jüngere Schwester zum erstenmal um ihr Aussehen beneiden.

»Du mußt mir alles ganz genau erzählen!« begann sie aufgeregt, um jedoch im selben Augenblick von zwei aufgeregten Kinderstimmen unterbrochen zu werden.

»Tante Lora! Tante Lora!« Heather und Becky stürmten auf ihre Tante zu und schlossen sie freudestrahlend in die Arme. Unabhängig davon, daß Lora ihre beiden Nichten sehr mochte, boten sie ihr auch einen willkommenen Anlaß, den neugierigen Fragen ihrer Schwester auszuweichen, auch wenn sie sich keinen Illusionen hingab, daß Janice nicht eher lockerlassen würde, als bis sie alles herausbekommen hatte, was sie wissen wollte.

»Lora!« Eine vertraute Männerstimme ließ sie von ihren beiden kleinen Nichten aufsehen. Es war Brian, der freudestrahlend auf sie zukam. Angesichts der dramatischen Ereignisse der letzten Tage hatte Lora ganz vergessen, daß sie mit Brian verlobt war.

Groß und dünn, mit Brille und deutlich zurückweichendem Haaransatz, trug er auch in der größten Sommerhitze eine Krawatte zu seinem Sakko. Er hatte sich jedenfalls kein bißchen verändert. So sehr sie sich auch bemühte, gelang es Lora nicht, zumindest einige der Gefühle wieder heraufzubeschwören, die sie einmal für ihn empfunden hatte. Er war ein Fremder für sie geworden. Doch das würde sich schon wieder geben, versuchte sie sich einzureden. Sie würde nicht zulassen, daß ein kurzes Intermezzo mit einem Mann ihr ganzes bisheriges Leben aus den Fugen geraten ließ.

»Brian.« Sie richtete sich auf, um ihren Verlobten zu begrüßen. Die zwei kleinen Mädchen hingen noch immer an ihrem Rockzipfel.

Brian beugte sich vor und ergriff ihre Hände. Der zaghafte Kuß, den er ihr dabei auf die Lippen drückte, war nicht gerade dazu angetan, ihr Blut in Wallung zu bringen. Aber auch das würde sich ändern lassen, versuchte sie sich einzureden.

»Schön, dich wohlbehalten wiederzusehen, Lora«, sagte er ruhig. »Mir ist ein Stein vom Herzen gefallen, als Janice anrief, daß du in Sicherheit bist. Wir haben uns solche Sorgen um dich gemacht, seit dieser Anruf vom Außenministerium kam, daß du in Mexiko entführt worden bist.«

»Deswegen hat tatsächlich jemand vom Außenministerium angerufen?« fragte Lora erstaunt. Wie war es möglich, daß ihr Abenteuer so hohe Wellen geschlagen hatte? Aber das tat im Augenblick nichts zur Sache. Jetzt zählte nur noch, daß sie endlich wieder zu Hause war.

»Natürlich habe ich mir Sorgen gemacht, als du nicht aus Mexiko zurückgekommen bist. Daß du allerdings gleich entführt worden sein könntest, hätte ich nun auch wieder nicht gedacht. Aber das habe ich dir ja bereits am Telefon erzählt.«

Ja, das hatte Janice in der Tat getan. Lora hatte sie am Tag zuvor aus dem Hotel in Guatemala City angerufen, nachdem sie sich endlich damit abgefunden hatte, daß Max sie sitzengelassen hatte. Erst hatte sie den ganzen Vormittag gewartet, ob er nicht vielleicht doch wieder zurückkommen würde, aber nach dem Mittagessen hatte sie sich schließlich schweren Herzens dazu durchgerungen, sich an der Rezeption nach ihm zu erkundigen, ob er nicht wenigstens eine Nachricht für sie hinterlassen hatte. Vielleicht war irgend etwas passiert, vielleicht hatte sich Thunfischs Zustand plötzlich dramatisch verschlechtert, so daß Max ihn im Krankenhaus aufgesucht hatte. Aber Max hatte keine Nachricht für sie hinterlassen, oder zumindest keine, wie sie sich das gewünscht hätte. Er hatte die Rechnung bezahlt und seine Kreditkarte beim Portier für sie hinterlegt, mit der Anweisung, sich damit ein Flugticket nach Hause zu kaufen und was sie sonst noch alles brauchte. Kein Wort des Bedauerns, des Abschieds, nichts. Lora konnte förmlich spüren, wie sich ihr Herz zusammenkrampfte. Na schön, dann eben nicht. Auf keinen Fall würde sie diesem Kerl auch nur eine Träne hinterherweinen. Warum sollte sie auch, nachdem er ganz offensichtlich nichts von ihr wissen wollte?

»Ich habe sie von Anfang an gewarnt, in Mexiko Urlaub zu machen. Man weiß doch, was für Zustände in diesen südlichen Ländern herrschen – was Loras Erlebnisse ja wieder einmal in aller Deutlichkeit unter Beweis gestellt haben.«

Brian sprach mit Janice, als wäre Lora gar nicht anwesend. Das tat er ziemlich oft. Janice lächelte ihn an. Das tat sie auch ziemlich oft. Brian war nämlich ihr erklärter Liebling. Aber vermutlich hätte Janice für jeden ein Lächeln übrig gehabt, solange er nur bereit gewesen wäre, ihre kleine Schwester zu heiraten – außer einem schnurrbärtigen Kidnapper vielleicht. Was nicht hieß, daß sich diese Frage je stellen würde. Ganz offensichtlich wollte Max nichts von ihr wissen. Aller Wahrscheinlichkeit nach würde sie ihn nie wiedersehen, geschweige denn Anlaß haben, ihn ihrer Schwester vorzustellen. Aber auf keinen Fall würde sie sich deswegen graue Haare wachsen lassen. Auf gar keinen Fall!

»Darüber können wir uns ja auch später noch unterhalten. Wir stehen hier nur im Weg herum. Außerdem ist Lora sicher todmüde. Ich finde, erst sollten wir sie mal nach Hause bringen.«

Lora sah ihre Schwester dankbar lächelnd an. Sie war tatsächlich zum Umfallen müde und wollte nur noch nach Hause. Wozu sie im Augenblick am allerwenigsten Lust hatte, war, sich noch länger über Max den Kopf zu zerbrechen.

Janices roter Ford Escort stand nicht weit vom Eingang. Mit demselben Wagen hatte sie Lora vor zwei Wochen zum Flughafen gebracht – zwei Wochen, die Lora inzwischen wie eine Ewigkeit erschienen.

»Du bist ja so still«, riß sie Brians Stimme plötzlich aus ihren Gedanken.

»Das ist nur die Müdigkeit«, erwiderte Lora. Aber ihr war selbstverständlich klar, daß es nicht nur allein daran lag.

»Tante Lora«, fragte Becky vom Rücksitz. »Bist du tatsächlich entführt worden?«

»Laß Tante Lora in Frieden«, wies Janice sie streng zurecht. »Sie will jetzt ihre Ruhe haben. Aber sie wird euch sicher später alles ganz genau erzählen.«

Zu Loras Erleichterung ließen sie sie darauf tatsächlich in Frieden.

Als sie dann im Lauf der nächsten paar Tage ihren Freunden und Bekannten von ihren Erlebnissen in Mexiko erzählte, überlegte sie sich jedesmal sehr genau, wie weit sie dabei jeweils ins Detail gehen sollte. Nur Janice erfuhr von ihr mehr oder weniger die ganze Wahrheit. Ihrer älteren Schwester etwas zu verheimlichen, war ohnehin fast ein Ding der Unmöglichkeit. In der für Brian bestimmten Schilderung ihrer Erlebnisse spielte Max eine ausgesprochen untergeordnete Rolle, obwohl selbst das Wenige, was sie über ihn durchblicken ließ, noch genügte, um Brian ziemlich eifersüchtig zu machen. Zumindest fragte er Lora nach einigem Zögern ganz unverblümt, ob sie etwas mit Max ›gehabt‹ hatte. Als Lora das nach kurzem Überlegen bejahte, hatte sie das Gefühl, mit einem Schlag alle Brücken hinter sich abgebrochen zu haben.

»Lora! Um Himmels willen! Hat er dabei Gewalt angewendet?« fragte Brian schockiert. Zugleich schwang in seiner Besorgnis jedoch auch ein seltsam lüsterner Unterton mit, der Lora erstaunt aufblicken ließ. Und tatsächlich! Wie er sie dabei mit hochrotem Kopf anstarrte, erinnerte er sie unwillkürlich an einen Spanner. Dadurch wurde ihr plötzlich bewußt, daß Max eine wesentlich gesündere Einstellung zum Sex hatte als Brian. Jedenfalls konnte sie sich nicht vorstellen, daß Max sie nach irgendwelchen pikanten Einzelheiten ausgequetscht hätte, um anschließend nach außen hin den Entrüsteten zu spielen, während er sich in Wirklichkeit regelrecht daran aufgeilte. Brian war ein elender Heuchler, wurde ihr plötzlich bewußt. Und wenn sie ganz ehrlich war, hatte sie das auch schon gespürt, als er sie am Flughafen abgeholt hatte. Sie machte sich nur selbst etwas vor, wenn sie noch länger so zu tun versuchte, als wäre nichts geschehen. In Wirklichkeit war eine ganze Menge passiert, und das Wesentliche daran war, daß vor allem sie sich ganz gewaltig verändert hatte.

»Nein, er hat mich nicht dazu gezwungen, Brian. Ich habe mit ihm geschlafen, weil ich Lust dazu hatte.« Wie nicht anders zu erwarten, sah Brian sie schockiert an und wollte gerade den Mund aufmachen, um etwas zu sagen. Aber Lora kam ihm zuvor.

»Inzwischen müßte doch auch dir klargeworden sein, Brian, daß wir nicht zueinander passen.« Sie stand auf und begann im Raum auf und ab zu gehen.

»Wir haben ganz hervorragend zueinandergepaßt – bis

du nach Mexiko geflogen bist! Du wirst doch nicht wegen einer kurzen Affäre mit einem dahergelaufenen Ganoven unsere Verlobung lösen!« Auch er war inzwischen aufgesprungen. Sein Gesicht war alarmierend rot. »Lora, so kenne ich dich ja gar nicht. Du stehst sicher noch unter Schock.«

»Das liegt nur daran, daß du mich bisher nicht wirklich gekannt hast – ebensowenig wie ich selbst übrigens.« Mit herausfordernd gerecktem Kinn hielt Lora seinem Blick stand. Noch vor kurzem hätte sie vermutlich unter seinem drohenden Blick klein beigegeben. Aber damit war nun endgültig Schluß. Die neue Lora Harding, die in Mexiko endlich zu ihrem wahren Ich gefunden hatte, hätte auch noch ganz anderen Männern als Brian Curry die Stirn geboten! »Wenn du mich so kennen würdest, wie ich tatsächlich bin, Brian, hättest du bestimmt keine Lust mehr, mich zu heiraten. Ich bin nicht mehr derselbe Mensch, der ich einmal war.«

»Jedenfalls bist du nicht mehr das nette und anständige Mädchen, mit dem ich mich vor vier Jahren verlobt habe«, entgegnete er vorwurfsvoll. »Das hätte sich sicher nicht freiwillig einem … Kriminellen hingegeben!«

»Nein, das hätte sie tatsächlich nicht«, pflichtete ihm Lora ohne Umschweife bei und machte einen vielsagenden Schritt in Richtung Tür. »Du bist also gerade noch mal davongekommen. Auf Wiedersehen, Brian.«

Brian pflanzte sich mit geballten Fäusten vor ihr auf. »Denk bloß nicht, du könntest wieder angekrochen kommen und mich mit irgendeiner fadenscheinigen Erklärung wieder umzustimmen versuchen.«

»Keine Sorge, Brian«, versicherte ihm Lora. »Ich werde nicht angekrochen kommen.«

Darauf starrte Brian sie aus haßerfüllten Augen noch einen Moment an, bevor er auf dem Absatz herumwirbelte und unter heftigem Türenknallen aus dem Raum stürmte.

»Bist du denn noch zu retten!« heulte Janice fast auf, als Lora ihr am Tag darauf von ihrem Krach mit Brian erzählte.

Sie saßen in der Küche. Becky und Heather spielten im Garten.

»Wie konntest du nur mit so einem netten Kerl wie Brian brechen? Dabei hat er doch so gut zu dir gepaßt, Lora.«

»Hat er nicht, Janice.«

»Aber natürlich. Ihr wart euch so ähnlich. Ihm hätte es nichts ausgemacht, daß du nicht tanzen kannst, deine Steuererklärung schon zwei Monate zu früh abgibst und jeden Abend um zehn Uhr schlafen gehst. Und warum? Weil er genauso korrekt und altbacken ist wie du. Ihr hättet gar nicht besser zusammenpassen können! Wie konntest du so etwas nur tun?«

Lora nippte nur achselzuckend an ihrem Kaffee, während ihre Schwester aufgebracht im Raum auf und ab zu gehen begann.

»Dahinter steckt doch dieser Kerl, oder nicht? Dieser Max. Dabei hast du doch selbst gesagt, daß du ihn nie mehr wiedersehen wirst, Lora. Na schön, ihr hattet also eine Affäre. Wer hat das nicht hin und wieder? Aber das ist doch noch kein Grund, sich seine ganze Zukunft zu verbauen.«

Lora war plötzlich neugierig geworden. »Janice, hattest du jemals etwas...«

Janice warf ihr nur einen ärgerlichen Blick zu. »Natürlich habe ich, Loraschätzchen. Wann wirst du eigentlich endlich mal erwachsen? Du bist immerhin siebenundzwanzig Jahre alt. Jeder hat heutzutage hin und wieder eine kleine Affäre. Sie sind eine angenehme Abwechslung im Ehealltag, haben aber nicht das geringste zu bedeuten. Oder glaubst du, ich würde Bob wegen eines Kerls, mit dem ich bloß schlafen will, aufgeben? So blöd könntest auch nur du sein!«

»Weiß Bob davon?« bohrte Lora weiter. Bisher hatte sie ihre Schwester immer für die perfekte Ehefrau gehalten. Aber wie es schien, war sie auch in diesem Punkt ziemlich blauäugig gewesen.

»Natürlich nicht. Obwohl er genauso seine Liebschaften hat. Aber wir sprechen hier nicht von mir und Bob, sondern von dir, Lora. Ich bin deine Schwester und habe dich immer gemocht, aber in manchen Dingen warst du schon immer furchtbar naiv. Ganz besonders, was Männer betrifft. Du wirst also schön brav Brian anrufen und ihm sagen, daß dir das Ganze schrecklich leid tut; du wüßtest selbst nicht, was plötzlich über dich gekommen ist, und ob ihr das alles nicht noch mal in Ruhe besprechen könntet. Er wird sich bestimmt breitschlagen lassen. Schließlich liebt er dich.«

»Aber ich liebe ihn nicht, Janice.«

»Was hat denn das mit Liebe zu tun? Heirate Brian, Lora. Die Liebe, so wie du sie dir erträumst, gibt es nicht. Sie ist bestenfalls ein schöner Traum. Dagegen ist das Leben, das du mit Brian führen kannst, eine von Grund auf solide Sache.«

Staunend sah Lora ihre Schwester an. Noch nie zuvor war ihr bewußt geworden, auf wie vieles Janice in ihrem Leben verzichten mußte. Bisher hatte sie immer gedacht, ihre Schwester wäre wunschlos glücklich. Zu dieser Überzeugung hatte sie jedoch nur kommen können, weil sie blind für das Offensichtlichste gewesen war. Lora wollte gerade etwas erwidern, doch bevor sie dazu kam, klingelte es an der Tür.

»Das sind sicher die Kinder«, murmelte Janice gereizt und warf einen Blick in den Garten hinaus. »Ich gehe mal nachsehen, was sie wollen.«

Janice verließ die Küche und kam wenig später mit einem in braunes Papier gewickelten Päckchen wieder zurück. »Für dich. Das hat ein Mann von UPS gebracht«, sagte sie und reichte es Lora. »Von wem könnte das sein?«

»Keine Ahnung.«

»Na, dann mach doch mal auf!« drängte Janice.

Der Karton, den das Päckchen enthielt, war randvoll mit Hundertdollarscheinen gefüllt!

»Gütiger Gott!« hauchte Janice, und als wollte sie sich vergewissern, daß sie sich das alles nicht nur einbildete, streckte sie ungläubig die Hand nach dem Geld aus. »Das müssen Tausende von Dollars sein! Die können doch unmöglich dir gehören. Dabei handelt es sich sicher um ein Versehen.«

»Ganz sicher«, pflichtete ihr Lora bei, sobald sie ihre Fassung wiedererlangt hatte. Als sie nach dem braunen Packpapier griff, um einen Blick auf die Adresse zu werfen, fiel ein kleines weißes Kärtchen zu Boden. Mit klopfendem Herzen bückte sie sich, um es aufzuheben. Es war eine Visitenkarte mit der Abbildung eines Sportfischers auf einer Hochseejacht, der einen Schwertfisch an der Leine hatte. Und darunter stand: »Thunfischs Jachtservice. Boote und Crews auf Tages- und Wochenbasis. Wir wissen, wo sie sind – Sie fangen sie.« Dem war noch eine Adresse in Puerto Santos, Guatemala, beigefügt. Auf die Rückseite war mit schwarzem Filzstift geschrieben: »Dein Anteil am Finderlohn, Max.«

Lora stieg das Blut in den Kopf, während sie auf die schwungvolle Unterschrift starrte. Wie konnte er es wagen, ihr dieses schmutzige Geld zuzuschicken? Oder war das vielleicht seine Art, sich bei ihr dafür zu entschuldigen, daß er sie nach allem, was zwischen ihnen gewesen war, ohne ein Wort des Abschieds verlassen hatte? Wenn dem tatsächlich so sein sollte, hatte er sich aber gründlich geschnitten. So einfach würde er ihr nicht davonkommen!

»Was steht auf der Karte?« Janice konnte ihre Neugier kaum im Zaum halten, während Lora mit hochrotem Kopf immer noch auf die Karte starrte. Schließlich verlor sie die Geduld und riß Lora die Karte einfach aus der

Hand. Als sie sowohl Vorder- wie auch Rückseite gelesen hatte, gab sie sie Lora mit großen Augen zurück.

»Wieviel ist das?« fragte sie mit unverhohlener Bewunderung. Lora schüttelte jedoch nur aufgebracht den Kopf. »Ich weiß es nicht, und ich will es auch nicht wissen. Ich will dieses schmutzige Geld nicht!«

»Aber Lora, du hast mindestens genausoviel Recht darauf wie er – nach allem, was du durchgemacht hast. Ehrlich gestanden, muß er wohl doch ein recht anständiger Kerl sein. Sonst hätte er dir das sicher nicht geschickt. Das hört sich ja fast an, als wollte er sich bei dir entschuldigen.«

»Mit so einer Entschuldigung kann er mir gestohlen bleiben.« Wütend machte sich Lora daran, das Päckchen wieder zusammenzupacken.

»Lora!« bettelte Janice. »Was tust du da? Du willst ihm das Geld doch nicht etwa zurückschicken?«

»Nein!« stieß Lora aufgebracht hervor. »Ich werde es ihm nicht zurückschicken! Ich werde es ihm persönlich zurückbringen! Der kann was erleben!«

Und entgegen aller noch so verzweifelten Einwände von seiten Janices nahm Lora tatsächlich die nächste Maschine nach Guatemala City. Sie hatte zwei Reisetaschen als Handgepäck dabei – eine mit ein paar frischen Sachen zum Wechseln, die andere randvoll mit Hundertdollarscheinen.

28

In Guatemala City nahm sie einen Inlandsflug nach Puerto Barrios, und von dort waren es noch etwa dreißig Kilometer bis Puerto Santos, ein kleines Fischerdorf an der Pazifikküste. Erst unterwegs war Lora bewußt geworden, daß auf der Karte lediglich Thunfischs Geschäftsadresse angegeben war, was nicht unbedingt hieß, daß sie dort auch Max antreffen würde. Aber es war nun einmal der einzige Anhaltspunkt, den sie hatte, und wenn Max nicht dort war, konnte ihr zumindest Thunfisch sagen, wo sie ihn finden konnte.

Als sie am späten Nachmittag in Puerto Barrios ankam, mietete sie sich als erstes einen Wagen, um damit nach Puerto Santos weiterzufahren. Lora hatte sich zwar geschworen, nie wieder einen Wagen ohne Automatik zu fahren, aber leider gab es nur Autos mit Gangschaltung. Überhaupt war in Puerto Barrios nur ein einziger Leihwagen aufzutreiben – ein klappriger alter Volvo, der bei jedem Schlagloch auseinanderzufallen drohte. Lora blieb also gar keine andere Wahl, als ihrem Vorsatz untreu zu werden. Wie oft würde sie wohl auf der Strecke nach Puerto Santos schalten müssen?

Als sie schließlich eineinhalb Stunden später nach ziemlich unruhiger Fahrt am Ziel ihrer Reise eintraf, wußte sie die Antwort: zu oft.

Am Hafen wimmelte es von Booten in allen Größen und Farben. Lora stieg aus und sog in gierigen Zügen die frische Seeluft ein. Thunfischs Boote in diesem bunten Gewimmel zu finden, würde vielleicht nicht ganz einfach werden.

Wie sich herausstellte, dauerte es jedoch nur fünf Minuten. Als Lora einem alten Fischer, der netzeflickend auf der Kaimauer saß, ihre Visitenkarte zeigte, deutete dieser auf ein kleines Holzhaus, über dem eine weiße Fahne mit einem blauen Boot darauf fröhlich im Wind flatterte. Loras Augen mußten sich erst an das Halbdunkel im Innern des Häuschens gewöhnen, als sie aus dem hellen Sonnenschein durch die offene Tür schritt. Sie erwartete, gleich Thunfisch gegenüberzustehen.

»Kann ich Ihnen helfen?« erkundigte sich eine Stimme, die eindeutig nicht Thunfisch gehörte. Nachdem sich Loras Augen einigermaßen an das Dunkel gewöhnt hatten, sah sie eine hübsche schlanke Schwarze in einer legeren Baumwollbluse und einem weiten Rock vor sich. Trotz ihrer hochhackigen Schuhe war sie höchstens einsfünfzig groß. Lora brauchte nicht lange zu überlegen, um zu wissen, wen sie vor sich hatte.

»Sie sind sicher Annie«, sagte sie lächelnd und streckte ihre Hand aus.

Die Frau sah sie überrascht an, bevor sie mit einem wissenden Lächeln ihre Hand ergriff und sagte: »Dann sind Sie wohl Lora. Ich hatte schon immer das Gefühl, daß ich Sie eines Tages noch kennenlernen würde.«

Nun war Lora an der Reihe, die Überraschte zu spielen. »Was Sie nicht sagen. Woher wissen Sie überhaupt meinen Namen?«

Über Annies Züge legte sich ein amüsiertes Grinsen. »Ich weiß sogar noch einiges mehr über Sie als nur Ihren Namen. Sie sollten mal Theodore hören. Er spricht kaum mehr über etwas anderes als Lora hier, Lora da. Wenn man ihm Glauben schenken darf, scheint es Max ziemlich schwer erwischt zu haben. Max hat sich zwar bisher noch mit keinem Sterbenswörtchen dazu geäußert, aber dafür spricht die Trauermiene, mit der er seit seiner Rückkehr aus Mexiko hier rumläuft, mehr als tausend Worte.«

Lora brauchte einige Zeit, bevor ihr schließlich dämmerte, daß mit Theodore niemand anderer als Thunfisch gemeint sein konnte. Außerdem schien Max seit ihrer

Trennung nicht gerade bester Laune zu sein – eine Feststellung, die sie mit stillem Triumph erfüllte. Das geschah ihm recht!

»Könnte ich bitte Thunfisch sprechen?« fragte Lora. Sie hatte es ziemlich eilig, die Sache, deretwegen sie den weiten Weg auf sich genommen hatte, endlich hinter sich zu bringen.

»Ja. Er muß allerdings wegen seines gebrochenen Beins noch immer das Bett hüten. Aber Sie sind doch wohl kaum wegen Thunfisch hierhergekommen?« In ihren dunklen Augen blitzte ein wissendes Leuchten auf. »Sie wollen bestimmt Max sprechen.«

Lora spürte bereits, wie ihr die Schamesröte ins Gesicht stieg. Aber Annies warmes Lächeln nahm ihr jede Scheu, so daß sie lächelnd nickte. »Ja.«

»Wird ja auch langsam Zeit«, sagte Annie mit einem leicht vorwurfsvollen Unterton. »Max wohnt gleich den Hügel rauf...« Sie führte Lora zur Tür und deutete auf eine Reihe kleiner Lehmhäuser, die auf einer Klippe direkt über dem Pazifik standen. »Es ist das rosafarbene. Er ist übrigens gerade zu Hause.«

»Danke.«

»Keine Ursache«, erwiderte Annie gut gelaunt. »Und machen Sie dem Kerl mal ordentlich die Hölle heiß«, fügte sie noch hinzu, bevor sie wieder ins Innere des Häuschens verschwand.

Da es nicht sehr weit schien, beschloß Lora, zu Fuß zu gehen. Aber bis sie nach einem zermürbend steilen Aufstieg schließlich vor dem Eingang des rosa Hauses stand, war sie so außer Atem, daß sie erst einmal die beiden Reisetaschen abstellte, die inzwischen bleiern schwer von ihren Schultern hingen. Doch die Wut ließ ihre Kräfte rasch wieder aufleben. Mit einem wild entschlossenen Blick straffte sie sich und klopfte energisch an die weiß gestrichene Eingangstür.

»*Sí?*« Sie hatte mit allem möglichen gerechnet, aber sicher nicht mit der dunkelhaarigen Schönheit, die auf ihr lautes Klopfen hin öffnete. Mit offenem Mund starrte Lora auf die exotische Mae West-Version, deren üppige Figur ihr knappes rotes Top und die hautengen weißen Shorts nur mit Mühe zu bändigen vermochten.

Lora ließ sich jedoch von ihren geringschätzigen Blicken nicht verunsichern, sondern sagte tapfer: »Kann ich bitte Max sprechen?« Vielleicht hatte sie sich ja in der Hausnummer geirrt, oder sie hatte lediglich Max' Haushälterin vor sich.

»Max hat gerade zu tun.«

Wenigstens spricht die Frau Englisch, konnte Lora gerade noch denken, als diese sich bereits anschickte, ihr die Tür vor der Nase zuzuknallen. Aber so leicht ließ sich Lora nicht abspeisen. Sie hatte den weiten Weg hierher nicht auf sich genommen, um sich von einer halbnackten Sexbombe sagen zu lassen, Max wäre zu beschäftigt, um sie zu sehen. Mit einem Satz hatte sie die Tür erreicht und sich energisch durch den schmaler werdenden Spalt geschoben. Ohne von den giftsprühenden Blicken der dunkelhaarigen Schönheit Notiz zu nehmen, verlangte sie ruhig, aber bestimmt: »Ich will Max sprechen.«

Darauf begann die rassige Mexikanerin heftig gestikulierend in schrillem Spanisch auf sie einzureden, was Lora nicht sonderlich beeindruckte. Notfalls hätte sie das Haus auch gegen heftigsten feindlichen Widerstand nach Max zu durchsuchen begonnen.

»Was ist hier eigentlich los, Conchita?« Auf der Galerie über dem Wohnraum war plötzlich Max aufgetaucht. Er beugte sich mit ärgerlichem Gesicht über das Geländer. Als sein Blick auf Lora fiel, verstummte er. Zugleich ging in seiner Miene eine seltsame Veränderung vor sich.

Er sah besser aus denn je. Er war unrasiert, und das dichte schwarze Haar stand ihm wirr vom Kopf ab. Als er wortlos die Treppe herunterkam, warf sich ihm Conchita an den Hals und redete in raschem Spanisch auf ihn ein.

Um das Maß voll zu machen, drückte sie ihm auch noch einen leidenschaftlichen Kuß auf die Lippen. Ohne ihr jedoch irgendwelche Beachtung zu schenken, schob Max sie behutsam zur Seite und sagte: »Hallo, Lora.«

»Hallo, Max«, erwiderte Lora mit unüberhörbarem Sarkasmus in der Stimme. »Dein Mund ist mit Lippenstift verschmiert.«

»Tatsächlich?« Seine Stimme klang seltsam abwesend, als er sich mit dem Handrücken über den Mund fuhr und auf spanisch etwas zu Conchita sagte, worauf diese endlich die Stellung räumte und sich zurückzog. »Was verschafft mir die Ehre deines Besuches?« wandte er sich dann wieder Lora zu.

Loras Augen blitzten vor Wut. »Ach, ich war nur zufällig in der Gegend«, erwiderte sie mit aller ihr zu Gebote stehenden Ruhe. »Und da habe ich die Gelegenheit genutzt, dir einen kurzen Besuch abzustatten.«

»Demnach hast du also meine ... Nachricht erhalten?«

Lora nickte. »Allerdings. Und jetzt habe ich eine für dich. Hier!« Damit schleuderte sie die Reisetasche mit dem Geld nach ihm.

Er reagierte jedoch blitzschnell und fing sie auf. Zutiefst enttäuscht, daß sie ihm das Geld nun doch nicht an den Kopf geworfen hatte, wie sie ursprünglich vorgehabt hatte, wirbelte Lora herum und stürmte aus dem Haus. Am meisten verbitterte sie jedoch der Umstand, daß er schon wieder eine andere hatte. Allein dieser Gedanke versetzte Lora einen tiefen Stich ins Herz. Zugleich stieg jedoch auch eisige Wut in ihr hoch. Er hatte eine andere!

»Lora, so warte doch!« Schon nach wenigen Schritten hatte er sie eingeholt.

»Laß mich los!« Wütend versuchte sie sich von ihm loszureißen. Aber er hielt sie so fest, daß ihr nichts anderes übrigblieb, als ihn mit haßerfüllten Blicken anzustarren.

»Du bist doch nicht nur hergekommen, um mir das Geld vor die Füße zu werfen. Wie ich dich kenne, willst du mir sicher auch noch gründlich die Meinung sagen, was für ein mieser Kerl ich bin.«

»Allerdings!«

Als er darauf nur grinste, wäre sie vor Wut fast aus der Haut gefahren. Woher nahm er nur die Unverschämtheit, so verdammt gut auszusehen – und das auch noch mit dem Lippenstift einer anderen Frau auf den Lippen!

»Warum tust du's dann nicht? Mit so einer Wut im Bauch schaffst du es auf keinen Fall nach Kansas zurück. Du wirst auf jeden Fall vorher platzen, wenn du nicht ordentlich Dampf abläßt.«

»Ich habe dir nichts mehr zu sagen!« stieß sie eisig hervor. »Hast du gehört, du schmieriger Dreckskerl? Absolut nichts!« Ihre Stimme war nur noch ein haßerfülltes Zischen.

Doch er lachte nur. »Sag mir doch lieber erst noch mal gründlich die Meinung. Das Haus ist voll klimatisiert, und der nächste Bus geht sowieso erst morgen früh.«

»Ich bin selbst gefahren.«

»O Gott!«

Sein mitleidiges Kopfschütteln brachte das Faß endgültig zum Überlaufen. Lora platzte der Kragen. Sie hatte ein für allemal genug von diesem herablassenden frauenfeindlichen Gehabe. Noch bevor sie sich bewußt wurde, was sie eigentlich tat, hatte sie bereits ausgeholt und ihm eine schallende Ohrfeige verpaßt.

Für einen Moment stand Max wie versteinert da und sah sie fassungslos an. Doch dann packte er sie an den Armen und begann sie leidenschaftlich zu küssen.

Als er sie schließlich wieder losließ, kam Conchita auf sie zugestürmt und drängte sich unter wüsten spanischen Beschimpfungen zwischen sie. Und bevor Max reagieren konnte, verpaßte auch sie ihm eine schallende Ohrfeige und rauschte wutschnaubend davon.

»Das geschieht dir recht«, fauchte Lora und wollte sich ebenfalls zum Gehen wenden.

Doch Max zog sie wortlos ins Haus und schloß die Tür. Erst dann fragte er sie ganz ruhig: »Warum bist du nun eigentlich gekommen?«

Lora sah ihn mit steinerner Miene an. Ihre Wut war noch keineswegs verraucht. Im Gegenteil, sie war erst richtig in Fahrt gekommen.

»Ist das denn wirklich so schwer zu begreifen? Aber wenn du willst, werde ich es dir auch gerne vorbuchstabieren. Ich will dein schmutziges Geld nicht. Ich bin gekommen, um es dir zurückzugeben.«

»Das sind immerhin zwanzigtausend Dollar, Lora. Ein Fünftel von den hunderttausend. Der gleiche Anteil, den auch Clementes und Lowenthals Familien sowie Thunfisch und ich bekommen haben. Soviel Geld sind dir deine Skrupel also wert.«

»Immerhin kenne ich noch so etwas wie Skrupel!«

»Falls du damit sagen willst, auf mich träfe das nicht zu, täuschst du dich leider – zumindest, was dich betrifft. Ich hätte dir natürlich was von der großen Liebe erzählen können, um dich schneller ins Bett zu kriegen. Aber das habe ich ganz bewußt nicht getan. Ich wollte dir nichts vormachen.«

»Soll ich dir jetzt vielleicht auch noch applaudieren, oder was?«

»Du sollst mir nur einen kleinen Gefallen tun. Also, jetzt sag mal ganz ehrlich, Lora. Warum bist du hierhergekommen?«

»Das habe ich dir doch bereits gesagt. Um dir das Geld zurückzugeben.«

»Das glaubst du doch selbst nicht«, sagte er ganz leise.

Als Lora diesen warmen Schimmer in seinen dunklen Augen sah, wurde ihr plötzlich ganz anders.

»Ich...«, setzte sie stammelnd an.

»Du hast mir sehr gefehlt, Lora. Und wenn mich nicht alles täuscht, ist es dir genauso gegangen.«

Sie sah ihn ungläubig an. Er stand plötzlich sehr groß

und sehr dunkel über ihr. Der üppige Farn, der direkt über ihm von der Decke der Diele hing, erinnerte sie unwillkürlich an den Dschungel.

»Ich habe ja gesehen, wie furchtbar einsam du warst.« Ihr Sarkasmus diente nur dem Zweck, nicht auf der Stelle in Tränen auszubrechen. Denn schon längst kannte sie nur noch einen Wunsch: sich ihm in die Arme zu werfen und ihn zu bitten, nein, ihn anzuflehen, sie ganz fest zu halten und sie zu lieben. Aber das brachte sie einfach nicht über sich. Sie war nicht bereit, bedingungslos zu kapitulieren. Solange sie davon ausgehen mußte, daß er sie jederzeit wieder auf die Straße setzen oder sich eine andere suchen würde, sobald er ihrer – oder besser: ihres Körpers – überdrüssig wurde, wäre sie unter keinen Umständen bereit gewesen, bei ihm zu bleiben.

»Falls du damit auf Conchita anspielst, kann ich dir versichern, daß zwischen uns schon längst Schluß ist – und zwar schon lange, bevor wir uns kennengelernt haben. Sie ist heute nur rein zufällig vorbeigekommen, um zu sehen, ob sich diese alte Geschichte nicht doch wieder aufwärmen ließe. Ich habe ihr jedoch schon, bevor du aufgetaucht bist, in aller Deutlichkeit klargemacht, daß sie sich lieber keine Hoffnungen mehr machen sollte. Das war auch der Grund, warum sie mir zum Abschied noch eine geklebt hat.«

Lora starrte ihn finster an. Das Lächeln, das dabei auf seinen Lippen lag, hätte sie unter anderen Umständen auf der Stelle dahinschmelzen lassen. Aber nicht in dieser Situation. In diesem Moment stand für sie zuviel auf dem Spiel. Denn mit einem Mal wurde Lora ganz deutlich bewußt: Sie war tatsächlich nicht gekommen, um ihm das Geld zurückzugeben.

»Weil wir gerade bei diesem Thema sind.« Sein Lächeln war plötzlich verflogen. »Was ist eigentlich mit deinem Mathematiklehrer?«

»Ich habe mich von ihm getrennt.«

»Was du nicht sagst?« Da war es wieder, dieses Lächeln, strahlender denn je. »Warum, Lora?«

»Weil ich gemerkt habe, daß ich ihn nicht liebe.« Ihr war sehr deutlich bewußt, daß sie damit ganz offen die Karten auf den Tisch legte. Aber sie hatte keine Lust, noch länger dieses lächerliche Versteckspiel mitzumachen. Max sollte ruhig wissen, wie es tatsächlich in ihr aussah – selbst auf die Gefahr hin, daß er fluchtartig das Weite suchte.

Sie holte also tief Luft, verhakte verlegen ihre Finger ineinander und sah ihm tief in die Augen. »Ich liebe dich, Max.«

Seine einzige Reaktion war ein kurzes Blinzeln. Lora starrte ihn halb ängstlich, halb hoffnungsvoll an, während sie sich innerlich bereits auf das Schlimmste gefaßt machte.

»Du liebst mich also«, sagte er schließlich sehr ruhig und bedächtig. »Ich bin allerdings keine sehr gute Partie, Lora. Ich habe schon jahrelang keine feste Stellung mehr gehabt, ich habe Freunde, denen du nicht mal die Wohnungstür öffnen würdest, und ich habe ein kaputtes Knie und diese idiotischen Alpträume. Vermutlich wärst du mit deinem Mathematiklehrer wesentlich besser beraten.«

»Ich will keinen Mathematiklehrer. Ich will dich.« Sie streckte die Hand aus, strich ganz behutsam über seinen Arm und bekam schließlich seine Hand zu fassen. Seiner Kehle entfuhr ein seltsames Geräusch, halb Lachen, halb Stöhnen, und im selben Augenblick hatte er sie auch schon ganz fest an sich gedrückt.

»Wenn du wüßtest, wie sehr du mir gefehlt hast«, stieß er heiser hervor. »Ich habe immer nur an dich gedacht. Warum, glaubst du wohl, habe ich dir das Geld geschickt? Ich wußte ganz genau, daß du sofort anreisen würdest, um es mir zurückzugeben. Und wenn nicht, hätte ich allen Stolz ablegen und dich selbst holen müssen.«

»Du hättest mich wirklich geholt?« Mit glückstrahlenden Augen löste sie sich von ihm, um ihn anzusehen. Er wollte also doch mehr von ihr als Sex. Wenn er sie auch nicht unbedingt liebte, war sie ihm zumindest nicht völlig gleichgültig. Und das war mehr, als sie sich je zu erhoffen gewagt hatte. Zumindest für den Anfang.

»Aber natürlich. Zwei Tage, nachdem ich dich in Guatemala City verlassen hatte, wurde mir klar, daß ich den größten Fehler meines Lebens gemacht habe. Von da an habe ich nur noch überlegt, wie ich dich um Verzeihung bitten könnte, ohne vor dir auf den Knien rutschen zu müssen.«

»Max, Liebster, wenn du wüßtest, wie gern ich dich auf allen vieren vor mir kriechen sehen würde.« Lachend drückte sie ihm einen Kuß auf die Lippen, den er mit solcher Leidenschaftlichkeit erwiderte, daß ihr die Knie weich wurden. Sie schlang ihm die Arme um den Hals, und er hob sie hoch und trug sie die Treppe hinauf.

»Du würdest mich also gern auf Knien vor dir rutschen sehen, hm?« Das war später, viel später. Sie lagen eng aneinandergeschmiegt auf seinem großen Bett. Durch die Jalousien vor dem offenen Fenster wehte eine leichte Brise herein und strich zärtlich über ihre erhitzten Körper.

»Mhm.« Sie war müde, aber sie fühlte sich unbeschreiblich glücklich.

»Das kannst du ohne weiteres haben, wenn du es unbedingt willst.«

»Mhm.«

»Was soll das eigentlich? Da versuche ich dir klarzumachen, daß ich dich liebe, und du schläfst fast ein!« Es dauerte eine Weile, bis das zu ihr durchgedrungen war.

Doch dann setzte sie sich kerzengerade auf und sah ihn ungläubig an. »Was hast du da eben gesagt?«

Er verschränkte die Hände im Nacken und sah lächelnd zu ihr auf. Sein dunkler, muskulöser Körper hob sich kraftvoll gegen das strahlend weiße Laken ab. »Du hast ganz genau gehört, was ich gesagt habe.«

»Sag es noch mal.«

Schnaubend zog er sie zu sich herab, so daß sie flach ausgestreckt auf ihm lag. »Vielleicht – aber frühestens in zwanzig Jahren.«

»In zwanzig Jahren?« Für einen Moment stand ihr Herz still. Sie hob den Kopf, um ihn anzusehen. Sollte das wirklich heißen, was sie sich so inständig erhoffte? Er sah ihr so tief in die Augen, daß ein angenehmes prickelndes Gefühl von ihr Besitz ergriff.

»Vielleicht auch in fünfzig«, grinste er und küßte sie.

Zwei Tage später schmückte der Ehering, den sie sich so sehnlichst gewünscht hatte, funkelnd ihren Finger.